로아나
여왕의 신비한 불꽃 상

여왕의 신비한 불꽃 상

움베르토 에코 삽화 소설 | 이세욱 옮김

LA MISTERIOSA FIAMMA DELLA REGINA LOANA
by UMBERTO ECO

Copyright (C) RCS Libri S. P. A.-Milan Bompiani, 2004
Korean Translation Copyright (C) The Open Books Co., 2008
Korean language edition arranged with RCS Libri through Shin Won Agency Co.

이 책은 실로 꿰매어 제본하는 정통적인 사철 방식으로 만들어졌습니다.
사철 방식으로 제본된 양장본은 오랫동안 보관해도 손상되지 않습니다.

제1부 사고

1. 가장 잔인한 달   9
2. 나뭇잎 살그락거리는 소리   53
3. 아마도 누군가는 네 꽃을 꺾으리라   84
4. 나는 혼자서 도시로 떠난다   119

제2부 종이 기억

5. 클라라벨라의 보물   147
6. 최신 멜치 백과사전   161
7. 다락에서 보낸 일주일   202
8. 라디오   262
9. 피포는 그걸 모르지   291
10. 연금술사의 탑   342

인용 및 도판 출처   365

일러두기

1. 옮긴이가 번역 대본으로 사용한 책은 2004년 6월 밀라노 봄피아니 출판사에서 나온 이탈리아어 초판본입니다.

2. 이탈리아어 원문에 나오는 외국어(프랑스어, 영어, 라틴어, 스페인어, 독일어 등)는 원어를 그대로 제시하고 괄호 안에 우리말 번역을 넣었습니다.

3. 원서에서 작가는 비교적 긴 인용문들의 출전과 모든 삽화의 출처를 권말에서 일괄적으로 밝히고 있습니다. 이러한 작가의 의도를 존중하여 한국어판에서도 작가가 직접 밝힌 인용문과 삽화의 출처는 권말에 수록하였습니다.

4. 옮긴이의 주석은 움베르토 에코의 심오하고 광대한 정신세계를 더 깊이 알고자 하는 독자들을 위한 작은 실마리들일 뿐입니다. 하지만 이것들이 오히려 독서의 자연스런 흐름을 방해할 수도 있습니다. 따라서 이 소설 자체를 즐기고자 한다면, 주석을 무시하셔도 좋습니다.

제1부 사고

1. 가장 잔인한 달

「그럼 성함은 어떻게 되시죠?」
「잠깐만요, 나올 듯 말 듯 혀끝에서 이름이 맴돌고 있어요.」

일은 그렇게 시작되었다.
긴 잠에서 깨어났다 싶은데, 나는 아직 뿌연 어스름 속에 머물러 있었다. 아니면 잠에서 깨어난 것이 아니라 꿈을 꾸고 있었던 것일까? 그렇다면 그건 이상한 꿈이었다. 이미지는 없고 소리만 가득했다. 마치 앞을 보지는 못해도 목소리들이 들려와서 내가 보아야 할 것을 일러 주는 듯했다. 그 목소리들이 말하기를, 내 눈에는 아직 아무것도 보이지 않고 그저 운하들을 따라 부옇게 서린 수증기가 보일 뿐이며 풍경은 그 속으로 흐물흐물 녹아들고 있다고 했다. 브루게, 나는 벨기에의 브루게에 와 있는 거야, 하는 생각이 들었다. 내가 거기에 가본 적이 있었던가? 죽은 여인을 닮은 도시 브루게,[1]

---

1 벨기에의 상징주의 시인이자 소설가인 조르주 로덴바흐의 소설 제목. 1892년 프랑스 일간지 「르 피가로」에 연재된 작품으로 죽은 아내를 그리워하며 아내를 닮은 도시 브루게에서 쓸쓸하게 살아가는 한 남자의 이야기.

안개가 종루들 사이로 몽환에 젖은 향처럼 감도는 곳, 잿빛 도시, 국화가 놓인 무덤처럼 쓸쓸한 곳,[2] 올이 풀어진 실안개가 벽걸이 융단처럼 건물들 벽면에 드리워져 있는 곳…….

내 영혼은 전차의 유리창을 닦고 전조등 불빛을 받으며 움직이는 안개 속으로 빠져 들고 있었다. 안개, 오염되지 않은 내 누이…… 소음을 감싸고 형체 없는 유령들을 불러내는 깊고 자욱한 안개…… 이윽고 나는 어떤 거대한 구렁에 다다랐다. 수의에 싸인 거대한 실루엣이 보였다. 그의 얼굴은 눈처럼 희디희었다. 내 이름은 아서 고든 핌이다.[3]

나는 안개를 씹고 있었다. 유령들이 지나가면서 나를 스치고는 가뭇없이 사라져 갔다. 멀리에서 전구들이 묘지의 도깨비불처럼 반짝였다…….

내 옆에서 누가 걷고 있다. 맨발인 양, 아무 소리도 나지 않는다. 굽도 없고 구두나 샌들도 신지 않은 채 걷고 있다. 안개 한 자락이 내 뺨을 스치고, 술에 취한 사람들 한 무리가 저 아래 나룻배에서 아우성을 친다.[4] 나룻배? 이건 내가 하는 말이 아니라 그냥 들려오는 말소리였다.

안개는 살금살금 고양이 걸음으로 다가온다…….[5] 안개가 잔

---

2 〈안개가 종루들 사이로 몽환에 젖은 향처럼 감도는 곳〉은 로덴바흐의 시집 『고향의 하늘』에 실린 시 「나른한 가을 안개가 흩어져 있다」의 2행. 〈잿빛 도시, 국화가 놓인 무덤처럼 쓸쓸한 곳〉은 같은 시집에 실린 시 「동떨어진 기분이 들 때는 거기로 가야 한다」의 일절.
3 〈이윽고 나는 ~ 희디희었다〉는 에드거 앨런 포의 소설 『아서 고든 핌의 모험』의 마지막 몇 행을 요약한 것이고, 〈내 이름은 아서 고든 핌이다〉는 이 소설의 첫 문장이다.
4 가브리엘레 단눈치오(1863~1938)가 서정적 산문시 형태로 발표한 자전적 명상록 『야상곡: 어둠에 관한 명상』(1921)에 나오는 8행 분량의 시구를 개작한 것.

뚝 끼어 세상이 없어진 것만 같았다.

그래도 이따금 눈을 뜨면 번쩍거리는 빛이 보였다. 이런 소리도 들려왔다. 「엄밀하게 말해서 이건 코마가 아닙니다, 여사님…… 평탄 뇌파는 아니니까 그런 생각일랑 마세요……. 반응이 있습니다…….」

누가 내 눈에 빛을 비추었다. 하지만 빛이 사라지고 나자 다시 눈앞이 캄캄해졌다. 내 몸 어딘가를 바늘로 따끔따끔하게 찌르는 것이 느껴졌다. 「보세요, 운동성이 있잖아요…….」

메그레는 너무나 짙은 안개에 묻힌 탓에 발을 디디는 자리조차 볼 수가 없다……. 안개에는 인간의 형상이 가득하고, 강력하고도 신비로운 생명력이 들끓는다. 메그레[6]라고? 이건 기본일세, 친애하는 왓슨.[7] 꼬마 인디언이 열 명 있다네. 바스커빌 가의 사냥개는 안개 속으로 사라진다.

잿빛 증기가 조금씩 어스레한 색조를 잃어 갔다. 수온이 매우 높아짐에 따라 증기의 젖빛 색조가 어느 때보다 뚜렷했다……. 이어서 우리는 폭포수 속으로 휩쓸려 들어갔다. 거대한 심연이 열리며 우리를 삼켜 버렸다.[8]

내 주위에서 사람들의 말소리가 들렸다. 나는 소리를 질러

---

5 칼 샌드버그의 시 「안개」의 첫 행.
6 벨기에 작가 조르주 심농이 창조한 심리 수사의 달인. 75편의 장편과 28편의 단편소설에 등장하여 놀라운 심리 분석과 직관으로 사건을 해결한다. 메그레가 등장하는 소설들에는 안개에 관한 묘사가 종종 나온다.
7 셜록 홈스가 명민한 추리의 결론을 내리면서 하는 말. 아서 코넌 도일의 소설(「꼽추 사나이」)에는 〈이건 기본일세〉라고만 되어 있는데, 1929년에 나온 영화 「셜록 홈스의 귀환」에서 처음으로 〈이건 기본일세, 친애하는 왓슨〉이라는 형태로 굳어져 널리 알려지게 되었다.
8 앞서 나온 『아서 고든 핌의 모험』의 마지막 장에 나오는 문장들.

내가 있다는 것을 알리고 싶었다. 윙윙거리는 소리가 끊이지 않았다. 마치 이빨이 날카로운 독신 기계[9]들이 나를 괴롭히고 있는 것만 같았다. 나는 유형지에 와 있었다. 누가 내 얼굴에 철가면을 씌워 놓기라도 한 듯, 머리를 짓누르는 무게가 느껴졌다. 문득 파란 빛들을 보았다는 생각이 들었다.

「좌우 동공의 직경에 차이가 있어요.」

내 생각은 토막토막 잘려 있었다. 내가 깨어나고 있는 것은 분명한데, 몸을 움직일 수가 없었다. 그저 계속 깨어 있을 수 있다면 좋으련만. 내가 다시 잠을 잔 것일까? 몇 시간, 며칠, 아니 몇 세기 동안 잤을까?

안개가 돌아왔다. 안개 속의 목소리들, 안개에 관한 목소리들도. *Seltsam, im Nebel zu wandern*(기이하다, 안개 속에서 떠돌다니)![10] 이게 어느 나라 말이지? 나는 바다에서 헤엄치고 있는 듯한 기분이 들었다. 해변 가까이에 와 있다는 느낌은 드는데 거기에 다다를 수가 없었다. 나는 아무도 모르게 조류에 휩쓸리고 있었다.

제발, 나에게 무어라고 말 좀 해줘요. 제발, 나를 만져 줘요. 나는 이마에 손 하나가 닿는 것을 느꼈다. 얼마나 마음이

---

9 초현실주의 화가 마르셀 뒤샹이 자신의 작품 「커다란 거울(부제: 다름 아닌, 자신의 총각들에 의해 발가벗겨진 신부)」과 관련하여 처음으로 사용한 용어. 이후 들뢰즈를 비롯한 프랑스 철학자들이 신인류와 새로운 주체의 탄생을 설명하기 위한 개념으로 사용하였다. 독신 기계에서 유형지를 연상한 것은 아마도 카프카의 소설 「유형지에서」의 영향일 것이다. 이 소설에 나오는 처형 기계, 즉 죄수의 벌거벗은 몸에 그가 위반한 법률의 내용을 바늘로 새겨 넣는 기계는 마르셀 뒤샹의 「커다란 거울」에 나오는 기계를 연상시키는 바가 없지 않다. 1952년에 프랑스의 작가 미셸 카르주는 『독신 기계』라는 책에서 두 기계를 비교하는 글을 쓴 바 있다.

10 헤르만 헤세의 시 「안개 속에서」의 첫머리.

놓이던지. 다시 말소리가 들려왔다. 「여사님, 환자가 갑자기 깨어나서 자기 발로 걸어 나가는 경우도 있습니다.」

누가 불을 켰다 껐다 하고 소리굽쇠를 진동시켜 나를 성가시게 했다. 그건 내 코밑에 겨자 병을 들이댄 다음 마늘 한 쪽을 갖다 대는 거나 진배없었다. 땅에서는 버섯 냄새가 난다.

다른 말소리가 들려왔다. 하지만 이번엔 내 안에서 들려오는 목소리였다. 증기 기관차의 긴 탄식, 안개 속에서 형체가 희미해진 채로 줄을 지어 산 미켈레 인 보스코 수도원으로 가고 있는 사제들.[11]

하늘은 잿빛이다. 강 상류의 안개, 강 하류의 안개, 성냥팔이 소녀의 손을 물어뜯는 안개. 〈개들의 섬〉으로 건너가는 다리 위에서 행인들이 가없는 안개 하늘을 바라보고 있다. 그들 역시 안개에 휩싸여 있어서, 마치 기구(氣球)에 탄 채 갈색 안개 아래쪽에 떠 있는 것만 같다. 죽음이 이토록 많은 사람을 쓰러뜨렸다는 게 믿기지 않았다. 기차역과 그을음의 냄새.[12]

또 다른 빛. 이번엔 한결 부드러운 빛이다. 황야에서 되풀이하여 연주되는 스코틀랜드 백파이프 소리가 안개를 뚫고 들려오는 듯하다.

또다시 오랫동안 잠을 잔 모양이다. 안개가 잠시 걷혔다. 마치 물에 아니스 술을 타놓은 유리잔 속에 들어와 있는 기분이라고나 할까…….

11 〈증기 기관차의 긴 탄식〉은 조반니 파스콜리(1855~1912)의 시 「죽은 사람의 입맞춤」에 나오는 구절이고, 〈안개 속에서 ~ 사제들〉은 같은 시인의 시 「가을 일기 II」에서 인용한 것.
12 〈강 상류의 안개, 강 하류의 안개〉와 〈마치 기구에 탄 채 갈색 안개 아래쪽에 떠 있는 것만 같다〉는 찰스 디킨스의 소설 『블리크 하우스』에서 인용한 것이고, 〈죽음이 ~ 믿기지 않았다〉는 단테의 『신곡』, 「지옥」편 3곡 56~57행.

그가 바로 내 앞에 있었다. 하지만 보이는 것은 아직 그의 그림자뿐이었다. 과음을 한 뒤에 깨어난 것처럼 머리가 띵한 느낌이 들었다. 그때 나는 마치 처음으로 말문이 트이기라도 한 것처럼 어렵사리 무슨 말인가를 중얼거리지 않았나 싶다. 「*Posco reposco flagito*(요구하다, 다시 요구하다, 강요하다), 이 동사들은 미래 부정법을 취하는가? *Cujus regio, ejus religio*(각자의 영토에 자기 종교를)……[13] 이는 아우크스부르크 화의(和議)인가 아니면 프라하 창외 투척 사건인가?」 그다음에는 이런 말이 튀어나왔다. 「1번 고속도로의 아펜니노 산맥 구간, 론코빌라초에서 바르베리노 델 무젤로 사이에도 안개가 끼겠습니다……」

그는 이해심을 보이며 나에게 미소를 지었다. 「자아 이제 눈을 크게 뜨시고 주위를 한번 둘러보세요. 여기가 어딘지 아시겠어요?」 비로소 그가 한결 잘 보였다. 그가 입고 있는 것은 ─ 저걸 뭐라고 하더라? ─ 하얀 가운이었다. 나는 눈길을 이리저리 돌렸다. 머리도 내 뜻대로 움직일 수 있었다. 방은 간소하고 깨끗했다. 밝은 색의 금속제 가구가 조금 있을 뿐이었다. 나는 팔에 점적 주사 대롱을 꽂은 채 침대에 누워 있었다. 창문에 드리운 블라인드 틈새로 햇살이 칼날처럼 파고들었다. 봄은 사방 어디에서나 허공에 빛을 뿌리고 들판을 환희로 적신다.[14] 나는 중얼거렸다. 「여기는…… 병원이고, 당신은…… 당신은 의사로군요. 내가 아팠나요?」

13 〈각각의 군주가 자기 신민들의 종교를 결정한다〉라는 뜻의 라틴어. 1555년 독일 아우크스부르크에서 열린 제국 회의에서 신성 로마 제국의 황제 카를 5세와 루터파의 제후들 사이에 화약된 원칙.
14 이탈리아 시인 자코모 레오파르디(1798~1837)의 시 「외로운 참새」의 5~6행.

「그래요. 나중에 설명을 드리겠지만 편찮으셨어요. 그러나 이젠 의식을 되찾으셨으니까 힘을 내세요. 저는 닥터 그라타롤로입니다. 죄송하지만 몇 가지 질문을 드릴게요. 제가 지금 손가락을 몇 개 세우고 있죠?」

「그건 손이고 끝에 손가락이 달려 있죠. 지금 보이는 건 네 개입니다. 네 개 맞죠?」

「물론입니다. 그럼 6 곱하기 6은 얼마죠?」

「당연히 36이죠.」 내 머릿속에서 생각들이 와글거리고 있었다. 하지만 이 생각들은 거의 저절로 떠오른 것들이었다. 「직각 삼각형의 빗변을 한 변으로 하는 정사각형의 면적은 다른 두 변을 각각 한 변으로 하는 두 정사각형의 면적을 합친 것과 같다.」

「훌륭하십니다. 피타고라스의 정리로군요. 그런데 저는 고교 시절에 수학을 못 했습니다. 10점 만점에 6점을 받았죠.」

「사모스 사람 피타고라스. 유클리드의 기하학 원론. 끝내 서로 만나지 못하는 평행선들의 절망적인 고독.」

「선생님의 기억력은 상태가 아주 좋아 보이는군요. 그런데 성함은 어떻게 되시죠?」

바로 이 대목에서 나는 망설였다. 그래도 나올 듯 말 듯 혀 끝에서 이름이 맴돌기는 했다. 나는 잠시 뜸을 들이다가 더없이 분명하게 대답했다.

「내 이름은 아서 고든 핌입니다.」

「그건 선생님 성함이 아니에요.」

물론 나는 고든 핌이 아니다. 그는 다시 깨어나지 못하고 죽었으니 말이다. 나는 의사와 타협을 해보려고 했다.

「나를…… 이스마엘이라 불러 주겠어요?」[15]

「아뇨. 선생님 성함은 이스마엘이 아닙니다. 좀 더 애를 써 보세요.」

말이 쉽지, 나로서는 어떤 벽에 부딪힌 느낌이었다. 유클리드나 이스마엘을 입에 올리는 것은 〈암바라바 치치 코코 서랍 장 위의 올빼미 세 마리〉[16]를 읊는 것만큼이나 쉬운 일이었다. 반면에 내가 누구인지를 말하는 것은 뒤로 돌아서서 벽을 마주 보는 것과 같았다. 아니, 그건 벽이 아니었다. 나는 설명을 하려고 애썼다. 「그건 어떤 단단한 물체처럼 느껴지지 않아요. 안개 속을 걷고 있는 느낌이에요.」

〈안개가 어떤 모습으로 보이죠?〉 하고 의사가 물었다.

「안개는 삐죽삐죽 솟은 언덕을 올라가며 는개를 뿌리고 차디찬 북서풍에 울부짖으며 바다를 하얗게 만든다……. 그런데 정말, 안개가 어떤 모습으로 보이죠?」

「저를 난처하게 만들지 마십시오. 저는 의사일 뿐입니다. 게다가 지금은 4월이라서 안개를 보여 드릴 수가 없어요. 오늘은 4월 25일입니다.」

「4월은 가장 잔인한 달.」

「저는 교양이 아주 풍부하지는 않지만, 그게 어떤 시에 나오는 구절이라는 것쯤은 압니다. 오늘은 이탈리아 해방 기념

---

15 멜빌의 소설 『모비 딕』의 첫 문장 〈나를 이스마엘이라 불러 주오〉를 변형한 것. 에코는 『거의 같은 것을 말하기: 번역의 경험』(봄피아니, 2003)에서 이 첫 문장을 올바르게 번역할 방법을 논하고 있다.

16 이탈리아 아이들이 술래잡기 놀이를 하기 전에 둥그렇게 둘러서서 술래를 정할 때 부르는 노래. 에코는 『작은 일기』에 실린 「서랍장 위의 올빼미 세 마리」라는 글을 통해 이 동요를 분석하면서, 자신을 포함한 현대의 문학 비평가들을 유쾌하게 조롱하고 있다.

일이라고 말씀하실 수도 있었을 텐데요. 올해가 몇 년인지는 아십니까?」

「아메리카 대륙이 발견된 해보다 나중인 건 분명한데······.」

「뭐 기억나는 날짜 없으세요? 아무 날짜라도 좋아요······. 깨어나시기 전까지 겪은 일과 관계된 것이라면 말이에요.」

「아무 날짜라도 좋다고요? 1945년, 제2차 세계 대전 종결.」

「고작 그거예요? 그런 것으로는 충분치 않아요. 오늘은 1991년 4월 25일이에요. 선생님은 제가 알기로 1931년 말에 태어나셨어요. 그러니까 선생님은 환갑이 다 되어 가신다는 얘기죠.」

「쉰아홉 살 반도 아직 안 됐는걸요.」

「계산 능력에는 아무 문제가 없으시네요. 그런데 말이죠, 선생님은 뭐랄까, 어떤 사고를 당하셨어요. 그러고도 이렇게 살아 계시다는 건 정말 다행한 일입니다. 하지만 분명히 뭔가 아직 온전치 않은 것이 있어요. 역행성 기억 상실증의 징후가 보여요. 그렇다고 너무 걱정하지는 마세요. 그런 증상이 금방 사라지는 경우도 있으니까요. 자아 그럼, 다시 몇 가지 질문을 드릴 테니까 대답해 보세요. 선생님은 기혼이신가요?」

「박사님이 말씀해 보세요.」

「네. 선생님은 파올라라는 분과 결혼하셨습니다. 부인은 아주 사랑스러운 분이죠. 밤낮으로 선생님 병상을 지키셨어요. 다만 어제저녁에는 제가 댁에 돌아가시도록 강권했습니다. 그러지 않으면 쓰러지실 것 같아서요. 이제 선생님이 깨어나셨으니까, 곧 부인께 전화를 걸겠습니다. 하지만 부인께서 마음의 준비를 하시도록 미리 말씀을 드려야겠어요. 그 전에 우리는 다른 검사들을 더 해야 합니다.」

「내가 아내를 모자로 착각하면 어쩌죠?」

「그게 무슨 말씀이세요?」

「자기 아내를 모자로 착각한 남자가 있었죠.」

「아, 올리버 색스의 책에 나오는 환자 말이군요. 잘 알려진 케이스죠. 보아하니 신간들도 두루 챙겨 읽는 독자이시군요. 하지만 선생님의 증상은 달라요. 선생님이 그런 환자라면 이미 저를 난로로 착각하셨을걸요. 걱정하지 마세요. 선생님은 부인을 알아보지 못할 수는 있어도 모자로 착각하지는 않으실 테니까요. 다시 선생님 얘기로 돌아갑시다. 선생님 성함은 잠바티스타 보도니입니다. 이 이름과 관련해서 뭐 생각나는 거 없으세요?」

이제 내 기억은 산들과 골짜기들 사이로 미끄러져 가는 글라이더처럼 무한한 지평 위로 날고 있었다. 「잠바티스타 보도니는 유명한 활판 인쇄 기술자였죠.[17] 하지만 내가 그 사람이 아니라는 건 분명히 알고 있어요. 내가 나폴레옹일 수는 있어도 보도니 같은 사람은 아닐 겁니다.」

「왜 나폴레옹 얘기를 하셨죠?」

「보도니는 얼마간 나폴레옹과 같은 시대를 살았으니까요. 나폴레옹 보나파르트는 코르시카 섬에서 태어나 제1집정관을 지내고 조제핀과 결혼했으며, 황제가 되어 유럽의 반을 정복한 뒤, 워털루 전투에서 패하고 세인트헬레나 섬에서 1821년 5월 5일에 죽음을 맞습니다. 그는 돌처럼 굳어 버렸지요.[18]」

---

17 잠바티스타 보도니(1740~1813)는 오늘날에도 널리 사용되는 보도니체를 개발하여 근대 활자체의 신기원을 이룬 뛰어난 활판 인쇄 기술자이자, 호라티우스, 베르길리우스, 호메로스 등을 간행한 출판인이기도 하다.

「아무래도 다음번에는 백과사전을 들고 와야겠어요. 제 기억이 정확하다면 방금 하신 얘기는 다 맞아요. 기억력이 좋으시네요. 그런데 선생님이 누구이신가에 대해서는 기억을 못 하신다 이거죠?」

「심각한 증상인가요?」

「솔직히 말씀드려서 별로 좋지는 않습니다. 하지만 이런 일을 겪은 환자들은 전에도 있었어요. 이건 선생님에게 처음 일어난 일이 아닙니다. 우리는 어려움을 잘 이겨 나갈 거예요.」

그는 나에게 오른손을 들어 코를 만져 보라고 했다. 나는 어느 것이 오른손인지 코가 어디에 붙어 있는지 온전히 알고 있었다. 신통한 일이었다. 그런데 느낌은 아주 새로웠다. 코를 만진다는 것은 집게손가락 끝에 달린 눈으로 자기 자신을 마주하는 것과 같다. 나에게 코가 있군. 그라타롤로는 내 무릎에 이어서 다리와 발의 이곳저곳을 망치 같은 것으로 톡톡 두드렸다. 의사들이 흔히 하는 반사 운동 검사로군. 반사 운동은 괜찮은 듯했다. 마침내 나는 녹초가 된 기분이 들었다. 그리고 다시 잠이 들었던 모양이다.

나는 어딘가에서 깨어났다. 그러고는 영화에 나옴 직한 우주선의 조종실에 와 있는 것 같다고 중얼거렸다(그라타롤로가 어떤 영화냐고 묻기에, 나는 아무 영화에나 다 나오는 거라고 말했다가, 「스타 트렉」이라고 분명하게 대답했다). 그들은 내가 한 번도 본 적이 없는 기계들을 가지고, 나를 상대로 뭔가 이해할 수 없는 일들을 벌였다. 아마도 내 머릿속을

---

18 나폴레옹의 죽음에서 알레산드로 만초니(1785~1873)의 이 시구가 연상되는 것은 자연스럽다. 바로 나폴레옹의 죽음을 소재로 역사에 대한 성찰을 담은 시 「5월 5일」의 첫 행이기 때문이다.

관찰했을 것이다. 하지만 나는 아무 생각 없이 그들이 하는 대로 내버려두었고, 가볍게 윙윙거리는 소리를 자장가 삼아 이따금 다시 선잠에 빠져 들었다.

나중에(어쩌면 이튿날이 아니었을까?) 그라타롤로가 다시 왔을 때, 나는 침대를 탐사하던 참이었다. 나는 가볍고 반드럽고 촉감 좋은 시트를 더듬었다. 하지만 담요에 손끝을 대 보니 조금 까슬까슬한 느낌을 주었다. 나는 돌아누워서 한 손으로 베개를 때리며 푹신푹신함을 즐기기도 했다. 착착 소리를 내는 것이 무척 재미있었다. 그라타롤로는 침대에서 몸을 일으킬 수 있겠느냐고 물었다. 나는 한 간호사의 도움을 받아 그 일을 해냈고, 머리가 아직 어질어질하기는 했지만 바닥으로 내려섰다. 발이 바닥을 누르고 있고 머리가 위쪽에 있다는 것이 느껴졌다. 서 있다는 게 이런 거로군. 줄타기하는 기분이야. 인어 공주도 처음 일어설 때 이랬을 거야.

「좋아요, 이제 욕실에 가서 양치질을 해보세요. 욕실에 부인의 칫솔이 있을 겁니다.」 내가 남의 칫솔로는 양치질을 하지 않는 법이라고 말하자, 그는 아내가 남이냐고 되받았다. 욕실에서 나는 거울에 비친 나를 보았다. 나 자신의 모습을 기억하지 못한다 해도, 그게 나라고 확신하기에는 부족함이 없었다. 거울이란, 누구나 알다시피, 제 앞에 있는 것의 모습을 보여 주는 물건이니까 말이다. 희고 홀쭉한 얼굴, 긴 수염, 눈가에 둘린 거뭇한 테두리, 내가 이렇게 생겼군. 좋아, 내가 누구인지는 몰라도 괴물처럼 생겼다는 것은 알게 됐어. 나라도 밤에 한적한 거리에서 이렇게 생긴 자를 만나는 게 싫겠는걸. 그야말로 미스터 하이드로군. 나는 두 가지 물건을 알아보았다. 하나는 분명 치약이라 불리는 물건이고 다른 하나는 칫솔이다. 먼저 치약을 집어 튜브를 짜야 한다. 느낌이 아주 좋군. 자주 해야겠어. 하지만 어느 순간에는 짜는 걸 멈춰야 해. 이 하얀 반죽은 처음엔 거품처럼 폭 소리를 내지만, 그다음에는 춤추는 뱀[19]처럼 나오지. 이제 그만 짜자. 안 그러면 브롤리오가 스트라키노 치즈를 가지고 했던 짓을 하게 될 거야. 브롤리오가 누구지?

치약은 아주 맛이 좋다. 아주 좋은걸, 하고 공작이 말했다. 두 문장을 연결해 놓고 보니, 이건 하나의 웰러리즘[20]이다. 그러니까 내가 지금 맛이라는 걸 느끼고 있는 거로군. 맛이란 혀를 즐겁게 해주는 어떤 것이야. 혀뿐만 아니라 입천장을 즐겁게 해주기도 하지만, 맛을 감지하는 것은 혀가 아닌가 싶어. 박하 맛 — *y la hierbabuena*(그리고 박하), *a las cinco de la tarde*(오후 다섯시에)······.[21] 나는 칫솔질을 하기로 했다. 그러고는 별다른 생각을 하지 않고도 손을 빠르게 놀려 모두가 하는 방식으로 이를 닦았다. 먼저 위아래로 닦고, 이어서 좌우로 닦은 다음, 잇바디를 전체적으로 닦았다. 빳빳한 털들이 잇새로 파고드는 느낌, 재미있군. 이제부터 매일 이를 닦아야겠어. 기분이 좋은걸. 나는 혓바닥에도 칫솔질을 했다. 이렇게 하니까 전율 비슷한 것이 느껴지는군.

---

19 보들레르의 『악의 꽃』에 실린 시의 제목.
20 속담이나 명언, 판에 박은 말 따위를 뜻밖의 화자가 말하게 함으로써 웃음을 자아내는 표현법(예를 들어, 〈아무리 하찮은 것이라도 다 쓸모가 있는 거야〉 하고 모기가 바다에 오줌을 누면서 말했다). 찰스 디킨스의 소설 『피크위크 페이퍼스』에 나오는 익살스런 하인 샘 웰러에서 따온 말이다.
21 스페인 시인 페데리코 가르시아 로르카의 시 「추모 기도」와 「수확과 죽음」에 되풀이하여 나오는 시구.

그래도 너무 박박 문지르지 않으면 괜찮아. 입이 텁텁했던 터라 나에겐 그게 필요했다. 이제 입 안을 헹궈야지, 하는 생각이 들었다. 나는 유리컵에 수돗물을 받아 입 안에 넣고 우물거렸다. 그 소리가 기분 좋은 경이감을 안겨 주었다. 고개를 뒤로 젖히고…… 꾸르륵거리는 소리를 내면 한결 낫지 않을까? 물을 입에 물고 꾸르륵거리는 것은 기분 좋은 일이야. 나는 볼이 미어지도록 부풀렸다가 모든 것을 뱉어 냈다. 푸하…… 좌르륵. 우리는 입술로 무엇이든 할 수 있다. 입술은 운동성이 매우 좋다. 문득 뒤를 돌아보니, 그라타롤로가 버티고 서서 마치 내가 서커스의 진기한 구경거리라도 되는 양 살펴보고 있었다. 나는 양치질을 이런 식으로 하면 되는 거냐고 물어보았다.

훌륭해요, 하고 그가 말했다. 내 자동 반응 상태가 아주 양호하다는 설명도 빠뜨리지 않았다. 나는 이렇게 지적하지 않을 수 없었다.

「여기 있는 이 사람은 거의 정상인 모양이군요. 문제는 이 사람이 내가 아닐지도 모른다는 거죠.」

「재치가 많으시군요. 그것 역시 좋은 징후예요. 자아, 이제 누우세요, 제가 도와 드릴게요. 한 가지 여쭤 볼 테니 대답해 보세요. 방금 뭘 하셨죠?」

「이를 닦았죠. 박사님이 하라고 시키셨잖아요.」

「맞아요, 그럼 이를 닦기 전에는 뭘 하셨어요?」

「침대에 누워서 박사님 얘기를 들었죠. 박사님은 지금이 1991년 4월이라고 하셨고요.」

「그래요. 단기 기억에는 아무 문제가 없군요. 그런데 말입니다. 혹시 치약의 상표가 무엇이었는지 기억하십니까?」

「아뇨. 기억해야 하는 건가요?」

「천만에요. 선생님은 손에 치약을 쥐실 때 분명 상표를 보셨을 거예요. 하지만 만약 우리가 외부에서 오는 자극을 모두 기록하고 간직해야 한다면, 우리의 기억은 지옥이 되고 말 겁니다. 그래서 우리는 선별을 하고 걸러내기를 하죠. 선생님은 여느 사람들과 똑같이 하신 거예요. 그래도 이런 것은 한번 기억해 보세요. 이를 닦으실 때 일어난 일 가운데 마음에 가장 깊이 다가온 게 무엇이었죠?」

「혓바닥에 칫솔질을 한 거요.」

「그건 왜죠?」

「입이 텁텁하던 차에 그러고 나니까 기분이 좋아졌거든요.」

「아시겠어요? 선생님이 기억하신 것은 자신의 감정이나 욕구나 목표와 가장 직접적으로 연결된 요소예요. 선생님에게 감정이 되돌아왔다는 얘기죠.」

「혓바닥에 칫솔질을 하니까 기분이 묘하더군요. 하지만 내가 전에도 혓바닥에 칫솔질을 한 적이 있는지는 기억나지 않아요.」

「기억하시게 될 거예요. 자아, 보도니 선생님, 제가 되도록 쉬운 말로 설명해 보겠습니다. 선생님 뇌의 어떤 부위가 분명 사고의 영향을 받았어요. 그런데 나날이 새로운 연구 결과가 나오고 있긴 하지만, 우리는 뇌의 영역 구분에 관해서 아직 우리가 원하는 만큼 알지 못합니다. 특히 여러 유형의 기억을 관장하는 영역에 관해서 그러하죠. 감히 말씀드리지만, 만약 선생님이 이런 일을 10년 뒤에 겪으신다면, 우리는 상황을 더 잘 타개해 나갈 겁니다. 제 말을 끊지 말고 들어 보세요, 무슨 말씀을 하시려는지 압니다. 반대로 만약 이런 일이 백 년 전에 일어났다면, 선생님은 벌써 정신 병원에 보내졌을 것이고 그것으로 모든 게 끝났을 거예요. 오늘날 우리는 그때보다 더 많은 것을 알고 있습니다. 하지만 충분히 아는 것은 아니죠. 예를 들어, 만약 선생님이 사고를 겪고 나서 말씀을 못 하시는 상황이라면, 저는 어떤 영역에 문제가 생겼는지 곧바로 말씀드릴 수 있을 겁니다……」

「브로카 영역이죠.」

「브라보! 하지만 브로카 영역이 발견된 지는 백 년도 더 됐습니다. 반면에 뇌가 기억을 어디에 저장하는가에 관해서는 아직 의견이 분분하죠. 기억에 관여하는 영역은 분명 하나가 아닙니다. 전문 용어를 써서 선생님을 따분하게 만들고 싶지는 않아요. 그런 용어들은 그러잖아도 혼란스러운 선생님의 머릿속을 더욱 혼란스럽게 만들 뿐이니까요 — 아시다시피, 치과 의사가 아픈 이를 치료해 주고 나면, 우리는 며칠 내내 혀를 놀려 치료 받은 이를 더듬습니다. 하물며 제가 선생님께 이런 말씀을 드린다고 해보세요. 선생님 뇌의 해마도 걱정스럽지만, 전두엽이 더 걱정스럽고, 오른쪽 눈구멍과 이마 쪽의 피질에도 문제가 있을지 모르겠다는 식으로 말입니다. 그러면 선생님은 그런 부위들을 더듬어 보려고 애쓰실 텐데, 그건 혀를 놀려 입 안을 탐색하는 것에 비할 일이 아니죠. 그야말로. 한없는 좌절감을 맛보시게 될 겁니다. 그러니 제가 방금 말씀드린 것은 잊어버리세요. 게다가 뇌라는 것은 사람마다 생김새가 다르기 때문에 일반적인 설명을 너무 염두에 두실 필요가 없어요. 우리 뇌는 놀라운 융통성을 지니고 있습니다. 어떤 영역에 문제가 생겨서 제대로 기능을 못 하게 되면, 얼마쯤 지나서 그 기능을 다른 영역에 맡길 수도 있어요. 무슨 말인지 아시겠어요? 제 설명이 그런 대로 명쾌했나요?」

「아주 명쾌하네요. 계속하시죠. 그런데 길게 얘기할 것 없이 내가 기억 상실자 콜레뇨[22]라고 말하는 편이 낫지 않을까요?」

「보세요, 선생님은 전형적인 사례라 할 수 있는 기억 상실자 콜레뇨를 기억하고 있어요. 다만 선생님 자신에 관한 것은 모두 잊어버리셨어요. 전형적인 사례가 아닌 것은 기억하지 못한다는 것이죠.」

「콜레뇨를 잊어버리고 내가 어디에서 태어났는지를 기억하는 쪽이 낫겠어요.」

「그쪽이 더 희귀한 케이스일걸요. 아시다시피, 선생님은 치약을 곧바로 알아보셨어요. 하지만 결혼한 사실은 기억하지 못하셨죠 — 사실, 자기가 결혼한 날을 기억하는 것과 치약을 알아보는 것은 뇌 속의 서로 다른 두 조직망에 좌우됩니다. 우리의 기억은 여러 가지 유형으로 나뉩니다. 먼저 묵시적 기억이라는 것이 있습니다. 이것의 작용으로 우리는 이를 닦거나 라디오를 켜거나 넥타이를 맬 때처럼 우리가 익힌 것들을 쉽게 실행할 수 있죠. 양치질 실험의 결과를 놓고 볼 때, 선생님은 글을 쓸 줄 아실 게 분명합니다. 아마 자동차를 운전하실 수도 있을 거예요. 묵시적인 기억이 우리를 도와주면, 우리는 기억하고 있다는 사실을 의식할 겨를도 없이 자동적으로 행동하죠. 다음으로 명시적 기억이 있습니다. 이것이 작용하기에, 우리는 기억하고 있음을 의식하면서 무언가를 생각해 내죠. 그런데 이 명시적 기억은 다시 두 가지 유형으로 나뉩니다. 하나는 우리가 요즘에 흔히 하는 말로 의미

---

22 1926년 토리노에서 절도 혐의로 체포되었으나, 자기의 신분과 과거에 대한 기억을 모두 잃어버렸다는 이유로 무죄 방면된 남자.

론적 기억, 또는 공적 기억이라고 합니다. 이것의 도움으로 우리는 제비를 보고 새라 말하고, 새가 깃털이 달린 날짐승이라고 생각하죠. 나폴레옹이 언제냐…… 아까 선생님이 말씀하신 해에 죽었다는 것을 아는 것도 바로 이 기억이 작용한 결과입니다. 제가 보기에 선생님의 경우에는 이 기억이 순조롭게 작용하고 있어요. 아니, 너무 활발하게 작용한다고 볼 수도 있겠죠. 제가 기억의 실마리를 제공하기만 하면 선생님은 즉시 교과서적이라 할 만한 지식들을 결합하기 시작하거나, 이미 어딘가에 나와 있는 문장들을 인용하시니까요. 하지만 이것은 아이들에게도 형성되는 일차적인 기억입니다. 아이들은 자동차나 개를 식별하는 법과 일반적인 범주들을 구분하는 법을 빨리 배우죠. 예를 들어 아이가 셰퍼드를 보았을 때 저것은 개라고 아이에게 말해 주면, 아이는 나중에 래브라도를 보고서도 개라고 말할 것입니다. 반면에, 아이들이 명시적 기억의 두 번째 유형, 즉 우리가 삽화적 기억, 또는 자전적 기억이라고 부르는 것을 형성하는 데에는 더 많은 시간이 걸립니다. 한 달 전에 할머니 댁 정원에서 개를 본 아이가 지금 다른 개를 보고 있다고 합시다. 이 아이는 한 달 전의 일을 곧바로 기억해 내지 못합니다. 할머니 댁 정원에 있던 자기와 지금 다른 개를 보고 있는 자기를 바로 연결시키지 못한다는 것이죠. 지금의 우리와 과거의 우리를 연결시켜 주는 것이 바로 삽화적 기억입니다. 이것이 없다면, 우리가 나라고 부르는 사람은 지금 우리가 나라고 느끼는 사람을 가리킬 뿐, 과거에 우리가 나라고 느꼈던 사람을 가리키지는 않습니다. 과거의 나는 그저 안개 속으로 실종되는 겁니다. 선생님이 잃은 것은 의미론적 기억이 아니라 바로 이 삽화적 기억입니다. 다시 말해서 선생님의 삶을 이루는 삽화들을 상실했다는 것이죠. 요컨대, 선생님은 남들도 알고 있는 것이라면 무엇이든 기억해 내신다고 볼 수 있습니다. 만약 제가 일본의 수도가 어디냐고 묻는다면, 선생님은……」

「도쿄. 히로시마에 핵폭탄 투척. 맥아더 장군……」

「그만, 그만하세요. 어디선가 읽었거나 누군가에게 들은 것은 무엇이든 생각이 나시는 모양이네요. 직접 경험하신 일과 결부된 것은 빼고요. 선생님은 나폴레옹이 워털루에서 싸웠다는 것을 아십니다. 하지만 어머님을 기억하시는지 한번 말씀해 보세요.」

「우리에게 어머니는 한 분뿐이고, 한번 어머니가 된 분은 영원히 어머니죠……. 하지만 내 어머니는 기억이 나지 않네요. 어머니가 있었으리라는 생각은 하죠. 그게 우리 종의 법칙이니까요. 하지만…… 자아 봐요…… 또 안개예요. 의사 선생님, 제 상태가 좋지 않다는 느낌이 드네요. 기분이 고약해요. 다시 잠을 잘 수 있도록 뭐 좀 주세요.」

「곧 뭔가를 드릴게요. 성급하게도 제가 선생님에게 너무 많은 것을 요구했군요. 편히 누우세요, 자아 이렇게요……. 다시 말씀드리지만, 이건 있을 수 있는 일이고, 치유될 수 있는 증상입니다. 많은 인내심이 필요하죠. 무언가 마실 것을 가져다 드리라고 하겠습니다. 홍차 같은 것으로요. 홍차 좋아하세요?」

「글쎄요, 기연가미연가하네요.」

홍차가 나왔다. 간호사는 등에 베개를 받쳐 나를 앉히더니, 내 앞에 바퀴 달린 탁자를 밀어다 놓았다. 그러고는 김이 모락거리는 물을 티백이 담긴 찻잔에 부었다. 조심하세요, 뜨거워요, 하고 그녀가 말했다. 조심하라니, 뭘 어떻게 하라는 거지? 나는 찻잔에 코를 대고 냄새를 맡았다. 연기 냄새가 난다는 말이 목구멍까지 올라왔다. 나는 홍차의 맛을 느껴 보고 싶어서, 찻잔을 들어 한 모금을 꿀꺽 삼켰다. 지독했다. 불, 불꽃, 입을 된통 얻어맞은 느낌. 뜨거운 홍차란 바로 이런 거로군. 사람들이 흔히 말하는 커피나 카밀레 차도 뜨거우면 아마 이럴 거야. 이제 뜨거운 것에 덴다는 게 무슨 뜻인지 알겠어. 불에 손을 대면 안 된다는 것은 누구나 알고 있다. 그런데 뜨거운 물에는 손을 댈 수도 있다. 내가 몰랐던 것은 어느 시점부터 그게 가능하냐 하는 것이다. 가능과 불가능의 경계가 되는 그 시점을 어떻게 알아내는지 배워야겠다. 나는 기계적으로 홍차를 훅훅 불고 나서, 찻숟가락으로 휘휘 저었다. 이윽고 다시 마셔 봐도 되겠다 싶은 생각이 들었다. 이번엔 홍차가 미지근했고, 마셔 보니 기분이 좋았다. 나는 차의 맛과 설탕의 맛을 확실하게 구분할 수 없었다. 하나는 쌉싸래하고 또 하나는 달콤한 게 분명했다. 하지만 어느 쪽이 달콤한 것이고 어느 쪽이 쌉싸래한 것일까? 어쨌거나 두 맛의 조화는 마음에 들었다. 앞으로도 홍차에는 설탕을 넣어서 마셔야겠다. 하지만 너무 뜨거운 것은 사절이다.

홍차는 평온하고 느긋한 기분을 안겨 주었고, 나는 잠이 들었다.

나는 다시 잠에서 깨어났다. 아마도 잠결에 샅과 음낭을 긁적거린 탓이리라. 담요를 덮고 잤더니 땀이 솟았다. 욕창(褥瘡)? 내 샅은 축축하다. 그렇다고 거기를 너무 박박 문지르다 보면, 처음엔 격렬한 쾌감이 들다가도 이내 마찰이 불쾌하게 느껴진다. 음낭의 경우에는 그보다 낫다. 음낭을 조심스럽게, 고환이 눌리지 않을 정도로 손에 쥐면, 뭔가 오톨도톨하고 털이 약간 나 있는 것이 느껴진다. 음낭을 긁적거리는 것은 기분 좋은 일이다. 가려움은 곧바로 가시지 않는다. 오히려 긁으면 긁을수록 간질간질한 느낌이 더해 가고, 그래서 자꾸자꾸 긁고 싶어지는 것이다. 쾌감이란 고통의 멎음이라지만, 가려움은 고통이 아니다. 가려움이란 쾌감을 얻으라는 권유이고, 살의 간질거림이다. 사람들은 이것에 굴복함으로써 죄를 짓는다. 사려 깊은 젊은이는 잠을 잘 때 반듯하게 누워서 깍지 낀 두 손을 배 위에 올려놓는다. 잠결에 불순한 짓을 저지르지 않기 위해서 말이다.[23] 가려움이란 참 묘한 것이다. 불알 역시 그러하다. 불알 밑이 근질근질하다. 어떤 사내는 불알 두 쪽만 대그락대그락한다.

나는 눈을 떴다. 눈앞에 여자 한 사람이 서 있었다. 아주 젊지는 않고 눈가의 주름으로 보아 쉰 살쯤 되어 보였다. 하지만 얼굴에서는 빛이 나고 아직 생기가 느껴졌다. 머리에는 흰 머리카락 몇 올이 보일 듯 말 듯 섞여 있었다. 마치 나는 젊은 여자로 보이고 싶지 않고 그냥 내 나이에 맞게 살래요 하는 식의 애교를 부리느라고 일부러 몇 올을 탈색해 놓은 것만 같았다. 아름다운 여자였다. 젊었을 적에는 아주 예뻤을 법했다. 그녀가 내 이마를 어루만지고 있었.

〈얌보〉 하고 그녀가 말했다.

「얌보가 누구죠?」

---

23 평생을 청소년 교육에 헌신한 이탈리아 성직자 돈 보스코(1815~1888)의 저서 『사려 깊은 젊은이』에 나오는, 청소년의 순결을 위한 지침 가운데 하나.

「당신이 얌보예요. 모두가 당신을 그렇게 부르죠. 그리고 나는 파올라예요. 당신 아내죠. 나 알아보겠어요?」

「아뇨, 여사님, 아니, 미안해요, 파올라. 정말 유감이에요. 의사한테 설명을 들으셨겠지요?」

「네, 들었어요. 당신은 스스로 겪은 일은 기억하지 못하지만 남들에게 일어났던 일은 아주 잘 알고 있다고 하더군요. 나는 당신 개인사의 한 부분을 이루고 있으니까, 나에 관해서도 아는 게 없겠네요. 얌보, 우리는 30년 넘게 결혼 생활을 했어요. 카를라와 니콜레타라는 두 딸을 두었고, 아주 귀여운 손자도 세 명 있어요. 카를라는 일찍 결혼해서 아이를 둘 낳았어요. 큰아이 알레산드로는 다섯 살이고 둘째 루카는 세 살이죠. 잔조, 즉 니콜레타의 아들 잔자코모 역시 세 살이에요. 이 동갑내기 두 아이를 두고 당신은 사촌 쌍둥이라는 말을 했죠. 당신은 아주 멋진 할아버지예요. 예전에도 그랬고…… 지금도 그렇고 앞으로도 그럴 거예요. 당신은 좋은 아버지이기도 했죠.」

「그리고…… 좋은 남편이기도 한가요?」

파올라는 하늘을 올려다보았다. 「우리가 아직 이러고 있는 거 보면 몰라요? 30년을 같이 살다 보면 좋은 때도 있고 나쁜 때도 있게 마련이죠. 주위 사람들은 늘 당신을 멋진 남자로 생각했고…….」

「오늘 아침, 아니 어제, 아니 오래전에 거울 속에서 흉측한 얼굴을 봤어요.」

「당신에게 일어난 일을 생각하면 그 정도는 약과라고 봐야죠. 하지만 당신은 예전에도 미남이었고 지금도 그래요. 당신의 미소는 사람을 홀딱 반하게 해요. 그래서 몇몇 여자가 그 미소에 넘어갔죠. 유혹에 약한 것은 당신도 마찬가지였어요. 다른 건 모두 뿌리칠 수 있어도 유혹은 뿌리칠 수 없다는 게 당신 지론이었죠.」

「미안해요.」

「이런, 마치 바그다드에 스마트 폭탄을 터뜨려 놓고 약간의 민간인이 죽어서 미안하다고 말하던 사람들 같네요.」

「바그다드에 폭탄이 떨어졌다고요? 『천일야화』에는 그런 얘기가 안 나오는데.」

「전쟁이 있었어요. 걸프전이라는 전쟁이었는데, 이제는 끝났어요. 아니 어쩌면 아직 끝나지 않은 것일 수도 있겠네요. 이라크가 쿠웨이트를 침공하자, 서방 여러 나라가 개입했죠. 전혀 생각이 안 나요?」

「의사 말로는 내 삽화적 기억이 틸트[24]를 당한 모양인데, 이 기억은 감정과 연결되어 있대요. 바그다드 폭격은 내 마음을 뒤흔들 만큼 충격적인 일이었나 봐요.」

「그렇고말고요! 당신은 언제나 확신에 찬 평화주의자였고, 그 전쟁은 당신을 비탄에 빠뜨렸죠. 거의 2백 년 전에 멘드비랑이라는 프랑스의 철학자는 기억을 세 가지 유형으로 구분했어요. 관념, 감정, 습관으로 말이에요. 당신은 관념과 습관은 기억하지만, 감정을 기억하지 못해요. 가장 개인적인 것을 기억하지 못하는 셈이죠.」

「대단한 것을 알고 있네요. 어떻게 아는 거죠?」

「내 직업이 심리학자이거든요. 그런데 잠깐만요, 조금 전에 당신의 삽화적 기억이 틸트를 당했다고 했어요. 왜 그런

---

24 핀볼 게임 용어. 핀볼 머신을 너무 난폭하게 다루었을 때 벌칙으로 게임이 종료되는 것을 말한다.

표현을 사용했죠?」

「사람들이 흔히 그렇게 말하잖아요.」

「그래요, 하지만 그건 핀볼 게임을 할 때 쓰는 말이고, 당신으로 말하자면…… 핀볼 게임에 아이처럼 열광했던 사람이에요.」

「나는 핀볼 게임이 어떤 것인지 알아요. 하지만 내가 누구인지는 모르죠. 이해하겠어요? 포 강 유역에 서린 안개 같은 것이 나를 휘감고 있다고요. 포 강 유역이라는 말이 나왔으니 얘긴데, 우리가 지금 어디에 있는 거죠?」

「포 강 유역에 있어요. 우리는 밀라노에 살아요. 겨울이면 우리 집 발코니 너머로 공원에 낀 안개를 볼 수 있죠. 당신은 밀라노에서 고서적 전문가로 일하고 있어요. 고서점을 운영하고 있죠.」

「파라오의 저주로군요. 성이 보도니인데 이름까지 잠바티스타라고 지어 주었으니, 그렇게 될 수밖에 없었던 거예요.」

「오히려 잘된 일이죠. 고서적 분야에서는 다들 당신을 뛰어난 사람으로 생각해요. 게다가 비록 억만장자는 아니어도 우리는 잘 살고 있어요. 내가 당신을 도와줄게요. 당신은 조금씩 회복될 거예요. 세상에, 당신이 깨어나지 못해서 얼마나 가슴을 졸였던지. 의사들이 아주 유능했어요. 당신을 제때에 붙잡아 주었으니까요. 여보, 잘 돌아왔어요. 내 환영 인사 받아 주는 거죠? 당신은 나를 처음 만나는 것 같을 거예요. 상관없어요, 나는 지금 처음으로 당신을 만난 것이라고 해도, 당신과 결혼할 거예요. 괜찮죠?」

「당신은 아주 사랑스러워요. 나에겐 당신이 필요해요. 내가 살아온 지난 30년 세월에 관해서 이야기해 줄 수 있는 사람은 당신밖에 없을 거예요.」

「35년이에요. 우리는 토리노 대학에서 만났어요. 당신은 학부 졸업을 눈앞에 두고 있었고, 나는 캄파나 관(館)의 복도에서 헤매던 어리바리한 신입생이었죠. 내가 강의실을 못 찾고 헤매다가 당신에게 물었을 때, 당신은 단박에 수작을 걸면서 나를 꼬였어요. 고교생이나 다름없는 무방비 상태의 나를 말이에요. 그다음에는 약간의 우여곡절이 있었죠. 나는 너무 어렸고 당신은 외국에서 3년을 보냈으니까요. 그러고 나서 우리는 시험 삼아 살아 보자고 하면서 동거에 들어갔고, 결국 내가 임신을 하는 바람에 결혼을 하게 되었죠. 당신이 신사였던 셈이죠. 아니, 미안해요, 우리가 정말 서로 사랑했기 때문이기도 하죠. 게다가 당신은 아버지가 되는 걸 좋아했고요. 아빠, 힘내세요, 당신이 모든 것을 다시 기억해 내도록 내가 도와줄 거예요. 두고 보면 알아요.」

「이 모든 게 하나의 음모가 아니라면 그렇게 되겠죠. 사실 내 이름은 펠리치노 그리말델리이고 나는 강도예요.[25] 당신과 그라타롤로는 나에게 갖가지 얘기를 들려주고 있지만 그건 말짱 거짓말이에요. 어쩌면 당신들은 정보국 사람들인지도 모르죠. 당신들은 내 신분을 조작하려 애쓰고 있어요. 나를 베를린 장벽 너머로 보내서 첩보 활동을 시키려는 것일 수도 있어요. 〈입크레스 파일〉,[26] 그리고……」

「그건 존재하지 않아요. 베를린 장벽 말이에요. 장벽은 무

---

[25] 그리말델리 Grimaldelli라는 성 자체가 강도를 연상시킨다. 곁쇠 또는 만능열쇠를 뜻하는 그리말델로 *grimaldello*의 복수형이기 때문이다.
[26] 영국 작가 렌 데이턴이 1962년에 발표한 첩보 소설. 3년 뒤에 마이클 케인 주연의 영화로 각색되었다(국내 상영 제목은 「국제 첩보국」).

너졌고 소비에트 제국은 사분오열되고 있는 마당······.」

「세상에, 잠시 마음을 돌리고 저들이 당신에게 무슨 짓을 하고 있는지 생각해 봐요. 아니 됐어요, 농담이었어요. 난 당신 말을 믿어요. 그건 그렇고 브롤리오의 스트라키노가 뭐죠?」

「뭐라고요? 스트라키노는 무른 치즈의 일종이에요. 하지만 그것은 피에몬테 지방에서 부르는 이름이고, 여기 밀라노에서는 크레센차라고 해요. 왜 스트라키노 얘기를 하는 거죠?」

「치약의 튜브를 누르고 있는데 생각이 나서요. 잠깐만요, 브롤리오라는 화가가 있었어요. 그는 그림을 그려서 살아갈 수 있는 처지가 아니었음에도 다른 일을 하려고 하지 않았죠. 그의 말로는 신경증이 있다는 게 그 이유였어요. 하지만 그건 누나의 도움을 받기 위한 핑계가 아니었나 싶어요. 그의 딱한 사정을 보다 못한 친구들이 일자리를 하나 구해 줬어요. 치즈를 만들고 판매하는 회사에 취직을 시킨 거지요. 어느 날 그는 산더미처럼 쌓인 스트라키노 앞을 지나가게 되었어요. 치즈는 모두 밀랍을 입힌 반투명한 포장지에 싸여 있었죠. 그는 신경증 때문에(그의 말로는 그래요) 유혹을 뿌리치지 못하고, 치즈를 차례차례 집어서 꾹꾹 눌러 댔어요. 스트라키노가 포장지 밖으로 비어져 나올 수밖에요. 그는 치즈를 백 개쯤 망가뜨리고 해고되었죠. 모든 게 신경증 탓이었어요. 그는 스트라키노를 주물럭거리니까 자신의 관능이 꿈틀거렸다고 말했어요. 세상에, 파올라, 이건 어린 시절의 기억이에요! 나는 내가 과거에 겪은 일들에 관한 기억을 잃었다고 하지 않았나요?」

파올라는 웃음을 터뜨렸다. 「미안해요, 이제 생각이 났어요. 아닌 게 아니라, 그건 당신이 어렸을 때 들은 얘기예요.

하지만 당신은 그 얘기를 다른 사람들에게 자주 들려주었어요. 말하자면 그 얘기는 당신의 레퍼토리 가운데 하나가 되었다는 거죠. 당신은 브롤리오의 스트라키노 이야기로 당신 손님들에게 웃음을 주었고, 그들은 다시 다른 사람들에게 그 이야기를 했어요. 안됐지만, 당신은 당신만의 경험을 기억하고 있는 게 아니에요. 그저 당신이 남한테 숱하게 들려준 이야기를 알고 있을 뿐이에요. 그 이야기는 당신에게, 뭐랄까, 공공 재산이 되어 버린 거죠.『빨간 모자』라는 동화처럼 말이에요.」

「당신은 정말 나에게 없어서는 안 될 사람이군요. 당신을 아내로 두게 되어서 기뻐요. 이 세상에 존재해 줘서 고마워요, 파올라.」

「맙소사, 한 달 전 같으면 당신은 그런 말을 두고 텔레비전 드라마에나 어울리는 싸구려 표현이라고 했을 거예요.」

「날 너그럽게 이해해 줘요. 나는 가슴에서 우러나오는 말은 한마디도 할 수가 없어요. 감정은 없고, 판에 박은 말들만 기억하고 있거든요.」

「가엾은 내 사랑.」

「그것 역시 상투적인 표현 같은데요.」

「바보.」

이 파올라라는 여자는 날 정말 사랑하고 있는 거야.

나는 평온한 하룻밤을 보냈다. 그라타롤로 박사가 내 혈관에 무언가를 주입했을지도 모를 일이다. 나는 조금씩 잠에서 깨어났다. 하지만 눈은 그대로 감고 있어야 했다. 파올라의 속삭이는 목소리가 들렸기 때문이다. 내 잠을 깨우게 될까

저어하는 목소리였다. 「하지만 심인성 기억 상실일 수도 있지 않을까요?」

그라타롤로의 대답이 이어졌다. 「그럴 수도 있다는 것을 결코 간과해서는 안 되죠. 이런 일의 원인을 따져 보면, 까닭 모를 심리적 긴장 같은 것이 있게 마련이죠. 하지만 진료 카드를 보셔서 아시겠지만, 손상이 없는 게 아니에요.」

나는 눈을 뜨고 아침 인사를 건넸다. 두 사람 말고도 두 여자와 세 아이가 더 있었다. 낯선 얼굴들이었지만, 나는 그들이 누구인지 짐작했다. 정말 고약한 일이었다. 아내를 몰라보는 건 그럴 수 있다 치더라도, 딸들은 내 혈육이고 손자들은 더더욱 각별한 혈육이 아닌가 말이다. 두 젊은 여자의 눈은 행복감으로 반짝였다. 아이들은 침대에 기어오르고 싶어 하면서, 내 손을 잡고는 할아버지 안녕, 하고 말했다. 나는 아무 생각도 나지 않았다. 안개가 서린 정도가 아니라 뭐랄까, 무감정의 상태였다. 아니 무념무상의 경지였다고나 할까? 이를테면 동물원에서 원숭이나 기린 같은 동물들을 바라보는 기분이었다. 물론 나는 빙그레 웃으면서 상냥한 말을 해주었다. 그러나 내 마음속은 텅 비어 있었다. 문득 스쿠라토라는 말이 뇌리에 떠올랐다. 뜻 모를 말이었다. 파올라에게 그 말이 무슨 뜻이냐고 물었더니, 피에몬테 지방의 사투리라고 했다. 냄비를 깨끗하게 씻은 뒤에 쇠 수세미 같은 것으로 박박 문질러서 새것처럼 더없이 깨끗하고 반짝반짝 빛나게 만들었을 때 하는 말이라는 것이었다. 바로 그거였다. 나는 나 자신이 박박 문질러서 완전히 새것처럼 되었다고 느꼈다. 그라타롤로와 파올라와 딸들은 내 머릿속에 내 삶의 무수한 단편들을 주입하고 있었다. 하지만 그것들은 마치 바싹 마른 강

낭콩처럼 냄비에 넣고 아무리 휘저어도 날것 그대로 남아 있었다. 어떤 수프나 어떤 크림에도 녹아들지 않았다. 내 구미를 돋우거나 다시 맛보고 싶은 욕구를 불러일으키는 것이 전혀 없었다. 나는 나 자신에게 일어났던 일들을 마치 남에게 일어났던 일인 양 배워 가고 있었다.

나는 아이들을 쓰다듬으면서 냄새를 맡았다. 아주 부드럽다는 것 말고는 무어라 규정할 수 없는 냄새였다. 그저 이런 문장만이 뇌리에 떠올랐다. 아이들의 살처럼 풋풋한 향내가 있다.[27] 그러고 보니 내 머릿속은 비어 있지 않았다. 내 것이 아닌 기억들이 소용돌이치고 있었던 것이다.[28] 우리 인생길의 중턱에서 후작 부인은 다섯시에 나갔다/에르네스토 사바토와 시골에서 온 소녀/아브라함은 이사악을 낳고 이사악은 야곱을 낳았으며 야곱은 유다와 로코네 형제들을/종탑에서는 거룩한 밤의 자정을 알리는 종소리가 울려 퍼지고 내가 진자를 본 것은 바로 그때였다/코모 호수의 이쪽 갈래 기슭에서는 날개가 긴 새들이 잠자고 있다/*messieurs les Anglais je me suis couché de bonne heure*(영국 신사들이여, 나는 일찍 잠자리에 들었다)/여기에서 우리는 이탈리아를 만들거나 죽은 사람을 살해한다/*tu quoque alea*(주사위, 너마저)/달아나는 병사여 멈춰라 그대는 아름답다/이탈리아의 형제들이여 다시 힘을 냅시다/이랑을 짓는 쟁기는 다른 때에나 어울린다/이탈리아는 만들어지며 항복하지 않는

---

27 보들레르의 『악의 꽃』에 실린 시 「상응」의 9행.
28 이어서 인용구들의 모자이크가 길게 이어진다. 빗금으로 끊긴 각 문장은 출처가 서로 다른 인용구들의 결합이다. 인용구들의 출처에 관해서는 다음 각주 참조.

다/우리는 그늘에서 싸울 것이고 해거름은 느닷없이 찾아온다/세 여인이 와서 내 마음을 둘러싸고 이 마음에는 바람 한 점 없다/의식이 없는 야만의 창(槍)에 너는 고사리 같은 손을 내밀고 있었다/햇빛에 미친 말을 우리에게 요구하지 말 것/그는 알프스 산맥에서 피라미드의 나라에 이르기까지 철모를 쓰고 전쟁터를 누볐다/얼마 되지 않는 연금 때문에 저녁에는 내 말들이 신선하다/금빛 날개를 치며 언제나 자유롭게/물에서 우뚝 솟는 산들에게 작별을 고하며 이르노니 내 이름은 루치아다/오 발렌티노 얼룩말 발렌티노/이보게 귀도 나는 하늘에서 창백해지기를 바란다네/나는 사랑이라는 무기가 가볍게 떨리는 것을 알아차렸다/*de la musique où marchent des colombes*(비둘기들이 노니는 음악)/상쾌하고도 맑은 밤 그리고 대위/나는 환히 빛난다 온화한 소여/말이 아무리 헛되다 해도 나는 폰티다에서 그들을 만났다/우리는 9월에 레몬 꽃이 피는 곳으로 간다/여기에서 펠레우스의 아들 아킬레우스의 모험이 시작된다/달빛이여 그대가 무얼 하고 있는지 내게 말해 다오/한처음에 지구가 움직이지 않는 듯했다/*Licht mehr Licht über alles*(빛을, 더 많은 빛을, 모두의 위로)/백작 부인, 인생이 대체 뭐냐고요? 그야 서랍장 위의 올빼미 세 마리죠.[29] 그리고 숱한 이름, 이름, 이

---

29 — 우리 인생길의 중턱에서: 단테의 『신곡』, 「지옥」편 첫 행.
　— 후작 부인은 다섯시에 나갔다: 폴 발레리가 소설을 무미건조하게 시작하는 방식의 예로 제시한 문장. 앙드레 브르통은 「초현실주의 선언」(1924)에서 이 문장을 다시 언급하며 따분한 소설 예술에 대한 경멸을 표시했다.
　— 에르네스토 사바토와 시골에서 온 소녀: 에르네스토 사바토는 아르헨티나의 작가이고, 시골에서 온 소녀는 자코모 레오파르디의 시 「마을의 토요일」의 첫 행. 사바토라는 이름에서 토요일(사바토)이 연상되고 이것이 레오파르디

름들. 안젤로 달 오카 비앙카, 브러멜 경, 핀다로스, 플로베르, 디즈레일리, 레미조 체나, 쥐라기, 파토리, 스트라파롤라와 유쾌한 야화(夜話), 퐁파두르 후작 부인, 스미스 앤 웨슨, 로자 룩셈부르크, 체노 코시니, 팔마 일 베키오, 아르케옵테릭스, 치체루아키오, 마태오 마르코 루가 요한, 피노키오, 쥐

의 시로 이어진 것.
ㅡ로코네 형제들: 루키노 비스콘티의 영화(1960).
ㅡ내가 진자를 본 것은 바로 그때였다: 움베르토 에코, 『푸코의 진자』의 첫 문장.
ㅡ코모 호수의 이쪽 갈래: 알레산드로 만초니의 소설 『약혼자』의 첫머리.
ㅡ나는 일찍 잠자리에 들었다: 프루스트의 소설 『잃어버린 시간을 찾아서』의 첫머리.
ㅡ주사위, 너머저: 율리우스 카이사르가 남긴 두 명언 *Tu quoque, Brutus*(브루투스, 너머저)와 *Alea jacta est*(주사위는 던져졌다)를 결합한 것.
ㅡ달아나는 병사여 멈춰라 그대는 아름답다: 괴테의 『파우스트』 2부 5막에 나오는 파우스트의 대사 〈그러면 나는 순간을 향해 이렇게 말해도 좋으리라. 멈춰라, 그대 정말 아름답구나!〉를 〈달아나는 병사〉와 결합한 것.
ㅡ이탈리아는 만들어지며: 19세기 이탈리아 통일 운동 시기(리소르지멘토)의 주역 가운데 하나인 마시모 다첼리오는 통일 왕국 의회의 첫 모임에서 〈이탈리아는 만들어지며 우리는 아직 이탈리아 국민을 만들어야 한다〉라고 말했다.
ㅡ우리는 그늘에서 싸울 것이고: 기원전 480년경 그리스 연합군과 페르시아군이 격돌한 테르모필레 전투에서 가장 용감하게 싸운 장수 디에네케스가 한 말. 헤로도토스의 『역사』에 따르면, 전투 전야에 트라키아 원주민이 디에네케스에게 말하길, 페르시아 궁수들이 어찌나 많은지 그들이 한꺼번에 활을 쏘면 화살 비가 하늘을 가릴 정도라고 했다. 하지만 디에네케스는 전혀 기죽지 않고 웃으며 말했다. 「좋다, 그렇다면 우리는 그늘에서 싸울 것이다.」
ㅡ해거름은 느닷없이 찾아온다: 이탈리아 시인 살라토레 콰시모도(1901~1968)의 시집 제목이자 유명한 3행시(사람들은 저마다 지구 한복판에서/한 줄기 햇살을 받고 있는데/해거름은 느닷없이 찾아온다)의 제목.
ㅡ세 여인이 와서 내 마음을 둘러싸고: 단테의 시 제목이자 그 시의 첫 행.
ㅡ햇빛에 미친 말을 우리에게 요구하지 말 것: 이탈리아 시인 에우제니오 몬탈레의 시 「내가 옮겨 심도록 해바라기를 가져다주오」의 4행(햇빛에 미친 해바라기를 가져다주오)과 그의 또 다른 시 「어느 모로 보나 네모반듯한 말을 우리에게 요구하지 말 것」을 결합한 것.

스틴, 마리아 고레티, 손톱에 똥이 묻은 탕녀 타이스,[30] 골다 공증, 성(聖) 오노레, 박트리아 엑바타나 페르세폴리스 수사 아르벨라,[31] 알렉산드로스 대왕과 고르디아스의 매듭.

백과사전이 낱장으로 흩어져 나를 덮치고 있었다. 나는 벌 떼에 둘러싸인 사람처럼 손을 내저었다. 그러는 동안 아이들은 할아버지 하고 나를 불렀다. 보아하니 나는 그 아이들을

─얼마 되지 않는 연금 때문에 저녁에는 내 말들이 신선하다: 이탈리아 시인 주세페 주스티(1809~1850)의 시 「성 암브로조」의 2행과 가브리엘레 단눈치오의 시 「피에솔레의 저녁」의 첫 행을 결합한 것.
─오 발렌티노 얼룩말 발렌티노: 조반니 파스콜리의 시 「얼룩 암말」의 후렴구 〈오 암망아지, 얼룩 암망아지〉와 〈발렌티노, 발렌티노〉를 결합한 것.
─이보게 귀도, 나는 바란다네: 단테의 시 「귀도 카발칸티에게」의 첫 행.
─가볍게 떨리는 것을 알아차렸다: 단테의 『신곡』, 「연옥」편 1곡 117행.
─비둘기들이 노니는 음악: 폴 베를렌의 시 「시 작법」의 첫 행(무엇보다 먼저 음악을)과 폴 발레리의 시 「해변 묘지」의 첫 행(비둘기들이 노니는 고요한 지붕)을 결합한 것.
─나는 환히 빛난다 온화한 소여: 이탈리아 시인 웅가레티의 2행시 「아침」의 첫 행과 카르두치의 시구 〈너를 사랑한다, 오 온화한 소여〉를 결합한 것.
─레몬 꽃이 피는 곳: 이탈리아를 가리키는 말. 괴테의 소설 『빌헬름 마이스터의 수업 시대』 3편에서 미뇽이 부르는 노래 「당신은 아시나요, 레몬 꽃 피는 곳을……」에서 인용한 것.
─여기에서 펠레우스의 아들 아킬레우스의 모험이 시작된다: 『일리아스』의 첫 행 〈노래하소서, 여신이여, 펠레우스의 아들 아킬레우스의 노여움을〉의 변형.
─빛을, 더 많은 빛을, 모두의 위로: 괴테가 임종할 때 했다는 말(빛을, 더 많은 빛을!)과 독일 국가의 한 구절(도이칠란트, 도이칠란트, 모두의 위로)을 결합한 것.
─백작 부인, 인생이 대체 뭐냐고요?: 이탈리아 시인 카르두치의 시 「조프레 뤼델 송시」의 첫 행.
─서랍장 위의 올빼미 세 마리: 이탈리아 동요 「암바라바 치치 코코 서랍장 위의 올빼미 세 마리」에서 인용한 것.
30 단테의 『신곡』, 「지옥」편 18곡 127~135행에 묘사되어 있는 고대 그리스의 여인. 단테는 이 이름을 이탈리아어화하여 〈타이데〉라 부르고 있다.
31 알렉산드로스 대왕이 정복했던 페르시아 제국의 다섯 도시.

나 자신보다 사랑했을 법한데, 누가 잔조이고 누가 알레산드로이고 누가 루카인지 알 수가 없었다. 알렉산드로스 대왕에 관해서는 무엇이든 알고 있는 내가 내 손자 알레산드로에 관해서는 아는 게 전혀 없었다.

나는 몸에 기운이 없는 느낌이 들어서 자고 싶다고 말했다. 그들이 나가자 울음이 나왔다. 눈물은 짜다. 그러고 보니 나에게도 아직 감정이 있었다. 분명히 있었다. 하지만 그건 갓 생겨난 감정이었다. 옛날의 감정들은 이제 내 것이 아니었다. 나는 예전에 신앙심이 깊었을까 하는 의문이 떠올랐다. 그 대답이 무엇이든 간에 분명한 건 내가 영혼을 잃었다는 사실이었다.

이튿날 아침, 파올라가 지켜보는 가운데 그라타롤로는 나를 어떤 탁자 앞에 앉히더니 갖가지 색깔의 작은 정사각형들을 한 묶음 내놓았다. 그러더니 그중 하나를 나에게 내밀면서 무슨 색깔이냐고 물었다. 딩동댕 빨간 구두, 딩동댕 이건 무슨 색? 졸리게 하는 색, 시클라멘 색, 밖으로 나가라 오 가리발디파![32] 나는 빨강, 노랑, 초록 등 그가 처음에 보여 준 대여섯 가지 색깔을 아무 문제 없이 알아보았다. 그리고 이런 말이 내 입에서 저절로 나왔다. *A noir, E blanc, I rouge, U vert, O bleu, voyelles, je dirais quelque jour vos naissances latentes*(검은 A, 하얀 E, 빨간 I, 푸른 U, 파란 O, 모음들이여, 내 언젠가는 너희의 숨겨진 탄생을 말하리라).[33] 그때 나는 이 시를 쓴 사람이나 그의 어떤 분신이 거짓말을 하고 있

32 이탈리아의 동요.
33 아트뤼르 랭보의 시 「모음」의 첫 두 행.

음을 깨달았다. A가 검다는 게 무슨 뜻이지? 나는 색깔을 처음으로 발견하는 듯한 기분이 들었다. 빨강은 아주 쾌활하고 불처럼 강렬했다. 너무 강렬하다 싶었다 — 아니, 그보다 더 강한 것은 노랑일지도 몰랐다. 노랑은 갑자기 눈앞을 환히 비추는 빛과 같았다. 초록은 나에게 평온한 느낌을 주었다. 그런데 다른 정사각형들이 나타나면서 곤란한 일이 생기기 시작했다. 이건 뭐죠? 초록이오. 하지만 그라타롤로는 이 대답으로 만족하지 않고 다시 물었다. 어떤 종류의 초록인가요? 이 초록과 어떻게 다르죠? 글쎄요……. 파올라가 설명하기를 하나는 당아욱의 초록이고 다른 하나는 완두의 초록이라고 했다. 나는 이렇게 대답했다. 당아욱은 초본 식물의 하나이고, 완두는 식용 식물로서 길고 올통볼통한 꼬투리에 둥근 열매가 맺히죠. 하지만 나는 당아욱도 완두도 본 적이 없어요. 그러자 그라타롤로가 말했다. 걱정하지 마세요. 영어에는 색깔을 나타내는 낱말이 3천 개가 넘습니다. 하지만 대다수 사람들이 색깔을 가리키기 위해서 쓰는 말은 기껏해야 여덟 개입니다. 보통은 무지개 색, 즉 빨강, 주황, 노랑, 초록, 파랑, 남색, 보라 정도를 구별하죠. 하지만 남색과 보라를 구별하는 것만 해도 어떤 사람들에게는 그리 쉬운 일이 아닙니다. 색조들을 구별하고 각각의 이름을 말할 수 있으려면 많은 경험이 필요해요. 이를테면, 신호등의 세 가지 색깔만 구별하면 되는 택시 운전기사보다는 화가가 그런 일에 더 능하겠죠.

그라타롤로는 내게 종이와 펜을 주더니, 써보라고 했다. 나는 〈도대체 뭘 쓰란 말이오?〉라고 썼다. 마치 내가 글만 쓰면서 살아온 사람 같은 기분이 들었다. 펜은 부드러웠고 종이 위로 쓱쓱 잘 미끄러져 나갔다. 〈머릿속에 떠오르는 대로 써보세요〉 하고 그라타롤로가 말했다.

마음속? 나는 이렇게 썼다.[34] 내 마음속에서 속삭이는 사랑, 태양과 다른 별들을 움직이는 사랑, 태양보다 찬연한 이것을 당신들은 어렵게 겨우겨우 따라간다, 나는 종종 삶의 괴로움과 마주쳤네. 아 인생이여 내 인생이여, 아 이 마음속의 마음이여, 마음을 걷잡을 수가 없다, 데아미치스De Amicis의 마음, 친구들 amici로부터 나를 지켜 다오 이디오Iddio, 오 하늘의 신이시여 o Dio del ciel 만약 당신이 한 마리 작은 제비라면, 내가 만약 불이라면 세계를 태워 버리리라, 활활 타오르는 불꽃처럼 살되 고통을 느끼지 말 것, 남에게 괴로움을 주지 말고 공포심을 갖지 말 것, 공포가 구십, 팔십, 칠십, 1860년, 가리발디의 천인대(千人隊), 천 한 명도 아닌 천 명, 2천 년의 기적, 기적이야말로 시인의 목표다.[35]

---

34 이어지는 것은 인용구들의 연상 유희. 앞 문장의 단어 하나를 받아서 다른 문장이 이어진다. 인용구들의 출처에 관해서는 다음 각주를 참조.

35 —내 마음속에서 속삭이는 사랑: 단테의 『신곡』, 「연옥」편 2곡 112행.
—태양과 다른 별들을 움직이는 사랑: 『신곡』, 「천국」편의 마지막 두 행에서 인용한 것.
—나는 종종 삶의 괴로움과 마주쳤네: 에우제니오 몬탈레의 시집 『오징어 뼈』에 실린 시 「나는 종종 삶의 괴로움과 마주쳤네」의 첫 행.
—데아미치스의 『마음』: 우리나라에 〈사랑의 학교〉라는 제목으로 번역된 데아미치스 소설의 원제는 〈Cuore〉, 즉 마음이다.
—공포가 구십: 이탈리아의 로토 애호가들은 꿈에서 본 사물이나 현상을 수와 연결시키는 해몽 체계를 활용한다. 이것을 〈스모르피아〉라고 하는데, 나폴리의 스모르피아에서는 공포가 90에 해당한다(이탈리아의 로토는 1에서 90까지의 수 가운데 다섯 개를 선택하도록 되어 있다). 〈공포가 90〉이라는 말은 공포가 극해 달했다는 뜻이다.
—기적이야말로 시인의 목표다: 이탈리아의 시인 잠바티스타 마리노(1569~1625)가 당대의 라이벌 무르톨라를 비판하기 위해 쓴 시 「무르톨레이데」에

파올라가 말했다. 「뭔가 당신의 삶에 관한 것을 써 봐요. 당신 스무 살 때 무엇을 했죠?」 그러자 내 펜 끝에서 이런 문장이 나왔다. 나는 스무 살이었다. 누구든 스물 살 때가 인생에서 가장 아름다운 시절이라고 말하려 한다면 나는 가만두지 않으리라.[36] 의사는 내가 잠에서 깨어났을 때 가장 먼저 머릿속에 떠오른 것이 무엇이냐고 물었다. 나는 이렇게 썼다. 어느 날 아침 그레고르 잠자는 뒤숭숭한 꿈에서 깨어났다가, 침대에서 커다란 벌레로 변해 버린 자신을 발견했다.[37]

파올라가 말했다. 「박사님, 이 정도면 충분하다 싶어요. 이런 연상의 사슬을 너무 오래 이어 가게 하지 마세요. 그러지 않으면 이이의 정신이 이상해질지도 몰라요.」

「아 그래요? 지금은 내 정신이 온전해 보인다 이거죠?」

갑작스럽게 그라타롤로의 지시가 떨어졌다. 「자아 이제 서명을 해보세요. 생각하지 말고 그냥 손이 가는 대로, 수표에 서명할 때처럼 말이에요.」

나는 생각하지 않고 그냥 손이 가는 대로 〈*GBBodoni*〉라고 쓴 다음, 끝에는 장식을 달고 〈i〉자에는 동그란 점을 찍었다.

「보셨죠? 선생님의 머리는 선생님이 누구인지 모르지만, 선생님의 손은 알고 있어요. 예상했던 대로예요. 이제 다른 것을 해봅시다. 선생님은 저에게 나폴레옹 얘기를 하셨어요. 나폴레옹이 어떻게 생겼죠?」

나오는 시구.

36 프랑스 작가 폴 니장의 소설 『아라비아 아덴』(1931)의 첫 문장. 에코의 소설 『푸코의 진자』 34장에서 벨보는 스무 살을 서른 살로 바꾸어 이 문장을 인용하고 있다. 〈내 나이 서른, 어느 개자식이 나이 서른이 인생에서 가장 아름다운 시절이라고 했던가.〉(이윤기 역, 열린책들, p. 726)

37 카프카의 소설 『변신』의 첫 문장.

「그의 이미지는 떠올릴 수가 없어요. 떠오르는 건 말뿐이에요.」

그라타롤로는 내가 그림을 잘 그리느냐고 파올라에게 물었다. 보아하니 나는 화가처럼 그림을 잘 그리지는 못해도 서툴게나마 무언가를 끼적거릴 줄은 아는 모양이다. 그는 나에게 나폴레옹을 그리라고 했다. 나는 이런 식으로 그렸다.

「괜찮은데요. 선생님 마음속에 있는 나폴레옹의 도식을 그리셨어요. 이각모를 쓰고 한 손을 앞섶에 찔러 넣은 모습이군요. 이제 일련의 이미지들을 보여 드릴게요. 우선, 미술 작품들을 잇달아 보여 드릴 테니, 무슨 작품인지 맞혀 보세요.」

나는 척척 알아맞혔다. 「모나리자」, 마네의 「올랭피아」, 이건 피카소의 작품이거나 그의 작품을 그대로 본떠서 만든 것이로군요.

「보세요, 미술 작품들을 얼마나 잘 알아보시는지 아시겠죠? 이제 현대의 인물로 넘어갈까요?」

그가 두 번째로 잇달아 보여 준 것은 사진들이었다. 몇몇 얼굴이 생소하긴 했지만, 이번에도 내 대답은 만족스러웠다. 나는 그레타 가르보, 아인슈타인, 토토, 케네디, 모라비아 등을 알아보았고,[38] 그들의 직업을 알아맞혔다. 그라타롤로는 그들의 공통점이 뭐냐고 물었다. 유명하다는 건가요? 아뇨, 그것으론 부족해요, 다른 걸 말해 보세요. 내가 머뭇거리자 그라타롤로가 말했다.

「이들은 이제 모두 고인입니다.」

「뭐라고요? 케네디와 모라비아도 죽었단 말입니까?」

「모라비아는 작년 말에 세상을 떠났습니다. 케네디는 1963년에 댈러스에서 암살당했고요.」

「오 가엾은 사람들, 안됐군요.」

「모라비아를 기억하지 못하시는 건 거의 정상입니다. 이 작가가 타계한 것은 최근의 일이라서, 선생님의 의미론적 기억 속에 이 사건이 확실하게 자리 잡을 만한 시간이 없었다고 볼 수 있죠. 반면에 케네디의 경우에는 이해가 안 가는군요. 그의 암살은 백과사전에 나올 만큼 오래된 사건이니까요.」

파올라가 말했다.

「케네디 사건은 이이에게 큰 충격을 주었어요. 케네디는 아마 이이의 개인적인 기억과 결합되고 말았을 거예요.」

그라타롤로는 다른 사진들을 보여 주었다. 그중 하나는 두

---

[38] 토토는 이탈리아의 명배우 안토니오 데 쿠르티스(1898~1967)의 애칭이고, 모라비아는 이탈리아의 언론인이자 작가인 알베르토 핀케를레(1907~1990)의 필명이다.

남자를 찍은 사진이었다. 한 남자는 분명 나였다. 머리 모양과 옷차림이 단정하고, 파올라가 말한 매력적인 미소를 짓고 있는 모습이었다. 다른 남자 역시 인상이 좋았다. 하지만 그가 누구인지 기억이 나지 않았다.

파올라가 일러 주었다.

「잔니 라이벨리, 당신의 절친한 친구예요. 초등학교 때부터 고등학교 때까지 단짝이었죠.」

「이 사람들은 누구죠?」

그라타롤로가 다른 사진을 꺼내 들며 물었다. 한 쌍의 남녀를 찍은 낡은 사진이었다. 여자는 30년대 식 머리 모양에 옷깃이 얌전하게 파인 하얀 드레스 차림이었고, 코가 작디작은 감자처럼 앙증맞았다. 남자는 포마드를 약간 바른 듯한 머리에 가르마가 선명하고 콧대가 우뚝했으며, 헤벌쭉한 미소를 짓고 있었다. 나는 그들을 알아보지 못했다(연예인들인가? 아냐, 별로 화려하지도 않고 일부러 꾸민 모습도 없는 것으로 보아 신혼부부일 거야). 그런데 이상하게도 나는 명치가 옥죄이고 — 뭐랄까 — 정신이 아득해지는 듯한 기분을 느꼈다.

파올라는 내 기분을 알아차렸다. 「얌보, 당신 부모님의 결혼사진이에요.」

「아직 살아 계신가요?」

「아뇨, 두 분 다 오래전에 돌아가셨어요. 교통사고로요.」

그라타롤로가 말했다.

「이 사진을 보는 순간 선생님 마음에 동요가 일었어요. 사진 속의 어떤 이미지가 선생님 마음속에 있는 무엇인가를 일깨우고 있는 거죠. 이건 하나의 실마리예요.」

〈실마리는 무슨 실마리, 내가 악마의 검은 구덩이에서 아빠와 엄마를 다시 건져 낼 수 있는 것도 아닐 텐데요〉 하고 나는 소리쳤다. 「당신들이 가르쳐 줘서 나는 이제 이 두 사람이 내 어머니와 아버지라는 것을 압니다. 하지만 그건 당신들이 만들어 준 기억이에요. 이제부터 나는 내 부모가 아니라 이 사진을 기억하게 될 겁니다.」

「어쩌면 선생님은 지난 30년 동안 부모님을 자주 회상하셨을지도 모릅니다. 이 사진을 계속 보아 오셨으니까요. 기억을 창고와 같은 것으로 생각하시면 안 됩니다. 과거의 사건들을 넣어 두었다가 처음에 넣어 둔 그대로 다시 꺼내는 창고가 아니라는 거죠. 너무 전문적인 얘기를 하고 싶지는 않습니다만, 무언가를 추억한다는 것은 뉴런의 흥분을 새로운 양상으로 재구성하는 것입니다. 어떤 장소에서 선생님이 불쾌한 일을 겪었다고 가정합시다. 나중에 그 장소를 기억하실 때, 선생님은 처음에 뉴런이 흥분했던 방식을 되살리면서 불편한 감정을 느끼시게 될 겁니다. 하지만 흥분의 양상은 처음에 자극을 받았을 때 나타났던 것과 비슷하기는 해도 똑같지는 않습니다. 요컨대 무언가를 돌이켜 생각한다는 것은 그것을 재구성하는 행위입니다. 그 일이 있은 뒤로 우리가 알게 되었거나 말한 것 역시 재구성에 영향을 미치죠. 그게 정상입니다. 우리는 그런 식으로 과거를 기억합니다. 제가 이런 말씀을 드리는 것은 뉴런을 계속 새로운 양상으로 흥분시키라고 권하기 위해서입니다. 마치 창고에 넣어 둔 물건을 되찾기라도 하는 것처럼 무언가 처음 그대로의 모습으로 남아 있는 어떤 것을 찾으려고 고집스럽게 파고드시지 말라는 거죠. 이 사진에 담긴 부모님의 모습은 우리가 선생님에게 보여 드린 이미지이고 우리 자신이 보는 이미지입니다. 선생님은 이 이미지에서 출발하여 다른 어떤 것을 재구성해야 하는 것이고, 그럴 때 비로소 그것을 선생님의 기억이라고 말할 수 있게 됩니다. 무언가를 기억한다는 것은 하나의 노동이지 사치가 아닙니다.」

「음울하고도 끈질긴 추억들, 우리가 살아가면서 질질 끌고 다니는 죽음의 기다란 옷자락……」

내가 그렇게 읊자 그라타롤로가 말했다.

「추억이란 아주 아름다운 것일 수도 있습니다. 누군가는 이렇게 말했죠. 추억이란 사진기의 어둠상자 속에 들어 있는 수렴 렌즈와 같다고요. 이 렌즈는 모든 것을 집중시키고, 그 결과로 나온 이미지는 실물보다 훨씬 아름답습니다.」

〈담배 피우고 싶어요〉하고 내가 말했다.

「선생님의 몸이 정상으로 돌아오고 있다는 징후죠. 하지만 담배는 피우시지 않는 게 낫습니다. 그리고 퇴원하신 뒤에는 음주도 절제하셔야 해요. 끼니때마다 한 잔 정도만 드세요. 더는 안 됩니다. 선생님은 혈압에 문제가 있어요. 음주를 절제하겠다고 약속하시지 않으면, 내일 못 나가시게 할 겁니다.」

파올라가 조금 겁먹은 기색으로 물었다.

「이이를 퇴원시킨다고요?」

「결론을 말씀드릴 때가 되었군요. 여사님, 제가 보기에 부군께서는 신체적인 면에서 남에게 의지하지 않고도 지내실 수가 있습니다. 퇴원을 하셔도 계단에서 굴러 떨어지는 일은 없을 거예요. 여기에 계속 계시면, 숱한 검사와 온갖 인위적인 실험 때문에 오히려 피곤해지실 겁니다. 게다가 우리는 이제 검사 결과를 알고 있어요. 제 생각에는 평소의 환경으로 다시 돌아가시는 것이 선생님에게 유익할 듯합니다. 즐겨 먹던 음식을 다시 맛보고 어떤 친근한 냄새를 다시 맡는 것이 때로는 더 많은 도움을 주죠. 그 점에 관해서는 문학이 우리에게 많은 것을 가르쳐 주었죠. 신경학보다 말입니다……」

나는 많이 아는 척하는 사람처럼 보이고 싶지는 않았지만, 나에게 남은 것이 그놈의 의미론적 기억뿐이라면 그거라도 써먹어야겠다 싶어서 이렇게 말했다. 「프루스트의 마들렌. 피나무 꽃봉오리 차와 마들렌 과자는 그를 짜릿하게 만들었죠. 그는 강렬한 기쁨을 느꼈어요. 뒤이어 콩브레에서 보낸 일요일들의 이미지가 몰려오죠…….[39] 사지에 무의지적인 기억이 있기라도 한지, 다리와 팔에 잠자는 추억들이 가득하다…….[40] 이건 또 누가 한 말이죠? 그 누구도 기억이 냄새나 불꽃처럼 피어나도록 강요하지는 못한다.」

「제가 무슨 말을 하고 있는지 아실 겁니다. 과학자들조차 때로는 자기들의 기계보다 작가들을 더 믿습니다. 여사님, 이건 거의 여사님의 전문 분야에 속하는 이야기입니다. 여사님은 신경학자가 아니라 심리학자이시니까요. 제가 책을 두세 권 드릴 테니 읽어 보십시오. 몇 가지 유명한 임상 보고서들을 담고 있는 책들인데, 읽어 보시면 부군의 문제가 무엇인지 곧 알게 되실 겁니다. 제가 보기엔 여사님과 따님들 곁에 계시면서 다시 일을 시작하시는 것이 선생님에게 도움이 됩니다. 병원에 계속 계시는 것보다 그게 나을 거예요. 병원에는 일주일에 한 번씩 들르시기만 하면 됩니다. 그러면 저희가 경과를 계속 지켜보겠습니다. 댁으로 돌아가십시오, 보

[39] 프루스트, 『잃어버린 시간을 찾아서』 1권 1부 「콩브레」 참조.
[40] 『잃어버린 시간을 찾아서』 7권 「되찾은 시간」에서 인용.

도니 선생님. 돌아가셔서 주위를 둘러보시고, 이것저것 만지거나 냄새를 맡아 보세요. 신문도 읽으시고 텔레비전도 보세요. 이미지 사냥을 떠나시는 거예요.」

「해보긴 하겠지만, 나는 이미지도 냄새도 맛도 기억하지 못해요. 그저 말들을 기억할 뿐이죠.」

「달라질 수 있어요. 선생님에게 나타나는 반응들을 일기장에 적으세요. 저희가 그 일기를 면밀하게 검토하겠습니다.」

나는 일기를 쓰기 시작했다.

이튿날 나는 짐을 싸서 파올라와 함께 내려갔다. 병원에서는 냉방을 하고 있는 게 분명했다. 병원을 나서서야 비로소 태양의 뜨거운 기운이 어떤 것인지를 깨달았으니 말이다. 아직 풋풋한 봄 햇살의 따사로움. 그리고 빛. 두 눈이 저절로 꼭 감겼다. 우리는 태양을 똑바로 바라볼 수 없다. *Soleil, soleil, faute éclatante*(태양이여, 태양이여, 눈부신 과오여)······.[41]

자동차(한 번도 본 적이 없는 차) 앞에 다다르자, 파올라는 내게 운전을 해보라고 했다. 「운전석에 앉아서, 먼저 기어가 중립에 있는지 확인하고, 시동을 걸어요. 그런 다음 기어를 여전히 중립에 둔 상태에서 액셀을 살짝 밟아 봐요.」 나는 마치 운전만 하고 살았던 사람처럼 손과 발을 어디에 두어야 하는지 곧바로 알아차렸다. 파올라는 내 옆자리에 앉아서 말했다. 기어를 1단에 넣은 다음 클러치 페달에서 발을 떼고 액셀을 살살 밟으면서 1~2미터만 간 뒤에 브레이크를 밟고 시

---

41 폴 발레리의 시 「어떤 뱀의 밑그림」의 첫 행.

동을 끄라는 것이었다. 그 정도라면 설령 내가 실수를 해서 일이 크게 잘못된다고 해도 정원의 덤불을 들이받는 게 고작일 터였다. 나는 잘 해냈다. 나 자신이 무척 자랑스러웠다. 내친김에 1미터쯤 후진도 했다. 그런 다음 나는 차에서 내려 운전대를 파올라에게 맡겼다. 이제 갑시다!

〈세상이 어떻게 보여요?〉 하고 파올라가 물었다.

「모르겠어요. 누가 그러는데, 고양이가 창문에서 떨어져 코에 충격을 받으면 다시는 냄새를 못 맡게 되는 경우가 있대요. 고양이는 후각으로 살아가는 동물인지라 냄새를 못 맡게 되면 더 이상 사물들을 알아보지 못한다더군요. 나는 코에 충격을 받은 고양이예요. 사물들이 눈에 보이고, 그것들이 무엇인지는 분명 알고 있어요. 저기 있는 건 가게들이고, 조기로는 자전거가 지나가고, 요기에는 나무들이 있어요. 하지만…… 하지만 이 모든 것들이 나와 동떨어져 있다는 느낌이 들어요. 마치 남의 재킷을 입으려고 하는 사람이 된 것 같아요.」

「냄새를 맡지 못하는 코를 가지고 남의 재킷을 걸치려 하는 고양이라. 보아하니 당신의 은유는 아직 고삐 풀린 망아지로군요. 그라타롤로 박사에게 얘기를 해야겠어요. 하지만 이런 증상도 사라질 거예요.」

자동차는 계속 나아가고, 나는 주위를 두리번거리면서 낯선 도시의 빛깔과 모습을 발견해 가고 있었다.

2. 나뭇잎 살그락거리는 소리

「우리 지금 어디로 가는 거죠, 파올라?」
「집으로요. 우리 집요.」
「그다음엔?」
「그다음엔 집에 들어가서, 편히 쉬는 거죠.」
「그다음엔?」
「그다음에 당신은 기분 좋게 샤워를 하고 면도를 한 뒤에 단정하게 옷을 입죠. 그러고 나서 우리는 식사를 할 거고, 그다음엔…… 뭐 하고 싶은 거 있어요?」
「내가 바로 그걸 모르겠어요. 깨어난 뒤에 일어난 일은 모두 기억이 나고 율리우스 카이사르에 관해서는 뭐든지 알고 있는데, 이후에 일어날 일에 관해서는 아무 생각도 못 하겠어요. 오늘 아침까지 나는 앞으로 닥쳐올 일을 걱정하지 않았어요. 그저 내가 기억해 내지 못하는 과거에만 신경을 썼을 뿐이죠. 그런데 이제 우리가 어딘가로…… 무언가를 향해 가고 있으니까, 뒤쪽뿐만 아니라 앞쪽에도 안개가 보여요. 아니, 앞쪽에 있는 건 안개가 아니에요. 마치 다리가 힘없이 흐느적거려서 앞으로 나아갈 수 없을 듯한 기분이 들어요.

이건 높이뛰기나 멀리뛰기를 해야 하는데 할 수 없는 상황과 비슷해요.」

「높이뛰기나 멀리뛰기요?」

「그래요. 높이뛰기나 멀리뛰기를 하려면 앞으로 펄쩍 뛰어올라야 해요. 하지만 그러기 위해서는 도움닫기를 해야 하고, 따라서 뒤로 돌아가야 하죠. 만약 뒤로 돌아가지 못한다면, 앞으로 갈 수도 없어요. 바로 이거예요. 내가 이후에 무엇을 할 것인지 말하기 위해서는 내가 이전에 무엇을 했는지를 잘 알고 있어야 하는 게 아닌가 싶어요. 우리가 무슨 일인가를 하려고 준비하는 것은 예전에 이러저러한 상태로 있었던 어떤 것을 변화시키기 위한 것이죠. 지금 당신이 나에게 면도를 해야 한다고 말하면, 나는 그 이유를 알 수 있어요. 손으로 턱을 문질러 보면 덥수룩한 수염이 느껴지니까요. 그와 마찬가지로 만약 당신이 나보고 먹어야 한다고 말하면, 나는 어제저녁에 수프와 햄과 삶은 배를 먹은 뒤로 아무것도 먹지 않았다는 사실을 기억해 내겠죠. 하지만 내가 수염을 깎거나 식사를 하겠다고 말하는 것과 앞을 길게 내다보면서 장차 무엇을 하겠다고 말하는 것은 별개예요. 나는 앞을 길게 내다본다는 것이 무슨 뜻인지 몰라요. 이전에 긴 시간을 두고 존재했던 어떤 것이 나에게 빠져 있기 때문이죠. 무슨 말인지 알겠어요?」

「당신 말은 당신 삶이 이제 시간을 벗어나 있다는 뜻이로군요. 우리는 시간 속에서 살고 있고, 우리 자신이 바로 그 시간이에요. 당신은 성 아우구스티누스가 시간에 관해서 쓴 글들을 무척 좋아했어요. 성 아우구스티누스야말로 이제껏 살았던 사람들 가운데 가장 똑똑한 사람이라고 입버릇처럼 말했죠. 오늘날의 심리학자들조차 그에게서 많은 것을 배우고 있어요. 우리의 시간은 기대, 관심, 기억이라는 세 가지 순간의 연속이에요. 이 가운데 어느 것도 다른 것이 없으면 존재할 수 없죠. 당신이 미래를 지향하지 못하는 것은 과거를 잃어버렸기 때문이에요. 그리고 율리우스 카이사르가 무엇을 했는지 안다고 해도 당신이 장차 무슨 일을 해야 하는지 아는 데는 도움이 안 되죠.」

파올라는 내가 입을 앙다물고 있는 것을 보고 화제를 바꿨다. 「당신, 밀라노를 알아보겠어요?」

「한 번도 본 적이 없는 도시예요.」 하지만 길이 넓어지는 어떤 지점에 다다랐을 때, 나는 이렇게 말했다. 「스포르차 성관, 그리고 대성당이 있죠. 또 레오나르도 다빈치가 그린 〈최후의 만찬〉이 있고, 브레라 미술관이 있어요.」

「그럼 베네치아에는 뭐가 있죠?」

「베네치아에는 대운하와 리알토 다리, 산마르코 성당, 그리고 곤돌라가 있죠. 나는 그저 여행 안내서에 써 있는 대로 알고 있을 뿐이에요. 내가 베네치아에는 가본 적이 없고 우리가 30년 넘게 밀라노에 살고 있다 해도, 나에게는 밀라노가 베네치아나 다를 게 없어요. 오스트리아의 빈하고도 다를 게 없죠. 빈 하면 미술사 박물관과 〈제3의 사나이〉가 떠올라요. 이 영화의 주인공 해리 라임은 프라테르 놀이 공원의 회전 관람차 앞에서 스위스 사람들이 뻐꾸기시계를 발명했다고 말하죠. 이건 거짓말입니다. 뻐꾸기시계는 바이에른 사람들이 만든 것이니까요.」

우리는 집에 다다라 안으로 들어갔다. 발코니가 공원 쪽으로 나 있는 멋진 아파트였다. 그야말로 드넓은 나무 벌판이 보였다. 흔히 말하듯 자연은 아름답다. 고가구들이 있는 것으로 보아 나는 부유한 사람인 게 분명하다. 어떻게 움직여야 할지, 거실은 어디에 있고 주방은 어디에 있는지 알 수가 없다. 파올라가 아니타를 소개해 준다. 우리 집 일을 도와주는 페루 여자란다. 가엾은 아니타는 내가 돌아온 것을 축하해야 할지 아니면 손님을 대하듯 인사를 건네야 할지 갈피를 못 잡고 있다. 그녀는 이리저리 서성거리다가, 욕실 문을 가리켜며 말문을 연다. 「*Pobrecito el señor Yambo, ay Jesusmaría*(가엾고 딱한 얌보 선생님, 아이고 예수님 마리아님), 여기에 깨끗한 수건들이 있어요, 얌보 선생님.」

병원을 나서면서 가벼운 소동을 겪고, 햇볕을 처음으로 쬐어 보고, 집까지 자동차를 타고 온 뒤라서 그런지, 땀을 많이 흘린 기분이 들었다. 나는 겨드랑이 냄새를 맡아 보고 싶었다. 내 땀내는 역하지 않았다. 그다지 강한 냄새가 아니었던 듯하다. 그래도 그 냄새를 맡으니 내가 살아 있는 동물처럼 느껴졌다. 나폴레옹은 파리에 돌아올 때마다 사흘 전에 조제핀에게 전언을 보내 목욕을 하지 말고 기다리게 했다. 나는 성행위를 하기 전에 몸을 씻는 사람이었을까? 파올라에게 물어보면 금방 알게 될 테지만 나는 그럴 엄두를 내지 못할 것이다. 게다가 파올라하고 할 때는 목욕을 했는데 다른 여자들하고 할 때는 안 했을지도 — 아니면 그 반대일지도 — 모르는 일 아닌가. 나는 기분 좋게 샤워를 하고, 얼굴에 비누칠을 해서 천천히 면도를 했다. 그런 다음 은은하고 상큼한 향기가 나는 면도 마무리 로션을 바르고, 빗질을 했다. 이러고 나니 벌써 내 모습이 한결 사람다워 보이는걸. 파올라는 나를 옷 방으로 데려갔다. 보아하니 나는 코르덴 바지와 약간

까슬까슬한 재킷, 연한 색깔(당아욱 초록, 완두 초록, 아니면 에메랄드 빛? 나는 이런 이름들을 알고 있어도 아직 실제로 적용할 줄을 모른다)의 모직 넥타이, 체크무늬 셔츠를 좋아하는 게 분명하다. 검은 정장도 한 벌 있는데, 이것은 결혼식이나 장례식에 참석할 때 입는 옷이 아닌가 싶다. 내가 평상복 스타일의 옷들을 차려입고 나자, 파올라가 말했다. 「당신, 예전처럼 멋있어요.」

파올라는 긴 복도 쪽으로 나를 데려갔다. 복도에 늘어선 서가에는 책들이 가득했다. 책등을 보니 대개는 내가 아는 책들이었다. 내 말은 책들의 제목을 알아보았다는 뜻이다. 『약혼자』, 『광란의 오를란도』, 『호밀밭의 파수꾼』. 처음으로, 편안한 기분이 드는 곳에 와 있다는 느낌이 들었다. 나는 책 한 권을 꺼내서, 표지를 보기 전에 오른손으로 책등을 받치고 왼손 엄지손가락을 놀려 뒤쪽에서 앞쪽으로 책장을 후루룩 넘겼다. 그 소리가 듣기 좋아서, 나는 같은 동작을 여러 번 되풀이했다. 그러고는 파올라에게 물었다. 예전에 이렇게 책장을 빨리 넘기면 축구 선수가 공을 차는 모습이 보이는 책이 있지 않았느냐고. 파올라는 웃었다. 우리 어린 시절에 가난한 사람들을 위한 영화라고 할 만한 작은 책들이 돌아다녔던 모양이다. 이 책들에는 축구 선수의 모습이 페이지마다 각기 다른 자세로 나와 있었다. 그래서 책장을 빠르게 넘기면 축구 선수가 움직이는 것처럼 보였다. 나는 이것 역시 모두가 알고 있는 사실임을 확인했다. 내가 떠올린 것은 추억이 아니라 한낱 개념이라는 것을 분명히 해두고 싶었던 것이다.

내가 빼어 든 책은 발자크의 『고리오 영감』이었다. 나는 책을 펴보지도 않고 말했다. 「고리오 영감은 딸들을 위해 자신을 희생했죠. 딸들 가운데 하나는 이름이 델핀이었지 싶어요. 보트랭 일명 콜랭이라는 인물과 야심만만한 라스티냐크도 나와요. 라스티냐크는 〈파리, 이제 너와 나의 대결이다〉[1] 하고 기개를 부리죠. 내가 책을 많이 읽었나요?」

「당신은 지칠 줄 모르는 독서가예요. 게다가 기억력이 비상해요. 많은 시를 줄줄 외우죠.」

「내가 글도 썼나요?」

「개인적인 글은 전혀 쓰지 않았어요. 당신은 생산하지 않는 천재를 자처했어요. 당신 지론에 따르면, 이 세상 사람들은 독자가 아니면 작가인데, 작가들이 글을 쓰는 것은 자기네 동료들을 경멸하기 때문이에요. 무언가 이따금 읽을 만한 것을 마련해 두기 위해서 글을 쓴다는 거죠.」

「내 장서가 정말 많군요. 아니, 미안해요, 내 것이 아니라 우리 건데.」

「5천 권이에요. 여기에 있는 것만 그래요. 여기에 들어서면서 이렇게 말하는 바보들이 늘 있죠. 와 책이 굉장히 많군요. 이 많은 걸 다 읽으셨어요?」

「그러면 내가 뭐라고 대답하죠?」

---

[1] 『고리오 영감』 마지막 장면에서 라스티냐크가 자신이 들어가 살고 싶은 파리의 부유한 거리들을 내려다보면서 외치는 말. 오기와 강한 승부 근성을 담고 있는 이 외침은 이후에 여러 작가를 통해 변주되었다(한국 작가 공지영의 『우리들의 행복한 시간』에서도 그 영향을 확인할 수 있다). 원문에는 〈파리〉라는 말이 없고 〈이제, 우리 둘이서〉라고만 되어 있지만, 이탈리아어와 한국어를 비롯한 대부분의 번역에서는 〈파리〉를 사람처럼 부름으로써 더욱 강한 효과를 만들어 내고 있다. 에코는 17세기를 배경으로 한 소설 『전날의 섬』에서, 〈파리를 정복하려는 탐욕스러운 한 젊은이의 느낌을, 그때까지 어떤 작가도 써본 적이 없는 언어로 그려 내고 싶었던 로베르토〉가 이 말을 처음으로 생각해 냈다며 익살을 부리고 있다. (『전날의 섬』, 이윤기 역, 열린책들, p. 520)

「보통 이렇게 대답하죠. 아뇨, 읽은 건 한 권도 없어요. 이미 읽은 책을 무엇 하러 여기에 두겠어요. 고기 통조림 깡통을 비우고 나면 치워 두는 게 보통 아닌가요? 내가 이미 읽은 것은 5만 권인데, 그것들은 교도소와 병원에 기증했죠. 그런 대답을 듣고 나면 바보들은 놀라서 비틀거리죠.」[2]

「외국 책들이 눈에 많이 띄네요. 내가 여러 개 언어를 아나 봐요.」 시구들이 저절로 내 머릿속에 떠올랐다. 「*Le brouillard indolent de l'automne est épars*(나른한 가을 안개가 흩어져 있다) ……[3] *Unreal City,/under the brown fog of a winter dawn,/a crowd flowed over London Bridge, so many/I had not thought death had undone so many*(비현실적인 도시/겨울 새벽의 갈색 안개에 싸여/군중이 런던 브리지 위로 지나가고 있었다/죽음이 이토록 많은 사람을 쓰러뜨렸다는 게 믿기지 않았다) ……[4] *Spätherbstnebel, kalte Träume/ überfloren Berg und Tal,/Sturm entblättert schon die Bäume,/und sie schaun gespenstig kahl*(늦가을 안개와 차가운 꿈들이/산과 골짜기를 베일처럼 덮고 있다/폭풍이 벌써 나무들에게서 잎을 앗아 가/나무들은 벌거벗은 유령처럼 보인다) ……[5]」 끝으로 나는 이렇게 읊었다. 「*Mas el doctor no sabía,/que hoy es siempre todavía*(그러나 박사는 모르고 있었다/오늘은 언제나 아직이라는 것을) …….[6]

2 에코, 『세상의 바보들에게 웃으면서 화내는 방법』 중에서 「서재의 장서가 많은 것을 정당화하는 방법」 참조.
3 앞서 나온 조르주 로덴바흐의 시 제목이자 그 시의 첫 행.
4 T. S. 엘리엇의 「황무지」 60~63행. 63행에서 엘리엇은 단테의 『신곡』, 「지옥」편 3곡 56~57행을 인용하고 있다.
5 하인리히 하이네의 시 「애인이 많은 미녀」에서 인용.

「묘하네요. 네 편의 시 중에서 세 편이 안개 이야기를 하고 있으니 말이에요.」

「알다시피, 나는 안개 속에 있는 기분이에요. 다만 나는 안개를 보지 못해요. 다른 사람들에게 안개가 어떻게 보였는지를 알고 있을 뿐이죠. 한 굽이를 돌아가는데, 희뿌연 안개 속에서 덧없는 햇살이 한 떨기 미모사처럼 빛난다.」

「당신은 안개에 매료되어 있었어요. 당신이 안개 속에서 태어났다는 말을 곧잘 했죠. 몇 해 전부터 어떤 책에서든 안개를 묘사하는 대목과 마주치면, 그것을 여백에 적었어요. 그러고는 사무실에 가서 해당 페이지를 일일이 복사했죠. 사무실에 가보면 안개에 관한 문서철이 있지 않을까 싶어요. 어쨌거나 그냥 기다리고만 있어도 안개는 돌아올 거예요. 물론 예전의 안개는 아니에요. 밀라노에는 이제 불빛이 너무 많아요. 밤에도 불을 켜놓는 진열창들이 많으니까요. 그래도 안개는 벽들을 따라서 미끄러져 가죠.」

「창유리에 제 등을 비비는 노란 안개, 창유리에 제 주둥이를 비비는 노란 연기, 제 혀로 날 저문 길모퉁이들을 핥고, 배수로의 웅덩이에 고인 물 위에서 꾸물거리고, 굴뚝에서 떨어지는 검댕을 등에 뒤집어쓰더니, 집 주위로 한차례 구불거리며 피어오르고 나서 잠이 들어 버렸다.」[7]

---

6 스페인의 시인 안토니오 마차도(1875~1939)의 시 「새로운 노래들」 141편 〈잠언과 아가〉에서 인용.
7 T. S. 엘리엇의 장시 「J. 앨프리드 프러프록의 연가」 15~20행과 23행. 바로 앞에 나온 파올라의 말 〈안개는 벽들을 따라 미끄러져 간다〉도 이 시의 〈거리를 따라 미끄러져 가는 연기〉와 관계가 있다. 에코는 『푸코의 진자』(73장), 『문학 강의』(「빗속의 신호등」 — 작가가 실수로 J. 앨프리드 프러프록을 제임스 P. 프러프록이라 말하고 있긴 하지만) 등에서도 이 시를 인용하고 있다.

「그 시는 나도 알고 있었어요. 당신은 이렇게 불평하기도 했죠. 이젠 당신 어린 시절의 안개를 찾아볼 수 없게 되었다고 말이에요.」

「내 어린 시절이라. 혹시 내가 어렸을 때 읽은 책들을 여기 어디에 보관하고 있나요?」

「여기엔 없어요. 그 책들은 솔라라에 있을 거예요. 시골집에 말이에요.」

그리하여 나는 솔라라 집의 내력과 내 가족사를 알게 되었다. 나는 바로 그 집에서 실수로 태어났다. 1931년, 아기 예수처럼 크리스마스 휴가 때에 말이다. 외조부모는 내가 태어나기 전에 돌아가셨고, 친할머니도 내가 다섯 살 나던 해에 세상을 떠나셨다. 혼자되신 내 아버지의 아버지에게는 우리가 당신에게 남아 있는 모든 것이었다. 할아버지는 기이한 인물이었다. 그분은 내가 살던 도시에서 가게를 운영하셨다. 이 가게는 오래된 책을 다루는 서점과 비슷했다. 하지만 내 고서점과는 달리 값비싼 고서가 아니라 그저 헌책이나 19세기의 책들을 많이 취급하는 가게였다. 게다가 그분은 여행을 좋아하셨고 외국에도 자주 나가셨다. 당시에는 외국에 간다 하면 스위스 루가노에 가는 것을 의미했고, 가장 멀리 간다 해도 파리나 뮌헨에 가는 게 고작이었다. 할아버지는 그런 곳들의 노점에서 책뿐만 아니라 영화 포스터며 작은 도자기 인형, 우편엽서, 구간 잡지 등을 수집했다. 파올라의 말에 따르면, 오늘날에는 추억이 서린 물건들을 모으는 온갖 수집가들이 있지만 그 시절에는 그렇지 않았다고 한다. 하지만 할아버지에게는 충실한 단골손님이 몇 명 있었다. 아니, 어쩌면 할아버지 스스로 취미 삼아 수집을 하셨을지도 모른다. 큰돈을 버는 것은 아니었지만, 할아버지는 그 일을 즐겼다. 사실 할아버지는 일찍이 1920년대에 한 종조부(從祖父)에게서 솔라라 집을 유산으로 받은 터였다. 파올라는 그 집이 엄청나게 커서 가보면 놀랄 것이라고 했다. 고미다락만 해도 슬로베니아의 포스토이나 동굴 같다는 것이었다. 집 주위에는 땅이 많았다. 할아버지는 그 땅을 마을 사람들에게 빌려주고 소작료를 받았다. 굳이 책을 많이 팔려고 애쓰지 않아도 충분히 살아갈 만한 수입이었다.

보아하니 나는 어린 시절의 모든 여름, 성탄절 방학과 부활절 방학, 그리고 많은 공휴일을 거기에서 보냈고, 우리가 살던 도시에 공습이 시작되고 나서는 1943년에서 1945년에 걸쳐 2년 내리 거기에서 살았던 모양이다. 할아버지의 모든 유물, 그리고 내 어린 시절의 책들과 장난감들은 아직 거기에 있을 터였다.

「나는 그것들이 어디에 있는지 몰라요. 당신이 가르쳐 주지 않았으니까요. 당신은 마치 그것들을 다시 보고 싶어 하지 않는 사람처럼 굴었죠. 그 집에 대한 당신의 태도는 늘 이상했어요. 당신 부모님이 교통사고로 돌아가시자 할아버님마저 비통해하시다가 세상을 떠나셨어요. 당신이 고등학교를 졸업하던 무렵의 일이에요…….」

「아버지와 어머니는 무얼 하셨죠?」

「아버님은 어떤 무역 회사에서 일하시다가 나중에는 그 회사의 간부가 되셨어요. 어머님은 집에서 살림을 하셨고요. 그 시절의 음전한 부인들이 그랬던 것처럼 말이에요. 아버님은 월급을 저축해서 드디어 자동차를 구입하는 데 성공하셨죠. 바로 란차 승용차였어요. 그 뒤에 사고가 난 거예요. 당신은 그 사고에 관해서 분명하게 말한 적이 없어요. 대학교 입학을 눈앞에 두고 있던 당신과 당신의 누이동생 아다는 한꺼번에 다른 가족을 모두 잃고 만 거죠.」

「나에게 누이가 있나요?」

「네. 누이는 당신의 외삼촌 내외가 데려가서 거두었어요. 그분들이 두 남매의 법정 후견인이 되었으니까요. 하지만 아다는 결혼을 일찍 했어요. 열여덟 살에 결혼해서 이내 남편을 따라 오스트레일리아로 갔죠. 당신과 누이는 거의 만나지 못해요. 누이는 교황이 돌아가셨을 때나 이탈리아에 들르니까요. 외삼촌은 시내에 있던 당신네 집과 솔라라의 거의 모든 땅을 팔았어요. 그 돈으로 당신은 공부를 계속할 수 있었죠. 하지만 당신은 장학금을 받아서 이내 외삼촌 내외로부터 독립했고, 토리노에 가서 혼자 살았어요. 그때부터 당신은 솔라라를 잊기 시작했어요. 카를라와 니콜레타가 태어나고 나서 내가 여름마다 거기에 가도록 당신에게 강요했죠. 그곳의 공기는 아이들에게 아주 좋았어요. 나는 지금 우리가 쓰고 있는 옆채를 살 만한 공간으로 만드느라고 갖은 고생을 다 했어요. 그런데 당신은 늘 마지못해 거기에 갔어요. 딸아이들은 거기를 무척 좋아하죠. 어린 시절에 많은 시간을 거기에서 보냈고, 지금도 시간만 나면 아이들을 데리고 가요. 당신은 애들 때문에 따라가서 이삼 일 머물기는 했지만, 당신이 옛날에 쓰던 방이나 조부모님과 부모님의 침실, 다락 등은 성역이라고 부르면서 절대로 들어가지 않았어요. 그 집에는 방이 참 많아요. 세 가족이 함께 살아도 서로 얼굴을 보지 않고 살 수 있을 정도죠. 당신은 언덕에 올라가서 산책을 좀 하고 나서는 늘 무언가 급한 일이 있다면서 밀라노로 돌아갔어요. 그건 이해할 수 있는 일이죠. 부모님과 할아버지의 죽음은 당신의 삶을 이전과 이후의 두 부분으로 갈라놓았어요. 솔라라 집은 아마 영원히 사라진 어떤 세계를 당신에게 상기시켰을 거예요. 당신이 싹둑 잘라 버린 세계를 말이에요. 나는 언제나 당신의 불편한 마음을 이해하려고 노력했어요. 그래도 때로는 질투심이 발동하더라고요. 그래서 급한 일이 생겼다는 건 핑계고, 당신은 무언가 다른 일 때문에 혼자 밀라노로 돌아가는 게 아닌가 생각하기도 했죠. *Mais glissons*(하지만 그냥 넘어갑시다).」

「사람을 홀딱 반하게 하는 미소 때문이군요. 그런데 왜 당신은 나처럼 웃는 남자[8]랑 결혼을 했죠?」

「당신은 잘 웃고, 나에게 웃음을 주니까요. 어렸을 때, 나는 입만 열었다 하면 어떤 학교 친구 얘기를 꺼냈어요. 여기서도 루이지노, 저기서도 루이지노였죠. 매일 학교에서 집으로 돌아오는 길에도 으레 루이지노가 한 무슨 일인가에 관해서 얘기했어요. 그래서 내 어머니는 나와 루이지노 사이에 뭔가가 있을 거라고 생각했죠. 그래서 어느 날 내게 묻더군요. 루이지노를 왜 그렇게 좋아하느냐고요. 나는 대답했죠. 그 애가 나에게 웃음을 주기 때문이라고.」

경험을 되살리는 일이 빠르게 이루어졌다. 나는 몇몇 음식의 맛을 시험했다 — 병원 음식들은 모두 맛이 똑같아서 시험을 해볼 수가 없었다. 삶은 고기에 얹은 겨자는 식욕을 돋

---

[8] 빅토르 위고의 소설 제목이자 주인공 그윈플레인의 별명.

운다. 하지만 고기는 힘줄이 많고 잇새에 잘 낀다. 이쑤시개의 기능을 알겠군(아니, 이미 알고 있던 것인가?). 만약 내 뇌의 전두엽을 이렇게 후빌 수 있다면, 쓸모없는 찌꺼기들을 없애 버릴 텐데……. 파올라는 두 가지 포도주를 내놓고 맛을 보라고 했다. 나는 두 번째 것이 비교가 안 될 만큼 맛있다고 말했다. 당연히 그럴 거예요, 하고 파올라는 말했다. 첫 번째 것은 요리용 포도주라서 기껏해야 고기 찜을 할 때나 쓰는 것이고, 두 번째 것은 브루넬로라는 것이었다. 좋아, 내 머리는 그대로 있을지 몰라도 내 미각은 움직이고 있어, 하고 나는 말했다.

나는 오후에도 여러 가지 시험을 하면서 시간을 보냈다. 물건 만져 보기, 코냑 병을 손으로 눌러 보기, 커피 머신에서 커피가 올라가는 것을 지켜보기, 두 종류의 꿀과 세 가지 잼에 혀를 대보기(살구 잼이 내 입맛에 가장 잘 맞는다), 거실 커튼 비비기, 레몬 짜기, 굵은 밀가루 봉지에 손 넣어 보기. 그러고 나자 파올라는 가볍게 산책을 하자며 나를 공원으로 데려갔다. 나는 나무껍질을 쓰다듬었고, 잎을 따는 사람의 손에서 잎들(뽕나무 잎?)이 살그락거리는 소리[9]를 느껴 보았다. 우리는 카이롤리 광장에 있는 꽃 가게에 들렀다. 파올라는 잘 어울리지 않을 것이라는 꽃 가게 주인의 염려를 아랑곳하지 않고 이것저것 마구 섞어서 울긋불긋한 광대 옷 같은 꽃다발을 만들어 달라고 했다. 집에 돌아와서 나는 여러 가지 꽃과 허브의 향기를 구별해 보려고 애썼다. 하느님께서 보시니 모든 것이 참 좋았다. 내가 가뿐해진 기분으로 그렇게 말

---

9 앞에서 첫 행이 인용된 바 있는 단눈치오의 시 「피에솔레의 저녁」에서 인용.

하자, 파올라는 나보고 하느님이 된 듯한 느낌이 드느냐고 물었다. 〈그냥 인용했을 뿐이에요. 하지만 나는 분명 에덴동산을 발견해 가는 아담이에요〉 하고 나는 대답했다. 그런데 나는 모든 것을 빠르게 배우는 아담이 아닌가 싶다. 예를 들어 한 선반에서 세제가 담긴 작은 병들과 통들을 보았을 때, 나는 선악과나무에 손을 대면 안 된다는 것을 이내 알아차렸다.

저녁을 먹은 뒤에 나는 거실에 가서 앉았다. 흔들의자가 하나 있기에 본능적으로 털썩 앉았더니, 파올라가 말했다. 「그게 당신 버릇이었어요. 당신은 거기에 앉아 저녁마다 마시는 위스키를 홀짝거렸죠. 내 생각에는 당신이 예전처럼 하는 것을 의사도 허용하지 않을까 싶어요.」 파올라는 라프로이그[10] 한 병을 가져오더니, 얼음을 넣지 않고 꽤 많은 양을 따라 주었다. 나는 입 안에서 위스키를 돌리다가 꿀꺽 삼켰다. 「맛이 좋은데요. 다만 석유 냄새가 좀 나는군요.」 파올라는 열띤 반응을 보였다. 「이거 알아요? 이탈리아 사람들은 전쟁이 끝나고 1950년대 초반이 되어서야 비로소 위스키를 마시기 시작했어요. 물론 리초네[11]에서 놀던 파시스트 간부들이야 그 전에도 마셨겠지만, 보통 사람들의 사정은 그러했죠. 우리는 스무 살 무렵에 위스키를 마시기 시작했어요. 너무 비싸기 때문에 기회는 드물었지만, 마치 하나의 통과의례를 치르듯이 마셨죠. 그럴 때면 우리 집안의 어른들은 우리를 보면서 석유 냄새가 나는 그 따위 술을 어떻게 마시느냐고 혀를 차셨죠.」

---

10 스코틀랜드 아일레이 섬에서 양조되는 싱글 몰트위스키.
11 이탈리아 북부 아드리아 해에 면한 휴양 도시. 무솔리니의 여름 별장이 있던 곳이다.

「이것 봐요, 이것저것 맛을 봐도 나에겐 콩브레의 추억 같은 것이 전혀 떠오르지 않아요.」

「맛도 맛 나름이죠. 계속 경험해 가면서 추억을 제대로 불러일으키는 맛을 찾아봐요.」

작은 탁자 위에 담뱃갑이 하나 놓여 있었다. 지탄, 그중에서도 파피에 마이스[12]였다. 나는 담배에 불을 붙여 한 모금을 맛있게 빨았다. 기침이 터져 나왔다. 나는 다시 몇 모금을 빨고 나서 불을 꺼버렸다.

흔들의자에서 가만가만 흔들리고 있노라니 잠이 슬슬 오기 시작했다. 나는 깜빡 잠이 들었다가 괘종시계 울리는 소리에 화들짝 깨어났다. 하마터면 위스키를 엎지를 뻔했다. 괘종시계는 내 뒤에 있었다. 그런데 뒤를 돌아보기도 전에 종소리가 그쳤고, 내 입에서 〈아홉시〉라는 말이 나왔다. 그러자 나는 파올라에게 말했다. 「나에게 무슨 일이 일어났는지 알아요? 졸고 있다가 괘종시계 소리에 놀라서 깼어요. 처음에 울린 몇 번의 종소리는 분명하게 듣지 못했죠. 말하자면 종이 몇 번 울렸는지 세지 않았다는 거예요. 하지만 종소리를 세기로 마음을 먹자마자 나는 이미 종이 세 번 울렸다는 것을 알아차렸고, 그래서 넷부터 세어 나갈 수 있었죠. 내가 넷이라 말하고 다섯 번째 종을 예상할 수 있었던 것은 이미 하나, 둘, 셋이 있었기 때문이고 어떤 식으로든 그것을 알고 있었기 때문이에요. 만약 네 번째 종이 내가 처음으로 의식

---

12 지탄은 〈집시 여자〉라는 뜻을 지닌 프랑스의 담배 상표. 필터 없는 것을 피워야 제 맛이라는 독한 담배의 대명사다. 담뱃갑에 춤추는 집시 여자가 그려져 있으며, 가수 겸 작곡가 세르주 갱스부르, 작가 카뮈 등이 이 담배의 유명한 애호가였다. 〈파피에 마이스〉는 옥수수 잎으로 만든 노란 담배 종이.

한 종이었다면, 나는 지금이 여섯시라고 생각했을 거예요. 내가 보기엔 우리 인생도 이와 비슷해요. 과거를 머릿속에 떠올릴 수 있을 때만 앞으로 닥쳐올 일을 예상할 수 있다는 거죠. 나는 내 인생의 종소리를 셀 수가 없어요. 이전에 종소리가 몇 번이나 울렸는지 모르니까요. 한편, 내가 잠이 들었던 것은 의자가 한참 전부터 흔들렸기 때문이에요. 다시 말해서 내가 어느 순간 잠이 들었던 것은 그 순간 이전에 다른 순간들이 있었기 때문이고, 다음 순간을 예상하면서 그대로 흔들리고 있었기 때문이라는 거죠. 그런데 만약 좋은 기분을 갖게 하는 앞선 순간들이 없는 채로 어느 순간엔가 의자를 흔들기 시작했다면, 나는 앞으로 다가올 일을 염두에 두지 않고 그냥 깨어 있었을 거예요. 우리가 졸음을 느끼는 데에도 기억이 필요하다는 거죠. 아닌가요?」

「눈 덩이 효과로군요. 눈사태가 나면 많이 쌓였던 눈이 골짜기 쪽으로 미끄러져 내려가죠. 그런데 갈수록 덩이가 커지고 이전 것의 무게가 실리기 때문에 점점 더 빠르게 내려가요. 그렇지 않다면 눈사태는 일어나지 않아요. 작은 눈 덩이는 미끄러져 내리지 않고 그냥 그대로 남아 있겠죠.」

「어제저녁…… 병원에서 나는 따분했어요. 그래서 짤막한 노래를 흥얼거리기 시작했죠. 입에서 노래가 저절로 나오더라고요. 내가 깨어나서 처음으로 양치질을 했을 때처럼 무의식적으로 이루어진 일이에요……. 나는 내가 그 노래를 어떻게 알고 있는지 이해해 보려고 했어요. 다시 노래를 부르기 시작했죠. 하지만 그렇게 의식을 하니까 노래가 더 이상 저절로 나오지 않고 한 음에서 끝나 버렸어요. 나는 그 음을 길게 늘여서 소리를 냈어요. 적어도 5초 동안 사이렌 소리나 만가 같은 소리를 냈죠. 그게 다였어요. 그러고 나서는 더 나아갈 수가 없었어요. 앞서 나왔던 것을 잃어버렸기 때문에 더 이상 나아갈 수가 없었던 거죠. 지금 내가 바로 그래요. 마치 줄이 그어진 음반처럼 한 음에 멈춘 채 같은 소리를 계속 내고 있는 거예요. 앞의 음들을 기억하지 못하기 때문에 노래를 끝까지 부를 수 없어요. 무엇을, 왜 끝까지 불러야 하는지 모르는 거죠. 무심코 노래를 부르는 동안에는 내가 바로 기억의 연속선에 있는 나였어요. 이 경우에는 뭐랄까…… 내 목청의 기억이라고 해야겠지만, 어쨌거나 그 기억에는 이전과 이후가 있었고, 그것들이 서로 연결되어 있었어요. 나 자신이 온전한 노래였던 셈이죠. 이런 상태에서는, 내가 노래를 시작하면 내 성대는 벌써 다음에 이어질 음들을 진동시킬 준비가 되어 있어요. 내 생각에는 피아니스트 역시 그런 식으로 연주를 하지 않을까 싶어요. 한 음을 두드리는 순간 벌써 다음 건반을 두드리기 위해 손가락들을 준비시키는 거죠. 처음의 음들이 없으면 우리는 나중의 음들에 이르지 못하고 틀린 음을 연주하게 돼요. 우리 내부에 이미 어떤 식으로든 온전한 노래를 품고 있어야만 처음부터 끝까지 갈 수 있는 거예요. 나는 이제 온전한 노래를 몰라요. 나는…… 불타는 장작과 같아요. 장작은 불타지만 자기가 왕년에는 나무의 온전한 줄기였다는 것을 의식하지 못하죠. 자기가 어떤 존재였는지, 그리고 자기가 언제 불타기 시작했는지를 알 방법도 없어요. 그냥 소진되어 갈 뿐이죠. 나는 아무 의미 없이 살고 있어요.」

〈그런 철학으로 상황을 과장하지 않기로 해요〉 하고 파올라가 속삭였다.

「아뇨, 과장하기로 합시다. 내가 성 아우구스티누스의 『고백록』을 어디에 두었죠?」

「저 책꽂이에 백과사전과 『성서』, 『코란』, 노자의 『도덕경』, 철학책들이 있어요.」

나는 책꽂이에 가서 『고백록』을 꺼낸 다음 색인에서 기억에 관한 페이지들을 찾았다. 내가 이미 읽은 게 분명했다. 이런 대목들에 온통 밑줄이 그어져 있으니 말이다. 그리하여 나는 기억의 들판, 기억의 방대한 구역에 다다른다……. 나는 거기로 들어가 내가 원하는 이미지들을 모두 불러낸다. 어떤 것들은 즉시 나타나지만, 어떤 것들은 마치 아주 후미진 창고에서 꺼내기라도 하는 것처럼 찾는 데 오랜 시간이 걸린다……. 기억은 이 모든 것을 자기의 거대한 동굴에, 무어라 형언할 수 없는 은밀한 주름 속에 모아 놓는다……. 내 기억의 어마어마한 궁전에서 나는 하늘과 땅과 바다를 동시에 거느리고 있으며…… 거기에서 나 자신을 만나기도 한다……. 오 주여, 기억의 능력은 위대합니다. 기억의 무한하고 심오한 복잡성은 거의 공포감을 불러일으킵니다. 기억이 바로 정신이며, 기억이 바로 나 자신입니다……. 기억의 무수한 들판과 땅굴과 동굴에는 무수한 종류의 사물들이 무수하게 들어차 있다……. 나는 그런 곳들을 가로질러 이제 여기저기로 날아다니지만, 어디에서도 기억의 영토가 끝나는 자리를 찾을 수 없습니다…….[13]

「이봐요, 파올라. 당신은 내 할아버지와 시골집 얘기를 해주었어요. 당신뿐만 아니라 모두가 나에게 온갖 것을 알려 줌으로써 내 기억을 되살리려 하고 있어요. 하지만 내가 정

---

13 성 아우구스티누스의 『고백록』 10권 10장과 17장에서 인용. 이 책 10권의 8장에서 19장에 이르는 부분은 기억에 관한 가장 심오하고 아름다운 글들 가운데 하나이다.

보들을 그런 식으로 받아들여서 진정으로 기억의 동굴들을 채우자면, 이제껏 내가 살아온 60년 세월을 모두 동굴 속에 넣어야 할 거예요. 하지만 일을 그런 식으로 하면 안 돼요. 나 혼자서 동굴 속에 들어가야 해요. 톰 소여처럼.」

파올라가 뭐라고 대답했는지 나는 모른다. 의자에서 계속 흔들리다가 다시 설핏 잠들었기 때문이다.

나는 잠깐 얕은 잠을 잤을 것이다. 내 귀에 초인종 소리가 들려왔으니 말이다. 찾아온 사람은 잔니 라이벨리였다. 글동무인 그와 나는 디오스쿠로이[14] 같은 단짝이었다. 그는 마치 형제처럼 나를 끌어안으며 감격스러워 했고, 나를 어떻게 대해야 할지 벌써 알고 있었다. 걱정하지 말게, 자네 삶에 대해서는 내가 자네보다 잘 아니까 자세하게 얘기해 줄게, 하고 그가 말했다. 나는 고맙지만 파올라가 이미 우리 얘기를 해줬다고 대답했다. 우리는 초등학교부터 고등학교까지 동기 동창이었다. 그다음에 나는 토리노 대학에 진학했고, 그는 밀라노에 가서 경제학을 공부했다. 하지만 우리의 관계는 한 번도 멀어졌던 적이 없는 모양이다. 나는 고서적을 팔고 있고, 그는 사람들이 세금을 내거나 내지 않도록 도와주는 일을 한다. 따라서 우리는 저마다 자기 길을 갈 수도 있었을 법하다. 그런데 우리는 오히려 한 가족처럼 지낸다. 그의 두 손자는 내 손자들과 놀고, 우리는 성탄절과 설날을 언제나 함께 보낸다.

내가 고맙지만 사양하겠다고 했음에도, 잔니는 입을 다물고 있지 못했다. 자기는 생생하게 기억하고 있는데 내가 기

---

14 제우스의 쌍둥이 아들 카스토르와 폴리데우케스를 가리키는 말. 둘 다 뛰어난 용사이자 모험가로서 많은 원정과 모험에 함께 참여했다.

억을 못 한다는 것이 도통 이해되지 않는 모양이었다. 자네도 생각날 거야. 우리가 교실에 쥐 한 마리를 가져다 놓는 바람에 수학 선생님이 겁을 먹었던 사건 말이야. 우리가 알피에리의 연극을 보기 위해 아스티[15]에 다녀온 날도 생각날 거야. 우리는 돌아와서 놀라운 소식을 듣게 되었지. 토리노 팀의 축구 선수들을 태운 비행기가 추락했다는 소식 말이야. 그리고 한번은……

「아니, 나는 기억나지 않아, 잔니. 하지만 자네가 어찌나 이야기를 잘하는지 꼭 내게 기억이 돌아오고 있는 것만 같아. 우리 두 사람 가운데 누가 공부를 더 잘했지?」

「국어와 철학에서는 당연히 자네가 나았고, 수학은 내가 더 잘했지. 그 결과가 이렇게 나타났잖아.」

「그렇군. 파올라, 내가 무슨 분야에서 학사 학위를 받았죠?」

「문학요. 〈히프네로토마키아 폴리필리〉[16]에 관한 논문을

---

15 피에몬테 지방에 있는 도시. 이곳의 팔라초 알피에리는 바로 18세기의 비극 작가 비토리오 알피에리가 태어난 집.

16 이탈리아 르네상스 시대에 프란체스코 콜론나(1433~1527)가 쓴 것으로 추정되는 로망. 활판 인쇄 초창기에 나온 가장 아름답고도 가장 신비로운 책의 하나. 긴 라틴어 제목을 첫 두 단어로 줄여서 *Hypnerotomachia Poliphili* (〈폴리필루스의 꿈속 사랑 투쟁〉이라는 뜻)라고 부른다. 히프네로토마키아는 잠($υπνο$ς)과 사랑($ερωτα$ς)과 싸움($μαχη$)을 뜻하는 그리스어에서 나온 것이며, 주인공 이름 폴리피우스는 〈폴리아(여주인공 이름)를 사랑하는 사람〉이라는 뜻 — 어원적으로는 많은 것($πολυ$)과 애호($φιλο$ς)를 뜻하는 그리스어에서 나온 것. 이탈리아어에 라틴어를 기이하게 혼합한 언어로 쓰인 데다, 히브리어, 아랍어, 그리스어, 이집트 신성 문자까지 섞여 있는 이 난해한 책은 라블레, 라퐁텐, 네르발 같은 후대의 작가들은 물론 융과 같은 심리학자에게도 영향을 준 것으로 알려져 있다. 2005년 6월 5일 주간 『타임』에 실린 인터뷰에 따르면, 에코는 고서 애호가라면 누구나 갖고 싶어 하는 이 책의 1499년 알두스 마누티우스 판을 소장하고 있으며, 이 책의 저자로 추정되는 수도사 프란체스코 콜론나를 〈당대의 제임스 조이스〉라 일컫고 있다.

썼어요. 나로서는 도무지 해독할 수가 없는 책에 관한 연구였죠. 그런 다음 독일에 가서 고서적의 역사를 연구했어요. 당신은 당신에게 붙여 준 이름에 걸맞게 살자면 그럴 수밖에 없다고 했죠. 게다가 평생 헌책에 묻혀 사셨던 할아버지의 삶이 본보기가 된 거예요. 독일에서 돌아오자 당신은 고서점을 개업했어요. 처음엔 당신에게 남아 있던 적은 자본을 가지고 조그만 가게에서 시작했죠. 사업은 당신 뜻대로 잘 돌아갔어요.」

잔니가 끼어들었다. 「자네 이거 알아? 자네는 포르셰보다 비싼 책들을 팔고 있어. 굉장한 책들이지. 그것들을 집어서 만져 보면, 5백 년이나 된 것들인데도 마치 인쇄소에서 갓 나온 것처럼 종이가 손끝에서 바삭거리거든…….」

파올라가 그의 말을 잘랐다. 「천천히, 천천히 하세요. 일에 관한 얘기는 앞으로 며칠을 두고 하기로 해요. 지금은 집에 익숙해지도록 그냥 두세요. 위스키 한 잔 할래요? 석유 냄새 나는 위스키가 있는데.」

「석유 냄새라니, 그게 무슨 소리예요?」

「얌보와 나만 아는 이야기예요, 잔니. 우리만의 비밀을 갖기 시작했죠.」

내가 잔니를 문까지 바래다주러 갔을 때, 그는 내 팔을 잡더니 공모자의 은근한 말투로 속삭였다. 「보아하니, 자네 아직 아름다운 시빌라[17]를 만나지 않았군그래…….」

시빌라가 누구지?

---

[17] 시빌라는 고대 그리스에서 아폴론의 신탁을 전하는 일을 맡았던 여사제의 이름이다. 오늘날의 이탈리아에서 보통 명사 시빌라는 예언의 능력을 지닌 여자를 가리킨다.

어제 카를라와 니콜레타네 식구들이 다녀갔다. 이번에는 남편들도 같이 왔다. 호감이 가는 남자들이었다. 나는 오후를 아이들과 함께 보냈다. 아이들이 사랑스러워서 새록새록 정이 간다. 하지만 이런 경우에는 참 난감하다. 어느 순간 나는 내가 아이들에게 뽀뽀를 하고 아이들의 목을 끌어안고 젖내와 분 냄새가 섞인 아이들의 정갈한 냄새를 맡고 있음을 알아차렸다. 설마 내가 소아 성애 도착증 환자는 아니겠지? 나는 아이들과 거리를 두고 함께 놀았다. 아이들은 나에게 곰 노릇을 하라고 요구했다. 원 세상에, 할아버지 곰이 되어서 뭘 하라는 건지. 나는 우워 워르르 워르르 하고 곰 울음소리를 내면서 네발로 기는 자세를 취했다. 그러자 아이들은 내 등 위로 뛰어올라왔다. 살살해, 나는 늙어서 허리가 아프거든. 루카 녀석은 나에게 물총을 뿅뿅 쏘았다. 벌러덩 누워서 죽는 게 상책이겠다 싶었다. 허리를 삐끗할 염려가 있었지만 나는 훌륭하게 해냈다. 아직 기력이 약해서 다시 일어섰더니 머리가 어질어질했다. 「그러시면 안 돼요, 아빠에게는 기립성 혈압이 있다는 거 아시잖아요.」 니콜레타는 그렇게 퉁을 놓고는 이내 고쳐 말했다. 「죄송해요, 아빠가 기억하시지 못한다는 걸 깜빡했어요. 어쨌거나 이제 다시 아셨네요.」 이건 나 아닌 어떤 사람, 아니 어떤 사람들이 쓴 내 전기의 또 다른 장(章)이다.

나는 계속 백과사전에 기대어 살아간다. 무언가에 의지하지 않고는 말을 할 수가 없다. 나는 마치 벽을 짚고 서 있을 뿐 몸을 돌려 벽을 떠날 수는 없는 사람과 같다. 나 자신에 관한 기억은 겨우 몇 주에 걸쳐 있을 뿐인데, 남들과 공유하는 기억은 몇 세기로 확장된다. 며칠 전 저녁에 나는 호두주를 맛보았다. 그러고 나서 〈씁쌀한 아몬드의 독특한 냄새〉[18]라고 말했다. 공원에서 두 명의 기마 경찰관을 보았을 때는 이런 말이 튀어나왔다.「오 암망아지, 얼룩 암망아지.」한번은 무언가의 날카로운 모서리에 손을 부딪혔는데, 나는 조금 긁힌 상처에 입을 갖다 대고 내 피의 맛을 보면서 말했다.「나는 종종 삶의 괴로움과 마주쳤네.」[19] 또 어느 날 소나기가 한바탕 퍼붓고 난 뒤에는 환희에 차서 〈장마는 걷혔다오〉[20]라고 소리쳤다. 나는 대개 일찍 잠자리에 드는데, 그때마다 이렇게 말한다.「*Longtemps je me suis couché de bonne heure* (오랫동안 나는 일찍 잠자리에 들었다).」[21]

나는 신호등이 있는 길을 건너다니는 데에 아무런 문제를 느끼지 않는다. 그런데 어느 날 한적해 보이는 어떤 지점에서 길을 건너려고 하는데, 파올라가 때를 놓치지 않고 가까스로 내 팔을 붙잡았다. 자동차 한 대가 다가오고 있었던 것이다.「왜 이래요, 나 나름대로 거리를 계산했어요. 너끈히 건너갈 수 있었다고요.」

「아뇨, 당신은 건너가지 못했을 거예요. 자동차가 너무 빨리 달려오고 있었어요.」

「이봐요, 설마 나를 바보로 아는 건 아니겠죠? 자동차가 보행자를 치기도 하고 닭들을 치기도 한다는 것쯤은 나도 아주 잘 알고 있다고요. 그리고 자동차 운전자는 그런 사고를

---

18 가브리엘 가르시아 마르케스의 소설 『콜레라 시대의 사랑』의 첫머리(그건 어쩔 수 없는 일이었다. 씁쓸한 아몬드 향내는 언제나 그에게 짝사랑의 운명을 떠올리게 했다 — 송병선 역).
19 에우제니오 몬탈레의 시집 『오징어 뼈』에 실린 시의 제목이자 그 첫 행.
20 구약 성서, 「아가」 2장 11절.
21 앞서 인용된 바 있는 프루스트, 『잃어버린 시간을 찾아서』의 첫 문장.

피하기 위해서 브레이크를 밟죠. 그러면 시커먼 연기가 나고, 운전자는 차에서 내려 크랭크로 다시 시동을 걸어야 해요. 두 남자가 나타나는데, 먼지막이 코트 차림에 커다란 검은색 안경을 쓰고 있어요. 그리고 나는 두 귀가 하늘에 닿을 만큼 기다란 모습이죠.」이게 어디에 나오는 장면이더라?

파올라는 어이가 없다는 듯 나를 바라보았다.「아니, 요즘에 자동차가 얼마나 빨리 달리는지 알고 하는 소리예요?」

「알다마다요. 한껏 속력을 내면 시속 80킬로미터로도 달릴 수 있잖아요…….」

그런데 보아하니 오늘날엔 자동차가 훨씬 더 빨리 달리는 모양이다. 내가 알고 있는 것은 내가 운전면허를 따던 시절의 얘기인 게 분명하다.

카이롤리 광장을 건너다가 놀라운 일을 겪었다. 두 걸음에 한 번꼴로 나에게 라이터를 팔고 싶어 하는 검둥이를 만난 것이다. 파올라는 자전거를 타고 한 바퀴 돌자며 나를 공원으로 데려갔다(자전거 타기는 나에게 전혀 문제가 되지 않는다). 나는 작은 호수 주위에서 검둥이들이 무리를 지어 북을 치고 있는 것을 보고 다시 놀랐다.「아니, 우리가 지금 어디에 와 있는 거예요? 여기가 뉴욕인가요? 언제부터 밀라노에 검둥이들이 이렇게 많아진 거죠?」

「얼마 전부터요. 하지만 이젠 검둥이라고 하지 않아요. 흑인이라고 부르죠.」

「그게 무슨 차이가 있죠? 저들은 라이터를 팔고 여기에 와서 북을 쳐요. 한 푼이라도 벌어서 먹거나 마실 것을 구하기 위해서죠. 바에 가서 북을 치며 놀면 좋겠지만, 아마도 그런 곳에서는 저들을 달가워하지 않을 거예요. 내가 보기엔 저 흑인들도 검둥이라고 불리던 사람들만큼이나 사정이 딱해요.」

「어쨌거나 요즘엔 흑인이라고 해요. 당신도 그렇게 불렀어요.」

파올라가 지적하기를, 내가 영어로 말하려고 할 때는 실수를 하지만, 독일어나 프랑스어를 할 때는 실수를 하지 않는다고 했다. 「내가 보기에 그건 당연해요. 우선 프랑스어는 당신이 어린 시절부터 익힌 언어예요. 그래서 마치 자전거를 타는 능력이 다리에 남아 있듯이 프랑스어도 당신 혀에 그대로 남아 있는 거죠. 독일어는 당신이 대학에 다닐 때 교재를 보면서 공부한 언어예요. 교재에 나온 거라면 당신은 무엇이든 알아요. 반면에 영어는 나중에 당신이 여행을 하면서 배운 언어이고, 지난 30년에 걸친 당신의 개인적인 경험에 속해 있어요. 그래서 당신의 혀에 일부만 남아 있는 거죠.」

나는 아직 기력이 약하다고 느낀다. 무언가에 정신을 집중할 수 있는 시간은 보통 30분 정도이고 아무리 길어도 한 시간을 넘기지 못한다. 그러고 나면 침실에 가서 잠시 누워야 한다. 파올라는 매일 나를 약국에 데려가서 혈압을 체크한다. 소금을 피하기 위해 음식에도 신경을 써야 한다.

나는 텔레비전을 보기 시작했다. 이것은 나를 가장 덜 피곤하게 하는 일이다. 내가 모르는 신사들이 총리와 외무 장관으로 나온다. 스페인 국왕(프랑코가 아니었나?)과 왕년에 테러리스트(테러리스트라고?)였다가 회개한 사람들도 보인다. 그들이 무슨 말을 하는지 이해가 잘 되는 것은 아니지만, 배울 만한 것은 많다. 알도 모로 총리와 그가 주창한 〈평행 수렴〉 정책은 기억이 난다. 그런데 그를 누가 살해했지?[22] 혹시 그는 우스티카 섬의 농업 은행에 추락한 여객기에 타고 있지 않았을까? 어떤 가수들은 귓불에 반지를 달고 나온다. 그것도 남자들이 말이다. 텍사스를 배경으로 어느 가족의 불행한 사건들을 다룬 연속극과 존 웨인이 나오는 옛날 영화가 마음에 든다. 액션 영화들은 보기가 거북하다. 경기관총을 드르륵 갈기면 방이 풍비박산되고 자동차가 뒤집어져 폭발하는 장면이 나오기 때문이다. 그런가 하면 속옷 차림의 사내들이 주먹을 휘두르고, 어떤 사내는 유리창을 뚫고 나가 바다에 수직으로 떨어지기도 한다. 방을 난장판으로 만들고 자동차를 폭발시키고 유리창을 박살 내는 그 모든 장면이 불과 몇 초 만에 펼쳐진다. 너무 빨라서 내 눈이 핑핑 돌아간다. 게다가 웬 소음이 그렇게 많은지.

어느 날 저녁에 파올라가 나를 레스토랑에 데려갔다. 「걱정하지 말아요. 우리 단골집이니까 평소대로 달라고 하면 돼요.」 어서 오십시오, 정말 반갑습니다. 그동안 어떻게 지내셨어요, 보도니 선생님. 오랜만에 오셨네요. 오늘 저녁도 맛있게 드셔야 할 텐데, 뭘 드릴까요? 평소대로 주세요. 알겠습니다, 그렇게만 말씀하셔도 말귀를 척 알아듣는 사람이 바로 여기 있죠, 하면서 주인은 음식 이름을 주워섬겼다. 대합조개 소스 스파게티, 생선 구이, 소비뇽,[23] 그리고 사과 파이.

---

22 알도 모로(1916~1978)는 이탈리아 기민당 대표로서 1960년대와 1970년대에 다섯 차례나 중도 좌파 정부의 총리를 역임했고, 이탈리아 공산당과의 이른바 〈콤프로메소 스토리코(역사적 타협)〉를 이루어 낸 탁월한 정치 지도자였다. 1978년 3월 16일 조직원들의 석방을 요구하는 극좌파 테러 조직 〈붉은 여단〉에게 납치되어 55일 동안 감금을 당한 뒤에 5월 9일 살해되었다.

23 프랑스 중부와 남부에서 재배되는 청포도로 만든 백포도주.

내가 생선 구이를 더 시키려고 하자 파올라가 말렸다. 「내가 좋아하는데 왜 그래요? 그거 하나쯤 더 먹어도 되잖아요. 큰돈 드는 것도 아닌데.」 파올라는 걱정스럽다는 듯이 나를 바라보다가 내 한 손을 잡으며 말했다. 「이봐요, 얌보. 당신은 자동 반응으로 일어나는 행위들은 모두 예전처럼 하고 있어요. 나이프와 포크를 어떻게 잡는지 또는 마실 것을 어떻게 따르지 하는 것도 완벽하게 알고 있죠. 하지만 우리가 어른이 되어 감에 따라 개인적인 경험을 통해서 획득해 가는 것이 한 가지 있어요. 아이는 자기가 좋아하는 음식이라면 나중에 배가 아프거나 말거나 무엇이든 먹으려고 해요. 엄마는 아이가 제 충동을 조절해 나가도록 차근차근 설명하죠. 똥오줌을 가리도록 가르칠 때처럼 말이에요. 만약 아이가 제멋대로 하게 그냥 내버려두면 계속 기저귀에 똥을 싸고 누텔라를 너무 많이 먹은 탓에 병원 신세를 지고 말 거예요. 하지만 엄마의 가르침을 받은 아이는 배가 아직 덜 찼다 싶어도 먹기를 중단할 줄 알게 되죠. 어른이 되면서 우리는 중단하는 법을 배워요. 예를 들어 술을 두세 잔 마시고 나면 더 마시고 싶어도 그만두죠. 한 병을 통째로 마셨다가는 잠을 제대로 자지 못하리라는 것을 알기 때문이에요. 그렇듯이 당신은 식탐을 다스리는 법을 다시 배워야 해요. 이치를 잘 따져 보면 며칠 만에 배우게 될 거예요. 어쨌거나 이제는 더 먹지 말아요.」

 주인이 파이를 가져와서 말했다. 「식후에 칼바도스 한 잔 하셔야죠?」 나는 파올라가 동의해 주기를 기다렸다가, 〈*Calva sans dire*(두말할 필요도 없이 칼바죠)〉[24] 하고 대답

---

24 〈그건 두말할 필요도 없다〉는 뜻의 프랑스어 관용구 〈ça va sans dire〉를 활용한 언어 유희. 칼바도스(줄여서 칼바)는 노르망디 지방의 사과 브랜디.

했다. 주인은 나의 이 언어유희를 알고 있는 게 분명했다. ⟨Calva sans dire⟩라고 되받았으니 말이다. 파올라는 칼바도스 하면 떠오르는 게 없느냐고 내게 물었다. 나는 그게 맛있는 술이라는 건 알지만 더 생각나는 게 없다고 대답했다.

「당신은 노르망디를 여행하는 동안 그 술에 절어서 지냈는데…… 아니, 인내심을 가져요. 그건 더 생각하지 말아요……. 어쨌거나 ⟨평소대로⟩라는 말은 괜찮은 상투어예요. 이 주위에는 당신이 들어가서 ⟨평소대로⟩라고 말할 수 있는 곳들이 많으니까, 편안한 기분을 느끼게 될 거예요.」

파올라가 말했다. 「이제 분명 당신은 신호등에 어떻게 대처해야 하는지를 알고 있어요. 자동차들이 얼마나 빨리 달리는지도 알게 되었어요. 혼자 나가서 산책해 볼 때가 된 거죠. 스포르차 성관 주변이며 카이롤리 광장을 돌아다녀 봐요. 광장 모퉁이에 아이스크림 가게가 하나 있어요. 당신은 아이스크림을 무척 좋아해요. 그 가게 사람들은 사실상 당신 덕분에 먹고산다고 볼 수 있죠. 거기에 가서 ⟨평소대로⟩를 시험해 봐요.」

내가 ⟨평소대로⟩라고 말할 필요도 없이, 아이스크림 장수는 즉시 콘 하나에 스트라차텔라[25]를 담아 주었다. 자아 평소에 드시던 대로입니다. 선생님. 내가 스트라차텔라를 즐겨 먹었다면 그건 잘 한 일이었다. 맛이 아주 좋으니까 말이다. 환갑이 되어서 스트라차텔라를 발견한다는 것은 기분 좋은 일이다. 잔니가 알츠하이머병을 두고 이런 농담을 하지 않았

[25] 초콜릿 조각이 들어간 바닐라 아이스크림.

던가? 매일 새로운 사람들을 숱하게 만날 수 있으니 얼마나 멋져…….

새로운 사람들이라. 내가 콘의 꽁다리까지 다 먹지 않고 바닥에 남은 것을 막 버리고 났을 때 — 왜 꽁다리를 먹지 않았을까? 나중에 파올라가 설명해 준 바에 따르면, 그건 나의 오랜 버릇이었다. 내가 어렸을 때 엄마는 아이스크림 장수가 별로 깨끗하지 않은 손으로 콘의 꽁다리를 만지기 때문에 그 부분을 먹으면 안 된다고 가르쳤단다. 옛날에 아이스크림 장수들이 손수레를 밀고 다니며 아이스크림을 팔던 시절의 이야기다[26] — 한 여자가 내게 다가오는 것이 보였다. 마흔 살쯤 되었을 법한 우아한 여자였는데, 표정은 약간 도도했다. 나는 레오나르도 다빈치의 「담비를 안은 여인」[27]을 떠올렸다. 여자는 멀리에서 벌써 나에게 미소를 지어 보였다. 나도 멋진 미소를 지으려고 마음의 준비를 했다. 파올라 말이 내 미소에 여자들이 홀딱 반한다고 하지 않는가.

여자는 내게 다가들어서 나의 두 팔을 잡았다. 「얌보, 이렇게 만나다니 정말 뜻밖이야!」 하지만 여자는 내 표정에 뭔가 어정쩡한 기색이 어려 있음을 알아차린 게 분명했다. 미소만으로는 충분치가 않은 것이다. 「얌보, 날 못 알아보네. 내가 그렇게나 늙었다는 거야? 반나, 반나라고…….」

「아 반나! 넌 갈수록 아름다워지는구나. 나는 방금 안과에 다녀오는 길이야. 의사가 동공을 확대시키기 위해 내 눈에

---

[26] 이 이야기는 『세상의 바보들에게 웃으면서 화내는 방법』 중에서 「아이스크림을 먹는 방법」에 더 재미있고 자세하게 나와 있다.
[27] 이 그림에 관해서는 에코의 『미의 역사』(이현경 역, 열린책들, pp. 192~193)를 참조할 것.

무언가를 넣었어. 그래서 몇 시간 동안 눈이 침침할 거야. 담비를 안은 여인, 어떻게 지내?」 내가 전에도 반나를 그렇게 부른 적이 있는 게 분명했다. 그 말을 듣자마자 그녀의 눈이 축축해지는 듯했으니 말이다.

반나는 내 얼굴을 어루만지면서 〈얌보, 얌보〉 하고 속삭였다. 그녀의 향수 냄새가 느껴졌다. 「얌보, 서로 연락이 끊겼지만, 나는 늘 너를 다시 만나고 싶었어. 우리 만남이 너무 짧았다고 말하려고 했지. 아마 내 탓이었을 거야. 하지만 너는 나에게 두고두고 아주 감미로운 추억으로 남을 거야. 정말······ 멋진 시간이었어.」

「아주 멋진 시간이었지.」 나는 감정을 실어 그렇게 말하면서 열락의 동산을 회상하는 듯한 표정을 지었다. 훌륭한 연기였다. 반나는 내 뺨에 입을 맞추더니, 자기 번호가 바뀌지 않았다고 속삭인 다음 멀어져 갔다. 반나. 틀림없이 내가 유혹을 뿌리치지 못한 여자들 가운데 하나이리라. 남자들이란 얼마나 못된 악당인가.[28] 비토리오 데시카 주연. 제기랄, 바람을 피우고 나서 그 사실을 친구들에게 떠벌릴 수 없다면, 아니 그 정도는 아니더라도 이따금 폭풍이 몰아치는 밤에 이불 속에서 그것을 다시 음미할 수조차 없다면, 바람을 피웠다 한들 거기에 무슨 즐거움이 있겠는가?

집에 돌아온 날 밤부터 파올라는 잠자리에서 내가 잠을 이루도록 머리를 쓰다듬어 주었다. 그녀가 내 옆에 있으니 기분이 좋았다. 그게 성적인 욕구였을까? 나는 마침내 쑥스러움

---

28 마리오 카메리니 감독의 이탈리아 영화(1932) 제목.

을 이겨내고 우리가 아직도 성행위를 하느냐고 물었다. 「적당하게, 다분히 습관적으로 하는 편이죠. 욕구가 동해요?」

「모르겠어요. 알다시피 나는 아직 별로 욕구가 없어요. 그런데 궁금한 게 있어서······.」

「묻지 말고, 그냥 자도록 해요. 당신은 아직 기력이 부족해요. 게다가 나는 어떤 경우에도 당신이 방금 알게 된 여자랑 통정하는 것을 원치 않아요.」

「오리엔트 특급에서 벌이는 연애 같은 것은 싫다는 거군요.」

「아이고 망측해라, 우리는 지금 데코브라의 소설[29] 속에 있는 게 아니라고요.」

---

29 제1차 세계 대전과 제2차 세계 대전 사이에 세계적인 성공을 거뒀던 프랑스의 대중 작가 모리스 데코브라의 소설 『침대차의 마돈나』(1925)를 가리킨다.

3. 아마도 누군가는 네 꽃을 꺾으리라

나는 집 밖에서 돌아다닐 줄 안다. 누가 나에게 인사를 건네면 어떻게 대응해야 하는지도 알게 되었다. 상대방 미소와 몸짓을 살피고 정중함의 정도를 헤아려서, 내 미소와 몸짓과 정중함의 정도를 조절하는 것이 바로 그 방법이다. 나는 엘리베이터 안에서 이웃 사람들을 상대로 그 방법을 시험했다. 딸아이 카를라가 내 노력을 칭찬하기에, 나는 사회생활이란 한낱 연극일 뿐이라고 말했다. 카를라는 이번 사고가 나를 냉소적인 사람으로 만들고 있다고 걱정했다. 하지만 어쩔 수 없죠, 이게 한바탕의 연극이라고 생각하면서 시작하지 않으면, 아빠는 스스로에게 총을 쏠지도 모르니까요.

파올라는 이제 내가 사무실에 나갈 때가 되었다고 말했다. 혼자 가요. 가서 시빌라도 만나 보고, 당신 일터가 무슨 생각을 불러일으키는지 보세요. 그러자 잔니가 아름다운 시빌라에 관해서 속삭였던 것이 뇌리에 떠올랐다.

「시빌라가 누구죠?」

「당신 조수이자 집사죠. 아주 유능한 여자예요. 지난 몇 주일 동안 혼자 서점을 운영했죠. 오늘 전화를 했더니, 뭔지는 모르지만 어떤 굉장한 일이 잘 풀렸다고 무척 자랑스러워하던데요. 시빌라의 성이 무엇인지는 나에게 묻지 말아요. 너무 어려워서 아무도 발음할 줄 모르니까요. 시빌라는 폴란드에서 온 아가씨예요. 바르샤바에서 도서관학을 전공하다가, 그쪽 체제가 흔들리기 시작할 때, 그러니까 베를린 장벽이 무너지기도 전에 당국의 허락을 받고 로마에 공부하러 왔어요. 사랑스런 아가씨예요. 너무 사랑스럽다고 할 수 있을 정도예요. 덕분에 어떤 거물의 마음을 움직일 수 있었겠죠. 그런데 시빌라는 일단 여기에 오고 나자, 다시 돌아가지 않고 일자리를 찾아 나섰어요. 그러다가 당신을 찾아냈어요. 아니, 당신이 그녀를 찾아낸 거겠죠. 그 뒤로 4년 가까이 당신 조수로 일해 왔어요. 지금 시빌라는 당신을 기다리고 있어요. 당신에게 무슨 일이 일어났는지, 자기가 어떻게 행동해야 하는지 알고 있죠.」

파올라는 내 고서점의 주소와 전화번호를 알려 주었다. 카이롤리 광장을 지나 단테 거리로 접어든 다음, 로자 데이 메칸티[1] — 그게 로자라는 것은 멀리서도 금방 알 수 있단다 — 에 다다르기 전에 왼쪽으로 돌면 된다는 것이다. 「만약 무슨 문제가 생기면, 시빌라나 나한테 전화해요. 우리가 구조대를 보낼게요. 하지만 그런 사태가 벌어질 거라고는 생각하지 않아요. 아참, 한 가지 알아 둘 게 있어요. 당신이 시빌라를 처음 만났을 때 사용한 언어는 프랑스어였어요. 그녀가 아직 이탈리아어를 몰랐기 때문이에요. 그런데 당신은 그녀가 이탈리아어를 배운 뒤에도 계속 프랑스어로 말했어요. 두 사람

---

[1] 로자란 한쪽 또는 그 이상의 면이 트인 주랑을 가리킨다. 중세에는 이런 주랑이 있는 건물이 동업 조합의 집회소로 사용되었다. 로자 데이 메칸티는 상인들이 모이던 주랑이다.

만의 놀이 같은 것이었죠.」

단테 거리에는 사람들이 참 많다. 누구를 알아보아야 한다는 의무감에 시달리지 않고 이방인들의 행렬을 스쳐 지나가는 것은 기분 좋은 일이다. 그것은 나에게 자신감을 주고, 다른 사람들 역시 열에 일곱 정도는 나와 똑같은 처지에 놓여 있다는 생각을 갖게 한다. 따지고 보면, 나는 이 도시에 갓 도착한 이방인과 다를 게 없다. 조금 외롭다고 느끼면서도 차츰차츰 새로운 환경에 적응해 가고 있는 것이다. 다만 다른 이방인들과 내가 다른 점이 있다면 나는 이 도시가 아니라 이 행성에 갓 도착했다는 것이다. 어떤 카페의 입구에서 누가 나에게 인사를 건넸다. 어느 모로 보나 야단스럽게 알은척을 해야 할 사이로 보이지는 않았다. 나는 손짓으로 인사를 대신했다. 내가 짐작한 대로 일이 잘 돌아갔다.

나는 보이 스카우트 대원이 보물찾기에 성공하듯이, 파올라가 가르쳐 준 주소에서 내 고서점을 찾아냈다. 아래층에 〈스튜디오 비블리오〉라고 적힌 소박한 간판이 붙어 있었다. 나는 상상력이 신통치 않은 게 분명했다. 그래도 진지함이 느껴지는 상호이기는 하다. 이런 이름이 아니라면 내가 무어라고 이름을 붙일 수 있었을까? 〈아름다운 나폴리에서〉 하는 식의 이름을 생각해 냈을까? 나는 초인종을 눌렀다. 2층으로 올라가자 문이 벌써 열려 있었고, 시빌라가 입구에서 기다리고 있었다.

「*Bonjour, Monsieur Yambo*(안녕하세요, 얌보 선생님)……. *Pardon, Monsieur Bodoni*(아니 죄송해요, 보도니 선생님)…….」 기억을 상실한 사람은 내가 아니라 그녀인 것

같았다. 시빌라는 정말이지 매우 아름다운 여자였다. 완벽한 계란형 얼굴의 윤곽을 두드러져 보이게 하는 길고 반드르르한 금발. 화장기 없는 얼굴. 아니, 어쩌면 눈가에 아주 가볍게 무언가를 바른 듯도 했다. 내 머릿속에 떠오른 형용사는 하나뿐이었다. 〈참하다〉가 바로 그것이었다(내 말이 상투적이라는 것을 알지만, 그래도 내가 다른 사람들 속에 들어갈 수 있는 것은 그런 말들 덕분이다). 시빌라는 아래위로 진*jean*을 입고 있었다. 재킷 안에 받쳐 입은 것은 *Smile*이나 그 비슷한 말이 찍힌 셔츠의 일종이었다. 이 옷 때문에 아직 소녀티가 남아 있는 양쪽 젖가슴이 수줍게 윤곽을 드러내고 있었다. 우리는 둘 다 어찌할 바를 몰랐다. 〈*Mademoiselle Sibilla*(시빌라 양)?〉 하고 내가 물었다.

〈*Oui*(네)〉라는 대답에 이어 〈*ohui, houi. Entrez*(네, 네, 들어오세요)〉 하는 말이 곧바로 튀어나왔다.

미묘한 딸꾹질 소리 같았다. 첫 번째 *Oui*는 정상에 가깝게 소리를 내더니, 바로 숨을 들이마시면서 두 번째 대답을 하고, 다시 숨을 들이마시면서 느껴질 듯 말 듯하게 묻는 말투를 담아 세 번째 대답을 했다. 이 세 소리가 어우러지자 아이처럼 당황하는 기색과 육감적인 수줍음이 동시에 느껴졌다. 시빌라는 내가 들어갈 수 있도록 한쪽으로 비켜섰다. 그녀의 향수 냄새가 느껴졌다. 아취를 자아내는 향기였다.

만약 내가 거기에 오기 전에 누가 나보고 고서점이 어떻게 생겼느냐고 물었다면, 나는 거기에서 본 것과 아주 비슷하게 묘사를 했을 것이다. 거뭇한 목재로 만든 책장들과 거기에 들어차 있는 고서적들, 그리고 육중한 정사각형 탁자에 올려져 있는 또 다른 고서적들. 한쪽 구석에 놓인 작은 탁자와 그

위에 놓인 컴퓨터. 불투명 유리를 끼운 창문의 양쪽에 걸린 두 장의 채색 지도. 은은한 불빛, 커다란 초록색 등갓들. 한쪽 벽에 나 있는 문, 책을 포장하거나 발송하기 위한 작업장으로 보이는 그 너머의 좁고 기다란 골방.

「그러니까 아가씨가 시빌라란 말이죠? 아니, 시빌라라고 부를 게 아니라 마드무아젤 아무개라고 불러야 하는 거 아닌지 모르겠네요. 듣자 하니 아가씨 성을 발음하기가 어렵다던데…….」

「시빌라 야스노제프스카예요. 그래요, 여기 이탈리아에서는 발음하는 데 문제가 좀 있죠. 하지만 선생님은 언제나 저를 그냥 시빌라라고 부르셨어요.」 그녀는 처음으로 미소를 지어 보였다. 나는 익숙해지기를 바란다고 말했다. 내가 가장 희귀한 책들을 보고 싶다고 말하자, 그녀는 저기 안쪽 벽으로 가세요, 하면서 내가 찾는 책장을 알려 주려고 앞장을 섰다. 운동화로 바닥을 살짝 스치듯이 걷는 조용한 걸음걸이였다. 아니, 어쩌면 바닥에 깔린 카펫 때문에 발소리가 약하게 들렸는지도 모르겠다. 순결한 청춘이여, 그대에게는 성스러운 그림자가 드리워져 있구나. 나는 하마터면 큰소리로 그렇게 말할 뻔했다. 하지만 그 대신 이런 말이 튀어나왔다. 「카르다렐리[2]가 누구죠?」

「뭐라고 하셨죠?」 그녀는 머리를 찰랑거리며 고개를 돌렸다. 「아무것도 아니에요. 어서 책들을 보여 주세요.」

옛것의 정취가 그윽한 아름다운 책들. 무슨 책인지를 알려 주는 딱지가 책등마다 붙어 있지는 않았다. 나는 책 한 권을

---

[2] 이탈리아의 시인(1887~1959). 바로 앞에 나온 인용구는 그의 시 「청춘」의 첫머리이다.

뽑아 들었다. 본능적으로 책을 펴서 속표지를 찾아보았으나 보이지 않았다. 「그렇다면 초창기 활판본[3]이로군. 돼지가죽을 사용한 16세기식 장정이야. 열을 가하지 않고 압인한 무늬가 들어가 있어.」 나는 앞뒤의 가죽 표지를 손으로 쓸면서 기분 좋은 촉감을 느꼈다. 「책등의 가죽이 약간 닳았군.」 그러고는 잔니가 말한 대로 종이가 손끝에서 바삭거리는가 보려고 책장을 넘겼다. 아닌 게 아니라 종이가 바삭거렸다. 「조판이 시원시원하고 여백이 많군. 아, 마지막 몇 장의 여백에 흐릿한 반점이 있고, 마지막 접지 표시에 벌레가 쏜 자국이 있네. 그래도 본문은 온전해. 훌륭한 고서야.」 나는 책 끝에 간기(刊記)가 있다는 것을 알고 있었기에, 그 페이지로 가서 음절들을 토막토막 끊어 가며 읽었다. 「*Venetiis mense Septembri*(베네치아, 9월)······ 천사백······ 구십칠. 아니, 이거 혹시······.」 나는 얼른 첫 페이지로 돌아갔다. *Iamblichus, de mysteriis Aegyptiorum*(이암블리코스, 이집트의 신비에 관하여)······ 이건 피치노가 번역한 이암블리코스 책의 초판이 아닌가?

「네, 초판이에요······. 보도니 선생님. 이 책을 알아보시겠어요?」

「아뇨, 나는 아무것도 알아보지 못해요. 그걸 알아야 해요, 시빌라. 나는 그저 피치노가 번역한 이암블리코스의 책이 1497년에 처음으로 출간되었다는 사실을 알고 있을 뿐이에요.」

3 이탈리아어로 잉쿠나볼로(요람, 시초, 초창기를 뜻하는 라틴어 *incunabula*에서 온 말)라고 하는 것으로서, 서양에서 활판 인쇄가 시작된 1440년경부터 1500년까지 약 60년에 걸쳐서 인쇄된 책들을 가리킨다. 이 기간은 책이 어디에서 인쇄되었느냐에 따라서 약간 다르게 설정된다. 예를 들어 남부 독일에서 인쇄된 책이라면 1514년경에 나온 책 역시 잉쿠나볼로로 간주된다.

「죄송해요. 제가 적응을 해야겠군요. 선생님은 이 책이 정말 아름답다 하시면서 무척 자랑스럽게 여기셨어요. 그리고 당분간은 팔지 않겠다고 하셨죠. 이 책은 유통 부수가 아주 적어요. 선생님은 그중 하나가 경매에 나오거나 미국의 카탈로그에 나타날 때까지 기다리자고 하셨어요. 남들이 값을 많이 올려놓으면 그때서야 우리 것을 카탈로그에 올리시겠다는 것이었죠.」

「보아하니 내가 아주 반지빠른 장사꾼이구먼.」

「제가 보기엔 그건 핑계예요. 선생님은 스스로를 위해 이 책을 간직하고 싶어 하신 거예요. 곁에 두고 가끔씩 보시려고 말이에요. 그런데 오르텔리우스의 지도첩은 처분하기로 결정하셨으니까, 제가 좋은 소식을 알려 드릴게요.」

「오르텔리우스의 지도첩이라니…… 어떤 걸 말하는 거죠?」

「플랑탱 출판사에서 나온 1606년 판요. 채색 지도 166장과 부록이 들어 있고, 출간 당시의 제본 상태를 그대로 유지하고 있죠. 사장님은 그 지도첩을 수중에 넣고 무척 기뻐하셨어요. 감비 선생의 장서를 헐값에 통째로 사들이는 과정에서 그것을 발견하셨거든요. 선생님은 한동안 그것을 간직하고 계시다가 마침내 카탈로그에 올리기로 결정하셨어요. 그러고 나서 선생님이…… 편찮으신 동안, 제가 어떤 고객에게 그것을 파는 데에 성공했죠. 처음 보는 손님이었는데 진정한 애서가처럼 보이지는 않았어요. 그보다는 요즘에 고서적 값이 빠르게 오르고 있다는 소문을 듣고, 투자한다는 생각으로 고서를 사들이는 부류에 속하는 사람이 아닌가 싶어요.」

「아깝네요. 희귀본 하나가 임자를 잘못 만났으니. 그런데…… 얼마에 팔았죠?」

시빌라는 가격을 말하기가 저어되는 듯, 카드 한 장을 집어서 나에게 보여 주었다. 「우리는 그 지도첩을 카탈로그에 올리면서 가격은 별도로 문의하라고 해놓았어요. 사장님은 사겠다는 사람이 나서면 가격을 절충할 준비가 되어 있었죠. 저는 대뜸 최고가를 불렀어요. 그 손님은 깎아 달라는 말도 하지 않고 자기 수표에 서명을 하고 훌쩍 가버렸어요. 밀라노 사람들 말마따나 〈즉석에서 깨끗하게〉 지불한 거죠.」

「고서 값이 이제 이런 수준에 도달했구먼…….」 나에겐 오늘날의 시세에 관한 개념이 없었다. 「잘했어요, 시빌라. 그런데 우리가 그 책에 들인 돈은 얼마나 되죠?」

「한 푼도 안 들였다고 볼 수 있어요. 다시 말해서, 우리가 감비 장서를 한목에 사들이기 위해 지출한 비용은 그 장서의 다른 책들을 팔아서 조금씩 느긋하게 회수하고 있으니까, 그 지도첩은 거저 얻은 것으로 봐도 된다는 거죠. 수표를 은행에 맡기는 것과 관련해서는 제가 필요한 조치를 취했어요. 카탈로그에 가격이 나와 있지 않으니까, 선생님과 절친한 라이벨리 씨가 도와주시면 세금 문제도 아주 잘 해결될 거예요.」

「그러니까 내가 세금을 포탈하는 부류에 속한다는 건가요?」
「아니에요, 선생님. 고서적 업계의 동료들이 하는 것처럼 하실 뿐이죠. 대개는 판매액 전부에 대해서 세금을 내야 해요. 다만 운 좋게 성사된 일부 거래에 한해서, 흔히 하는 말대로, 살짝 손을 대는 거죠. 선생님은 정직한 납세자예요. 백 점은 아니어도 95점은 돼요.」

「이 거래를 계기로 50점짜리로 떨어지겠네요. 어디선가 읽었는데, 모름지기 시민들은 자기들 세금을 마지막 한 푼까지 내야 한다더군요.」 시빌라는 겸연쩍어 하는 기색을 보였다. 나는 아버지처럼 따뜻하게 감싸는 어조로 말했다. 「어쨌거나 그 문제는 신경 쓰지 말아요. 내가 나중에 라이벨리와 얘기해 볼게요.」 아버지처럼? 그 생각이 마음에 거슬려서 나는 갑작스럽다 싶은 말투로 다시 말했다. 「이제 나 혼자 다른 책들을 좀 볼 테니, 가서 볼일 보세요.」 시빌라는 몸을 돌려 조용히 컴퓨터 앞에 가서 앉았다.

나는 책들을 살피고 책장들을 넘겨 보았다. 베르나르디노 베날리가 인쇄한 단테의 『신곡』 1491년 판. 마이클 스콧의 『관상학』 1477년 판. 프톨레마이오스의 『테트라비블로스』 1484년 판. 레기오몬타누스의 『칼렌다리움』 1482년 판. 그다음 세기들의 책들도 적지 않았다. 비토리오 춘카가 쓴 『기계와 건축물의 새로운 무대』라는 책의 멋진 초판본, 아고스티노 라멜리의 경이로운 책....... 골동품상이라면 누구나 진품들과 명품들의 목록을 훤히 꿰고 있듯이, 나는 그 책들을 모두 알고 있었다. 그런데 정작 그런 책들이 나에게도 한 부씩 있다는 사실은 모르고 있었던 것이다.

아버지처럼? 나는 책들을 꺼냈다가 제자리에 돌려놓기를 계속했지만, 사실은 시빌라를 생각하고 있었다. 잔니는 분명 짓궂은 태도로 나에게 귀띔을 했고, 파올라는 막판까지 늑장을 부리다가 시빌라 얘기를 꺼냈다. 게다가 파올라는 비록 담담한 어조로 말하기는 했지만, 빈정거림에 가까운 표현을 몇 차례 사용했다. 너무 사랑스럽다고 할 수 있을 정도라느니 두 사람만의 놀이라느니 하지 않았던가. 딱히 무언가를 원망하는 듯한 기색은 전혀 보이지 않았지만, 내가 보기에 파올라는 시빌라가 얌전한 척하면서 부뚜막에 먼저 올라가는 고양이라고 말할 뻔하지 않았나 싶다.

내가 시빌라랑 연애를 한다는 게 과연 있을 법한 일인가? 동유럽에서 와서 오갈 데 없이 방황하던 젊은 여자. 새롭고 신기한 것을 무척이나 좋아하는 그녀가 나이 지긋한 남자 — 그래도 그때는 내가 지금보다 네 살이 적었다 — 를 만난다. 그녀는 그의 권위에 감복한다. 따지고 보면 그는 보스이고, 책들에 관해서 그녀보다 많은 것을 알고 있다. 그녀는 그의 말에 열심히 귀를 기울이며 배우고 경탄의 눈길로 그를 바라본다. 그로서는 이상적인 학생을 만난 셈이다. 예쁘고, 똑똑하고, 딸꾹질하듯이 허둥거리며 *Oui oui oui* 하고 대답하는 학생을 말이다. 두 사람은 함께 일하기 시작한다. 매일 아침부터 저녁까지, 고서점에서 단둘이, 크고 작은 숱한 횡재의 공모자로서 말이다. 그러던 어느 날 두 사람은 문에서 서로 몸을 스친다. 짧은 순간에 벌어진 일이지만 그로써 하나의 연애 사건이 시작된다. 하지만 내 나이에 어떻게? 넌 너무 젊어. 네 또래의 남자를 찾아야 해. 제발 그렇게 해. 날 대단하게 생각하지 마. 그러자 그녀가 말하기를, 아녜요, 이런 느낌 처음이에요, 얌보. (나는 모두가 알고 있는 어떤 영화를 요약하고 있는 게 아닐까?) 그 뒤로 영화나 소설에서 흔히 보는 것과 같은 일이 벌어진다. 얌보, 난 당신을 사랑해요. 하지만 이제 사모님 얼굴을 똑바로 볼 수가 없어요. 사모님은 너무나 상냥하고 착한 분이에요. 게다가 당신에게는 두 딸이 있고 손자들까지 있어요. 고마워, 시빌라, 나한테서 벌써 송장 냄새가 난다는 사실을 일깨워 줘서 말이야. 아녜요, 그런 말하지 말아요, 당신은 더없이…… 더없이…… ○○한 남자예요. 내가 이제껏 만나 본 남자들 중에서 가장 그래요. 내 또래의 남자들은 가소로울 뿐이에요. 하지만 아마도 내가 떠나는 게 옳은 일이 아닐까 싶어요. 잠깐만, 시빌라, 우리는 좋은 친구로 남을 수도 있어. 매일 서로 얼굴을 볼 수 있다면 그것으로 족해. 아녜요, 매일 만나게 되면 오히려 친구로 남을 수가 없다는 것을 몰라서 하는 소리예요. 시빌라, 그렇게 단정하지 말고 우리 방법을 생각해 보자. 어느 날부터 그녀는 서점에 나오지 않는다. 나는 그녀에게 전화를 걸어 스스로 목숨을 끊겠다고 말한다. 그녀는 아이처럼 굴지 말라면서 세월이 약이라고 말한다. 하지만 결국 그녀는 꿋꿋하게 버티지 못하고 돌아온다. 그런 식으로 이야기는 4년 동안 지속된다. 아니, 이제는 끝나지 않았을까?

나는 온갖 클리셰를 다 알고 있는 듯하다. 하지만 그것들을 제대로 배열할 줄 몰라서 이야기가 그럴싸하게 여겨지지 않는다. 아니면 연애 이야기라는 게 원래 황당하고도 거창한 것일지도 모른다. 온갖 클리셰가 비현실적으로 뒤얽혀서 그것들을 서로 떼어 낼 수가 없게 되기 때문이다. 그래도 클리셰를 직접 경험하는 사람은 그것을 처음 겪는 일처럼 여기기 때문에 부끄러움을 느끼지 않는 법이다.

그게 정말 있을 법한 이야기인가? 요즘 나는 성적인 욕구를 더 이상 느끼지 않는 듯했다. 그런데 그녀를 보자마자 나는 욕구라는 게 무엇인지 알게 되었다. 한 여자를 처음으로 만나자마자 그랬다는 얘기다. 이런 여자를 매일같이 만나서 시간을 같이 보내고, 내 주위로 마치 물 위를 걷듯이 사뿐하게 돌아다니는 그녀를 지켜본다고 상상해 보라. 당연히 이건 그냥 말로만 하는 얘기다. 지금의 내 처지에서 연애 따위를 벌이는 일은 결코 없을 것이다. 게다가 내가 그런 짓을 한다면, 파올라에게 나는 그야말로 못된 놈이 되는 것이다. 시빌라는 나에게 동정녀 마리아와 같아서 그런 일은 생각조차 할 수 없다. 좋다. 나는 그렇다 치고 그녀는 어떨까?

그녀에게는 아직 우리 이야기가 끝나지 않은 것일 수도 있지 않을까? 어쩌면 그녀는 친근한 사이에서 쓰는 말투로 인사를 건네거나 존칭 대신 그냥 내 이름만을 부르고 싶었을지도 모른다. 다행히 우리가 잠자리에서조차 서로 말을 높이는 사이라면 그렇지 않겠지만 말이다. 또 어쩌면 그녀는 나에게 달려들어 목을 끌어안고 싶었을지도 모른다. 최근 몇 주 동안 그녀 역시 고통스러운 시간을 보냈을지 누가 알겠는가? 그러다가 마침내 내가 더없이 멋진 모습으로 나타난 것이라고 해보자. 나는 시빌라 양이라 부르면서 인사를 건네고, 혼자서 책을 볼 테니 가서 볼일을 보라고 말하는가 하면, 깍듯하게 고마움을 표시한다. 그러자 그녀는 자기가 결코 진실을 말할 수 없으리라는 사실을 깨닫는다. 어쩌면 그편이 더 나을지도 모른다. 바야흐로 그녀가 남자 친구를 구해야 할 때가 되었으니 말이다. 그럼 나는 어떻게 되는 거지?

내 상태가 온전치 않다는 것은 진료 카드에 분명히 나와 있다. 그런 내가 지금 무슨 생각에 빠져 있는가? 파올라는 내 사무실에 아름다운 젊은 여자가 있다는 것을 활용하여 질투심 많은 아내의 연기를 하고 있는 게 분명하다. 이건 늙은 부부 사이의 게임일 뿐이다. 그럼 잔니는? 잔니는 아름다운 시빌라를 운운했다. 아마도 그녀에게 홀딱 반한 사람은 바로 그 친구일 것이다. 그는 언제나 세금 문제를 핑계로 여기에 온다. 그러고는 바삭거리는 책장에 경탄하는 척하면서 시간을 끈다. 그녀에게 푹 빠진 사람은 잔니이고 나는 그런 일과 아무 상관이 없는 것이다. 나와 마찬가지로 벌써 송장 냄새를 풍기는 나이에 잔니는 나에게서 일생일대의 여인을 빼앗아 가려 하는 것이다. 아니, 이미 빼앗아 갔는지도 모를 일이다. 또 상투어가 튀어나왔다. 일생일대의 여인이라고?

나는 내가 주위 사람들을 알아보지 못해도 그들과 더불어 잘 살아갈 수 있으리라 생각했다. 그런데 시빌라를 두고 망령된 상상을 하게 된 뒤로 가장 단단한 암초가 나타났다. 내가 그녀에게 고통을 주고 있을지도 모른다는 생각에 마음이 괴롭다. 그래, 그렇겠지……. 자신의 양녀에게 괴로움을 주고 싶어 하지 않는 것은 당연한 거야. 딸이라고? 저번에는 손자들하고 놀면서 내가 소아 성애 도착증 환자가 아닐까 하고 생각했는데, 이번에는 근친상간의 죄를 의심하는 거야?

원 세상에, 우리가 성관계를 가졌다고 누가 그래? 어쩌면 딱 한 차례 키스를 했을지는 모르지. 정신적으로 서로에게 끌렸을 수는 있어. 서로의 마음을 알아차리고 있었지만, 어느 쪽에서도 그것을 결코 입에 올리지 않았을 거야. 우리는 원탁의 연인들이야. 4년 동안 우리 두 사람 사이에 칼[4]을 놓고 잤을 거야.

아, 『스툴티페라 나비스』[5]도 있네. 초판본은 아닌 것 같군. 게다가 보존 상태가 별로 좋지 않아. 그리고 이건 바르톨로메우스 앙글리쿠스의 『De proprietatibus rerum(사물의 고유성에 관하여)』이로군. 문단 첫머리에 장식 글자를 꼬박꼬

---

[4] 아서 왕 이야기를 비롯한 중세의 로망이나 바그너의 「니벨룽의 반지」 등에 나오는 〈정결의 검〉. 아직 혼인하지 않은 두 남녀가 부득이하게 나란히 눕게 될 때 순결을 지키자는 뜻으로 둘 사이에 놓는 칼을 가리킨다.

[5] 독일 인문주의자 세바스티안 브란트의 풍자시 「바보 배[船]」의 라틴어 제목.

박 넣은 것은 좋은데, 유감스럽게도 제본이 옛날 방식을 흉내 낸 현대식이야. 이제 시빌라하고 일에 관한 얘기를 하자.
「시빌라, 이 『스툴티페라 나비스』는 초판본이 아니죠?」

「네, 선생님. 애석하게도 아니에요. 우리 것은 올페 출판사에서 간행한 1497년 판이에요. 초판 역시 스위스 바젤의 올페 출판사에서 간행되었지만, 1494년에 독일어로 나왔어요. ⟨*Das Narren Schyff*⟩[6]라는 제목으로요. 라틴어 역 초판은 우리 것과 마찬가지로 1497년에 나왔지만, 달에서 차이가 나요. 간기를 보셔서 아시겠지만 우리 것은 8월에 나왔고 초판은 3월에 나왔죠. 이 둘 사이에 4월 판과 6월 판이 또 있어요. 하지만 정작 문제가 되는 것은 출간일이 아니라 책의 보존 상태예요. 보시다시피 그다지 탐나는 물건은 아니죠. 연구자들이 그냥 읽기 위해서나 구입할 만하다는 얘기는 아니지만, 크게 떠벌릴 만한 고본이라고 볼 수는 없어요.」

「시빌라, 아는 게 참 많군요. 시빌라가 없으면 내가 어쩌죠?」[7]

「다 선생님이 가르쳐 주신 거예요. 바르샤바를 떠날 때만 해도 저는 *grande savante*(대단한 학자) 행세를 했어요. 하지만 만약 제가 선생님을 만나지 못했다면, 이탈리아에 처음 왔을 때처럼 그냥 바보로 남아 있었을 거예요.」

찬탄, 존경. 이 여자는 나에게 무언가를 말하려고 하는 게 아닐까? 내 입에서 이런 속삭임이 흘러나왔다. 「*Les amoureux*

---

[6] 현대 독일어 표기로는 Das Narrenschiff.
[7] 에코 소설의 남자 주인공들은 아내나 애인에게 이런 말을 자주 한다. 『푸코의 진자』의 카소봉은 아내 리아에게 세 차례(35장, 63장, 82장)에 걸쳐 ⟨당신 없었으면 어쨌을까 몰라(이윤기 역)⟩라는 말을 한다.

fervents et les savants austères(열렬한 연인들과 근엄한 학자들은)······.」[8] 나는 그녀가 묻기도 전에 지레 설명했다. 「아무것도 아니에요. 그냥 어떤 시가 머릿속에 떠올랐어요. 시빌라, 우리 생각을 분명히 밝히는 게 낫겠어요. 우리가 계속 이런 식으로 나가면 아마도 내가 거의 정상으로 보이겠지만, 사실 나는 정상이 아니에요. 예전에 나에게 일어났던 모든 일이, 정말이지 모든 것이 지워졌어요. 마치 칠판에 써놓은 것을 지우개로 깨끗이 지워 버린 것처럼 말이에요. 나는 순백의 검은색으로 되어 있어요. 내 모순 어법이 거슬렸다면 미안해요. 나를 이해해야 할 거예요. 희망을 버리지 말고······ 내 곁에 있어 줘야 해요.」 내 생각을 제대로 표현한 것일까? 내가 보기엔 잘된 듯했다. 두 가지 의미로 해석될 수 있는 말을 했으니 말이다.

「걱정하지 마세요, 보도니 선생님. 저는 모든 것을 이해했어요. 저는 지금 여기에 있고 앞으로도 떠나지 않아요. 기다리다 보면 언젠가는······.」

너 정말 얌전한 고양이냐? 다른 사람들이 소망하는 것처럼 내가 회복되기를 기다리겠다는 말이냐? 아니면 내가 그 일을 다시 기억해 내기를 기다리겠다는 것이냐? 만약 그런 거라면, 너는 어떻게 내 기억을 되살릴 테냐? 아니, 어쩌면 너는 내 기억이 돌아오기를 진심으로 바라면서도 그냥 보고만 있을지도 몰라. 너는 얌전한 고양이고, 나를 사랑하는 여자고, 나에게 충격을 주고 싶지 않아서 입을 다무는 여자이니까 말이야. 정말 그런 것이냐? 나 때문에 괴로워하면서도

---

[8] 보들레르의 시 「고양이들」의 첫 행.

너무 착한 사람이라서 내색을 안 하는 것이냐? 오히려 마침내 너와 내가 제정신으로 돌아갈 수 있는 절호의 기회가 왔다고 생각하는 게로구나. 차라리 너 자신을 희생하고, 내 기억을 소생시키기 위해서 아무것도 하지 않겠다는 거냐? 내가 나의 마들렌 과자를 다시 맛볼 수 있도록 어느 날 저녁 마치 우연인 것처럼 내 손을 만져 볼 수도 있을 텐데, 그런 노력을 하지 않을 작정이냐? 모든 연인이 상대방에 대한 자신의 영향력을 자부하듯이, 너는 네가 무엇을 할 수 있는지 알고 있다. 다른 사람들은 아마도 〈열려라 참깨〉 같은 주문처럼 내 머릿속의 닫힌 문을 열어 줄 냄새들을 맡게 해줄 수 없을 테지만, 너는 원하기만 하면 그것을 할 수 있을 것이다. 서류 한 장을 나에게 건네주기 위해 몸을 숙이는 동안 네 머리카락으로 내 뺨을 살짝 스치기만 하면 될 것이다. 평범하지만 우리에게는 특별한 의미가 있는 어떤 말을 마치 우연히 내뱉듯이 다시 말하는 것도 한 가지 방법이 될 수 있다. 네가 처음으로 발설한 것을 우리가 4년 동안 두고두고 의미를 덧붙여 가면서 마법의 주문처럼 외었던 문장, 우리의 비밀 속에 격리된 너와 나만이 그 의미와 위력을 아는 문장이 있지 않겠니? 예를 들어, *Et mon bureau*(그럼 내 직장은 어쩌고)?[9] 하는 식의 문장 말이야. 아니, 이건 랭보의 시로군.

다른 건 몰라도 이거 하나는 분명히 밝혀야겠다. 「시빌라, 당신은 나를 보도니 선생님이라고 부르고 있어요. 그건 아마도 내가 당신을 오늘에서야 처음으로 만난 것처럼 굴기 때문일 거예요. 하지만 우리는 함께 일을 하면서 자연스럽게 서로

---

9 랭보의 시 「니나의 쾌답(快答)」의 마지막 행. 목가적인 행복을 꿈꾸며 사랑 가득한 들판으로 떠나자고 권하는 남자에게 여자가 마지막으로 던진 말.

말을 놓고 지내지 않았을까 싶어요. 이런 경우에 사람들이 흔히 그러는 것처럼 말이에요. 당신은 나를 어떻게 불렀죠?」

시빌라는 얼굴을 붉혔다. 가락을 붙인 부드러운 딸꾹질 같은 대답이 다시 튀어나왔다. 「*Oui, oui, oui*, 사실 저는 선생님을 얌보라고 불렀어요. 함께 일을 하게 되자마자, 선생님은 저를 편하게 해주려고 노력하셨죠.」

그녀의 눈이 행복감으로 빛났다. 가슴에서 무거운 짐 하나를 덜어 낸 사람 같았다. 하지만 서로 말을 놓고 친구처럼 부른다는 것은 아무 의미가 없다. 잔니와 그의 여비서 — 나는 얼마 전에 파올라와 함께 그의 사무실에 들른 바 있다 — 도 서로 말을 놓고 친구처럼 지내지 않는가.

나는 쾌활하게 말했다. 「그럼 됐어! 다시 예전처럼 하자고. 너도 알다시피 모든 걸 예전처럼 다시 시작하는 게 나에게 도움이 될 수도 있으니까.」

시빌라는 이 말을 어떻게 이해했을까? 다시 예전처럼 한다는 말을 그녀는 무슨 뜻으로 받아들였을까?

집에 돌아와서 나는 불면의 밤을 보냈다. 파올라는 내 머리를 쓰다듬어 주었다. 나는 밖에서 아무 짓도 하지 않았는데도 간통을 저지르고 돌아온 것 같은 기분이 들었다. 어찌 보면 내 마음이 어수선했던 것은 파올라를 생각해서가 아니라, 나 자신에 대한 걱정 때문이었다. 내가 보기에, 누군가를 사랑했다는 것의 좋은 점은 사랑했다는 사실을 추억하는 데에 있다. 어떤 사람들은 단 하나의 추억만으로도 살아간다. 예를 들어 외제니 그랑데[10]가 그러하다. 하지만 누군가를 사랑한 적이 있다고 생각하기만 할 뿐 그것을 기억하지 못한다면? 내 상황은 그보다 더욱 고약하다. 어쩌면 사랑을 했을지도 모르는데, 기억이 나지 않다 보니 사랑하지 않은 게 아닐까 하는 의심을 떨치지 못하고 있는 것이다. 아니, 어쩌면 내가 허영심에 사로잡힌 나머지 또 다른 가능성을 고려하지 않았을지도 모른다. 예컨대 이런 이야기도 가능하지 않겠는가. 내가 시빌라에게 홀딱 반하여 먼저 수작을 걸자, 그녀는 상냥하고 부드러우면서도 단호하게 나의 일탈을 막아 준다. 그런 일이 있고 나서도 그녀는 떠나지 않는다. 내가 신사인 데다가, 그날 이후로 마치 아무 일도 없었던 것처럼 행동하기 때문이다. 따지고 보면 내 고서점은 그녀에게 괜찮은 직장이다. 별것 아닌 일로 좋은 일자리를 잃을 수는 없는 노릇이다. 아마도 그녀는 내가 자기에게 반했다는 사실에 우쭐했을 것이다. 그녀 자신도 미처 깨닫지 못했지만 여자로서 가지고 있는 허영심을 자극받은 것이다. 스스로 인정하고 싶지는 않겠지만, 그녀는 나에 대한 자기의 영향력이 상당하다는 것을 느끼고 있다. 자기가 *allumeuse*(불을 지피는 여자, 남자를 흥분시키는 여자)라는 것을 아는 것이다. 더 고약한 경우도 생각해 볼 수 있다. 이를테면, 그 얌전한 고양이가 나에게서 많은 돈을 우려내고, 자기가 원하는 대로 나를 조종했을 경우 말이다. 사정이 그러했다면, 나는 분명 판매 대금의 수령과 입금을 포함해서 거의 모든 것을 그녀에게 맡겼을 것이다. 어쩌면 은행에서 돈을 찾는 것까지 맡겼을지도 모른다. 나는 운라트 선생[11]처럼 요부에게 미쳐 버린 폐인이었다. 더

---

10 오노레 드 발자크의 소설 『외제니 그랑데』의 여주인공. 아버지의 탐욕 때문에 첫사랑을 이루지 못하고, 그 사랑을 회상하면서 쓸쓸히 노년을 보낸다.
11 하인리히 만의 소설 『운라트 선생, 혹은 어느 폭군의 종말』의 주인공.

이상 그녀의 손아귀에서 벗어날 수 없는 지경에 놓여 있었다. 그렇다면 기억을 상실한 것은 오히려 잘된 일이다. 아마도 이 다행스런 불행 덕분에 나는 궁지에서 벗어나게 될 것이다. 전화위복이란 바로 이런 경우를 두고 하는 말이다. 세상에, 이런 생각까지 하다니, 나도 참 한심한 놈이로구나. 어떻게 이토록 추저분한 상상을 할 수가 있지? 시빌라는 아직 처녀일지도 모르는데, 그런 여자를 못된 요부로 만들다니. 그게 사실이든 아니든 그런 의심이 든 것만으로도 마음은 더욱 착잡해진다. 그럴 리가 없다고 도리질을 쳐도 심란하기는 마찬가지다. 사랑했던 것을 기억하지 못하면, 내가 사랑하던 사람이 내 사랑을 받을 만했는가에 대해서도 의심을 품게 되는 것이다. 며칠 전에 우연히 만난 반나라는 여자의 경우에는 사정이 뻔히 보였다. 하룻밤이나 이틀 밤 불장난을 벌이다가 며칠 만에 환멸을 느끼고 끝내 버렸을 것이다. 하지만 이번에는 내 인생의 4년이 걸려 있다. 얌보, 너는 어쩌면 오늘 처음으로 사랑을 느낀 것인지도 몰라. 예전에 아무 일도 없었을지 모르는데, 이제 와서 파멸의 길로 달려가겠다는 거야? 단지 예전에 사랑의 주술에 걸렸으리라는 생각이 들어서 너의 낙원을 되찾고 싶어 하는 거야? 과거를 잊기 위해서 술을 마시거나 마약을 복용하는 바보들이 있다는 게 놀랍다. 아, 할 수만 있다면 모든 걸 잊고 싶어, 하고 그들은 말한다. 하지만 나는 진실을 알고 있다. 망각이란 잔인한 것이다. 기억을 도와주는 마약은 없는 걸까?

어쩌면 시빌라가 바로…….

이런 또 시작이다. 여왕의 행차를 보듯 멀찌감치 떨어져서, 그대가 머리를 풀어 내린 채 도도한 자태로 지나가는 것을 볼

때면, 나는 현기증이 나서 몸 둘 바를 모른다.[12]

이튿날 아침, 나는 택시를 타고 잔니의 사무실로 갔다. 나는 그에게 대뜸 물었다. 나와 시빌라에 관해서 무엇을 알고 있느냐고. 그는 얼떨떨해하는 기색이었다.

「아니 얌보, 시빌라에게 반한 사람은 한둘이 아냐. 나뿐만 아니라, 자네 동료들이며 자네 고객들 가운데 다수가 조금씩은 그녀에게 빠져 있다고. 그냥 그녀를 보기 위해서 자네 고서점에 오는 사람들도 있어. 하지만 그건 재미로 그러는 거야. 사춘기 소년들의 장난 같은 거란 말일세. 우리는 돌아가면서 서로를 놀려 댔어. 자네도 종종 우리의 놀림을 받았네. 우리는 자네하고 예쁜이 시빌라 사이에 뭔가 수상한 게 있어, 하는 식의 농담으로 자네를 웃겼지. 자네는 별소리를 다 듣겠다는 듯이 어이가 없어 하는 표정을 짓기도 했고, 때로는 그런 소리 말라면서 시빌라는 자네 딸 같은 사람이라고 말했어. 아무튼 그건 장난이었네. 요전 날 저녁에 내가 시빌라에 관해서 물었던 것도 장난으로 그런 것일세. 나는 자네가 이미 시빌라를 만난 줄 알았어. 그래서 자네가 그녀에게서 어떤 인상을 받았는지 궁금했지.」

「내가 나와 시빌라에 관해서 자네에게 아무 얘기도 안 했어?」

「왜, 정말 무슨 일이 있었던 거야?」

「넘겨짚지 말게. 내가 기억을 잃었다는 건 자네도 잘 알잖아. 나는 내가 자네에게 무언가를 얘기한 적이 없는지 물어

---

12 빈첸초 카르다렐리의 시 「청춘」 1연 10~14행.

보러 온 거야.」

「아무 얘기도 듣지 못했어. 자네는 말이야 툭하면 자네의 연애 경험을 나한테 이야기했어. 아마도 내 부러움을 사고 싶어서 그랬을 거야. 카바시라는 여자에 관한 얘기도 들었고, 반나, 런던 도서전에서 만난 미국 여자, 너무나 아름다워서 자네로 하여금 일부러 세 차례나 암스테르담에 가게 만들었던 네덜란드 여자, 실바나……」

「저런, 저런, 도대체 얼마나 많은 일을 저질렀던 거야?」

「아주 많았지. 일편단심 마누라만 끼고 사는 나 같은 일부일처주의자가 보기에는 해도 너무했어. 하지만 시빌라에 관해서는 맹세코 어떤 얘기도 들은 적이 없네. 자네 무슨 생각을 한 거야? 어제 자네는 시빌라를 만났어. 시빌라는 자네에게 미소를 지었어. 그래서 자네는 생각했겠지. 그녀를 옆에 두고 그냥 무심하게 지냈을 리는 없다고 말이야. 자네 생각대로 설령 그랬다 해도 그건 인간적인 거야. 시빌라 같은 여자를 보고 심드렁했다면 그게 오히려 이상하지……. 하지만 시빌라가 어떤 여자인가를 생각하면 자네가 쓸데없는 걱정을 하고 있는 게 분명해. 시빌라는 자신의 사생활을 일과 뒤섞지 않았어. 우리 가운데 누구도 그녀의 사생활에 관해서 알아내지 못했어. 그녀는 언제나 차분한 모습으로 누군가를 도울 준비가 되어 있었어. 그녀의 도움을 받는 사람들은 누구나 그녀가 자기에게 특별한 호의를 베풀고 있다고 느꼈지. 교태를 부리지 않기 때문에 오히려 사람들의 마음을 사로잡는 여자도 있는 법이라네. 시빌라는 이를테면 얼음 스핑크스[13]

---

13 쥘 베른이 에드거 앨런 포의 『아서 고든 핌의 모험』의 속편으로 쓴 소설 (1897) 제목.

일세.」 잔니는 아마 진실을 말했을 것이다. 하지만 그건 아무 의미가 없었다. 만약 나와 시빌라 사이에 더없이 중요한 일, 그야말로 일생일대의 사건이 있었다면, 나는 잔니에게조차 그것을 이야기하지 않았을 게 분명하다. 나와 시빌라는 그것을 우리만의 감미로운 비밀로 간직했을 것이다.

그게 아니라면 우리 사이엔 정말 아무 일도 없었을 것이다. 얼음 스핑크스는 일과가 끝나면 자기만의 삶으로 돌아간다. 그녀는 이미 어떤 사람과 함께 있을지도 모른다. 그건 누가 상관할 일이 아니다. 그녀는 완벽하다. 그녀에게 일은 일이고 사생활은 사생활이다. 내가 알지 못하는 어떤 연적에 대한 질투심이 가슴에 사무쳐 온다. 하지만 누군가는 그대의 꽃을 꺾고, 샘물 같은 입을 훔치리라. 해면을 채취하는 잠수부 주제에 그 희귀한 진주를 얻고서도, 그자는 자기가 진정 무엇을 얻었는지 모르리라.[14]

「얌보, 미망인이 한 사람 있는데 만나 보세요.」 시빌라가 한쪽 눈을 찡긋하면서 말했다. 그녀가 친근하게 구니 참 좋다. 〈뭐, 미망인?〉 하고 나는 물었다. 그녀의 설명은 이러하다. 나와 같은 수준의 고서적 전문 상인들에게는 책들을 손에 넣는 방법이 몇 가지 있다. 먼저 책 주인이 제 발로 서점에 찾아와서 자기 책이 상당한 가치가 있는가를 물어보는 경우가 있다. 그 책이 상당한 가치가 있는지 없는지는 상인이 얼마나 정직하냐에 달려 있다. 하지만 상인들이 이익을 얻으려고 애쓴다는 것은 두말할 나위가 없다. 만약 책을 팔러 온 사

---

14 빈첸초 카르다렐리의 시 「청춘」 2연의 첫 5행.

람이 수집가라면 얘기가 달라진다. 비록 돈이 궁해서 책을 팔려고 하지만, 그는 자기 책의 가치를 알고 있다. 이런 경우라면 상인은 그저 약간의 흥정을 할 수 있을 뿐이다. 또 다른 방법은 국제 경매 시장에서 구입하는 것이다. 이 경우에는 해당 서적의 가치를 알아차린 사람이 자기 혼자라면 횡재를 할 수 있다. 하지만 경쟁자들은 바보가 아니다. 따라서 중간 이윤은 미미하기가 십상이고, 자기가 사들인 책을 아주 비싸게 되팔 수 있어야만 이익을 본다. 다음으로 동료들의 고서점에서 구입하는 방법이 있다. 이것은 고서점마다 고객들의 부류가 다르기 때문에 가능한 일이다. 어떤 고서점에든 고객들이 별로 관심을 보이지 않는 책이 있을 수 있다. 이런 책에는 가격이 낮게 매겨져 있다. 반면에 다른 서점의 고객 중에는 그 책을 구하고 싶어서 안달하는 사람이 있을 수 있다. 끝으로, 죽은 동물을 노리는 독수리처럼 행동하는 방법이 있다. 상인들은 오래된 대저택과 낡은 서재가 있는 퇴락한 대갓집을 점찍어 둔다. 그러고는 집안 어른이 죽고 상속자들의 유산 처분이 개시되기를 기다린다. 상속자들이 가구나 보석을 처분하는 것만으로도 골치가 아파서, 한 번도 펼쳐 본 적이 없는 수많은 책들의 가치를 어떻게 평가해야 할지 몰라 하는 때를 노리는 것이다. 〈미망인〉이란 고서적 상인들이 편의적으로 사용하는 말이다. 때로는 이 말이 고인의 손자를 가리킬 수도 있다. 얼마 되지 않는 한심한 유산이나마 당장 처분해서 현금을 마련하고 싶어 하는 손자 말이다. 만약 이 손자가 여자나 마약 때문에 문제를 겪고 있다면 일은 한결 쉬워진다. 때가 되었다고 판단되면, 상인들은 책을 보러 간다. 그들은 어두운 방에서 이틀이나 사흘을 보낸 다음, 전략을 결정한다.

이번에는 미망인이 말 그대로 남편을 잃은 여자였다. 누가 시빌라에게 정보를 주었다고 했다(그건 저의 작은 비밀이죠, 하고 그녀는 흐뭇한 표정으로 장난스럽게 말했다). 그녀의 말대로라면 나는 미망인들을 상대로 어떻게 행동해야 하는지 알고 있는 모양이다. 나는 시빌라에게 함께 가자고 부탁했다. 나 혼자 가면 책다운 책을 놓칠 염려가 있기 때문이었다. 참으로 아름다운 집이로군요, 여사님, 고맙습니다, 네, 그럼 코냑 한 잔 주시겠어요? 그러고 나서 우리는 서재로 옮겨 가, 뒤지기, *bouquiner*(헌책 뒤지기), *browsing*(대충 훑어보기)에 착수했다. 시빌라는 나에게 작업의 정석을 속삭여 주었다. 대개 이런 서재에서는 비록 싸구려일지언정 우리가 가져갈 만한 고서를 이삼 백 권은 찾아낼 수 있어요. 먼저 갖가지 법전과 신학 논문들이 금방 눈에 띌 거예요. 성 암브로조 시장의 진열대로 가게 될 책들이죠. 또 18세기의 12절판들도 금방 알아보실 거예요. 『텔레마코스의 모험』이나 여러 가지 유토피아 여행기들이 포함되어 있어요. 장정이 한결같아서 실내 장식가들이 아주 좋아하죠. 그들은 권수를 헤아리지 않고 미터 단위로 계산해서 이런 책들을 사 가요. 그다음으로는 16세기에 작은 판형으로 다량 인쇄된 책들이 있어요. 키케로의 책들과 『헤렌니움을 위한 수사학』 같은 것들이에요. 고서이긴 하지만 희소가치가 없는 잔챙이죠. 로마의 폰타넬라 보르게세 광장에 있는 고서점으로 가게 될 것들이에요. 거기에서는 사람들이 제값의 두 배를 주고 이런 책들을 사요. 그러고는 16세기에 나온 책을 소장하고 있노라 떠벌리죠. 우리는 계속 책들을 찾아 나갔다. 그러다가 나는 시빌라가 일러 주기도 전에 거기에 귀한 책들이 있음을 알아차렸다. 시빌라, 여기 키케로 책이 한 권 있는데, 알도의 이탤릭체[15]로 인쇄되어 있어. 그리고 이건 다름 아닌 『뉘른베르크 연대기』[16]야. 보존 상태가 완벽해. 롤레빙크[17]의 책과 키르허의 『*Ars Magna Lucis et Umbrae*(빛과 그림자에 관한 위대한 지식)』[18]도 있어. 키르허의 책에는 화려한 판화가 들어 있고 누렇게 변색된 책장도 몇 장밖에 되지 않아. 그 시대의 종이치고는 드문 일이지. 아, 장프레데릭 베르나르가 출간한 라블레도 있네. 1741년 판인데 아주 멋진걸. 4절판 세 권에 피카르의 삽화가 들어가 있어. 장정도 아주 화려해. 빨간 모로코가죽으로 제본을 했는데, 앞뒤 표지에는 금자를 박았고, 책등에는 금박 띠와 장식을 넣었어. 앞뒤 표지 안쪽은 녹색 비단으로 되어 있고 금박의 가장자리 장식이 들어가 있어. 고인은 이런 장정을 훼손하지 않으려고 하늘색 종이로 책들을 싸놓았어. 그래서 첫눈에 알아보지 못했던 거야. 이건 『뉘른베르크 연대기』의 진품이 아니에요, 하고 시빌라가 속삭였다. 제본이 현대식이에요. 하지만 〈리비에르 앤드 선〉이라는 회사에서 제본한 것이라 사려는 사람이 있을 거예요. 포사티라면 당장 사겠다고 할걸요. 포사티가 누구인지는 나중에 말씀드리겠

---

15 베네치아의 인쇄업자 알도 마누치오(1449~1515, 라틴어 명: 알두스 마누티우스)가 개발한 최초의 이탤릭체.

16 1493년 뉘른베르크에서 라틴어로 출간된 세계 연대기. 본문을 인쇄한 뒤에 채색 삽화를 그려 넣은 것으로 활판 인쇄 초창기의 걸작이다.

17 독일의 신학자이자 역사가(1425~1502). 카르투지오 수도회에 들어가 평생을 보내면서 최초의 세계 연대기인 『시대들의 총록 *Fasciculus temporum*』(1474)을 비롯한 많은 저술을 남겼다.

18 독일의 과학자이자 예수회 수사였던 키르허(1601~1680)의 광학과 천문학에 관한 논고.

지만, 그는 제본만 보고 책을 수집하는 사람이에요.

결국 우리는 열 권의 명품을 찾아냈다. 그것들을 제대로 팔기만 한다면, 줄잡아도 1억 리라는 벌게 될 터였다.『뉘른베르크 연대기』한 권만 놓고 보더라도 최소한 5천만 리라는 받을 수 있었다. 도대체 어쩌다가 이런 책들이 여기로 흘러들었을까? 고인은 공증인이었고 그의 서재는 사회적 지위의 상징이었다. 하지만 그는 구두쇠였던 게 분명하다. 주로 큰 돈이 들지 않는 책들만 사들였으니 말이다. 그는 40년 전 전란의 와중에서 사람들이 마구 책들을 버리던 때에 우연히 진귀한 고서들을 손에 넣었을 게 틀림없다. 시빌라는 이런 경우에 어떤 작전을 벌여야 하는지 내게 귀띔해 주었다. 나는 미망인을 불렀다. 마치 늘 그런 일을 해온 사람처럼 자신감이 넘쳤다. 나는 책들이 많긴 한데 가치가 적은 것들밖에 없다고 부인에게 말했다. 그러고는 보존 상태가 가장 좋지 않은 책들을 골라 책상에 툭툭 내려놓았다. 이 페이지 저 페이지에 습기 때문에 생긴 다갈색 얼룩이 져 있고, 이음매가 풀려 있으며, 앞뒤 표지의 모로코가죽이 사포처럼 거칠어져 있는가 하면, 벌레가 책장을 레이스처럼 쏠아 놓은 책들이었다. 이것 보세요, 하고 시빌라가 바람을 잡았다. 이건 너무 들떠서 프레스로 눌러도 원래 상태로 돌아오지 않을 거예요. 성 암브로조 시장에나 보낼 책들이죠.「여사님, 제가 이것들을 다 가져갈 수 있을지 모르겠습니다. 짐작하셨겠지만, 이것들을 계속 창고에 넣어 두자면 보관 비용이 엄청나게 올라가거든요. 이것들을 한목에 가져가는 대가로 5천만 리라를 드리겠습니다.」

「한목에 말인가요?! 아이고, 안 돼요. 이렇게 훌륭한 장서를 5천만 리라에 통째로 넘기다니요. 내 남편이 평생에 걸쳐서 모은 장서란 말이에요.」 우리 작전의 두 번째 단계로 넘어갈 때가 되었다. 「그렇다면 여사님, 이렇게 하시죠. 우리가 보기에 괜찮다 싶은 책들은 고작해야 이 열 권이에요. 이것들만 가져가는 대가로 3천만 리라를 드리죠.」 부인은 머리를 굴린다. 어마어마한 장서를 5천만 리라에 넘기는 것은 고인에 대한 거룩한 기억에 먹칠을 하는 일이야. 하지만 달랑 열 권을 3천만 리라에 파는 것은 괜찮은 거래다. 나머지 책들은 다른 서적상을 찾아내서 넘겨야겠어. 덜 까다롭고 더 시원시원한 서적상을 찾아봐야지. 거래는 성사되었다.

우리는 재미있는 장난을 치고 난 개구쟁이들처럼 희희낙락하면서 서점으로 돌아왔다. 〈이건 정직하지 못한 일이지?〉 하고 내가 물었다.

「천만에요, 얌보. 코시 판 투티.[19]」 시빌라도 나처럼 인용법을 구사하고 있다. 「다른 서적상과 거래를 했다면, 그 여자는 훨씬 적게 받았을걸요. 게다가 그 집의 가구며 그림이며 은으로 된 식기들을 보셨잖아요. 돈은 많아도 책에는 관심이 없는 사람들이에요. 우리는 책을 진정으로 좋아하는 사람들을 위해서 일하는 거예요.」

시빌라가 없다면 내가 어떻게 살아갈꼬. 야무지고 싹싹하고 비둘기처럼 엽렵한 시빌라. 나는 다시 환상을 품기 시작함으로써 요전 날에 겪었던 상념의 고약한 악순환 속으로 빠져 들었다.

---

19 〈모두가 그렇게 한다〉라는 뜻의 이탈리아어. 투티(*tutti*, 모든 사람들)를 여성형으로 바꾼 「코시 판 투테(*Cosi fan tutte*, 여자는 다 그래)」는 모차르트의 오페라 제목이다.

미망인을 만나고 오느라 녹초가 된 것이 오히려 다행이었다. 나는 이내 집으로 돌아갔다. 파올라는 며칠 전부터 내가 평소보다 수척해 보인다고 걱정했다. 일이 너무 고된가 봐요. 사무실에는 하루씩 걸러서 나가는 게 낫겠어요.

나는 다른 것을 생각하려고 애썼다. 「시빌라, 내 아내 말로는 내가 안개에 관한 글들을 모았다던데. 그것들이 어디에 있지?」

「복사물들을 모아 놓으니까 보기가 좋지 않아서, 제가 조금씩 컴퓨터로 다 옮겨 놓았어요. 고마워하실 건 없어요. 아주 재미있었거든요. 보세요, 파일을 찾아 드릴게요.」

나는 컴퓨터가 존재한다는 것을 알고 있었다(비행기가 존재한다는 것을 알고 있듯이 말이다). 하지만 컴퓨터에 손을 대보는 것은 혼수상태에서 깨어난 뒤로 이번이 처음이었다. 그건 자전거를 타는 것과 비슷했다. 자판에 손을 얹자마자 손끝이 제 스스로 과거를 기억해 냈다.

내가 모아 놓은 안개에 관한 인용문들은 줄잡아 150쪽에 달했다. 안개가 정말로 내 마음을 사로잡고 있었던 게 분명하다. 에드윈 A. 애벗의 『플랫랜드』[20]에 이런 얘기가 나온다. 두 개의 차원으로만 이루어진 나라가 있다. 이 나라에는 삼각형, 정사각형, 다각형 따위의 평면 도형들만 산다. 이들은 위쪽에서는 상대방을 볼 수 없고 그저 선을 지각할 수 있을 뿐이다. 그렇다면 이들은 어떻게 서로의 형태를 알아볼 수 있을

[20] 〈평지〉, 〈평면 나라〉, 〈2차원 공간〉이라는 뜻. 영국의 교육자이자 신학자인 에드윈 A. 애벗(1838~1926)이 1884년에 발표한 수학적 풍자 소설. 〈어떤 정사각형의 다차원 모험〉이라는 부제가 붙어 있다.

까? 안개 덕분이다. 〈어디든 안개가 자욱한 곳에서는, 거리가 멀어질수록 물체가 훨씬 더 흐릿하게 보인다. 예를 들어 1미터 거리에 있는 물체는 95센티미터 떨어져 있는 물체보다 훨씬 덜 선명하다. 따라서 뚜렷한 것과 흐릿한 것을 비교하면서 주의 깊게 관찰 실험을 계속해 보면, 우리는 우리가 관찰한 물체의 형태를 매우 정확하게 추리해 낼 수 있다.〉 안개 속에서 헤매는 그 삼각형들은 행복하다. 여기에 육각형, 저기에 평행사변형 하는 식으로 무언가를 볼 수 있으니 말이다. 그들은 비록 2차원의 존재일지언정 나보다 운이 좋다.

나는 인용문들을 보지 않고도 기억만으로 그 내용을 대부분 짐작할 수 있을 듯한 느낌이 들었다.

그 점에 관해서 나는 나중에 파올라에게 물어보았다. 「내가 나와 연관된 것을 모두 잊어버렸다면, 어떻게 그게 가능하죠? 내가 개인적인 노력을 들여 그 모든 것을 수집했는데 말이에요.」

「당신이 인용문들을 기억하는 것은 그것들을 당신이 모았기 때문이 아니에요. 당신은 어딘가에서 읽은 글들을 모았어요. 이 글들은 당신이 집에 돌아오던 날 암송했던 시들처럼 백과사전에 속해 있어요.」

어쨌거나 나는 첫눈에 그 글들을 알아보았다. 서막을 여는 것은 단테다.

> 바야흐로 안개가 걷히고
> 시야가 차츰차츰 트이면서,
> 부연 증기에 가렸던 것이 드러나듯,
> 그렇게 농밀하고 어두운 대기를 뚫고……

단눈치오의 『야상곡』에도 안개에 관한 멋진 대목들이 있다. 〈내 옆에서 누가 걷고 있다. 맨발인 양, 아무 소리도 나지 않는다....... 안개는 내 입으로 들어와 허파를 채운다. 대운하 쪽으로 안개가 일렁거리며 자욱하게 서려 든다. 이방인은 더욱 잿빛으로 변하고 더욱 가벼워지더니 그림자가 되어 버린다....... 그는 골동품 가게가 있는 건물 안으로 갑자기 사라진다.〉 여기에서 골동품 가게는 블랙홀과 같다. 그 속에 빠지면 다시는 나오지 못한다.

다음은 디킨스. 『블리크 하우스』[21]의 고전적인 서두. 〈어디에나 안개가 서려 있다. 강 상류의 안개는 푸른 섬들과 둔치의 풀밭들 사이로 흐르고, 강 하류의 안개는 줄지어 늘어선 배들과 기슭에 모인 대도시(또한 더러운 도시)의 오물들 사이에서 더러워진 채 몽실몽실 떠돈다.〉 그런가 하면 에밀리 디킨슨도 있다. 〈*Let us go in; the fog is rising*(들어가죠. 안개가 피어나고 있어요).〉[22]

시빌라가 말했다. 「저는 파스콜리를 모르고 있었어요. 들어 보세요. 얼마나 아름다운지…….」 이제 그녀는 컴퓨터 화면을 보느라고 내 곁에 바짝 붙어 있었다. 정말 그녀의 머리카락이 내 뺨을 살짝 스치게 될지도 모를 일이었다. 하지만 그런 일은 일어나지 않았다. 시빌라는 슬라브어의 나른한 억양을 넣어 시를 읊었다.

---

21 디킨스가 1852년에서 이듬해까지 20회로 나누어 발표한 장편소설. 블리크 하우스Bleak House는 소설의 주요 인물인 잔다이스가 소유하고 있는 집의 이름(원래 〈바람받이에 있는 집〉, 〈황량한 집〉이라는 뜻이지만 소설 속의 이 집은 황량하지 않음).
22 미국의 여류 시인 디킨슨(1830~1886)이 임종할 때 했다는 말.

옅은 안개 속에서
미동도 하지 않는 나무들
증기 기관차의 긴 탄식……

만질 수 없는 창백한 안개여,
그대는 멀리 있는 것들을 감춘다.
그대, 여전히 새벽하늘로
피어오르는 증기여……

시빌라는 세 번째 시에서 낭송을 멈췄다. 「안개는…… 구슬 지어예요?」
「그래. 구슬 지어.」
「아 이런 말이 있었군요.」 그녀는 새로운 말을 알게 되어서 흥분이 되는 모양이었다.

안개는 구슬 지어 떨어지는데, 한 줄기 바람은
바스락대는 잎들로 도랑을 가득 채우고,
울새는 메마른 울타리로
다이빙하듯 날아든다.
안개에 덮인 갈대밭은
열에 들뜬 듯 바들거리며 떨리는 소리로 울고,
먼 종탑에서 날아온 종소리는
안개를 뚫고 높이 올라간다…….

피란델로의 작품에도 그럴듯한 안개가 나온다. 그는 안개와 거리가 먼 시칠리아 사람이 아니었던가. 〈칼로 안개 베기는 가능한 일이었다⋯⋯. 각각의 가로등 주위에서 후광이 하품을 하고 있었다.〉 이보다는 사비니오[23]의 밀라노 안개가 낫다. 〈안개는 아늑하다. 안개는 도시를 거대한 사탕 상자로, 도시 주민들을 사탕으로 만들어 버린다⋯⋯. 여자들과 젊은 아가씨들이 후드를 쓴 채 안개 속을 지나간다. 그네의 콧구멍과 반쯤 열린 입 주위로 가벼운 김이 떠돈다⋯⋯. 거울 때문에 더욱 넓어 보이는 살롱에서 다시 만나⋯⋯ 안개의 좋은 냄새가 채 가시지 않은 몸으로 서로 포옹을 나누고, 그러는 동안 밖의 안개는 창문으로 바싹 다가들어 은근하고 조용하고 든든하게 커튼이 되어 준다⋯⋯.〉

시인 비토리오 세레니의 밀라노 안개도 있다.

문들은 안개 자욱한 저녁 어스름을 향해 휑하니 활짝 열려 있으나
오르내리는 사람은 아무도 없다. 그저
스모그가 한바탕 밀려오고 〈템포 디 밀라노〉를 외치는 신문팔이의
역설적인 목소리가 들려올 뿐.
안개의 알리바이, 그리고 안개의 혜택. 신비로운 것들이
눈에 띄지 않게 걸어서 내 쪽으로 옮겨오더니
방향을 바꾸어 내게서 멀어져 간다, 지나간 이야기처럼
추억처럼: 20년 13년 33년이 전차의 번호처럼 스쳐간다⋯⋯

---

[23] 이탈리아 작가 안드레아 디 키리코(1891~1952)의 필명. 화가 조르조 디 키리코의 동생.

나는 정말이지 온갖 것을 모아 놓았다. 이건 『리어 왕』의 한 대목이다. 〈강력한 태양이 늪을 빨아 끌어올린 안개여, 그녀의 아름다움을 오염시키라!〉 그리고 이건 디노 캄파나의 글인가? 〈안개에 침식된 붉은 성벽의 틈새로 긴 도로들이 조용히 펼쳐진다. 안개의 고약한 증기는 마치 약탈을 당하고 난 것처럼 인적이 끊긴 조용한 거리를 따라, 탑들의 꼭대기를 가리면서 대저택들 사이로 흐물흐물 풀려 나간다.〉

시빌라는 플로베르의 문장에 경탄하고 있었다. 「커튼이 달리지 않은 창문을 통해서 희끄무레한 빛이 비쳐들고 있었다. 나무들의 우듬지, 그리고 더 멀리로 초원이 보였다. 달빛 속에서 강물의 흐름을 따라 피어오른 안개가 초원을 반쯤 감싸고 있었다.」[24] 보들레르 역시 경탄의 대상이었다. 「안개 바다가 건물들을 적시고 있었고,/양로원에서 죽어 가는 사람들은 불규칙하게 헐떡거리면서 단말마의 숨을 토하고 있었다.」[25]

시빌라는 다른 사람들의 말을 읊고 있었지만, 나에겐 그 말들이 어떤 샘에서 솟아나는 것만 같았다. 아마도 누군가는 그대의 꽃을 꺾고, 샘물 같은 입을 훔치리라······.

내가 마주하고 있는 것은 안개가 아니라 그녀였다. 다른 사람들은 안개를 보았고, 그것을 소리로 용해해 냈다. 나도 언젠가는 그 안개 속으로 들어갈 수 있을지 모른다. 시빌라가 내 손을 잡고 이끌어 준다면.

나는 벌써 여러 차례 병원에 가서 검사를 받았다. 그라타롤로 박사는 대체로 파올라가 한 일에 동의를 표시했다. 나

---

24 플로베르의 소설 『보바리 부인』 2부 2장에서 인용.
25 보들레르의 시 「여명」에서 인용.

는 이제 남에게 의지하지 않고도 생활할 수 있으며, 초기의 좌절감에서 벗어났다는 게 그의 진단이었다.

나는 종종 저녁 식사 후에 잔니, 파올라, 두 딸과 함께 스크래블 놀이를 하면서 시간을 보냈다. 그들 말로는 그것이 내가 가장 좋아하는 게임이었다고 한다. 나는 낱말들을 쉽게 찾아낸다. 특히 ACROSTICO(acro에 연결되는 단어를 만드는 경우)나 ZEUGMA처럼 매우 난해한 말들을 잘 찾아낸다. 세로로 만들어진 두 단어의 첫 글자 I와 U가 첫 번째 줄에 떠 있는 것을 보자, 나는 첫 번째 줄의 첫 번째 빨간 칸에서 시작하여 I와 U를 포함시킨 다음 두 번째 빨간 칸을 지나가는 단어 ENFITEUSI를 만든다. 글자들의 점수를 합친 이 단어의 점수는 21점인데, 단어 점수를 3배로 만들어 주는 빨간 칸을 두 개나 품었으므로 21에 9를 곱하고, 내 몫의 일곱 글자를 모두 사용함으로써 얻은 보너스 점수 50을 더하여, 한 번에 239점을 따낸다. 잔니는 화가 나서 씩씩거리며, 자네가 기억 상실자인 게 그나마 다행이야, 하고 소리치기가 일쑤다. 나에게 자신감을 주려고 그러는 것이다.

나는 기억 상실자일 뿐만 아니라 이젠 허구적인 기억에 의지해서 살아가는 게 아닌가 싶다. 그라타롤로가 알려 준 바에 따르면, 나 같은 환자들 중에는 자기가 경험하지도 않은 일들을 스스로 지어내어 마치 그것들을 자기가 기억해 낸 과거의 단편인 것처럼 느끼는 사람들도 더러 있는 모양이다. 혹시 나도 시빌라 때문에 그런 환자들을 닮아 가는 게 아닐까?

어떤 식으로든 그런 상황에서 벗어나야 했다. 사무실에 나가는 게 고문을 당하는 것처럼 괴로운 일이 되어 버렸으니 말이다. 나는 파올라에게 말했다. 「일하는 것이 고되네요. 게

다가 나는 늘 밀라노의 똑같은 부분만 보고 있어요. 여행을 좀 하는 게 좋겠어요. 서점은 내가 없어도 잘 돌아가요. 시빌라는 벌써 새로운 카탈로그를 준비하고 있죠. 우리는 여행을 떠나도 되지 않을까 싶어요. 파리도 좋고 다른 데도 좋아요.」

「파리는 아직 당신에게 무리예요. 여정도 그렇고 다른 것들도 그래요. 아무튼 생각해 볼게요.」

「당신 말이 맞아요. 파리가 아니라 모스크바, 모스크바로[26]……」

「모스크바로요?」

「체호프의 한 구절이에요. 알다시피 인용은 안개 속을 비추는 나의 유일한 등불이죠.」

---

26 안톤 체호프의 희곡 「세 자매」의 2막에 나오는 말. 『푸코의 진자』 73장에도 인용되어 있다.

4. 나는 혼자서 도시로 떠난다

식구들은 나에게 가족사진을 많이 보여 주었다. 물론 사진들을 봐도 내 머릿속에 떠오르는 것은 아무것도 없었다. 하긴 집에 있는 사진들은 모두 내가 파올라를 알게 된 뒤로 찍은 것들이니 그럴 수밖에 없다. 내 어린 시절의 사진들이 남아 있다면, 그것들은 분명 솔라라의 어딘가에 있을 것이다.

시드니에 사는 누이와 전화 통화를 했다. 누이는 내가 아프다는 소식을 듣고 지체 없이 날아오려고 했던 모양이다. 하지만 그때는 공교롭게도 그녀가 무슨 병 때문에 아주 까다로운 수술을 받은 직후였다. 의사들은 너무 고생스러울 거라면서 그녀의 여행을 만류했다고 한다.

누이 아다는 나에게 무언가를 얘기하려다 말고 울음을 터뜨렸다. 나는 그녀에게 말했다. 다음에 이탈리아에 올 일이 생기거든, 거실에서 키울 만한 오리너구리 한 마리를 선물로 가져오라고. 어쩌다 그런 말이 나왔는지 알다가도 모를 일이다.[1]

---

[1] 기호학자 에코에게 오리너구리는 대단히 상징적인 동물이다. 보르헤스는 오리너구리가 다른 동물들에게서 취한 조각들로 이루어진 흉측한 동물이라고 말했지만, 에코는 『칸트와 오리너구리』에서 이 동물이 흉측하기는커녕 인식 이

내 식견에 비추어 보면, 캥거루를 가져오라고 말할 수도 있었을 것이다. 하지만 내가 알기로 캥거루를 키우면 집이 더 러워진다.

나는 하루에 몇 시간씩만 사무실을 지켰다. 시빌라는 카탈로그를 만드는 중이다. 물론 서지들을 참고하면서 제대로 하고 있다. 나는 한 번 쓱 훑어보고 나서, 아주 좋아 보인다고 칭찬해 준다. 그런 다음 의사와 약속이 있다고 알린다. 그녀는 걱정스러워하는 기색으로 내가 나가는 것을 지켜본다. 내가 아프다는 것을 아니까, 내 외출이 당연하다고 생각하지 않을까? 아니면 내가 자기로부터 도망치고 싶어 하는 것으로 생각할까? 어쨌거나 〈난 너를 핑계로 삼아 가짜 기억을 지어내고 싶지 않아, 가엾은 내 사랑〉 하는 식의 말을 내 입으로 할 수는 없는 노릇이다.

나는 내 정치적 견해가 어떠했는지 파올라에게 물어보았다.「모르긴 몰라도 내가 설마 나치는 아니었겠지요?」

「당신은 흔히 하는 말로 선량한 민주주의자라고 할 만한 사람이에요. 이념적으로 그렇다기보다는 본능적으로 그래요. 나는 늘 당신이 정치를 따분하게 여긴다고 말했죠. 그러면 당신은 반박하는 뜻으로 나를 〈라 파시오나리아〉[2]라고 불렀어요. 당신은 세상에 대한 두려움이나 경멸 때문에 고서적의 세계로 도피한 사람처럼 보였어요. 아니, 세상에 대한 경

론을 시험대에 올릴 만큼 경이롭고 섭리적인 동물임을 흥미진진하게 설파하고 있다.

2 스페인 내전 때에 공화파의 탁월한 선동가로 명성을 날렸던 돌로레스 이바루리(1895~1989)의 별명. 파시오나리아(《수난의 꽃》이라는 뜻)는 꽃부리가 그리스도의 면류관과 비슷하게 생긴 식물의 이름이다.

멸이라는 말은 온당치 않아요. 중대한 도덕적 문제들을 놓고서는 당신도 열렬한 태도를 보였으니까요. 당신은 전쟁과 폭력을 반대하는 운동에 지지를 보냈고, 인종 차별에 분노했죠. 생체 해부에 반대하는 연맹에 가입한 적도 있어요.」

「동물의 생체 해부를 말하는 것이겠죠?」

「당연하죠. 인간의 생체 해부는 전쟁이라 부르니까요.」

「그럼 내가 그전에, 그러니까…… 당신을 만나기 전에도 그랬나요?」

「내가 당신의 어린 시절과 청소년기에 관해서 물으면, 당신은 늘 대답을 얼버무렸어요. 사실 나는 그 시절에 관해서 당신이 한 얘기를 제대로 이해한 적이 없어요. 당신은 언제나 연민과 냉소가 뒤섞인 태도를 보였죠. 어딘가에서 사형 선고가 내려지면 당신은 그것에 반대하는 서명을 했고, 마약 중독자 재활 공동체에 돈을 보내기도 했어요. 하지만 예를 들어 중앙아프리카에서 부족 전쟁이 벌어져 아이들 1만 명이 죽었다는 소식을 들으면, 당신은 마치 세상이 원래 그 모양 그 꼴이라서 당신이 할 일은 아무것도 없다는 듯 어깨를 으쓱 치켜 올릴 뿐이었어요. 당신은 늘 쾌활한 사람이었고, 아름다운 여자들과 맛있는 포도주와 좋은 음악을 사랑했어요. 하지만 나는 그 모든 것이 하나의 외피이자 당신 스스로를 감추는 방식이라는 인상을 받았어요. 세상일을 나 몰라라 할 때면, 당신은 이렇게 말했죠. 역사란 피로 얼룩진 수수께끼[3]이고, 세계란 하나의 오류라고 말이에요.」

「이 세계는 어떤 어두운 신의 결실이고 나는 그 신의 그림자

---

[3] 이 말은 『푸코의 진자』 52장에도 나온다.

를 늘이고 있다. 세상 어느 것도 내게서 이런 신념을 앗아가지 못하리라.」[4]

「누가 한 말이죠?」

「잊어버렸어요.」

「그런 태도는 당신의 삶과 결코 무관하지 않을 거예요. 하지만 당신은 누가 무언가를 필요로 할 때면, 언제나 아낌없이 베풀었어요. 피렌체에 홍수가 났을 때는 국립 도서관의 책들을 진창에서 구해 내기 위해 자원 봉사를 하기도 했죠. 요컨대 당신은 작은 것들에 대해서는 연민을 보였고, 큰 것들에 대해서는 냉소적인 태도를 취했어요.」

「그건 올바른 것처럼 보이는걸. 사람은 그저 자기가 할 수 있는 것을 할 뿐이에요. 나머지는 신의 잘못이죠. 그라뇰라가 말한 대로요.」

「그라뇰라가 누군데요?」

「그것도 이제 생각이 안 나요. 예전엔 분명 그를 알고 있었을 거예요.」

예전에 난 무엇을 알고 있었을까?

어느 날 아침 나는 잠에서 깨어나, 커피(카페인을 제거한 커피)를 끓이러 갔다가 노래를 흥얼거렸다. 「로마여, 오늘밤에 바보처럼 굴지 말아요.」[5] 왜 이 노래가 머릿속에 떠올랐을까? 좋은 징조예요, 당신은 다시 시작하고 있는 거예요, 하고

---

[4] 루마니아 출신의 프랑스 철학자 에밀 시오랑(1911~1995)의 저서 『나쁜 조물주』에 나오는 문장.

[5] 아르만도 트로바욜리(1917~)가 작곡한 로마 찬가. 1963년에 초연된 뮤지컬 코미디 「루간티노」에 나온다.

파올라는 말했다. 보아하니 나는 아침마다 커피를 끓이면서 노래를 불렀던 모양이다. 다른 노래가 아니라 이 노래가 머릿속에 떠오른 데에는 아무런 이유가 없다. 파올라의 갖가지 질문(간밤에 무슨 꿈을 꿨어요? 어제저녁에 우리가 무슨 얘기를 나눴죠? 잠들기 전에 당신이 무슨 말을 했죠?)을 받으며 아무리 머리를 굴려 봐도 그럴듯한 설명이 나오지 않았다. 어쩌면 내가 양말을 신는 방식이나 내 셔츠의 색깔, 혹은 곁눈으로 흘끗 본 어떤 단지가 내게 소리의 기억을 일깨우고 있는지도 모를 일이다.

파올라가 말했다. 「그런데 말이에요, 당신은 언제나 50년대 이후 노래만 불렀어요. 아무리 거슬러 올라간다 해도 산레모 가요제 초창기에 나온 노래들까지가 고작이었죠. 「날아라 비둘기여」, 「파파베리와 파페레」 같은 노래들[6] 말이에요. 더 앞선 시대로는 간 적이 없어요. 40년대나 30년대, 20년대 노래는 단 한 곡도 부르지 않았어요.」 파올라는 전쟁 직후의 명곡인 「나는 혼자서 도시로 떠난다」를 간단한 예로 들었다. 자기는 당시에 아주 어렸지만, 라디오 방송에서 그 노래를 계속 내보냈기 때문에 아직도 생생하게 기억하고 있다는 것이었다. 나도 알고 있는 노래인 듯했지만, 나는 관심을 보이지 않았다. 마치 오페라를 열심히 들어 본 적이 없는 나에게 누가 「카스타 디바」[7]라도 불러 준 듯한 기분이었다. 이를테면 「엘리너 릭비」, 「케세라 세라」, 「나는 성녀가 아니라 여자야」[8] 같은 노래들이 주는 느낌과는 사뭇 달랐다. 파올라는 내

---

[6] 둘 다 1952년 제2회 산레모 가요제에서 닐라 피치(1919~)가 부른 노래.
[7] 벨리니의 오페라 「노르마」 1막에 나오는 아리아. 〈정결한 여신〉이라는 뜻.
[8] 1971년에 에로스 쇼릴리와 알베르토 테스타가 만든 칸초네.

가 50년대 이전의 노래에 관심이 없는 것을 어린 시절에 대한 기억을 억압하고 있는 탓으로 돌렸다.

파올라는 나를 만나서 몇 해가 흐르는 동안 이런 사실도 알아차렸다고 한다. 나는 클래식 음악과 재즈에 조예가 깊은 사람이었고 연주회에 가거나 음반 듣는 것을 좋아했는데, 이상하게도 라디오는 듣고 싶어 하지 않았다는 것이다. 어쩌다 다른 사람이 켜 놓은 라디오를 듣는 경우에도 기껏해야 효과음 정도로 느끼기가 일쑤였다. 라디오는 솔라라의 시골집처럼 다른 시대에 속하는 것이 분명했다.

그런데 이튿날 아침, 잠자리에서 일어나 커피를 끓이면서 나는 이렇게 노래했다.

> 나는 혼자서 도시로 떠난다.
> 그리하여 내 고통을 모르는 사람들,
> 내 고통을 보지 못하는 군중 사이로 지나가며
> 너를 찾고, 너를 꿈꾼다, 이젠 내 사람이 아닌 너를……
>
> 나는 잊을 수 없는 첫사랑을
> 마음에서 지워 보려고 헛되이 애를 쓴다.
> 내 마음속 깊은 곳에는 한 사람의 이름이,
> 오직 한 사람의 이름이 새겨져 있다.
> 나는 너를 겪었고 이제 네가 사랑이라는 것을 안다,
> 하나뿐인 사랑, 크나큰 사랑이라는 것을.

멜로디가 저절로 나오고 있었다. 그러면서 두 눈에는 물기

가 어렸다.

〈하필이면 왜 그 노래가 나왔을까요?〉 하고 파올라가 물었다.

「그냥요. 어쩌면 노래 제목이 〈너를 찾아서〉[9]이기 때문일 수도 있죠. 누구의 노래인지는 모르겠어요.」

「당신은 장벽을 넘어 40년대로 진입했어요.」 파올라는 호기심이 가득한 얼굴로 이리저리 생각해 보는 눈치였다.

나는 대답했다. 「그게 아니라, 내가 내 안에서 무언가를 느낀 거예요. 어떤 전율 같은 것이었어요. 아니 전율 같지는 않았어요. 그건 마치…… 당신 『플랫랜드』라는 소설 알죠? 당신도 읽었을 거예요. 아무튼 그 이야기 속의 삼각형들과 사각형들은 2차원의 세계에 살아요. 그들은 두께나 높이가 무엇인지를 모르죠. 이제 3차원에 살고 있는 우리 가운데 한 사람이 그 도형들을 위쪽에서 만진다고 상상해 봐요. 그들은 이제껏 경험해 보지 못한 이상한 기분을 느낄 거예요. 그 느낌이 어떤 것이라고 말할 수도 없겠죠. 그건 마치 4차원의 세계에서 우리 세계로 온 어떤 자가 우리 내부에서, 이를테면 위장의 날문 같은 부위를 살살 만지고 있는 것과 같아요. 누가 당신의 날문을 간질인다면, 어떤 느낌이 들까요? 나는…… 어떤 신비한 불꽃을 느끼지 않을까 싶어요.」

「신비한 불꽃이라는 게 무슨 뜻이죠?」

「나도 몰라요. 그냥 머릿속에 떠오르는 대로 말한 거예요.」

「부모님의 사진을 보았을 때 느꼈던 것과 똑같은 기분인

---

9 이탈리아어 제목은 *In cerca di te*. 1945년에 에로스 쇼릴리가 만든 노래로, 첫 소절 〈나는 혼자서 도시로 떠난다 *Sola me ne vo per la città*〉로 더 잘 알려져 있다.

가요?」

「거의 그래요. 말하자면 아주 똑같지는 않다는 거죠. 아니, 따지고 보면 그게 그건가? 아무튼 거의 똑같아요.」

「얌보, 흥미로운 신호가 나타났군요. 기록을 해야겠어요.」

파올라는 여전히 나를 되찾고 싶어 한다. 시빌라를 생각하면서 신비한 불꽃을 느끼고 있을지도 모르는 나를.

일요일. 파올라가 내게 말했다. 「나가서 바람 좀 쐬고 와요. 그게 도움이 될 거예요. 당신이 다녀 보지 않은 길로는 가지 말아요. 카이롤리 광장에 꽃 가게가 있어요. 대개는 공휴일에도 문을 열죠. 거기에 가서 봄꽃 한 다발을 예쁘게 만들어 달라고 하세요. 장미꽃 다발을 만들어 달라고 하든지요. 집 분위기가 너무 어두워요.」

나는 카이롤리 광장으로 내려갔다. 꽃 가게는 닫혀 있었다. 나는 단테 거리를 한가로이 거닐어 코르두시오 광장까지 갔다가, 증권 거래소 방향인 오른쪽으로 돌았다. 그때 온 밀라노의 수집가들이 일요일마다 거기에 모인다는 사실을 깨달았다. 코르두시오 거리에는 우표 수집가들의 좌판이, 아르모라티 거리에는 옛날 우편엽서와 작은 도자기 인형들의 가판대가 늘어서 있었고, 〈중앙 통로〉의 교차로에는 동전, 장난감 병정, 성화(聖畵) 카드, 손목시계, 공중전화 카드 등 갖가지 수집품을 파는 사람들이 가득 들어차 있었다. 수집 취미는 항문애(肛門愛)적인 특성을 보인다. 사람들은 온갖 것을 수집하려고 든다. 코카콜라의 병뚜껑까지도 수집 대상이 된다. 따지고 보면 문제될 것도 없다. 공중전화 카드를 수집하는 건 초창기 활판본을 수집하는 것만큼 돈이 드는 일은 아니니까 말이다. 에디슨 광장으로 가보니, 왼쪽에 책이며 잡지며 광고 포스터를 따위를 파는 헌책 장수들이 있었다. 그런가 하면 정면에는 갖가지 잡화, 가짜인 게 분명한 리버티 램프, 검은 바탕에 꽃무늬가 들어간 쟁반들, 비스킷으로 만든 발레리나 인형 따위의 진열대들도 보였다.

한 고물 장수의 좌판에는 밀봉된 원통형 용기가 네 개 놓여 있었다. 용기에는 수용액(포르말린인가?)이 들어 있고, 이 수용액에는 새하얀 실로 연결된 희누르스름한 형체가 담겨 있었다. 어떤 것들은 동그스름하고 어떤 것들은 강낭콩 같은 모양이었다. 해삼, 문어에서 잘라 낸 조각, 탈색한 산호 따위의 바다 생물이 아닌가 싶었다. 어떤 예술가의 기형학적 상상력이 병적으로 발휘되어 나온 작품일지도 모를 일이었다. 이브 탕기의 작품인가?

고물 장수는 그것들이 불알이라고 했다. 개, 고양이, 수탉, 그리고 또 다른 동물의 불알을 콩팥이며 거시기와 함께 일습을 만들어 담아 놓았다는 것이었다. 「구경하세요, 19세기의 과학 실험 자재예요. 하나당 4만 리라만 주세요. 용기만 해도 두 배의 가치가 있습니다. 적어도 150년은 된 물건이에요. 4, 4는 16이지만, 네 개를 다 사신다면 12만 리라에 드릴게요. 떨이로 가져가요.」

나는 그 불알들에 마음이 끌렸다. 이번에야말로 그라타롤로 박사가 말한 의미론적인 기억과 삽화적 기억 둘 다와 무관한 물건을 만난 것이었다. 그 불알들은 내가 의미론적 기억을 통해 알고 있을 법한 물건들도 아니었고, 내가 과거에 겪은 일들과 연관되어 있지도 않았다. 개의 불알을 다른 부위가 제거된 순수한 형태로 본 사람이 과연 누가 있겠는가? 나는 호주머니를 뒤졌다. 내가 가진 돈은 4만 리라가 전부였다. 고물 장터에서 수표로 지불한다는 것은 불가능한 일이다.

「하나만 주시오. 개에게서 떼어 낸 걸로.」

「다른 것들을 남겨 두는 것은 실수하시는 겁니다. 이런 기회는 두 번 다시 오지 않아요.」

모든 걸 다 가질 수는 없는 법이다. 나는 개의 불알을 들고 집으로 돌아왔다. 파올라는 새파랗게 질린 표정을 지었다. 「신기하네요. 꼭 예술 작품 같아요. 그런데 이걸 어디에 두죠? 거실에 두었다가는 당신이 손님들에게 캐슈 열매나 아스콜리 식 올리브 튀김을 대접할 때마다 그들이 우리 카펫에 그것들을 다 토해 버리지 않을까요? 우리 침실에 두자고요? 미안하지만 그건 안 돼요. 당신 사무실에 갖다 놓으세요. 가능하다면 17세기의 멋진 박물학 서적 옆에 말이에요.」

「나는 멋지게 한 건 올린 줄 알았는데.」

「하지만 당신 이거 알아요? 당신은 아내가 장미꽃을 사 오라고 보냈더니 개 불알 두 쪽을 들고 돌아온 남자예요. 그런 남자는 아담 때부터 오늘날에 이르기까지 이 지구상에 당신 한 사람밖에 없어요.」

「그래도 기네스북에는 오르겠네요. 게다가 알다시피 난 환자예요.」

「그건 핑계예요. 당신은 예전에도 별났어요. 당신이 누이에게 오리너구리를 부탁한 것은 그냥 우연히 그렇게 된 것만은 아니에요. 언젠가 당신은 60년대의 핀볼 머신을 집에 들여놓고 싶어 했어요. 마티스의 그림 한 점만큼이나 비싼 데다 소음까지도 엄청난 기계를 말이에요.」

그런데 파올라는 내가 사온 물건을 이미 알고 있었다. 나 역시 그것을 본 적이 있을 거라는 얘기까지 했다. 한번은 내가 그 고물 시장에서 파피니의 『고그』[10] 초판을 발견하고는, 원래의 표지가 온전하고 책장도 절단하지 않은 그 책을 1만 리라에 산 적이 있다는 것이었다.

파올라는 개 불알에 한번 놀라고 나더니, 그다음 일요일에는 같이 가겠다고 따라나섰다. 당신이 공룡의 불알을 사 가지고 오는 바람에 그것을 집 안에 들이느라고 석수장이를 불러 문을 넓혀야 하는 불상사가 벌어질지도 모르잖아요?

파올라는 우표나 전화 카드에는 관심이 없었지만 옛날 잡지에는 호기심을 보였다. 〈우리가 어린 시절에 보던 것들이에요〉 하고 파올라가 말하기에 나는 〈그렇다면 그냥 넘어갑시다〉 하고 대꾸했다. 그랬는데 어느 순간 미키 마우스 만화책 한 권이 내 눈에 들어왔다. 나는 본능적으로 그것을 집어 들었다. 별로 오래된 것은 아닌 듯했다. 표지 뒷면과 가격 표시로 미루어 보건대 1970년대에 나온 재판본이었다. 나는 책의 중간쯤 되는 곳을 펼치며 말했다. 「이건 원간본이 아니에요. 원간본들은 2색 인쇄로 되어 있었고 빨간 벽돌 색에서 연갈색 사이의 농담을 보였는데, 이것은 청백으로 인쇄되어 있어요.」

「그걸 어떻게 알죠?」

「모르겠어요. 그냥 아는 거예요.」

「하지만 표지는 원간본의 표지를 복제한 거예요. 이 연도와 가격을 봐요. 1937년, 1리라 50이라고 되어 있어요.」

여러 가지 색깔로 이루어진 표지에 〈클라라벨라의 보물〉[11]

---

10 이탈리아의 작가 조반니 파피니(1881~1956)가 1931년에 발표한 풍자 소설. 에코는 문학평론가로서 블랙 유머로 가득 찬 이 작품의 현대적 의미를 재조명한 바 있다. 『미네르바 성냥갑 2』(김운찬 역, 열린책들) pp. 273~276 참조.

「클라라벨라의 보물」

이라는 제목이 크게 박혀 있었다. 「이들은 나무를 놓고 착오를 저질렀어요.」

11 표지 사진을 보면 알 수 있듯이, 이 만화에 나오는 인물들의 영어 이름은 모두 이탈리아어 식으로 바뀌었다. 먼저 미키 마우스는 토폴리노(생쥐라는 뜻)로 되어 있고, 암소 클라라벨은 클라라벨라로, 호러스는 오라치오로, 엘리 스퀴치는 스퀴크로, 페그레그 피트는 감바딜레뇨로 바뀌었다.

「그게 무슨 뜻이죠?」

나는 얼른 만화책을 훌훌 넘겨 내 말과 관계된 컷들을 정확하게 찾아냈다. 하지만 나는 마치 말풍선 안에 쓰인 것을 읽고 싶어 하지 않는 사람처럼 굴었다. 그것이 다른 언어로 쓰여 있거나 글자들이 온통 뭉개져 있기라도 한 것처럼 말이다. 나는 글을 보지 않고 머릿속에 떠오르는 대로 줄거리를 말했다.

「그게 이런 거예요. 미키 마우스 즉, 토폴리노와 오라치오는 클라라벨라의 할아버지 또는 종조할아버지가 묻어 놓은 보물을 찾기 위해 옛날 지도를 가지고 떠나요. 그들은 음흉한 스퀴크머 신의 없는 감바딜레뇨와 보물을 놓고 경쟁을 벌이죠. 토폴리노와 오라치오는 현장에 도착해서 지도를 봅니다. 보물을 찾아내려면 어떤 커다란 나무를 출발점으로 삼아 또 한 그루의 작은 나무를 향해 선을 긋고 삼각 측량을 해야 하죠. 그 일이 끝나자 그들은 땅을 파고 또 팝니다. 하지만 아무것도 나오지 않아요. 그때 토폴리노는 한 가지 사실을 문득 깨닫죠. 지도는 1863년에 작성된 것이고, 그로부터 70년도 더 되는 세월이 흘렀어요. 그러니 그들이 기준으로 삼은 작은 나무는 당시에 존재했을 리가 없어요. 지금 아름드리나무로 보이는 것은 옛날의 작은 나무이고, 옛날의 큰 나무는 쓰러진 거죠. 그들은 쓰러진 나무의 그루터기가 아직 주위에 남아 있을 것이라 생각하고 열심히 찾아요. 아닌 게 아니라 고목의 등걸이 하나 있어요. 그들은 다시 삼각 측량을 하고 땅을 파죠. 바로 거기에서 보물이 나와요.」

「아니 당신, 그걸 어떻게 알죠?」

「누구나 다 아는 거 아닌가요?」

「천만에요. 누구나 다 아는 건 아니죠.」 파올라는 흥분한 기색으로 말을 이었다. 「이건 의미론적 기억이 아니에요. 이건 자서전적 기억이라고요. 당신은 무언가를 기억해 내고 있어요. 어린 시절에 당신에게 깊은 인상을 주었던 어떤 것을 말이에요! 이 표지가 그것을 불러낸 거예요.」

「아뇨, 이미지가 기억을 되살린 건 아니에요. 뭔가 이유가 있다면, 그건 이름 때문일 거예요. 클라라벨라라는 이름요.」

「이건 로즈버드[12]예요.」

우리는 당연히 그 만화책을 샀다. 나는 그것을 읽으며 저녁 시간을 보냈다. 하지만 어떤 단서도 잡지 못했다. 나는 그 만화책의 이야기를 알고 있었다. 그뿐이었다. 신비한 불꽃은 전혀 일지 않았다.

「파올라, 나는 이런 처지에서 벗어나지 못할 거예요. 내 기억의 동굴 속으로 끝내 들어가지 못할 거라고요.」

「그래도 그 이야기를 단박에 기억해 냈잖아요. 나무 두 그루 말이에요.」

「나는 두 그루지만, 프루스트는 세 그루[13]를 기억해 냈죠. 종이, 종이예요. 이 아파트와 고서점에 있는 모든 책들처럼, 내 기억은 종이로 되어 있어요.」

「그 종이를 활용해 봐요. 프루스트처럼 마들렌을 먹는 것은 당신에게 아무 효과가 없으니까요. 그래요, 당신은 프루

---

12 영화 「시민 케인」에서 주인공 케인이 죽으면서 남긴 말. 그의 감춰진 사생활을 추적하기 위한 실마리이자 자아 탐구의 열쇠.

13 프루스트의 『꽃처럼 피어난 아가씨들의 그늘에서』 2부에서 화자에게 기시감(旣視感)을 불러일으키고 잠시 몽상에 빠져 들게 했던 세 그루의 나무.

스트가 아니에요. 차세츠키 역시 프루스트가 아니었죠.」

「카르네아데, 그 사람이 누구였더라?」[14]

「거의 잊고 있었는데 그라타롤로 박사가 그 이름을 상기시켜 주었어요. 내가 명색이 심리학자인데 『잃었다가 되찾은 세계』라는 책을 읽지 않았을 리가 없죠. 고전적인 임상 기록이니까요. 하지만 벌써 오래전에 읽었고, 그저 학문적인 관점에서 읽었을 거예요. 이번엔 개인적인 관심을 가지고 그 책을 다시 읽었어요. 두 시간이면 죽 훑어볼 수 있는 재미있는 책이죠. 저자는 러시아의 위대한 신경심리학자인 알렉산드르 루리아예요. 그는 차세츠키라는 환자를 오랫동안 지켜보면서 치료했어요. 차세츠키는 제2차 세계 대전 중에 총탄을 맞고 정수리에서 뒤통수 사이의 뇌 부위에 손상을 입었어요. 그도 당신처럼 혼수상태에서 깨어났죠. 하지만 그에게는 모든 게 뒤죽박죽이었어요. 그는 자기 몸이 공간 속에 어떤 상태로 있는지조차 지각하지 못했어요. 때로는 자기 몸의 일부가 변했다고 생각하기도 했죠. 머리가 엄청나게 커진 데 반해서 몸통은 터무니없이 작아졌다든가, 다리가 머리 위로 옮겨 갔다든가 하는 식으로요.」

「나하고는 경우가 다른 것 같군요. 다리가 머리 위로 옮겨 갔다고요? 그럼 음경이 코에 가서 달렸겠네요?」

「잠깐만요. 다리가 머리 위로 옮겨 갔다고 생각하는 건 약과예요. 그건 가끔씩 일어나는 증상일 뿐이었어요. 그보다 심각한 건 기억이었죠. 그의 기억은 마치 박살이 난 것처럼

---

14 만초니의 소설 『약혼자』에서 돈 아본디오 신부가 카르네아데라는 인물을 두고 한 말. 이 유명한 말 덕분에 카르네아데는 〈미지의 사람〉을 가리키는 보통 명사가 되었다.

조각조각으로 흩어져 있었어요. 당신의 기억과는 사뭇 다르죠. 출생지와 어머니 이름 따위를 기억하지 못하는 것은 당신과 마찬가지였지만, 그는 읽기와 쓰기조차 더 이상 할 수 없었어요. 루리아는 그를 관찰하기 시작했어요. 차세츠키는 의지가 아주 강한 사람이었어요. 읽기와 쓰기를 다시 배우고, 끈질기게 글을 써나갔죠. 25년 동안 그는 황폐화된 기억의 동굴에서 파낸 모든 것을 기록했을 뿐만 아니라, 자기에게 나날이 일어난 일들까지 모두 적었어요. 마치 머리가 해내지 못하는 일을 손이 자동 반응을 통해서 해내는 것만 같았어요. 말하자면 글을 쓰는 차세츠키가 그 자신보다 똑똑했던 셈이죠. 그렇게 종이에 글을 쓰면서 그는 조금씩 자신을 되찾았어요. 당신은 차세츠키가 아니에요. 하지만 나는 그의 이야기에서 깊은 감명을 받았어요. 그의 기억도 당신 말마따나 종이로 된 기억이지만, 그는 그것을 스스로 재구성해 냈어요. 25년에 걸쳐서 말이에요. 당신에게는 종이가 이미 있어요. 물론 여기에 있는 종이를 말하는 게 아니에요. 당신이 들어가야 할 기억의 동굴은 시골집에 있어요. 요 며칠 사이에 내가 이 문제를 놓고 깊이 생각했다는 것을 알 거예요. 당신은 유년기와 소년기의 문서들을 너무나 단호하게 가두어 버렸어요. 아마 거기에는 당신의 내면을 정곡으로 찌를 만한 것이 있을 거예요. 이제 솔라라에 갈 때가 되었어요. 나를 기쁘게 하기 위해서라도 그렇게 해줘요. 당신 혼자 가야 해요. 첫째는 내가 일에서 손을 놓을 수 없기 때문이고, 둘째는 당신 혼자서 모든 것을 해야 하기 때문이에요. 당신 혼자서 당신의 먼 과거를 대면해 봐요. 필요한 만큼 거기에 머물면서, 당신에게 무슨 일이 일어나는지 보세요. 일이 아무리 잘못된다 해도, 1주일이나 2주일 정도를 허비하는 것에 지나지 않을 거예요. 그래도 좋은 공기를 마시게 될 테니까, 당신에게 해가 될 건 없어요. 내가 벌써 아말리아에게 전화를 해놓았어요.」

「아말리아는 또 누구죠? 차세츠키의 아내인가요?」

「아내보다는 할머니라고 하는 게 낫겠네요. 솔라라에 관한 얘기를 다 하자면 아직 멀었어요. 당신 할아버지가 살아 계실 때부터 거기에 마리아와 일명 마술루라고도 하는 톰마소, 소작인 내외가 있었어요. 당시에는 그 집에 딸린 땅이 많았으니까요. 주로 포도밭이었고 가축도 적지 않았죠. 마리아는 당신이 자라는 걸 죽 지켜보았고, 당신을 진심으로 사랑했어요. 그네의 딸인 아말리아도 마찬가지였어요. 당신보다 열 살쯤 많은데, 누나 노릇도 하고 보모 노릇도 하면서 갖가지 방식으로 당신을 보살펴 주었죠. 당신은 그녀의 우상이었어요. 당신 삼촌 내외가 언덕에 있던 낙농장을 포함해서 땅을 팔아 버린 뒤에도, 작은 포도밭이며 과수원이며 채소밭, 그리고 토끼장과 닭장은 그대로 남아 있었어요. 하지만 그것들을 놓고 소작 운운하는 것은 더 이상 의미가 없었죠. 그래서 당신은 모든 것을 마술루에게 맡겼어요. 남아 있는 땅을 자기네 것처럼 마음대로 부쳐 먹는 대신, 집을 보살펴 주기로 약속이 되었죠. 그 뒤로 마술루와 마리아 역시 세상을 떠났고, 아말리아는 결혼도 하지 않고 — 예쁘게 가꾸며 사는 것과는 거리가 먼 사람이죠 — 계속 거기에 살았어요. 지금도 아말리아는 마을 사람들에게 계란과 닭을 팔면서 살아요. 돼지 잡을 때가 되면 도살하는 사람이 와서 잡아 주고, 포도 나무에 소독을 한다거나 얼마 안 되는 것이나마 포도를 수확할 때면 친척 남자들이 와서 도와줘요. 요컨대 아말리아는 그런 대로 만족해하며 살고 있어요. 다만 조금 외롭다고 느끼기 때문에 우리 딸들이 아이들을 데리고 가면 무척 좋아하죠. 우리는 그녀가 생산한 것을 먹으면 돈을 내요. 계란이나 닭 고기나 소시지 같은 것에 대해서 말이에요. 하지만 과일이나 채소에 대해서는 지불한 방법이 없어요. 아말리아 말이 과일이나 채소는 우리 것이라는 거예요. 정말 보석 같은 사람이죠. 가보면 알겠지만 요리 솜씨도 일품이에요. 당신이 간다니까 좋아서 어쩔 줄을 몰라요. 얌보 서방님이 온다고요? 정말 얌보 서방님이 오는 거예요? 아이 좋아라. 두고 보세요, 내가 서방님이 좋아하는 샐러드를 만들어 주면 병이 씻은 듯 사라질 테니……」

「얌보 서방님이라니, 이게 웬 호사인고. 그건 그렇고, 왜 날 얌보라고 부르죠?」

「아말리아에게는 당신이 언제까지라도 서방님일 거예요. 당신이 여든 살이 되어도 말이에요. 얌보라는 이름에 대해서는 바로 아말리아의 어머니 마리아한테서 설명을 들은 적이 있어요. 당신이 어렸을 때, 스스로 그렇게 결정했대요. 〈내 이름은 얌보야, 앞머리 얌보〉라고 하면서요. 그래서 모두가 당신을 그렇게 부르게 된 거죠.」

「앞머리라고?」

「그 시절에 당신은 앞머리를 예쁘게 내리고 있었던가 봐요. 그리고 당신은 잠바티스타라는 이름을 좋아하지 않았어요. 내가 보기엔 그럴 수도 있겠다 싶어요. 하지만 그건 당신 할아버지가 호적에 당신 이름을 올릴 때 생긴 문제니까 더 얘기하지 않기로 해요. 당신, 솔라라에 가요. 기차로 가는 건

안 돼요. 네 번이나 갈아타야 하니까요. 니콜레타가 자동차로 데려다 준대요. 그 애는 지난 성탄절 휴가 때 두고 온 물건들을 찾아올 겸 해서 가는 거예요. 그러니까 당신을 아말리아한테 맡기고 바로 돌아올 거예요. 그 뒤로는 아말리아가 당신을 돌보게 되죠. 아말리아는 당신이 도움을 필요로 하면 즉시 나타나고 당신이 혼자 있고 싶어 하면 사라질 줄 아는 사람이에요. 5년 전에 그 집에 전화도 놓았으니까 우리는 언제든지 통화를 할 수가 있어요. 한번 가봐요, 부탁이에요.」

나는 며칠 생각할 시간을 달라고 부탁했다. 정작 여행 얘기를 먼저 꺼낸 사람은 나였다. 그건 오후에 사무실에 나가는 것을 피하기 위해서였다. 그런데 정말 나는 사무실에 나가는 것을 피하고 싶은 것일까?

나는 미로 속에 갇혀 있었다. 어느 쪽으로 가든 미로를 벗어날 수 있는 길이 아니었다. 게다가 나는 도대체 어디에서 빠져나가려고 하는 거지? 누구였던가, 열려라 참깨, 나는 나가고 싶다,[15] 라고 한 사람이. 나는 들어가고 싶다, 알리바바처럼, 기억의 동굴 속으로.

내 문제를 해결해 준 사람은 바로 시빌라였다. 어느 날 오

---

15 폴란드의 시인이자 아포리즘 작가인 스타니스와프 예지 레츠(1909~1966)의 「헝클어진 생각들」에 나오는 아포리즘. 에코는 레츠의 아포리즘을 높이 평가한다. 에코는 뒤집기가 가능한 아포리즘, 다시 말해서 재치가 있어 보이기는 하지만 그것의 정반대 역시 진리라는 사실에 개의치 않는 아포리즘을 〈암으로 변할 수 있는 아포리즘 aforisma cancrizzabile〉이라고 부르면서, 레츠의 역설은 유일하게 이런 부류에 속하지 않는다고 말한다(『문학 강의』, 봄피아니, 2002, pp. 76~78). 레츠의 아포리즘은 『푸코의 진자』 7장의 제사로도 인용되어 있다(〈세상의 종말이라는 것에 너무 큰 기대를 걸면 안 된다〉).

후 그녀는 매혹적인 딸꾹질 소리를 내고, 얼굴을 살짝 붉히더니(그대의 피는 얼굴에 불꽃이 번지게 하고, 그 피 속에서는 우주가 웃음을 짓는다), 자기 앞에 놓인 카드 뭉치를 잠시 만지작거리다가 말했다. 「얌보, 당연히 가장 먼저 아셔야 할 것 같아서 말씀드리는데…… 저 결혼해요.」

「그게 무슨 말이야, 결혼을 하다니?」 그게 내 대꾸였다. 〈네가 어떻게 그럴 수 있니?〉라는 뜻에 가까웠다.

「제가 곧 결혼한다고요. 한 남자와 한 여자가 반지를 교환하고 다른 사람들은 그들에게 쌀을 뿌려 주는 거 기억나시죠?」

「아니, 내 말은…… 그러니까 날 떠난다는 거야?」

「제가 왜요? 그 사람은 건축사로 일하고 있는데 아직 돈을 많이 벌지 못해요. 저희 두 사람 다 일을 해야 해요. 게다가 제가 어떻게 선생님 곁을 떠날 수 있겠어요?」

상대는 그의 심장에 칼을 찔러 넣고 두 차례 비틀었다. 『심판』의 마지막 장면, 아니 시련의 종말. 「그런데…… 두 사람, 사귄 지 오래됐어?」

「오래되지 않았어요. 몇 주 전에 만났어요. 그런 일이 어떻게 진행되는지 아시잖아요. 멋진 남자예요. 나중에 소개시켜 드릴게요.」

그런 일이 어떻게 진행되었을까? 어쩌면 예전에도 멋진 남자들이 있지 않았을까? 혹시 이 여자는 내가 기억을 잃어버린 것을 기화로 참기 힘든 상황을 끝내 버린 것이 아닐까? 허공에 몸을 던지듯이 그냥 아무 남자에게나 달려들었는지도 모를 일이야. 그렇다면 나는 두 번이나 그녀에게 해를 끼친 셈이다. 아니, 이 바보야, 누가 그녀에게 해를 끼쳤다는 거야? 모든 게 제대로 가고 있어. 시빌라는 젊어. 자기 또래의 남자를 만나 처음으로 사랑에 빠진 거야…… 처음으로, 알겠어? 하지만 누군가는 그대의 꽃을 꺾고, 샘물 같은 입술을 훔치리라. 그리하여 그대를 찾지 않았던 자가 은총과 행운을 누리리라…….

「멋진 선물을 해야겠는걸.」

「아직 시간이 많아요. 저희도 어젯밤에 결정을 했는 걸요. 하지만 저는 선생님이 회복될 때까지 기다리고 싶어요. 그래야 양심의 가책을 받지 않고 일주일 휴가를 얻을 수 있죠.」

양심의 가책을 받지 않겠다고? 참으로 속도 깊구나.

안개에 관한 글 중에서 내가 마지막으로 본 게 뭐더라? 우리는 성(聖)금요일 저녁 로마 역에 다다랐고, 그녀는 마차를 타고 안개 속으로 멀어져 갔다. 그때 나는 그녀를 영영, 속절없이 잃어버린 기분이 들었다.

시빌라와 나의 이야기는 제풀에 스러져 가고 있었다. 예전에 있었을지도 모를 일들도 모두 지워졌다. 남은 것은 새것처럼 번쩍거리는 칠판뿐. 이제부턴 그저 딸처럼 대해야 하는 것이다.

그리하여 나는 떠날 수 있었다. 아니, 떠나야 했다. 나는 솔라라에 가겠노라고 말했다. 파올라는 기뻐했다.

「가보면 오기를 잘했다는 생각이 들 거예요.」

「넙치야, 넙치야, 바다 속의 넙치야/이건 정말 내키지 않는 일이야/하지만 내 아내가 아주 고약한 여자거든/그 여자는 내가 원하지 않는 것을 바라고 있어.」[16]

---

16 그림 형제의 동화 「어부와 그의 아내」에서 인용.

「당신이야말로 못된 남편이에요. 당장 시골로 가요.」

그날 밤 잠자리에서, 파올라가 나의 출발을 앞두고 마지막으로 몇 가지 조언을 해주는 동안, 나는 그녀의 가슴을 애무했다. 파올라는 애틋하게 신음 소리를 냈고, 나는 무언가를 느꼈다. 그것은 성욕과 비슷하면서도 상냥함이 뒤섞여 있는 어떤 것이었다. 아마 그녀에 대한 고마움도 섞여 있었을 것이다. 우리는 사랑을 나누었다.

마치 양치질을 할 때처럼, 내 몸은 성행위 방식에 대한 기억을 간직하고 있는 게 분명했다. 그것은 느린 리듬을 가진 잔잔한 움직임이었다. 파올라가 먼저 오르가슴에 올랐고(언제나 그랬어요, 하고 그녀는 나중에 말했다), 곧이어 내가 올랐다. 과거의 경험에 대한 기억이 없으니, 결국 이것이 나의 첫 경험인 셈이다. 사람들 말마따나 정말 좋았다. 내가 별로 놀랍게 받아들인 사실은 아니지만, 나는 성행위가 좋은 것임을 이미 머리로 알고 있는 듯했다. 몸으로는 단지 그것이 사실임을 확인했을 뿐이다.

〈괜찮았어〉 하고 나는 털썩 등을 대고 누우면서 말했다. 「이제 사람들이 왜 그걸 밝히는지 알겠어.」

「원 세상에, 살다 보니 별일이 다 있네. 예순 살 먹은 남편의 동정을 빼앗다니.」

「아예 안 하는 것보다는 늦게라도 하는 게 나은 법이죠.」

하지만 나는 파올라와 손을 맞잡은 채 잠에 빠져 들면서도, 한 가지 의문이 떠오르는 것을 어쩌지 못했다. 시빌라하고 관계를 했더라도 느낌이 똑같았을까? 바보 같으니, 그건 네가 영원히 알 수 없는 거야, 하고 스스로에게 속삭이면서 나는 천천히 의식을 잠재웠다.

 나는 길을 나섰다. 니콜레타가 운전을 하는 동안 나는 그 애의 옆모습을 바라보았다. 결혼하던 무렵에 찍은 내 사진들을 놓고 판단해 보건대, 니콜레타는 코와 입매가 나를 닮았다. 그 애는 정말 내 딸이었다. 어떤 과오의 결실이 내게 떠넘겨진 것은 아니었다.

 (그녀는 목둘레가 조금 파인 옷을 입고 있었다. 그녀의 앞가슴에 드리운 메달이 문득 그의 눈길을 사로잡았다. Y자를 정교하게 새겨 넣은 황금 메달이었다. 세상에, 누가 이것을 너에게 주었는고? 하고 그가 물었다. 제가 늘 지녀 온 것입니다, 나리. 아주 어린 시절, 생토방에 있는 클라라회 수녀원의 계단을 처음 디뎠을 때도 이미 제 목에 걸려 있었습니다. 그러자 그는 소리쳤다. 이건 공작 부인이신 네 어머니의 메달이다! 혹시 네 왼쪽 어깨에 십자 형태로 네 개의 점이 나 있지 않느냐? 그렇긴 합니다만 나리께서 그걸 어떻게 아시는지요? 아 이럴 수가, 그렇다면 너는 내 딸이고 나는 네 애비다! 아버지, 정녕 제 아버지이시란 말입니까? 하지만 얘야, 정결하고 순수한 내 딸아, 지금은 너의 오감을 잃을 때가 아니다. 우리가 도로를 벗어나 무언가를 들이박을 염려가 있지 않느냐.)

 우리는 말없이 달렸다. 진작 알아차린 바이지만, 니콜레타는 천성적으로 말수가 적었다. 게다가 그 애는 어색함을 느끼고 있는 게 분명했고, 내가 잊고 있던 무언가를 건드리게 될까 염려하고 있었다. 나에게 불안감을 주고 싶지 않은 것이었다. 나는 그저 우리가 어느 쪽으로 가고 있는지를 물었다. 「솔라라는 랑게와 몬페라토의 경계에 있어요.[17] 아주 아름다운 곳이죠. 가보면 아실 거예요, 아빠.」 나는 아빠 소리를 듣는 게 좋았다.

고속도로에서 빠져나가자, 처음엔 도로 표지판에 내가 아는 도시들의 이름이 보였다. 토리노, 아스티, 알레산드리아, 카살레. 그러다가 샛길로 접어들자 한 번도 들어본 적이 없는 마을 이름들이 표지판에 나타났다. 분지 형태의 평원을 몇 킬로미터 달리고 나자, 멀리에 언덕들의 푸르스름한 능선이 나타났다. 그러더니 갑자기 능선이 사라졌다. 나무숲의 장벽이 우리의 시야를 가린 것이었다. 자동차는 나무숲으로 들어가 무성한 나뭇잎에 싸인 통로 속을 달렸다. 열대의 삼림을 연상케 하는 숲길이었다. *Que me font maintenant tes ombrages et tes lacs*(이제 너의 나무 그늘이며 호수가 나에게 무슨 소용이 있느냐)?[18]

계속 평원을 달리고 있다고 느끼면서 숲길을 빠져나갔는데, 우리는 어느새 좌우 양쪽과 뒤쪽에 언덕이 솟아 있는 분지에 들어와 있었다. 보아하니 눈에 띄지 않게 조금씩 계속 높아지는 오르막을 타고 몬페라토에 들어온 모양이다. 내가 전혀 알아차리지 못하는 사이에 언덕들이 우리를 에워싸고, 포도밭의 꽃망울 축제가 한창인 별세계가 눈앞에 펼쳐졌다. 멀리서 보기에 언덕들은 들쑥날쑥했다. 나지막한 등성이들 사이로 조금 더 붕긋하게 솟은 언덕들이 있는가 하면, 아주

---

17 랑게는 이탈리아 북서부 피에몬테 지방의 쿠네오 도(道)와 아스티 도에 걸쳐 있는 구릉지. 몬페라토는 아스티 도와 알레산드리아 도에 걸쳐 있는 구릉지이다. 두 지역 모두 포도주와 송로 등의 산지로 유명하다.
18 프랑스 작가 네르발의 소설 『실비』(1853) 중 14장 「마지막 장」에 나오는 말.

가파르게 솟은 것들도 있었다. 언덕바지에는 성당이나 농가, 성관 비슷한 건물 등이 들어차 있는 경우가 많았다. 이 건물들은 그악스럽게 영역 확장의 의지를 보이며 언덕바지에 달라붙어 있었다. 스카이라인을 부드럽게 만들어 주기보다는 언덕들을 하늘 쪽으로 밀어 올리고 있는 듯했다.

언덕들 사이로 달리다 보니, 굽이를 돌 때마다 마치 한 지방에서 다른 지방으로 넘어온 것처럼 색다른 풍경이 펼쳐졌다. 그렇게 한 시간쯤 달리고 나서, 나는 문득 몽가르델로라는 지명이 적힌 표지판을 보았다. 그러자 내 입에서 이런 말이 흘러나왔다. 「몽가르델로. 그다음은 코르셀리오, 몬테바스코, 카스텔레토 베키오, 로베촐로, 그러고 나면 거기에 도착하는 거야, 안 그래?」

「그걸 어떻게 아세요?」

「누구나 다 아는 거야.」 물론 이 말은 사실이 아니었다. 어떤 백과사전에 로베촐로가 나와 있단 말인가? 내가 바야흐로 기억의 동굴 속으로 들어가기 시작한 것일까?

제2부 종이 기억

5. 클라라벨라의 보물

왜 나는 성인이 된 뒤로 솔라라에 기꺼운 마음으로 가지 않았을까? 내 어린 시절을 보낸 곳으로 다가가면서도 그것을 도통 이해할 수가 없었다. 솔라라는 커다란 마을보다 클까 말까 한 작은 행정 구역으로, 분지에 자리 잡고 있다. 내 어린 시절의 터전은 솔라라 그 자체라기보다, 나지막한 언덕의 포도밭 사이로 난 길로 솔라라를 스치듯이 지나 더 올라간 곳에 있었다. 니콜레타는 여러 굽이를 돌고 난 어떤 지점에서 좁다란 샛길로 접어들었다. 그리하여 우리는 차들이 겨우 엇갈려 지나갈 만한 너비의 등판길을 따라 적어도 2킬로미터를 달렸다. 등판길 양쪽의 풍경은 서로 달랐다. 오른쪽에는 아주 완만한 언덕에 포도밭이 장식 줄처럼 길게 이어져 있는 몬페라토의 풍경이 펼쳐져 있었다. 바야흐로 정오의 악마가 기승을 부리고 있던 때(이런 말이 내 머릿속에 떠올랐다)라, 초록색으로 나울나울 굽이를 짓고 있는 포도밭들과 초여름의 청명한 하늘이 선명한 대조를 보였다. 왼쪽으로는 벌써 랑게 지방의 구릉지가 보이기 시작했다. 기복이 더 뚜렷하고 비탈이 더 가파른 이곳의 언덕들은 원근에 따라 색조를 달리

하면서 마치 한 줄기 산맥처럼 꼬리에 꼬리를 물고 이어지다가 파르스름한 빛깔을 띠며 아스라이 사라져 갔다.

그 풍경은 내가 처음으로 보는 것이었지만, 나는 그것을 내 것이라 느꼈다. 만약 그 골짜기들을 향해 미친 듯이 내달으면 어디로 어떻게 가야 하는지를 알 수 있을 것 같은 기분도 들었다. 어찌 보면 그것은 내가 병원에서 나올 때 한 번도 본 적이 없는 자동차를 운전할 수 있었던 것과 비슷한 일이었다. 내 기분은 편안했다. 무어라 규정할 수 없는 기쁨, 기억을 동반하지 않은 행복감이 내 마음을 가득 채우고 있었다.

언덕 하나가 우뚝 시야를 가리더니, 등판길은 이 언덕의 옆구리에 난 비탈길로 이어졌다. 이 비탈길을 올라가서 마로니에가 늘어선 진입로를 지나자 마침내 집이 나타났다. 우리는 화단을 군데군데 가꾸어 놓은 마당에 차를 세웠다. 집 뒤로 조금 더 높이 솟은 언덕이 보였다. 거기에 펼쳐져 있는 것이 바로 아말리아의 작은 포도밭일 터였다. 마당에서 집을 정면으로 바라보는 것만으로는 그 형태를 식별하기가 쉽지 않았다. 2층에 커다란 창문들이 나 있는 이 대형 건물은 기다란 본채와 그보다 짧은 두 옆채로 이루어져 있었다. 본채에는 진입로를 똑바로 마주 보도록 발코니가 나 있고, 그 아래의 반원형 아치에 아름다운 떡갈나무 문이 달려 있었다. 두 옆채의 입구는 그보다 소박했다. 하지만 집의 뒷부분이 언덕 쪽으로 얼마나 더 뻗어 있는지를 가늠할 수는 없었다. 등 뒤를 돌아보니, 마당의 전망은 내가 조금 전에 경탄하며 바라보았던 서로 다른 두 풍경을 향해 180도로 트여 있었다. 보아하니 우리가 올라온 진입로가 조금씩 높아지는 오르막길이라서, 앞서 달려온 도로가 시야를 가리지 않고 사라진 모양이었다.

그건 잠깐의 감상이었다. 이내 높다란 환호성이 일고 여자 한 사람이 불쑥 나타났기 때문이었다. 사람들이 나에게 묘사해 준 바에 비추어 볼 때, 영락없는 아말리아였다. 다리가 짧고 제법 다부지게 생긴 몸매, 도무지 가늠할 수 없는 나이(니콜레타 말마따나 20대에서 90대 사이), 억누를 수 없는 기쁨으로 빛나는 마른 밤 같은 얼굴. 곧이어 입맞춤과 포옹, 천연덕스러운 말실수(니콜레타가 내 뒤에서 눈을 부라리거나 말거나, 이것저것 가리키며 〈얌보 서방님, 기억나요?〉, 〈알아보겠죠〉, 〈안 그래요?〉 운운한 것)와 그 실수를 즉시 깨닫고 얼른 한 손으로 입을 가리며 내뱉은 작은 외침, 요컨대 환영 의식이 한바탕 벌어졌다.

찬찬히 따져 보거나 물어볼 겨를도 없이 회오리바람이 몰아쳤다. 우리는 겨우 틈을 보아 차에서 가방들을 내린 다음 왼쪽 옆채로 옮겼다. 이 옆채는 파올라와 딸아이들이 올 때마다 머물렀던 곳이다. 나 역시 본채에서 지내고 싶지 않다면 여기에서 자게 될 것이었다. 본채는 내 조부모가 쓰던 집채이고 내가 어린 시절에 지내던 곳인데 언제나 성소처럼 닫혀 있었다(「알다시피 내가 종종 들어가서 먼지를 떨고 가끔씩 공기를 바꿔 주죠. 하지만 나쁜 냄새가 나는 것을 막기 위해 그저 가끔씩 그럴 뿐이고 방들을 어지럽히지는 않아요. 거기에 들어가면 꼭 성당에 와 있는 기분이 들거든요」). 하지만 1층에는 텅텅 비어 있는 널찍한 방들이 있는데, 이 방들은 닫혀 있지 않았다. 사과며 토마토며 그 밖의 많은 것들을 익히거나 시원한 곳에 보관하느라고 거기에다 널어놓기 때문이었다. 아닌 게 아니라, 현관 안으로 몇 걸음 들어서자, 향신료와 과일과 채소의 톡 쏘는 향기가 코를 찔러 왔다. 게다가 커다란 탁자 위에는 벌써 맏물 무화과들이 놓여 있었다. 정말 올해 들어 가장 먼저 거둬들인 것들이었다. 나는 한 개를 집어 맛보지 않을 수 없었다. 그러고는 에멜무지로 우리 무화과나무는 정말이지 예나 다름없이 굉장하다고 말해 보았다. 하지만 아말리아는 〈아니, 무화과나무가 뭐예요? 무화과나무들이죠. 잘 알다시피, 다섯 그루잖아요. 모두가 하나같이 아름다워요!〉 하고 소리쳤다. 미안해요, 아말리아, 내가 정신을 딴 데 팔았어요 — 얌보 서방님 머릿속에는 굉장한 것들이 많이 들어 있으니까, 그런 것들을 자꾸 떠올려 보세요 — 고마워요, 아말리아, 정말로 내 머릿속에 그런 것들이 많았는지 모르지만, 문제는 4월 말의 어느 날 아침에 그것들이 휙 날아가 버렸다는 거예요. 그래서 무화과나무가 한 그루든 다섯 그루든 나에겐 매한가지죠.

〈포도 나무에 벌써 열매가 맺혔나요?〉 하고 내가 물었다. 그저 내 기억과 감정이 아직 살아 있다는 것을 보여 주자는 것이었다.

「포도송이가 열리긴 했는데, 아직은 엄마 배 속에 있는 애기처럼 자잘해요. 올해는 날씨가 더워서 모든 게 여느 해보다 빨리 익기는 했지만 말이에요. 비가 좀 내리면 알이 더 굵어지겠죠. 서방님은 때맞춰 탐스런 포도송이를 보게 될 거예요. 9월까지는 여기에 머물 테니까요. 조금 아팠다는 얘기 들었어요. 파올라 여사가 말하기를, 몸에 좋은 음식들을 서방님에게 해주어야 한다더군요. 오늘 저녁 식사로는 서방님이 어렸을 적에 무척 좋아했던 것을 준비했죠. 먼저 샐러드가 있어요. 잘게 썬 셀러리에다 아주 곱게 다진 양파와 하느님도 좋아하실 법한 온갖 향초를 섞어 올리브기름과 토마토

즙으로 만든 소스를 친 거예요. 그리고 서방님이 좋아하던 빵도 있어요. 소스에 찍어 먹는 그 둥근 빵 말이에요. 그다음엔 닭고기예요. 가게에서 파는 닭처럼 더러운 것을 먹여 살찌운 닭이 아니라, 내가 키운 닭이에요. 서방님이 원한다면, 닭고기 대신 로즈메리로 향을 낸 토끼 고기를 낼 수도 있어요. 토끼 고기가 좋겠어요? 그렇다면 당장 가서 가장 실한 놈을 골라 뒤통수에 한 방을 먹여야겠어요. 에고, 가여운 짐승. 하지만 산다는 게 다 그렇지 뭐. 세상에, 니콜레타, 정말 오자마자 떠나는 거야? 거참, 되게 섭섭하네. 하지만 상관없어. 서방님이랑 나랑 둘이서 지내면 되지, 뭐. 서방님은 무엇이든 원하는 일을 하세요. 나는 서방님이 하는 일에 간섭하지 않을 거예요. 서방님은 그저 아침에 내가 밀크 커피를 가져다줄 때랑 식사 시간에만 나를 보게 될 거예요. 나머지 시간에는 서방님 마음 내키는 대로 활동하면 돼요.」

니콜레타가 찾으러 온 물건들을 차에 실으면서 말했다.
「그래서 말인데요, 아빠, 솔라라가 여기에서 멀어 보이지만 집 뒤에 솔라라로 곧장 내려가는 오솔길이 있어요. 아까 우리가 올라온 구불구불한 길 대신에 다닐 수 있는 지름길이에요. 내리막이 좀 가파르기는 하지만, 계단 비슷한 것도 있고 조금만 내려가면 곧 평지가 나와요. 가는 데는 15분, 다시 올라오는 데는 20분쯤 걸리는데, 아빠는 예전에 그게 콜레스테롤 수치를 낮추는 데 도움이 된다고 입버릇처럼 말씀하셨어요. 마을에 가면 신문과 담배를 구할 수 있어요. 직접 가시지 말고 아말리아에게 사다 달라고 하셔도 돼요. 아말리아는 매일 아침 여덟시에 거기에 가요. 자기 나름대로 자질구레한 볼일들도 있고 미사에도 참석해야 하기 때문에 어차피 가야 하거든요. 하지만 아말리아에게 심부름을 시키실 때는 신문이나 잡지의 이름을 매번 쪽지에 적어 주셔야 해요. 그러지 않으면 아말리아는 이름을 잊어버리고, 『사람들』이나 『스톱』 같은 주간지의 똑같은 호를 일주일 내내 가져올 염려가 있어요. 정말 다른 건 필요하지 않으세요? 저는 아빠랑 같이 있고 싶은데, 엄마는 아빠 혼자 옛날 물건들 속에서 지내시는 게 이로울 거라고 하시네요.」

니콜레타가 떠나자, 아말리아는 내가 묵을 방을 보여 주었다. 그 방은 파올라의 방(라벤더 향기!)이기도 했다. 나는 가져온 짐을 정돈한 다음, 입고 있던 옷을 여기저기에서 주운 편안한 헌 옷으로 갈아입었다. 뒤축이 닳아 빠진 구두 한 켤레도 찾아냈다. 20년은 족히 되어 보이고 지주(地主)들에게 어울릴 법한 구두였다. 그러고 나서 나는 반 시간 동안 창가에 앉아 랑게 지방 쪽의 언덕을 바라보았다.

주방 식탁 위에 작년 크리스마스 때에 나온 신문이 놓여 있었다(우리가 여기를 마지막으로 다녀간 것이 그 무렵이었던 것이다). 나는 차가운 우물물 양동이에 담가 두었던 사향 포도주를 한 잔 따라 놓고, 신문을 읽기 시작했다. 11월 말에 유엔이 쿠웨이트를 이라크인들에게서 해방시키기 위한 무력 사용을 승인함에 따라, 미국의 군사 장비를 실은 배들이 일차적으로 사우디아라비아를 향해 출발했다는 기사가 실려 있었다. 미국이 전쟁을 피하기 위한 마지막 시도로 제네바에서 사담 후세인의 장관들과 협상을 벌이면서 이라크군의 철수를 종용하고 있다는 얘기도 있었다. 이 신문은 내가 몇몇 사건을 재구성할 수 있도록 도와주었다. 나는 마치 최근의 소식들을 대하는 기분으로 신문을 읽었다.

그러다가 문득 아침에 길 떠날 채비를 하느라고 경황이 없어서 대변을 보지 못했다는 사실을 깨달았다. 나는 신문을 마저 읽기에 딱 좋겠다 싶어서 욕실로 갔다. 창문 너머로 포도밭이 보였다. 그러자 한 가지 생각이 떠올랐다. 아니, 오래전에 품었던 욕구가 되살아난 것이다. 줄지어 늘어선 포도나무들 사이에서 볼일을 보고 싶었다. 나는 신문을 호주머니에 넣고, 뒤꼍으로 통하는 좁다란 문을 열었다. 이 문을 연 것이 우연의 소치인지 아니면 내 안에 있는 어떤 레이더의 효과인지는 알 수 없었다. 나는 아주 잘 가꿔진 채소밭을 가로질렀다. 집의 다른 쪽 옆채는 농장으로 쓰이는 듯했고, 뒤쪽에 나무 울타리를 둘러쳐 놓았다. 울타리 안쪽에서 꼬꼬댁 소리와 꿀꿀거리는 소리가 들리는 것으로 보아, 닭장이며 토끼장, 돼지우리 따위가 있는 게 분명했다. 채소밭을 지나자 포도밭으로 올라가는 오솔길이 나타났다.

아말리아가 말한 대로였다. 포도 나무 잎사귀는 아직 작았고 포도 알은 나무딸기나 까치밥나무 열매 따위와 비슷해 보였다. 그래도 포도밭에 와 있다는 느낌이 들었다. 닳아 빠진 구두 밑창에 흙더미가 밟히고, 포도 나무의 줄과 줄 사이에는 잡초가 무성했다. 나는 본능적으로 주위를 두리번거리며 복숭아나무들을 찾았다. 하지만 한 그루도 보이지 않았다. 이상한 일이었다. 이건 내가 어떤 소설에서 읽은 것과 다르지 않은가? 이 소설에 따르면, 포도 나무의 줄과 줄 사이에는 복숭아나무가 있다(이는 어린 시절부터 발뒤꿈치에 굳은살이 박이도록 맨발로 포도밭을 걸어 본 사람만이 아는 얘기

153

다). 포도밭에서만 자라는 이 노란 복숭아는 엄지손가락으로 누르기만 해도 반으로 짝 쪼개진다. 그러면서 복숭아씨가 거의 저절로, 마치 화학 처리를 거친 것처럼 깨끗하게 빠져나온다. 다만 어쩌다 과육처럼 하얗고 살진 벌레가 거기에 착 달라붙어 있을 뿐이다. 이 복숭아는 껍질의 감촉을 거의 느끼지 않고 먹을 수 있다. 껍질을 깨물면 혀에서 사타구니까지 전율이 짜르르 흐른다.[1]

약간의 새소리와 매미 울음소리만이 한낮의 정적을 깨는 가운데, 나는 웅크리고 앉아서 변을 보았다.

Silly season(뉴스가 고갈되는 시기). *He read on, seated calm above his own rising smell*(그는 솔솔 피어오르는 자신의 냄새에 아랑곳하지 않고 차분히 앉아서 읽어 나갔다).[2] 인간은 자기 배설물의 향기를 좋아하지만, 남의 똥내는 좋아하지 않는다. 따지고 보면, 배설물은 우리 몸의 일부이다.

나는 익숙한 쾌감을 맛보았다. 온통 푸르른 자연 속에서 괄약근을 가만가만 움직이다 보니 이전의 어렴풋한 경험들이 되살아난 것이다. 아니, 어쩌면 이건 인간이라는 종의 본능일 수도 있다. 나에게는 개인적인 것이 너무나 적고 인간이라는 종에 두루 관계된 것은 너무나 많다(나는 개인의 기억이 아니라 인류의 기억을 지니고 있지 않은가). 따라서 내가 맛본 쾌감은 아마도 이미 네안데르탈인이 느꼈던 쾌감이었으리라. 네안데르탈인은 분명 나보다 적은 기억을 가지고 있었다. 그들은 나폴레옹이 누구인지조차 모르지 않았는가.

---

[1] 『푸코의 진자』 마지막 장에 나오는 이야기.
[2] 제임스 조이스 『율리시스』의 네 번째 에피소드 말미에서 레오폴드 블룸이 옥외 변소에 앉아서 신문을 읽는 장면.

배설을 끝내자, 나뭇잎으로 밑을 닦아야 한다는 생각이 뇌리를 스쳤다. 이건 자동 반응이었을 것이다. 하지만 나에게는 신문지가 있었다. 나는 TV 프로그램이 나와 있는 면을 뜯어냈다(어쨌거나 그건 6개월 전의 신문이고, 솔라라의 우리 집에는 텔레비전이 없었다).

나는 일어나서 옷을 추스르고 배설물을 내려다보았다. 아직 김이 모락거리는 예쁜 나선형 건축물. 바로크 시대의 건축가 프란체스코 보로미니. 나는 장이 튼튼한 모양이다. 주지하다시피, 대변이 너무 무르거나 숫제 물찌똥을 싸는 경우만 아니라면 장을 걱정할 필요는 없는 것이다.

내 똥을 제대로 본 것은 그때가 처음이었다(도시에서는 변기에 앉아서 똥을 보지 않고 곧바로 물을 내려 버리지 않는가). 나는 이제 그것을 똥이라 부르고 있었다. 내가 알기로 사람들이 흔히 그렇게 부르듯이 말이다. 똥은 우리가 지닌 가장 개인적이고 은밀한 것이다. 우리가 지닌 다른 것들, 이를테면 얼굴의 표정이라든가 눈길, 몸짓 따위는 남들이 알 수 있는 것들이다. 우리의 알몸도 예외가 아니다. 해수욕을 한다든가 병원에서 진료를 받는다든가 성행위를 할 때는 남들이 우리의 벌거벗은 몸을 볼 수 있으니까 말이다. 우리의 생각조차도 남들이 알 수 있는 것에 속한다. 우리 스스로 생각을 표현하기도 하고, 우리의 눈빛이나 당황해하는 태도 등을 보고 남들이 우리 생각을 짐작하기 때문이다. 물론 생각 중에는 은밀한 것도 있다(예컨대 시빌라에 관한 내 생각이 그러하다. 하지만 결국 나는 잔니에게 내 마음의 한구석을 드러냈다. 그리고 어쩌면 시빌라 쪽에서도 직감으로 무언가를 알아차렸을지 모른다. 혹시 시빌라는 그래서 결혼하는 것이 아닐까?). 더러 은밀한 것이 있긴 해도, 대개는 우리의 생각 역시 남에게 노출된다.

하지만 똥은 그렇지 않다. 우리 인생의 아주 짧은 시기를 제외하면, 다시 말해서 어머니가 기저귀를 갈아 주는 때가 지나고 나면, 똥은 오로지 자기 자신만의 것이 된다. 내가 그때 포도밭에서 누었던 똥은 이전에 살아오면서 누었던 것들과 별로 다르지 않았을 것이다. 바야흐로 나는 잊힌 과거의 나 자신과 다시 하나가 되어 있었고, 이전의 무수한 경험들, 심지어는 포도밭에서 볼일을 보았던 어린 시절의 경험과 결합될 수 있는 일을 처음으로 겪고 있었던 셈이다.

주위를 찬찬히 살펴보면 내가 예전에 누었던 똥의 흔적을 찾아낼 수 있을 법했다. 나아가서는 삼각 측량을 제대로 해서 클라라벨라의 보물처럼 귀중한 것을 찾아내게 될지도 모를 일이었다.

하지만 나는 그쯤에서 그만두었다. 프루스트는 피나무 꽃봉오리 차와 마들렌 과자를 실마리로 삼아 잃어버린 시간을 되찾았다지만, 똥은 아직 나의 피나무 꽃봉오리 차가 아니었다 — 하기야 내 괄약근을 가지고 어떻게 프루스트 식의 *recherche*(찾기)를 해나간단 말인가? 잃어버린 시간을 되찾기 위해서는 설사가 아니라 천식이 필요하다. 천식은 공기와 관련되어 있고, 비록 고통스럽기는 할지언정 영혼의 숨결이다. 또한 천식은 방의 내벽에 코르크를 댈 수 있을 만큼 호사를 누리는 부자들에게 어울린다.[3] 들판의 가난한 사람들은

---

3 프루스트는 어린 시절부터 평생에 걸쳐 천식 때문에 고생을 했고, 말년에는 내벽에 코르크를 댄 방에 틀어박혀 『잃어버린 시간을 찾아서』의 집필에 전념했다.

영혼보다는 육신에 더 신경을 쓰게 마련이다.

그렇다고 해서 내가 불우하다고 느낀 것은 아니고, 오히려 만족스러운 기분이 들었다. 혼수상태에서 깨어난 뒤로 이런 기분은 처음이다 싶을 만큼 정말로 만족스러웠다. 나는 이렇게 생각했다. 구원의 길은 무수히 많고, 그중에는 똥구멍을 거쳐 가는 길도 있다고.

그날 낮은 그렇게 끝났다. 나는 얼마 동안 왼쪽 옆채의 방들을 돌아다녔고, 손자들의 침실로 보이는 방(침대 세 개와 인형들이 있고 세발자전거가 구석구석에서 나뒹굴고 있는 커다란 방)을 보았다. 내 침실에는 내가 지난번에 두고 갔던 책들이 침대 머리맡 탁자에 그대로 남아 있을 뿐, 이렇다 할 만한 것이 전혀 없었다. 본채에 들어가는 것은 아직 엄두가 나지 않았다. 그건 서둘 일이 아니었다. 먼저 이곳에 익숙해지는 것이 필요했다.

나는 아말리아의 주방에서, 낡은 반죽 통들이며 그녀의 부모가 물려준 탁자와 의자들에 둘러싸인 채, 들보에 매달아 놓은 마늘 냄새를 맡으면서 저녁을 먹었다. 토끼 고기도 진미였지만, 샐러드는 그것 하나만으로도 이곳에 온 보람을 느끼게 해주었다. 나는 올리브기름이 아롱져 있는 분홍색 소스에 빵을 적셔 먹으면서 쾌감을 느꼈다. 그러나 이건 발견의 기쁨이지 추억의 환희가 아니었다. 나는 내 혀의 맛봉오리들이 어떤 도움도 줄 수 없다는 것을 이미 알고 있었다. 나는 술도 흐드러지게 마셨다. 이 지방의 포도주는 프랑스 포도주를 모두 합쳐 놓은 것보다 낫다.

나는 아말리아가 기르는 동물들 즉, 피포라는 이름의 비루

먹은 개며 고양이 세 마리와 인사를 나눴다. 피포는 늙어 빠진 데다가 한쪽 눈은 멀고 멍청해 보이기까지 해서 별로 믿음이 가지 않았지만, 아말리아의 주장에 따르면 집을 지키는 데는 이만한 개가 없었다. 고양이들 가운데 두 마리는 까다롭고 고집이 셌다. 나머지는 한 마리는 검은 털이 무성하고 부드러운 앙고라 고양이의 일종인데, 먹이를 달라고 내 바짓가랑이를 긁으면서 아르렁대는 모습이 제법 사랑스러웠다. 나는 동물이라면 무엇이든 좋아하지 않나 싶다(오죽하면 생체 해부에 반대하는 연맹에 가입했겠는가?). 하지만 본능적인 호감은 어찌할 수가 없다. 나는 세 번째 고양이가 제일 마음에 들었다. 그래서 먹이 중에서 가장 맛있는 조각들을 녀석에게 주었다. 나는 고양이들의 이름이 뭐냐고 아말리아에게 물었다. 그녀의 대답이 걸작이었다. 고양이들은 개들과 달리 기독교도가 아니기 때문에 이름을 지어 주지 않는다는 것이었다. 나는 검은 고양이를 마투라고 불러도 되겠느냐고 물어보았다. 아말리아는 세 마리 모두 그냥 야옹이라고 부르는 것으로 성이 차지 않으면 그래도 된다고 대답했다. 하지만 그녀의 표정을 보아하니, 도회지 사람들은 얌보 서방님조차도 머릿속에 귀뚜라미가 있다고 생각하는 듯했다.

귀뚜라미, 머릿속의 귀뚜라미가 아니라 진짜 귀뚜라미들이 밖에서 매우 시끄럽게 울어 대고 있었다. 나는 마당으로 나가서 그 울음소리에 귀를 기울였다. 그러다가 하늘을 올려다보았다. 뭔가 친숙한 것들이 눈에 띄지 않을까 기대했지만, 보이는 것은 그저 별자리들, 천문도에서 본 별자리들뿐이었다. 나는 큰곰자리를 알아보았다. 하지만 남들에게서 숱하게 들은 것 하나를 알아본 듯한 느낌이었다. 결국 나는 여기까지 와서도 백과사전이 옳다는 것을 확인하고 있는 셈이었다. *Rede in interiorem hominem*(그대 내면의 사람 속으로 돌아가라), 백과사전을 발견하게 될지니.

나는 나 자신에게 말했다. 얌보, 네 기억은 종이로 되어 있어. 뉴런이 아니라 종이로 되어 있는 거야. 언젠가는 어떤 마법적인 전자 장치가 발명되어, 태초부터 오늘날까지 쓰인 모든 문서를 컴퓨터로 섭렵할 수 있게 해줄지도 몰라. 그러면 사람들은 자기가 누구인지 어디에 있는지도 모르는 채 그저 손끝만 놀려 이 문서 저 문서로 옮겨 가게 될 거야. 그때는 모두가 너처럼 되는 셈이지.

나는 불행을 함께 나눌 벗들이 생겨나리라 기대하면서 잠자리에 들었다.

막 잠이 들려던 찰나에 나를 부르는 소리가 들려왔다. 귀에 거슬리게 계속 뿌스럭거리면서 창가로 불러내는 소리였다. 도대체 누가 바깥에서 덧창에 매달린 채 나를 부르는 것일까? 나는 덧창을 홱 열어젖혔다. 희끄무레한 그림자 하나가 어둠 속으로 달아나는 것이 보였다. 이튿날 아침에 아말리아가 설명해 준 바에 따르면, 그것은 가면올빼미였다. 이 올빼미들은 집이 비어 있을 때면 지붕이든 홈통이든 어딘가로 숨어들지만, 근처에 사람들이 있다는 것을 알아차리면 즉시 다른 곳으로 옮겨 간다. 애석한 일이다. 어둠 속으로 도망치던 그 가면올빼미는 내가 파올라와 이야기를 나누면서 신비한 불꽃이라고 말했던 것을 다시금 느끼게 해줬는데 말이다. 그 가면올빼미, 또는 같은 종류에 속하는 어떤 새가 내 과거와 관련이 있는 게 분명했다. 필시 예전에도 이따금 밤에 나를 깨워 놓고는 어둠 속으로 도망쳤을 것이다. 어수룩하고 얼빵한 유령 같으니. 얼빵하다? 이 말 역시 내가 백과사전에서 읽은 것일 리가 없다. 그렇다면 이 말은 나의 내부에서, 과거에서 왔을 것이었다.

나는 뒤숭숭한 잠을 자다가, 어느 순간 가슴에 심한 통증을 느끼며 깨어났다. 단박에 심근 경색이라는 말이 떠올랐다 — 그게 이런 식으로 시작된다는 것은 널리 알려진 사실이다. 나는 자리에서 일어나, 이것저것 따져 보지 않고 약 주머니를 찾으러 갔다. 여기에 올 때 파올라가 챙겨 준 주머니다. 나는 〈마알록스〉 한 알을 꺼내 먹었다. 〈마알록스〉는 위염에 걸렸을 때 먹는 약이다. 위염은 뭔가 먹지 말아야 할 것을 먹었을 때 생긴다. 하지만 나는 너무 많이 먹었을 따름이다. 파올라는 나에게 스스로 절제하라고 당부했다. 그녀가 내 곁에 있다면 목양견처럼 나를 지켜 줄 테지만, 이제는 혼자서 해 나가는 법을 배워야 했다. 아말리아는 나를 도와주지 않을 것이었다. 농민의 전통에 비추어 보면, 많이 먹는 것은 언제나 좋은 일이다. 몸에 탈이 나는 것은 먹을 게 없을 때의 얘기인 것이다.

내가 배워야 할 것이 아직 많았다.

6. 최신 멜치 백과사전

나는 마을에 내려갔다. 다시 올라오는 길이 조금 힘들긴 했지만, 원기를 돋우는 멋진 산책이었다. 내가 피우는 담배 지탄을 몇 보루 챙겨 온 게 다행이었다. 여기에는 말보로 라이트밖에 없었다. 세상에, 시골 사람들이 지탄을 피우지 않는다니.

나는 아말리아에게 가면올빼미 얘기를 들려주었다. 그게 유령인 줄 알았다고 말했더니, 그녀는 웃지 않았다. 오히려 정색을 하면서 이렇게 말했다. 「아니에요, 가면올빼미들은 아무에게도 해를 끼치는 않는 착한 녀석들이에요. 하지만 저기 ─ 아말리아는 랑게 구릉지의 사면을 가리켰다 ─ 저기에는 아직 마스카[1]들이 있어요. 마스카가 뭐냐고요? 말하려니까 겁이 다 나네요. 하지만 이건 알아야 해요. 서방님은 돌아

---

[1] 피에몬테 지방의 사투리로 〈마녀〉를 뜻한다. 마스카는 피에몬테 지방의 민속과 민간 신앙에서 중요한 자리를 차지한다. 그들은 초자연적인 능력을 지니고 있으며, 이 능력은 어머니에게서 딸에게로, 또는 할머니에게서 손녀에게로 대물림되는 것으로 간주된다. 옛날에 이 지방의 농부들과 산촌 사람들은 나쁜 일이나 설명할 수 없는 사건이 일어나면, 그것들을 이들의 탓으로 돌렸다. 마스카로 몰린 여자들은 종교 재판을 받고 화형을 당하기가 일쑤였다.

가신 우리 아버지한테서 그것들에 관한 이야기를 늘 들으면서 자랐죠. 걱정할 건 없어요. 그것들이 여기에 오지는 않으니까요. 그것들은 무지한 농사꾼들을 겁주러 다니지, 점잖은 신사들을 집적거리지는 않아요. 신사들이 딱 부러지는 말로 혼을 내면 마스카는 머리털이 쭈뼛해진 채로 달아나고 말죠. 마스카는 밤중에 돌아다니는 마녀예요. 안개가 끼거나 바람이 심하게 불 때면 얼씨구나 하면서 더욱 극성을 부리죠.」

아말리아는 그 얘기를 더 하려고 하지 않았다. 하지만 그녀가 안개라는 말을 꺼낸 터라, 나는 여기에 안개가 많이 끼는지 물어보았다.

「안개가 많이 끼느냐고요? 어휴, 껴도 너무 많이 끼죠. 어떤 때는 우리 현관에서 진입로 어귀도 안 보여요. 진입로 어귀가 다 뭐야? 여기에서 집 앞도 안 보이는걸요. 밤중에 누가 집에 있으면 창문으로 새어 나오는 불빛이 보이기는 하지만, 그게 꼭 촛불을 켜놓은 것처럼 보인다니까요. 안개가 여기까지 깔리지 않을 때도, 언덕 쪽의 경치를 볼라치면 어느 어름까지는 아무것도 볼 수가 없어요. 그러다가 산봉우리나 작은 성당 같은 것이 불쑥 나타나고, 그 뒤로는 다시 그저 뿌옇기만 하죠. 마치 우유가 담긴 들통을 엎어뜨리기라도 한 것처럼 말이에요. 9월에도 여기에 있을 거죠? 그때쯤 되면 안개를 볼 수 있을 거예요. 이 고장에는 6월에서 8월 사이만 빼고는 언제나 안개가 끼거든요. 저 아래쪽 마을에 살바토레라는 사람이 있어요. 나폴리 남자인데, 20년 전에 일자리를 찾아서 여기에 왔죠. 알다시피, 남쪽 지방에서는 먹고살기가 힘들잖아요. 그런데 그 사람은 아직도 안개에 익숙하지 않아요. 그 사람 말이 자기네 고장에서는 주현절에도 날씨가 화창하다는 거예요. 그러다 보니 들판에서 길을 잃고 헤매다가 물살이 빠른 개울에 빠질 뻔하기가 일쑤였죠. 마을 사람들이 몇 번이나 밤중에 손전등을 들고 그를 찾으러 갔는지 몰라요. 보아하니 남쪽 사람들이 착한지 어떤지는 몰라도, 우리랑 영판 다른 모양이에요.」

나는 속으로 이런 시를 읊고 있었다.

> 하여 골짜기를 내려다보매, 모든 게 가뭇없고,
> 모든 게 사라졌도다! 광활히 펼쳐진 잔잔한 바다,
> 물결도 기슭도 없는 잿빛 바다로 만상이 하나.
> 그리고 작고도 거친 목소리로 내지르는 듯한
> 기이한 외침이 여기저기서 희미하게 들려왔다.
> 새들도 이 허허한 세상에서 길을 잃었구나.
> 저기 높이, 하늘에 매달린 듯 떠 있는 것은
> 너도밤나무들의 앙상한 해골, 그리고
> 옛터와 고요한 은자의 오두막에 관한 꿈.

내가 찾고 있는 옛터와 고요한 은자의 오두막이 있다면, 그것들은 바로 여기에 있었다. 이곳엔 아직 안개가 없고 햇살이 가득하지만, 그렇다고 그것들이 더 잘 보이는 것은 아니었다. 내 안에 안개가 있기 때문이었다. 혹시 햇볕 바른 곳이 아니라 그늘에서 그것들을 찾아야 하는 것이 아닐까? 때가 되었다. 본채에 들어가야 한다.

나는 아말리아에게 혼자서 거기에 가고 싶다고 말했다. 그녀는 도리질을 치면서 열쇠들을 건네주었다. 보아하니 본채에는 방이 많고, 아말리아는 악의를 가진 어떤 자가 돌아다닐지도 모르는 일이라서 문들을 모두 잠가 두는 모양이었다. 더러 녹슨 것이 섞여 있는 크고 작은 열쇠들의 꾸러미를 넘겨주면서 그녀가 한소리를 했다. 「나는 모든 열쇠를 훤히 꿰고 있지만, 굳이 손수 하겠다면 할 수 없죠. 하지만 매번 이 열쇠가 맞나 저 열쇠가 맞나 하면서 고생깨나 할걸요.」 그 말이 나에겐 이런 뜻으로 들렸다. 〈자아, 가져가요. 어릴 때도 고집이 세더니 여전하군요.〉

아말리아가 아침 일찍 본채에 다녀간 게 분명했다. 겉창들이 전날에는 닫혀 있었는데, 이제는 반쯤 열려 있었다. 덕분에 복도와 방으로 약간의 빛이 새어들어 내가 어디를 디디고 있는지 그런대로 알 수가 있었다. 아말리아가 가끔씩 와서 통풍을 시킨다는데도, 완전히 가시지 않은 곰팡내가 떠돌았다. 오래된 가구나 천장의 들보나 하얀 천으로 덮어 놓은 팔걸이의자들(레닌이 거기에 앉아 있지 않았을까?)[2]에서 풍겨 남 직한, 그리 나쁘지 않은 냄새였다.

이 열쇠 저 열쇠로 시도에 시도를 거듭하면서 앨커트래즈[3]의 우두머리 간수가 된 기분이 들 정도로 고생했던 얘기는 그만두기로 하자. 계단을 통해 2층으로 올라가자, 방이 하나 나왔다. 레닌의 초상화에 나오는 바로 그 팔걸이의자들과 다른 가구들이 골고루 갖춰진 일종의 전실(前室)이었다. 벽에는 유화 몇 점이 걸려 있었다. 19세기풍의 형편없는 풍경화였지만, 액자는 훌륭했다. 나는 할아버지의 취향이 어떠했는지 아직 모르고 있었지만, 파올라는 그분이 호기심 많은 수

---

2 레닌이 하얀 천을 씌운 팔걸이의자에 앉아 있는 모습을 그린 몇 점의 초상화를 염두에 두고 하는 말.
3 미국 샌프란시스코 만의 작은 섬. 연방 교도소가 있었음.

집가였다고 말했다. 그런 분이라면 엉터리 그림들을 좋아했을지도 모를 일이었다. 그 풍경화들은 우리 집안사람 누군가의 작품일 공산이 컸다. 아마도 증조부나 증조모쯤 되는 어떤 이의 습작일 것이다. 사실 방이 별로 환하지 않아서 그 그림들은 눈에 잘 띄지 않았다. 그저 벽에 붙어 있는 반점처럼 보였을 뿐이다. 그러니 십중팔구는 누군가에게 보이기 위한 것이라기보다 그냥 거기에 있던 그림들일 것이다.

이 방의 한쪽은 건물 정면의 하나밖에 없는 발코니로 통하고, 그 반대쪽은 두 갈래로 뻗어 나간 복도의 중간 지점으로 통하고 있었다. 좌우의 복도들은 집의 뒤쪽으로 죽 이어져 있었는데, 널찍하고 어둑어둑했으며, 벽들은 온통 낡은 채색 판화들로 덮여 있었다. 오른쪽 복도로 들어서자, 먼저 프랑스의 에피날 판화[4] 몇 점이 눈에 들어왔다. *Bombardement d'Alexandrie*(알렉산드리아 폭격), *Siège et bombardement de Paris par les Prussiens*(프로이센군의 파리 포위와 폭격), *Les grandes journées de la Révolution française*(프랑스 혁명의 위대한 날들), *Prise de Pékin par les Alliés*(연합군의 베이징 점령) 등과 같은 역사적 사건들을 나타낸 작품들이었다. 나머지는 스페인 판화들이었다. 오렐리스라 불리는 작은 괴물들을 그린 일련의 작품들이 있는가 하면, 「Colección de monos filarmónicos(음악을 좋아하는 원숭이 컬렉션)」와 「Mundo al revés(거꾸로 된 세계)」라는 작품도 있었다. 인생의 여러 단계를 사다리 모양으로 나타낸 우의적

---

[4] 프랑스 동부 로렌 지방의 도시 에피날에서 18세기 말부터 제작되기 시작한 판화. 종교, 역사, 민중의 일상생활 등의 다양한 주제를 화려한 색조로 나타낸 것이 특징이다.

「인생의 사다리」

인 그림도 두 점 있었다. 하나는 남자의 일생을, 다른 하나는 여자의 일생을 그린 것이었다. 첫 단에는 포대기에 싸인 채 요람에 누운 아기가 있다. 그다음부터 연령대에 따라 한 단씩 올라가면 장년의 남녀가 서 있는 꼭대기에 다다른다. 여기까지는 인물들이 마치 시상대에 오른 올림픽 선수들처럼 멋지고 환하다. 그다음에는 내리막길이 시작되고 인물들은 점점 더 늙어 간다. 마침내 마지막 단에 이르면 인물들은 스핑크스의 수수께끼에서 말하는 것처럼 다리가 셋 달린 존재 즉, 말라비틀어진 나뭇개비 같은 다리로 휘청거리며 지팡이를 짚고 있는 노인으로 변하고, 그 옆에는 낫을 든 해골 형상의 저승사자가 기다리고 있다.

오른쪽 복도의 첫 번째 문을 열어 보니, 커다란 난로와 거대한 벽난로가 있는 옛날식의 널따란 주방이 나왔다. 벽난로 안에는 구리 솥 하나가 아직 걸려 있었다. 일찍이 우리 할아버지의 증조부에게서 물려받은 게 아닌가 싶은 옛날 그릇들이 참으로 많았다. 모든 것이 이제는 골동품 가게에서나 볼 수 있는 물건들이었다. 식기 진열장의 투명한 유리창 너머로 꽃무늬 접시며 커피포트며 커피 잔들이 보였다. 나는 본능적으로 신문 꽂이를 찾았다. 그러니까 신문 꽂이가 거기에 있다는 것을 알고 있다는 얘기였다. 아닌 게 아니라 창문 쪽 구석에 그것이 매달려 있었다. 노란 바탕에 낙화(烙畵) 기법으로 불꽃 같은 커다란 양귀비꽃들을 그려 넣은 나무 신문 꽂이였다. 전쟁 중에는 땔나무와 석탄이 부족했을 터이므로 주방이 유일하게 난방이 되는 장소였을 게 분명하다. 그렇다면 내가 이 방에서 숱한 저녁 시간을 보냈을지도 모르는 일 아닌가······.

그다음에는 욕실이 나왔다. 역시 옛날식이었다. 금속으로 된 커다란 욕조와 작은 분수처럼 보이는 구부러진 수도꼭지들이 있는가 하면, 성당의 성수반처럼 생긴 세면대도 있었다. 에멜무지로 물을 틀어 보았더니, 꾸륵거리는 소리가 잇달아 들리고 나서 노란 물이 나왔다. 물은 2분 정도가 지나고 나서야 맑아지기 시작했다. 대변기와 수세 장치는 19세기 말의 왕립 온천장을 생각나게 했다.

욕실을 지나 마지막 문을 열자, 나비 장식이 들어간 예쁜 연초록색 목제 가구 몇 점과 자그마한 일인용 침대가 놓여 있는 침실이 나왔다. 침대에는 〈렌치〉 인형 하나가 새치름한 자태로 베개에 기대어 앉아 있었다. 영락없는 1930년대식 헝겊 인형이었다. 이 방은 분명 내 누이의 침실이었다. 작은 장롱에 들어 있는 여자 아이의 원피스들 역시 그것을 말해 주고 있었다. 하지만 다른 물건들은 모두 치워 버리고 아예 닫아 두었던 방이었는지, 습기 냄새가 났다.

아다의 방을 지나자 복도 끝에 장롱 하나가 놓여 있었다. 그것을 열자, 장뇌 냄새가 진하게 풍겨 났다. 장롱 안에는 자수가 들어간 시트며 담요며 침대보들이 깔끔하게 정돈되어 있었다.

나는 복도를 되짚어 전실로 돌아온 다음, 왼쪽 복도로 들어섰다. 이 복도의 벽들은 매우 정교한 기법으로 만들어진 독일 판화로 덮여 있었다. 〈*Zur Geschichte der Kostüme*(옷의 역사에 관하여)〉라는 제목 아래, 보르네오 섬의 화려한 여인들이며 아름다운 자바 여자들, 중국의 고급 관리들, 담뱃대만큼이나 긴 콧수염을 기르고 있는 시베니크의 슬라브인, 나폴리 어부들, 나팔 총을 든 로마의 불한당, 세고비아와 알리칸테의 스페인인 등을 그린 작품들이었다. 역사적인 의상을 보여 주는 작품도 적지 않았다. 동로마 제국의 황제, 봉건 시대의 교황과 기사, 성전 기사단의 기사, 14세기의 귀부인, 유대 상인, 근위 기병, 창기병, 나폴레옹의 척탄병 등을 그린 작품들이었다. 이 독일 판화가는 각각의 인물을 큰 행사 때의 예복을 차려입은 모습으로 나타냈다. 그리하여 권세가 있는 인물들은 장신구를 주렁주렁 달고 손잡이를 아라베스크 무늬로 장식한 권총을 찬 모습으로, 또는 사열식용 갑옷이나 화려한 법의를 입은 차림으로 그려져 있었고, 가장 가난한 아프리카인이나 보잘것없는 하층민들 역시 허리에 화려한 빛깔의 천을 두르거나 외투를 입거나 깃털 모자를 쓰거나 알록달록한 터번을 두른 모습으로 나타나 있었다.

이 판화들은 민짜에 가까운 액자에 끼워져 있었고, 개중에

「옷의 역사에 관하여」

는 오랜 세월 햇빛을 받은 탓에 색이 바랜 것도 적지 않았다. 아마도 나는 모험을 다룬 숱한 책들을 접하기도 전에, 이 판화들을 보면서 지구에 살고 있는 각양각색의 인종과 민족을 탐구하고, 내 나름대로 이국정취를 느꼈을 것이다. 〈지구에 사는 각양각색의 인종과 민족〉 하고 나는 큰 소리로 되뇌었다. 그러자 문득 거웃이 다보록한 어떤 음문이 생각났다. 왜 그랬을까?

왼쪽 복도의 첫 번째 문을 열고 들어선 방은 식당이었다. 이 방은 안쪽에서 전실과도 통하게 되어 있었다. 15세기 양식을 모방한 찬장 두 개가 먼저 눈에 들어왔다. 미닫이문에 동그라미와 마름모 모양의 색유리가 끼워져 있는 찬장들이었다. 「어릿광대의 만찬」[5]에 어울릴 법한 사보나롤라 의자[6]도 몇 개 있었다. 커다란 식탁 위쪽에는 단철로 만든 샹들리에가 수직으로 드리워져 있었다. 나는 〈거세한 수탉과 임금 파스타〉 하고 혼잣말을 했다. 하지만 이유는 알 수가 없었다. 나중에 아말리아에게 거세한 수탉과 임금 파스타가 왜 식탁에 올라왔는지, 그리고 임금 파스타라는 것이 무엇인지 물어보았다. 아말리아의 설명인즉, 해마다 주님께서 지상의 우리에게 허락해 주시는 성탄절의 만찬은 달콤하고 매콤한 겨자 소스를 곁들인 거세한 수탉 요리와 그보다 먼저 먹는 임금 파스타로 이루어져 있었으며, 임금 파스타란 닭고기 국물에 적셔 먹으면 입 안에서 살살 녹는 노란색의 작고 동글동글한 파스타라고 했다.

「얼마나 맛있는지 몰라요. 이제 와서 임금 파스타를 안 만드는 것은 죄악이죠. 아마도 임금이 쫓겨나서 그러는 모양인데, 알고 보면 임금도 불쌍한 사람이에요. 할 수만 있다면, 나라도 〈두체〉[7]를 찾아가서 한마디 했으면 좋겠어요!」

「아말리아, 이제 〈두체〉는 없어요. 그건 기억을 잃어버린 사람들조차도 아는 건데…….」

「난 정치에 완전히 깜깜해요. 하지만 임금이 한 번 쫓겨났다가 돌아왔다는 것은 알고 있죠. 내가 보기에, 두체는 어디에선가 때를 기다리고 있어요. 언제 무슨 일이 벌어질지는 아무도 모르는 일이죠……. 어쨌거나 할아버님은 말이에요,

---

5 이탈리아 극작가 셈 베넬리(1877~1949)가 1909년에 발표한 4막짜리 희곡. 움베르토 조르다노는 이것을 대본으로 삼아 오페라를 작곡했고, 알레산드로 블라세티는 영화를 만들었다.

6 이탈리아 르네상스 시대에 제작된 X자 형태의 접이식 의자. 프레임은 여섯 개 혹은 그 이상의 띠 모양으로 된 목재로 이루어지며, 교차부 바로 위에 평평한 좌판이 놓이고, 등받이가 낮은 것이 특징이다.

7 베니토 무솔리니를 가리킴. 두체는 〈지도자〉, 〈총통〉, 〈우두머리〉의 뜻이다.

오 그분이 주님의 영광 속에 머무시기를. 그분은 거세한 수탉과 임금 파스타를 유달리 좋아하셨어요. 그게 없으면 성탄절이 아니라고 생각하셨죠.」

거세한 수탉과 임금 파스타. 식탁의 생김새가 그것들을 내 머릿속에 떠오르게 했을까? 아니면 성탄절 때마다 그 음식들을 환하게 비춰 주었을 샹들리에 때문일까? 나는 임금 파스타의 맛을 기억해 내지 못했다. 생각나는 것은 그저 이름뿐이었다. 〈과녁〉이라 불리는 수수께끼 놀이에서처럼 식탁은 의자, 구내식당, 수프 등과 연결된다. 그런데 나는 식탁을 보면서 임금 파스타를 떠올렸다. 여전히 말과 말의 결합일 뿐이었다.

나는 또 다른 방의 문을 열었다. 그건 부부 침실이었다. 나는 마치 금단의 장소에 침입하기라도 하는 것처럼 잠시 머뭇거리다가 들어갔다. 희미한 빛 속에서 가구들의 거대한 실루엣이 다가들었다. 닫집이 그대로 달려 있는 침대가 제단처럼 보였다. 할아버지 방이 아닐까? 발을 들이면 안 되는 방이 아닐까? 할아버지는 참척의 고통을 가누지 못한 채 여기에서 돌아가셨을까? 나는 그분의 임종을 지켰을까?

다음 방 역시 침실이었다. 하지만 이 방에는 시대를 가늠할 수 없는 사이비 바로크 양식의 가구들이 있었다. 각진 데가 없고 모두가 곡선으로 이루어진 가구들이었다. 거울이 달린 커다란 옷장의 문들과 서랍장의 서랍들 역시 둥그스름했다. 그때 나는 문득 명치가 옥죄이는 것을 느꼈다. 병원에서 부모님의 결혼사진을 보았을 때와 비슷했다. 신비한 불꽃. 내가 이 현상을 그라타롤로 박사에게 설명하려고 애쓸 때,

그는 그것이 심장의 기외수축과 같은 것이냐고 물었다. 나는 그렇다고 볼 수도 있지만 그와 더불어 목구멍으로 미지근한 기운이 올라온다고 대답했다. 그러면 아니에요, 기외수축은 그렇지 않아요, 하고 그라타롤로는 말했다.

침대 오른편에는 탁자가 놓여 있었다. 거기에 올려진 무언가가 언뜻 내 눈길을 끌었다. 밤색 가죽으로 장정된 작은 책이었다. 나는 책을 펴보려고 곧장 그쪽으로 갔다. 그러면서 〈리바 라 필로테아〉하고 속으로 말했다. 피에몬테 사투리에서 리바는 〈도착한다〉는 뜻인데…… 뭐가 도착한다는 거지? 이 수수께끼가 옛날에 몇 해 동안 나를 따라다녔다는 느낌이 들었다. 사투리로 된 이런 물음도 떠올랐다(아니, 내가 사투리를 할 줄 아나?). *La Riva? Sa ca l'è c'la riva?*(도착한다고요? 뭐가 도착하는지 알아요?) 대관절 뭐가 온다는 것일

「라 필로테아」

까? 필로테아가 뭐지? 필로부스, 즉 트롤리버스인가? 아니면 어떤 신비로운 케이블카인가?

나는 어떤 불경한 짓을 저지르는 기분을 느끼며 책을 폈다. 그건 1888년에 밀라노의 신부 주세페 리바가 쓴 『라 필로테아』 즉, 기도문과 종교적 명상을 모아 놓은 책이었다. 부록으로 축일 목록과 성인들의 달력도 들어 있었다. 책을 꿰맨 실은 거의 풀려 있었고, 책장은 손가락이 닿기만 해도 잘게 부서졌다. 나는 경건하게 책을 다독거리고(이건 직업의식이 발동된 것이기도 하다. 오래된 책을 정성스럽게 다루는 게 내 직업이 아닌가), 책등을 살펴보았다. 빛깔이 진한 마름모꼴 무늬 안에 금박 글자로 〈리바 라 필로테아〉라는 말이 찍혀 있었다. 누군가가 기도를 할 때마다 보던 책인 게 분명했다. 나는 엄두가 나지 않아서 읽어 본 적이 없지만, 저자와 제목이 구별되지 않는 그 모호한 책등 글자 때문에 쇠막대기로 전선(필로 엘레트리코)에 연결된 전차 같은 어떤 낯선 것이 곧 도착하리라는 느낌을 받았을 것이다.

그러고 나서 몸을 돌려보니, 서랍장의 둥그스름한 옆면에 작은 문 두 개가 나 있는 것이 보였다. 나는 두근거리는 가슴으로 얼른 달려가서, 마치 누구에게 들키는 것을 두려워하기라도 하듯 주위를 두리번거리면서 오른쪽 문을 열었다. 안에는 역시 표면이 구부러진 선반 세 개가 있었지만, 모두가 텅 비어 있었다. 나는 도둑질이라도 한 것처럼 편치 않은 기분을 느꼈다. 옛날에 여기에서 무언가를 훔치지 않았을까 싶었다. 아마도 이 선반들에 내가 만지거나 보아서는 안 되는 어떤 것이 있었기 때문에 이따금 몰래 들어와서 뒤적질을 했을 것이다. 나는 거의 탐정처럼 추리를 하여 이렇게 확신했다.

이 방은 부모님의 침실이었고, 『라 필로테아』는 어머니의 기도서였으며, 서랍장의 그 은밀한 곳에는 옛날 편지라든가 지갑이라든가 가족 사진첩에 넣어 두기 곤란한 사진들 따위와 같은 뭔가 비밀스런 것이 들어 있었고, 나는 이따금 들어와서 거기에 손을 댔다고…….

그런데 만약 이 방이 부모님의 침실이었다면, 이곳은 바로 내가 태어난 곳이기도 했다. 파올라는 내가 여기 이 시골에서 태어났다고 하지 않았는가. 사람이 자기가 태어난 방을 기억하지 못하는 것은 정상이다. 하지만 몇 해 동안 어른들이 너는 여기, 이 커다란 침대에서 태어났다고 하면서 보게 했던 방, 어떤 날 밤에는 엄마와 아빠 사이에서 자겠다고 졸랐던 방, 젖을 뗀 뒤로 엄마의 젖가슴 냄새를 다시 맡고 싶어 했던 방, 어쨌거나 그런 방이라면 내 저주받은 뇌엽에 어떤 흔적을 남겼을 법했다. 하지만 아니었다. 이런 경우에도 내 몸은 그저 자주 되풀이된 몇 가지 동작에 대한 기억만을 간직하고 있을 뿐이었다. 다시 말해서, 만약 하고자 한다면 나는 입으로 젖을 빠는 동작을 본능적으로 재연할 수 있었지만, 그 이상은 아무것도 없었다. 나는 누구의 젖을 빨았는지 그 맛이 어떠했는지도 말할 수 없었다.

태어나고서도 나중에 기억하지 못한다면, 태어난다는 것이 의미가 있을까? 전문적으로 말해서, 내가 태어난 적이 있다고 할 수 있을까? 여느 때와 마찬가지로 내가 태어났다고 말한 것은 다른 사람들이었다. 내가 아는 한, 나는 지난 4월 말 예순 살의 나이로 한 병실에서 태어났다.

늙은이로 태어나서 아기로 죽은 피피노 씨.[8] 이게 어떤 얘기였더라? 그러니까, 피피노 씨는 양배추 속에서 흰 수염을 기른 예순 살의 노인으로 태어난다. 그 뒤로 갖가지 사건을 겪으면서 매일 조금씩 젊어져 소년으로 변해 간다. 그러다가 결국엔 아기가 되고, 고고지성(또는 마지막 울음소리)을 내지르면서 숨을 거둔다. 나는 내 어린 시절의 어떤 책에서 이 이야기를 읽었을 것이다. 아니, 그럴 리가 없다. 만약 그랬다면, 다른 것들과 마찬가지로 까맣게 잊어버리지 않았을까? 어쩌면 마흔 살쯤 되어서 어린이 문학의 역사를 다룬 어떤 책에 인용된 것을 보았을 수도 있다 ― 나는 아스티 출신의 비극 작가 비토리오 알피에리의 어린 시절을 훤히 꿰고 있으면서도 정작 나 자신의 어린 시절에 대해서는 전혀 모르는 사람이 아닌가?

어쨌거나 거기, 그 어둠침침한 복도에서 내 개인의 역사를 복원해야만 했다. 그러면 기저귀를 찬 채 죽더라도 최소한 어머니의 얼굴을 보면서 죽을 수는 있을 것이었다. 오, 세상에, 피피노 씨처럼 콧수염이 난 뚱뚱한 산파〈범고래 가르차〉의 얼굴을 보면서 숨을 거둘 수는 없지 않은가?

복도 끝으로 가보니, 마지막 창문 아래에 좌석 밑이 궤처럼 되어 있는 기다란 나무 의자가 놓여 있고, 그것을 지나자 두 개의 문이 나왔다. 하나는 복도를 막아선 벽에, 다른 하나는 그 왼쪽에 나 있었다. 나는 왼쪽 문을 열고 널찍한 방으로 들어섰다. 눅눅하고 장식이 별로 없는 서재였다. 마호가니 책상이 하나 있고, 그 위에는 국립 도서관에서 볼 수 있는 것과 같은 초록색 책상 등이 놓여 있었다. 두 개의 색유리 창문

---

8 이탈리아 작가 줄리오 자넬리가 1911년에 출간한 어린이 소설.

으로 들어오는 빛 때문에 책상 위가 환했다. 창문들은 왼쪽 곁채의 뒤꼍, 그러니까 이 집에서 가장 조용하고 내밀할 곳으로 나 있어서 전망이 아주 훌륭했다. 두 창문 사이에는 콧수염이 하얀 노인의 초상이 걸려 있었다. 노인은 마치 아직도 어떤 시골 사진사를 마주하고 있는 듯한 포즈를 취하고 있었다. 할아버지가 살아 계실 때 이 사진이 거기에 걸려 있었을 리는 없다. 보통 사람들은 자신의 초상을 눈앞에 걸어 두지 않는다. 그렇다고 아버지와 어머니가 이 사진을 거기에 두었을 리도 없다. 두 분이 할아버지보다 먼저 세상을 떠났으니 말이다. 할아버지는 아들과 며느리를 앞세우고 비탄에 빠진 채 돌아가셨던 것이다. 그렇다면, 아마도 내 삼촌 내외가 도시에 있던 집을 팔고 이 집 주위의 땅을 처분하면서, 이 방을 일종의 기념비로 다시 꾸몄을 것이다. 아닌 게 아니라, 이 방이 일터이자 거처였다는 것을 말해 주는 것이 없었다. 너무나 간소해서 그저 빈소처럼 느껴질 뿐이었다.

그래도 벽에는 에피날 판화의 또 다른 시리즈가 붙어 있었다. 파란색과 빨간색의 제복을 입은 작은 병사들이 보병, 기갑병, 용기병, 알제리 보병 등으로 분류되어 있는 작품이었다.

나는 서가를 보고 아연한 기분을 느꼈다. 책상처럼 마호가니로 되어 있는 서가가 세 벽을 따라서 늘어서 있는데, 거의 비어 있었다. 각각의 선반에 그저 두세 권의 책이 장식용으로 놓여 있을 뿐이었다. 그야말로 못된 실내 장식가들이 꾸며 놓은 서가와 비슷했다. 책을 꽂아 놓을 자리에 랄리크 꽃병이나 아프리카의 물신이나 은 접시나 크리스털 물병 따위를 놓음으로써 고객들에게 가짜 교양의 딱지를 붙여 주는 자들의 작품 말이다. 하지만 이 서가에는 그따위 값비싼 장식

「척탄병과 기동 타격대」

물조차 없었다. 그저 오래된 지도책 몇 권과 광택지로 된 프랑스 잡지들과 1905년 판 『최신 멜치 백과사전』과 프랑스어, 영어, 독일어, 스페인어 사전들이 있을 뿐이었다. 서적상이자 도서 수집가였던 할아버지가 서가를 비워 놓고 살았을 리만무하다. 아닌 게 아니라, 한 선반에 놓인 은도금 액자에 서재의 옛 모습을 보여 주는 사진이 들어 있었다. 분명 창문으로 들어온 햇살이 책상을 비추고 있을 때 서재의 한 구석을 찍은 사진이었다. 할아버지는 셔츠 차림으로(그래도 조끼는 걸치고), 책상에 가득 쌓인 서류 더미 사이에 옹색하게 끼인 채, 조금 놀란 표정을 지으며 앉아 있었다. 할아버지 뒤쪽의 선반들에는 책들이 빽빽했고, 책들 사이에는 어지럽게 쌓인 신문 더미들이 솟아 있었다. 구석의 바닥에서도 다른 무더기들을 볼 수 있었다. 아마 잡지들의 무더기인 듯했다. 그 옆으로는 다른 서류들이 잔뜩 들어 있는 상자들이 보였다. 그냥 버리기가 아까워서 거기에 쟁여 놓은 게 아닌가 싶었다. 바로 이것이 할아버지가 이 방에 거처하시던 때의 모습인 게 분명했다. 이 방은 다른 사람들 같으면 쓰레기통에 버렸을 온갖 인쇄물을 구해 내던 사람의 창고였고, 잊힌 문서들을 이 바다에서 저 바다로 옮겨 나르는 유령선의 화물창이었으며, 뒤죽박죽이고 수북수북한 이 더미 저 더미를 뒤지다 보면 만사를 까맣게 잊게 되는 장소였으리라. 그 경이로운 것들은 다 어디로 갔을까? 악의가 없는 문화 파괴자들이 그 모든 게 성가시다 싶어서 모조리 없애 버린 게 분명하다. 시시걸렁한 고물장수에게 모두 팔아 버린 것일까? 혹시 바로 그 대청소 이후로 나는 이 방들을 두 번 다시 보려 하지 않고, 솔라라를 아예 잊으려 했던 것이 아닐까? 하지만 나는 이 방에서 몇 해 동안 할아버지와 함께 숱한 시간을 보내면서 무언가 경이로운 것을 발견했을 것이다. 과거를 되찾기 위해 내가 마지막으로 붙잡으려고 했던 것마저도 빼앗겨 버린 것일까?

나는 서재에서 나와 복도 끝에 있는 방으로 들어갔다. 서재보다 훨씬 작지만 덜 검소한 방이었다. 가구들은 색깔이 더 밝고, 이 고장의 소목장이가 대충 만든 듯한 품새가 영락없이 사내아이를 위한 것이었다. 먼저 한쪽 구석에 놓인 작은 침대 하나와 여러 개의 책꽂이가 눈에 들어왔다. 책꽂이들은 빨간 색으로 멋있게 장정된 책들이 한 줄로 꽂혀 있는 것을 빼고는 모두 비어 있었다. 자그마한 학생용 책상에는 검은 책가방을 한복판에 두고 또 하나의 초록색 책상 등과 라틴어 사전 『캄파니니 카로보니』의 낡아 빠진 구본 하나가 가지런하게 놓여 있었다. 한쪽 벽에 두 개의 압정으로 붙여 놓은 사진을 보는 순간, 내 안에서 또다시 신비한 불꽃이 일었다. 그건 악보의 표지이거나, 「난 날고 싶어」라는 음반의 광고지였다. 하지만 나는 이 이미지가 어떤 영화에 나오는 것임을 알고 있었다. 말처럼 이를 드러내며 벌쭉 웃고 있는 남자가 조지 폼비라는 것도 알아보았고, 그가 하와이 원주민의 현악기 우쿨

「난 날고 싶어」

렐레를 연주하면서 노래한다는 것도 기억해 냈다. 영화에서 본 그의 모습도 눈에 선했다. 통제 불능 상태가 되어 버린 오토바이를 타고 건초 더미 속으로 들어갔다가 반대쪽으로 빠져나오는 장면. 그 서슬에 닭들이 꼬꼬댁거리면서 날개를 치고, 사이드카에 탄 대령이 자기 손에 떨어지는 달걀 하나를 잡는 장면(「예쁜 달걀 하나 가지시죠」). 실수로 구형 비행기에 올라탄 폼비가 나선을 그리며 강하하다가, 갑자기 위쪽으로 빠르게 올라간 뒤에 다시 급강하하는 장면. 오, 내가 얼마나 웃었던가. 정말 배꼽이 빠지도록 웃었어. 「나는 그 영화를 세 번 봤어. 세 번이나 봤지.」 나는 소리치다시피 그렇게 말했다. 〈이제껏 그렇게 웃긴 치네마를 본 적이 없어〉 하는 말도 튀어나왔다. 게다가 나는 두 번째 음절에 강세를 주어 〈치**네**마〉라 말하고 있었다. 그 시절에는 사람들이 그런 식으로 말했다. 다른 데서는 몰라도 시골에서는 그랬다.[9]

이건 분명 내 방이었다. 내 침대와 작은 책상이 있는 내 방이었다. 하지만 그 최소한의 것을 제외하고는 아무것도 남아 있지 않았다. 마치 위대한 시인의 생가에 있는 방을 보는 듯했다. 입구에 기부금 함이 있고, 위대한 시인에게 으레 따라 붙게 마련인 영원성의 향기가 느껴지도록 연출된 방. 여기에서 시인은 「8월의 노래」, 「호열성 세균을 위한 송가」, 「죽어 가는 뱃사공의 엘레지」 등을 썼습니다. 이 사람이 그 위대한 시인인가요? 그는 이제 세상에 없습니다. 스물세 살의 나이에 폐병을 앓다가 돌아가셨죠. 저 피아노를 보세요. 시인이 지상에서 보낸 마지막 날에 두고 갔던 그대로 아직 덮개가

---

[9] 오늘날의 발음은 첫 음절에 강세를 두는 **치**네마.

열려 있어요. 보이시죠? 한가운데에 있는 〈라〉 음 건반에는 시인의 핏자국이 아직 남아 있어요. 시인이 「빗방울 전주곡」을 연주할 때 창백한 입술에서 떨어졌던 피의 흔적이죠. 이 방은 그저 시인이 땀에 젖은 종이와 씨름하면서 지상에 짧게 머물렀던 것을 상기시켜 줄 뿐입니다. 그런데 시인의 손때가 묻은 그 종이들은 어디에 있죠? 그것들은 콜레조 로마노의 도서관에 소장되어 있는데, 오로지 할아버님의 동의를 얻어야만 보실 수 있습니다. 그럼 할아버님은 어디에 계시죠? 돌아가셨습니다.

나는 갑자기 노여움이 북받쳐 올라 복도로 다시 나왔다. 그런 다음 마당으로 난 창문으로 몸을 내밀어 아말리아를 불렀다. 방방에 책이고 뭐고 아무것도 없는데, 이게 어찌된 거죠? 내 방에 장난감도 없다는 게 말이 되나요? 하고 나는 물었다.

「서방님은 열예닐곱 살 때까지 그 방을 썼어요. 그 나이에도 장난감을 방에 두었겠어요? 그리고 50년이 지난 지금에 와서 장난감은 왜 찾아요?」

「그건 됐고요, 할아버지 서재는 어떻게 된 거죠? 틀림없이 책들로 가득 차 있었을 텐데, 그것들이 다 어디로 갔어요?」

「위에 있어요. 다락에요. 모두 거기에 올려놨죠. 다락 기억나요? 묘지 같아서 갈 때마다 서글픈 기분이 들어요. 그래서 나는 그저 우유 접시를 여기저기 놓아둘 때만 거기에 올라가죠. 왜 우유 접시를 놓아두느냐고요? 우리 고양이 세 마리가 거기로 올라가도록 꼬이는 거예요. 고양이들은 거기에 올라가면 쥐잡기를 하면서 놀죠. 그건 할아버님 생각이었어요. 다락에는 문서들이 많아서, 쥐들을 쫓아 버려야 해요. 알다시

피, 시골에는 아무리 애를 써도 쥐가 있게 마련이잖아요……. 서방님이 자라면서 이전에 쓰던 물건들은 누이의 인형들과 마찬가지로 다락으로 옮겨졌어요. 그러다가 나중에 서방님의 삼촌 내외가 이 집에 손을 댔어요. 그네의 잘잘못을 따지고 싶지는 않지만, 다른 건 몰라도 방방에 있던 것들은 제자리에 그대로 두어도 되지 않았을까 싶어요. 그런데 마치 잔치를 벌이기 위해 대청소를 하듯이, 아무것도 남겨 두지 않았죠. 그들은 모든 것을 다락으로 치워 버렸어요. 서방님이 지금 둘러보고 있는 2층이 휑뎅그렁하고 스산해진 건 당연해요. 서방님이 파올라 여사랑 다시 왔을 때, 아무도 거기에 손을 대려고 하지 않았어요. 서방님 가족은 옆채에서 묵었죠. 옆채가 더 좁고 초라하기는 해도 손보기는 쉬웠으니까요. 파올라 여사는 옆채를 아주 훌륭하게 다시 꾸몄어요…….」

나는 본채에 알리바바의 동굴이 있으리라 기대하고 있었다. 금화로 가득 찬 단지들이며 개암 알만 한 다이아몬드들이며 하늘로 날아오를 준비가 되어 있는 융단들이 감춰진 동굴 말이다. 하지만 그것은 파올라와 나의 오산에서 비롯된 기대였다. 보물의 방들은 텅 비어 있었다. 다락으로 치워 버린 것들을 도로 가지고 내려와서 방들을 원래 상태로 돌려놓아야 하지 않을까? 그야 물론이다. 하지만 그러자면 방들의 원래 상태가 어떠했는지를 기억해 내야 한다. 이건 하나 마나 한 소리다. 내 기억을 되살리는 데 필요한 것이 바로 그 원래 상태이니 말이다.

나는 할아버지 서재로 돌아갔다. 작은 탁자 위에 놓인 레코드플레이어가 눈에 띄었다. 오래된 축음기가 아니라, 케이스를 갖춘 레코드플레이어였다. 디자인으로 보건대 1950년대 것이 분명했고, 78회전 음반 전용이었다. 할아버지가 음반을 들으셨던 것일까? 그분은 음반도 수집하셨을까? 그렇다면 음반들은 어디에 있지? 역시 다락에 있을까?

나는 프랑스 잡지들을 빠르게 넘기면서 훑어보기 시작했다. 화려한 취향을 드러내는 호사스런 잡지들이었다. 일부 페이지들은 가장자리에 장식 무늬와 삽화 — 창백한 숙녀들이 성배의 기사들과 이야기하는 장면을 그린 19세기 라파엘 전파(前派) 풍의 컬러 삽화 — 가 들어가 있어서 마치 중세 서적의 채색 장식 같은 느낌을 주었다. 이야기들과 기사들에도 백합꽃 모양의 소용돌이 장식 테두리가 둘려 있었다. 아르데코 양식을 보여 주는 패션 관련 페이지들에는 아주 호리호리하고 머리를 사내아이처럼 깎은 여자들이 나와 있었다. 그녀들은 목과 등이 깊게 패고 허리선이 낮은 모슬린 드레스나 수단(繡緞) 드레스를 입고 있었으며, 입술은 피 묻은 상처처럼 붉었다. 어떤 여자들은 푸르스름한 담배 연기가 나른하게 피어오르는 기다란 물부리를 들고 있었고, 베일이 달린 작은 모자를 쓴 여자들도 있었다. 이 부수 장르의 예술가들은 여자들이 풍기는 분내를 그릴 줄 아는 사람들이었다.

이 잡지들은 유행이 갓 지난 아르누보에 대한 동경 어린 회귀와 새롭게 유행하는 것에 관한 탐구 사이를 오가고 있었다. 유행에 살짝 뒤진 아름다움을 상기시킴으로써 미래의 이브를 위한 제안들에 귀족적인 고색(古色)을 부여하고 있는 게 아닌가 싶었다. 그런데 유행에 조금 뒤떨어진 것으로 보이는 한 이브가 유달리 내 눈길을 끌었다. 심장이 두근거렸다. 이번에는 신비한 불꽃이 일어난 게 아니라, 단순한 심계 항진(心悸亢進)이었고 현재의 어떤 존재가 그리워서 생긴 두

프랑스 잡지들

방망이질이었다.

   한 여자의 옆모습이 유독 그러했다. 금발을 길게 늘어뜨리고 왠지 타락한 천사 같은 느낌을 주는 여자였다. 나는 속으로 이런 시를 암송했다.

> 기다란 백합꽃들이 차갑게 식은 초처럼
> 경건하고 창백한 모습으로 그대 손에서 죽어 가고
> 그것들의 향기가 단말마의 잦아드는 숨결처럼
> 가물가물 그대 손가락들 사이로 빠져나가고 있었다.
> 그대의 하얀 옷에서는 고뇌와 사랑이
> 번갈아 가며 풍겨 났다.

   세상에, 나는 유년기와 소년기와 사춘기에, 그리고 어쩌면 성년의 문턱에 다다랐을 때까지도 그 프로필을 보았을 것이고, 그래서 그것이 내 마음에 새겨진 게 분명했다. 그것은 바로 시빌라의 프로필이었다. 말하자면 나는 아주 오래전부터 알고 있던 시빌라를 한 달 전에 사무실에서 다시 알아본 셈이다. 이 사실을 받아들이자, 만족감이 들거나 새롭게 애정이 솟아나기는커녕, 마음이 오히려 시들해지고 있었다. 나는 그녀를 보면서 그저 어린 시절에 가슴에 품었던 이미지를 되살려 냈구나 싶었다. 아마 그녀를 처음 만났을 때도 그랬으리라. 어린 시절의 나에게 그 이미지는 사랑의 대상이었기 때문에, 나는 즉시 시빌라를 사랑의 대상으로 생각했을 것이다. 혼수상태에서 깨어나고 나서 그녀를 다시 만났을 때, 나는 우리 사이에 어떤 사건이 있었으리라고 상상했다. 하지만 그 사건이란 내가 어린 시절에 홀로 상상했던 것일 뿐이다.

시빌라와 나 사이에 그 프로필 말고 무엇이 있었겠는가?

 혹시 나와 내가 사귄 모든 여자들 사이에도 그 얼굴 말고는 아무것도 존재하지 않았던 것이 아닐까? 혹시 나는 그저 할아버지 서재에서 본 얼굴을 계속 좇았던 것은 아닐까? 내가 본채의 방들에서 벌이려고 하는 탐색이 돌연 새로운 의미를 띠어 가고 있었다. 그 탐색은 내가 솔라라를 떠나기 전에 어떤 존재였는가를 기억해 내기 위한 시도일 뿐만 아니라, 내가 솔라라를 떠난 뒤에 행한 일들의 이유를 이해하기 위한 시도이기도 했다. 하지만 정말 일이 그렇게 된 것일까? 과장은 금물이야, 하고 나는 생각했다. 따지고 보면 너는 하나의 이미지를 보고 최근에 만난 한 여자를 떠올린 거야. 잡지 속의 이 여자가 날씬하고 금발이라서 시빌라를 떠올린 것에 지나지 않아. 다른 남자들 같으면 그레타 가르보나 자기네 이웃집 여자를 생각했을지도 몰라. 너는 시빌라에 대한 생각을 아직 떨쳐 버리지 못하고 있어. 너는 잔니가 들려준 우스갯소리(그는 내가 병원에서 받은 검사들에 관해서 얘기할 때 이 농담을 들려주었다)에 나오는 남자와 비슷해. 의사가 보여 주는 모든 잉크 얼룩에서 언제나 똑같은 것을 본다는 그 남자와 비슷한 심리 상태에 빠져 있는 거야.

 아니, 그렇다면 너는 할아버지를 다시 만나러 와서 시빌라를 생각하고 있단 말이야?

 자아, 잡지는 이 정도면 됐다. 나중에 다시 보기로 하자. 나는 문득 『최신 멜치 백과사전』에 마음이 끌렸다. 1905년판, 도판 4,260개, 도해 일람표 78개, 초상 1,050점, 다색 석판 인쇄 12면, 안토니오 발라르디 출판사, 밀라노. 나는 책을 폈다. 누렇게 변한 페이지에 찍힌 8포인트 글자들과 중요 항목의 첫머리에 들어간 작은 삽화들을 보자마자, 무언가 떠오르는 것이 있었다. 나는 이 책에 어떤 항목이 나와 있다는 것을 알고 있었다. 나는 〈고문, 고문〉 하면서 그 항목을 찾아 책장을 넘겼다. 아닌 게 아니라 고문과 형벌의 갖가지 유형을 보여 주는 페이지가 있었다. 끓는 물에 삶기, 십자가형, 희생자를 끌어올렸다가 뾰족한 쇠못들이 박힌 방석 위로 엉덩이를 떨어뜨리는 에쿠울레우스, 발바닥 단근질, 석쇠에 올려놓고 지지기, 생매장, 장작더미에 누이고 불사르기, 말뚝에 묶어 놓고 불사르기, 바퀴 고문, 살가죽 벗기기, 쇠꼬챙이에 꿰어 불태우기, 죄인을 상자 속에 넣고 두 집행자가 톱니 모양의 커다란 칼날로 상자 한복판을 써는 톱질 형(마술 쇼의 끔찍한 패러디, 다만 마술에서와는 달리 상자 속의 사람이 결국엔 두 토막으로 잘리고 만다), 세로로 토막 내기(앞의 것과 비슷하지만, 이 형벌에서는 지렛대처럼 움직이는 칼날이 불운한 죄인을 거의 정중선을 따라 절단했던 것으로 추정된다), 죄인을 말 꼬리에 매어 질질 끌기, 발을 나사로 조이기, 그리고 다른 어느 것보다 충격적인 말뚝 꿰기(당시에 나는 왈라키아의 영주 블라드 드라큘라의 이야기를 전혀 모르고 있었을 것이다. 이 영주가 적군의 포로를 꿰어 세워 놓은 말뚝들의 숲이 불타는 동안 그 불빛에 저녁 식사를 했다는 이야기 말이다) 등등 모두 서른 가지 유형의 형벌과 고문이 나와 있었다. 한결같이 잔인하기 이를 데 없는 것들이었다.

고문...... 이 페이지를 펴놓고 곧바로 눈을 감았다 해도, 나는 고문과 형벌의 이름들을 낱낱이 댈 수 있었을 것이다. 그리고 이 페이지를 대하면서 내가 느꼈던 어렴풋한 공포와

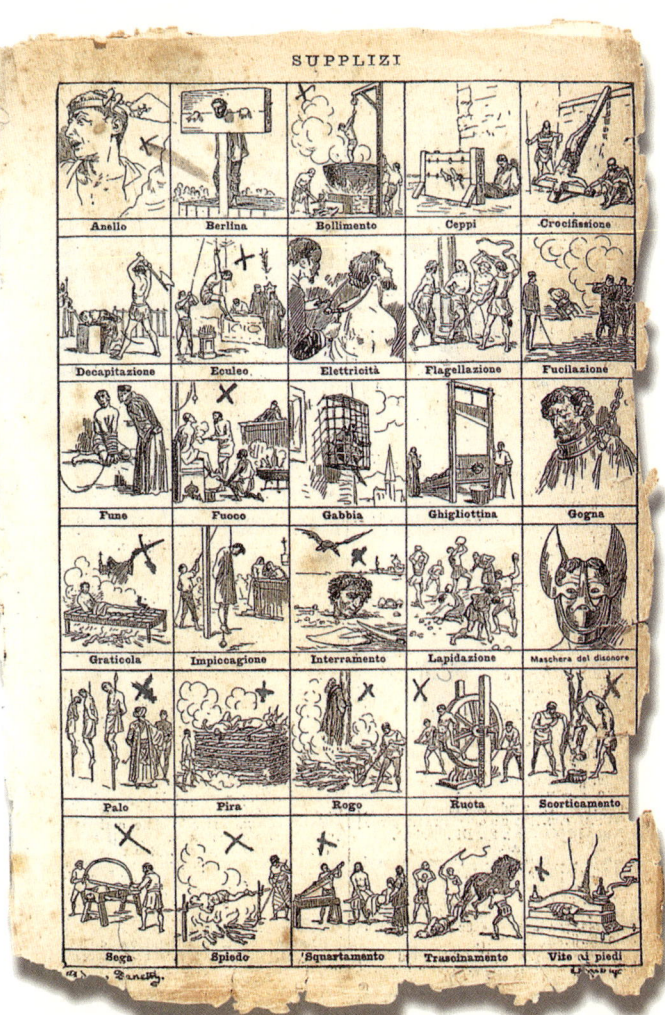

『최신 멜치 백과사전』

은근한 흥분은 내가 알지 못하는 다른 사람의 것이 아니라, 그 순간에 내가 생생하게 느꼈던 나 자신의 것이었다.

나는 이 페이지를 오랫동안 보고 또 보았을 게 틀림없다. 어디 그뿐이랴. 컬러로 된 다른 페이지들 역시 오래오래 내 눈길을 사로잡았으리라. 예를 들어 버섯에 관한 페이지가 그러하다. 살이 도톰하고 모든 버섯 가운데 가장 아름다운 독버섯들, 즉 빨간 갓의 표면에 흰 좁쌀 같은 무늬가 점점이 박혀 있는 광대버섯, 독을 품은 노란색과 핏빛으로 된 주름버섯, 하얀 갓버섯, 독그물버섯, 도톰한 입술을 샐쭉 벌리고 있는 것처럼 생긴 무당버섯 따위가 나와 있다. 그다음엔 화석에 관한 항목이다. 메가테리움, 마스토돈, 모아 같은 고생물을 볼 수 있다. 다른 페이지들에 나와 있는 것들도 그에 못지않게 내 마음을 사로잡았을 법하다. 옛날 악기들(람싱가, 중세 기사들의 상아 각적, 고대 로마의 나팔, 류트, 중세 삼현금, 풍명금, 솔로몬 하프). 온 세계의 국기들(코친차이나, 말라바르, 콩고, 타보레, 마라테스, 누에바 그라나다, 사하라, 사모아, 샌드위치, 왈라키아, 몰다비아 같은 나라들도 포함해서). 갖가지 운송 수단(옴니버스, 파에톤 마차, 피아크르 마차, 랜도 마차, 쿠페, 카브 마차, 설키 마차, 역마차, 에트루리아 전차, 로마 쌍두 전차, 코끼리 전차, 중세 이탈리아의 카로초 전차, 베를린 마차, 가마, 들것, 썰매, 집시 마차, 달구지). 돛단배들(내가 어떤 해양 모험담을 통해 배웠으리라 생각했던 뱃사람들의 말이 여기에 다 나와 있다. 고물 돛대와 고물 아랫돛, 고물 가운데 돛, 고물 윗돛, 고물 꼭대기 돛, 주돛대 가운데돛, 높하늬바람, 이물 아랫돛, 이물 윗돛, 이물 꼭대기돛, 이물 뒷삼각돛, 이물 가운데삼각돛, 이물 앞삼각돛,

아래 활대, 빗활대, 이물 기움돛대, 장루, 뱃전, 갑판장 큰돛을 바람 부는 쪽으로 돌려, 포격을 천 번이나 당할 화상, 함부르크의 벼락을 맞을 놈, 윗돛을 풀어, 모두 좌현으로, 해안의 형제들이다!). 또한 옛날 병장기들(마디가 있는 철퇴, 쇠도리깨, 망나니의 쌍날 대검, 언월도, 세날 단검, 단도, 미늘창, 바퀴식 방아쇠 화승총, 석포, 파성추, 투석기). 그리고 바탕, 가로무늬, 세로무늬, 빗금, 줄무늬, 가로 2분 무늬, 세로 2분 무늬, 대각선 2분 무늬, 4분 무늬, 8분 삼각 무늬 등과 같은 문장(紋章) 관련 용어들……. 이 책은 내 인생의 첫 백과사전이었다. 나는 오랫동안 이것을 뒤적거린 게 분명했다. 책장의 가장자리가 닳아 빠져 있고, 많은 항목에 밑줄이 그어져 있었다. 어떤 항목에는 아이의 필기체로 끼적인 간단한 글귀가 붙어 있기도 했다. 대개는 어려운 용어들을 베껴 놓은 것이었다. 폐품에 가까울 만큼 낡은 책이었다. 읽고 또 읽은 자국이 역력하고 여기저기가 구겨져 있었다. 너덜너덜하게 떨어진 책장도 적지 않았다.

나의 첫 지식은 이 백과사전을 통해 형성되었을까? 나는 그런 게 아니기를 바란다. 몇몇 항목, 특히 밑줄이 그어지지 않은 항목들을 읽어보고 나니, 코웃음이 절로 나왔다.

플라톤. 그리스의 저명한 철학자. 고대 철학의 최고봉. 소크라테스의 제자로서 〈대화편〉을 통해 스승의 사상을 설명했음. 걸작 고미술품들을 수집하기도 했다. 기원전 429∼347.

보들레르. 파리의 시인. 시풍이 기괴하고 작위적이었다.

사람은 나쁜 교육을 받아도 그것에서 벗어날 수 있는 게 분명하다. 나는 나이가 들면서 더 많은 것을 알게 되었고, 대학 시절에는 플라톤의 저작을 거의 다 읽었다. 플라톤이 고미술품을 수집했다는 얘기는 어디에도 나와 있지 않았다. 하지만 그게 사실일 수도 있지 않을까? 플라톤에게는 고미술품 수집이 가장 중요한 일이었고, 나머지 일은 생계를 꾸리고 그런 호사를 누리기 위한 것이었을 수도 있지 않을까? 앞서 말한 고문과 형벌의 경우도 사정은 비슷하다. 그런 고문과 형벌이 존재한 것은 분명하지만, 내가 알기로 학교에서 사용하는 역사책에서는 그런 것들을 가르치지 않는다. 사실 인간이 어떤 반죽으로 빚어졌는지를 아는 것, 우리가 카인의 후예임을 아는 것은 좋은 일이 아니다. 나는 인간이 치유가 불가능할 정도로 사악한 존재이고, 인생은 비명과 광포한 감정으로 가득 찬 이야기라고 생각하면서 자라지 않았을까? 파올라가 나를 두고 아프리카에서 무수한 어린이가 죽어 가는 현실에 무관심하다고 말한 것도 바로 그 때문이 아닐까? 이 『최신 멜치 백과사전』이 나로 하여금 인간의 본성에 관해 회의적인 태도를 갖게 만들지 않았을까? 나는 책장을 계속 넘겨 보았다.

슈만(로베르트). 독일의 유명한 작곡가. 대표작으로 「낙원과 페리」, 다수의 교향곡, 칸타타 등이 있다. 1810~1856.
슈만(클라라). 뛰어난 피아니스트, 전자의 미망인. 1819~1896.

왜 〈미망인〉이라고 했을까? 이 백과사전이 출간된 1905년에는 두 사람 모두 세상을 떠난 고인이었다. 오늘날 우리가 칼푸르니아를 두고 율리우스 카이사르의 미망인이었다고 말할 수 있을까? 아니다. 칼푸르니아는 카이사르보다 오래 살았지만, 그의 아내였다. 그런데 왜 클라라를 두고 미망인이라고 했을까? 세상에, 『최신 멜치 백과사전』은 세간에 널리 퍼진 소문에도 신경을 썼던 것이 아닐까? 클라라는 남편이 죽은 뒤에, 어쩌면 남편이 죽기 전부터도 브람스와 어떤 관계를 맺었다. 두 사람의 생몰 연대를 보면(〈멜치〉는 델포이의 신탁처럼 드러내 놓고 말하지도 않고 감추지도 않으며, 암시로 일깨운다), 로베르트가 죽었을 때 클라라는 겨우 서른일곱 살이었다. 앞으로 40년을 더 살아야 하는 것이 그녀의 운명이었다. 뛰어난 재능을 지닌 아름다운 피아니스트가 그 나이에 어떻게 해야 했을까? 클라라는 미망인으로 살아간 그 이후의 삶 덕분에 역사에 속하게 되었고, 〈멜치〉는 바로 그것을 기록한 것이다. 훗날 나는 어떻게 클라라의 이야기를 알게 되었을까? 아마도 〈멜치〉가 그 〈미망인〉에 관한 호기심을 발동시켰기 때문일 것이다. 내가 이 백과사전에서 배운 말들이 얼마나 많을까? 나는 왜 머릿속에 소용돌이가 일고 있는 지금에도 마다가스카르의 수도가 안타나나리보라는 것을 확실하게 알고 있는 것일까? 바로 이 책이 아니라면, 내가 마법의 냄새를 풍기는 다음과 같은 말들을 어디에서 접했겠는가? 아비톨라토, 바차바소, 벤조인 수지, 카카발돌레, 뿔뱀, 크리벨라이오, 교의학, 갈리오소, 그란치포로, 이나돔브라빌레, 로르두메, 말레가토, 파스콜라메, 포스테모소, 푸첼로나, 스바르델라레, 스펠리오, 베르시펠레, 아드라스투스, 알로브로쥬, 리추, 카피리스탄, 동골라, 아수르바니팔, 필로파토레…….

193

나는 지도책들을 훌훌 넘기며 훑어보았다. 개중에는 1차 세계 대전 이전에 나온 아주 오래된 것들도 있었다. 아프리카에 아직 독일 식민지들이 청회색으로 표시되어 있는 지도책들이었다. 나는 살아오면서 많은 지도책을 접했을 게 분명하다 — 최근에 오르텔리우스의 지도책을 팔기도 하지 않았는가? 그런데 이국정취가 묻어나는 몇몇 이름이 친숙하게 느껴지면서, 마치 그 지도들을 출발점으로 삼아 다른 지도들을 찾아내야 할 것 같은 기분이 들었다. 독일령 서아프리카, 네덜란드령 서인도, 특히 잔지바르는 내 어린 시절과 무슨 관련이 있는 것일까? 어쨌거나 여기 솔라라에서는 각각의 단어가 다른 단어를 불러일으키고 있는 게 분명했다. 이 연상의 사슬을 타고 거슬러 올라가면 나는 마침내 마지막 단어에 도달하게 될까? 그 마지막 단어는 무엇일까? 〈나〉일까?

나는 옛날의 내 방으로 돌아갔다. 무언가 하나를 내가 확실하게 알고 있다는 느낌이 들었다. 라틴어 사전 『캄파니니 카르보니』에는 〈똥〉에 해당하는 단어가 나와 있지 않다는 사실이 바로 그것이었다. 똥이 라틴어로 뭐지? 그림을 걸기 위해 못을 박다가 망치로 자기 손가락을 찧었다면 우리는 흔히 〈똥〉의 뜻이 담긴 욕설을 내뱉는다. 네로 황제라면 그런 경우에 뭐라고 소리쳤을까? *Qualis artifex pereo*(나는 얼마나 훌륭한 예술가로 죽는가)[10]라고 했을까? 소년에게는 그것이 심각한 문제였겠지만, 공식적인 문화는 그런 물음에 답해 주는

---

10 네로 황제가 임종 때 했다는 말. 『푸코의 진자』 73장에도 이 말이 나온다. 주인공 야코포 벨보가 창작한 이야기 속에서 디 박사가 마지막으로 남긴 말이다.

법이 없었다. 그런 경우에 우리 소년들은 비교과서적인 사전들의 도움을 빌리지 않았을까 싶다. 아닌 게 아니라 〈멜치〉 사전에는 똥과 관련된 단어가 많이 나온다. 똥, 똥독, 똥통이 있는가 하면, 주로 유대인들이 털을 뽑기 위해서 사용하던 〈똥고약〉이라는 것도 나온다 — 나는 이 항목을 보면서 유대인이라는 사람들은 털이 참 많이 나는가 보다 하고 생각했을 게 틀림없다. 문득 섬광 같은 것이 뇌리를 스치더니 누군가의 말소리가 들렸다. 「우리 집에 있는 사전에는 〈피타나〉라는 말이 나와. 제 스스로 장사를 하는 여자를 가리키는 거야. 함부로 입에 올리면 안 되는 단어래.」 우리 반의 한 녀석이 〈멜치〉에도 나오지 않는 것을 다른 사전에서 찾아낸 뒤에 한 말이었다. 녀석은 이 단어를 어중간한 사투리(제대로 된 사투리로는 〈퓌탄나〉)의 형태로 알려 주었다. 그 바람에 나는 〈제 스스로 장사를 한다〉는 게 무슨 뜻인가 하고 오랫동안 궁금해했을 게 분명하다. 점원이나 경리를 두지 않고 혼자 장사를 하는데, 무슨 문제가 있다는 거지? 하면서 말이다. 녀석의 점잖은 사전에 나온 단어는 분명 〈제 몸을 파는〉 여자를 가리키는 〈푸타나〉였을 것이다. 하지만 녀석은 제 몸을 판다는 것을 이해하지 못하고, 제 딴에는 나쁜 의미라고 생각하면서 그렇게 제멋대로 해석했을 것이다. 어쩌면 저희 집에서 어른들이 〈어휴, 그 여자 얼마나 영악한지 몰라, 혼자서 그런 장사를 하다니……〉 하는 식으로 말하는 것을 들었을지도 모를 일이다.

어린 시절에 친구에게서 들은 말이 기억났다고 해서, 그 말을 들은 장소라든가 그 친구가 기억난 것은 아니었다. 마치 내가 예전에 읽은 이야기 대신 그 이야기에 관해서 쓰인 문장들을 다시 떠올리고 있는 듯한 기분이었다. 요컨대, 내가 기억해 낸 것은 *Flatus vocis*(공허한 말)[11]뿐이었다.

내 책꽂이에 멋있게 장정된 책들이 꽂혀 있긴 했지만, 그것들이 내 것일 리는 없었다. 십중팔구는 내가 할아버지의 허락을 얻어 가져온 책들이거나, 나중에 삼촌 내외가 방을 꾸미기 위해 할아버지 서재에서 옮겨다 놓은 책들일 터였다. 그것들의 대부분은 파리 에첼 출판사에서 하드커버 장정으로 출간한 쥘 베른 전집이었다. 금박 덩굴무늬가 들어간 빨간색 장정, 금색으로 장식한 울긋불긋한 표지……. 아마도 나는 이 책들을 통해서 프랑스어를 배웠을 것이다. 또한 이 책들에서 오래도록 잊지 못할 이미지들을 접했을 것이 분명하다. 잠수함 나우틸루스의 커다란 현창 너머로 거대한 문어를 바라보고 있는 네모 선장, 첨단 기술의 활대들을 갖춘 정복자 로버의 비행선, 〈신비한 섬〉에 떨어지는 열기구(우리가 다시 올라가고 있나? — 아뇨! 그 반대예요! 내려가고 있어요! — 그보다 고약해요, 사이러스 씨. 숫제 추락하는데요!),[12] 달을 향해 솟아 있는 거대한 로켓, 지구 중심에 있는 동굴들, 고집쟁이 케라반과 미셀 스트로고프……. 언제나 어두운 바탕에서 나타나는 형체들, 세밀한 검은 선들과 그 선들 사이에 희끄무레한 상처처럼 나 있는 틈새들이 빚어 내는 그 실루엣들이 나를 얼마나 불안하게 했을까? 그 삽화들은 색깔을 옹골지게 칠해 놓은 부분이 전혀 없는 버성긴 흑백의 세계이고, 긁힌 자국들과 줄무늬와 중요한 부분만 눈이 부시도록 빛나게

---

11 〈목청이 내는 바람소리〉라는 뜻의 라틴어인데, 오늘날의 이탈리아에서는 〈아무런 결과도 빚어내지 못하는 헛된 말〉이라는 뜻의 관용구로 쓰인다.
12 쥘 베른 『신비한 섬』의 첫머리.

『해저 2만리』

하는 기이한 반사광으로 이루어진 광경이며, 어떤 동물의 망막에 비친 세계 — 어쩌면 소나 개나 도마뱀의 눈에 비치는 세계가 그런 모습이 아닐까? — 이고, 밤중에 아주 얇은 금속판으로 된 베니션 블라인드를 통해 엿본 세계이다. 나는 이 판화들을 보면서 명암의 대비가 두드러진 허구의 세계로 빠져 들지 않았을까? 책에서 눈을 들어 허구의 세계를 벗어나면, 쨍쨍한 햇살이 눈을 찔러 왔을 것이고, 그러면 나는 다시 책에 눈을 박았으리라. 마치 잠수부가 색깔이 더 이상 구별되지 않는 심해 속으로 잠겨들듯이 말이다. 사람들이 쥘 베른의 작품을 가지고 컬러 영화를 만든 적이 있었던가? 그 판화가 없었다면, 판화가가 끌로 표면을 파내거나 도드라지게 남겨 놓은 자리에만 빛이 생겨나는 그 새김과 연마의 공정이 없었다면, 쥘 베른은 어떻게 되었을까?

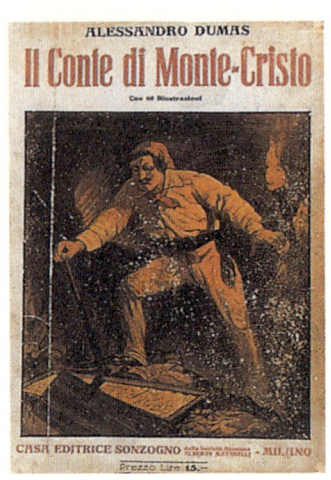
『몬테크리스토 백작』

　할아버지는 같은 시기에 나온 다른 책들을 전문가에게 맡겨 다시 장정했지만, 그림이 들어 있는 원래의 표지들을 그대로 살렸다. 『파리의 악동』, 『몬테크리스토 백작』, 『삼총사』와 통속적 낭만주의의 다른 걸작들이 바로 그 책들이었다.

　자콜리오의 소설 『바다의 약탈자들』의 경우에는 프랑스어 원서도 있고, 〈사탄 선장〉이라는 제목의 이탈리아어 번역판도 있었다. 똑같은 판화들이 들어가 있는 두 버전 중에서 내가 어느 쪽을 읽었는지는 알 수 없었다. 하지만 나는 이 소설에 두 가지 무시무시한 장면이 나온다는 것을 알고 있었다. 첫째는 악당 나도드가 단 한 번의 도끼질로 착한 하랄드의 목을 자르고 그의 아들 올라우스까지 죽이는 장면이고, 둘째는 말미에 가서 사형 집행자 귀토르가 억센 두 손으로 나도드의 머리를 움켜쥐고 차츰차츰 죄어 가다가 결국에는 이 악

「바다의 약탈자들」

당의 뇌를 천장까지 분출하게 하는 장면이다. 이 두 번째 장면의 삽화에서 나도드와 사형 집행자의 눈은 눈구멍에서 금방이라도 빠져 나올 것처럼 튀어나와 있다.

이 모험담의 대부분은 북극의 안개에 덮인 빙해에서 펼쳐진다. 판화들에서는 안개가 부옇게 낀 자개 빛깔 하늘이 하얀 얼음과 대비되어 있다. 잿빛 증기의 장막과 그보다 한결 진한 우윳빛 색조…… 카누 위로 재처럼 아주 가늘게 떨어지는 흰 먼지…… 바다 깊은 곳에서 번득이는 비현실적인 광채…… 어마어마하게 쏟아지는 하얀 재와 그 사이로 언뜻언뜻 보이는 어렴풋한 형체들의 혼돈…… 그리고 다른 어떤 지구인보다 왕청되게 크고 수의로 몸을 감싸고 있는 인간의 형체, 그의 눈처럼 새하얀 얼굴…… 아니지, 이건 다른 이야기에 나오는 장면을 기억해 낸 거야, 하고 나는 생각했다. 축하해, 얌보, 너의 단기 기억에는 아무 문제가 없어. 네가 병원에서 깨어났을 때 가장 먼저 기억해 낸 이미지 또는 말들이 바로 그것이었어. 안 그래? 틀림없이 에드거 앨런 포의 작품에 나오는 대목일 거야. 그런데 이 대목이 너의 공적인 기억에 아주 깊이 새겨졌다면, 그건 혹시 네가 어렸을 때 사탄 선장의 희뿌연 바다를 많이 보았기 때문이 아닐까?

나는 그 책을 읽으며(다시 읽었다고 해야 할까?) 저녁때까지 거기에서 죽쳤다. 선 채로 책을 읽기 시작했는데, 나중에 보니까 벽에 등을 기대고 책을 무릎에 올려놓은 채 웅크리고 앉아 있었다. 그렇게 시간 가는 줄 모르고 독서 삼매경에 빠져 있을 때, 아말리아가 와서 소리쳤다. 「아니, 눈 안 아파요? 예전에도 이래 가지고 어머니가 늘 걱정하셨잖아요! 원 세상에, 온종일 방구석에 틀어박혀 있었군요. 오후엔 날씨가 더할 나위 없이 좋았는데 말이에요. 게다가 점심도 먹으러 오지 않았어요. 자아, 가요. 이제 저녁 먹을 시간이에요!」

그러니까 나는 예전에 습관적으로 하던 일을 되풀이한 셈이다. 몸이 노곤했다. 한창 클 나이의 소년처럼 먹고 나니 졸음이 쏟아졌다. 파올라가 말하기를, 잠들기 전에 한참 동안 책을 읽는 것이 내 습관이라고 했다. 하지만 그날 밤에는 마치 엄마의 명령을 따르기라도 하듯, 책을 읽지 않았다.

나는 이내 잠이 들었고, 남국의 뭍과 바다를 꿈에서 보았다. 오디 잼이 담긴 접시에 기다란 섬유처럼 뿌려진 크림이 줄무늬를 이루고 있는 풍광이었다.

7. 다락에서 보낸 일주일

 지난 일주일 동안 내가 무엇을 했던가? 나는 주로 다락에서 책을 읽었다. 하지만 이 날과 저 날에 대한 기억이 뒤섞여 있다. 내가 알고 있는 것은 뒤죽박죽으로 맹렬하게 책을 읽었다는 사실뿐이다.

 나는 모든 것을 꼼꼼하게 읽지는 않았다. 어떤 책이나 잡지는 마치 상공을 날면서 풍경을 구경하듯이 대충대충 훑어보기만 했다. 그렇게 날아가면서 보는데도 그 안에 무엇이 쓰여 있는지 이미 알고 있다는 생각이 들었다. 한 낱말이 천 개의 다른 낱말을 불러내기라도 하는 듯했다. 또는 단 하나의 낱말이 책의 내용을 충실하게 요약한 꽃송이로 피어나는 것 같기도 했다. 물속에 넣으면 꽃처럼 활짝 벌어지는 일본 사람들의 종이 장난감[1]처럼 말이다. 무언가가 제 스스로 내

---

[1] 이 종이꽃의 이미지는 프루스트의 『잃어버린 시간을 찾아서』에도 나온다. 이 소설의 화자는 피나무 꽃봉오리 차에 담근 마들렌 과자의 맛을 다시 느끼는 순간, 〈마치 일본 사람들이 즐기는 놀이에서 물을 가득 채운 사발에 작은 종잇조각들을 담그면 이제껏 아무 형체가 없던 것들이 물에 잠기자마자 길게 늘어나고 윤곽이 생기고 빛깔을 띠고 형체가 구분되면서 온전하고 확연한 꽃이며 집이며 인물들이 되는 것처럼〉 콩브레의 추억들이 떠올랐다고 말한다.

기억 속에 들어와 오이디푸스나 한스 카스토르프[2] 같은 인물들 곁에 자리를 잡고 있는 듯한 기분이 들었다. 그런가 하면 때로는 한 문장이나 한 대목, 한 장(章) 전체를 음미하면서, 천천히 읽기도 했다. 그러는 동안 내 기억에서 사라진 처음 읽던 때의 감동을 다시 느꼈는지도 모른다.

이 독서가 갖가지 신비한 불꽃, 갑자기 심장 박동이 빨라지거나 얼굴이 후끈거리는 현상을 불러일으켰음은 두말할 나위가 없다. 나는 많은 책을 읽으면서 그것을 경험했다. 신비한 불꽃은 느닷없이 찾아와 잠깐씩 활활 타오르고는 역시 갑작스럽게 스러졌다. 그러고 나면 또다시 후끈한 기운이 물결처럼 밀려왔다.

일주일 내내 나는 낮 동안의 빛을 활용하기 위해 아침 일찍 다락에 올라갔다가 해거름까지 거기에 머물렀다. 점심때는 아말리아가 먹을 것을 가져다주었다. 처음에 그녀는 내가 어디에 있는지 몰라서 겁을 먹었다. 그러다가 내가 다락에 죽치고 있는 것을 알고는 점심시간에 맞춰 빵이며 살라미 소시지 또는 치즈, 사과 두 개, 포도주 한 병을 커다란 접시에 담아서 내왔다. (「세상에, 이러다가 병이 도지기라도 하면 내가 파올라 여사를 무슨 낯으로 보겠어요? 날 봐서라도 어지간히 하세요. 장님이 되기 전에 그만 좀 하라고요!」) 그러고는 눈물을 글썽이며 내려갔다. 나는 포도주 한 병을 거의 다 비우고 술기운이 알딸딸하게 오른 채로, 당연히 앞뒤를 제대로 연결시키지도 못하면서 계속 책장을 넘기기가 일쑤였다. 때로는 다락에 갇힌 죄수가 되지 않기 위해서, 책들을 한 아

---

[2] 토마스 만의 소설 『마의 산』의 주인공.

름 안고 내려가 다른 곳으로 숨어들기도 했다.

다락에 처음으로 올라가기 전에 나는 우리 집에 전화를 걸어 안부를 전했다. 파올라는 나에게 어떤 반응이 일어나고 있는지 알고 싶어 했다. 나는 신중하게 대답했다. 「장소를 익히고 있어요. 날씨가 화창해서 산책하기 좋고, 아말리아는 무척 상냥해요.」 파올라는 마을의 약국에 가서 혈압을 쟀느냐고 물었다. 나는 이틀이나 사흘에 한 번씩 혈압을 재기로 되어 있었다. 이미 무슨 일을 당했는지 생각하면, 장난스럽게 굴 처지가 못 되었다. 무엇보다 아침저녁으로 약을 챙겨 먹어야 했다.

내친 김에 사무실에도 전화를 걸었다. 마음에 찔리는 바가 없지 않았지만, 나에게는 업무라는 든든한 핑계가 있었다. 시빌라는 여전히 카탈로그 작업에 매달려 있다고 했다. 이삼 주일 지나면 교정쇄를 나에게 보낼 수 있으리라는 것이었다. 나는 아버지 같은 태도로 격려의 말을 늘어놓은 뒤에 전화를 끊었다.

나는 시빌라에 대해서 아직 무언가를 느끼고 있는지 스스로에게 물었다. 이상하게도, 솔라라에 온 지 며칠밖에 되지 않았는데, 벌써 모든 것이 다르게 보였다. 이제는 시빌라가 어린 시절의 아련한 추억으로 느껴지기 시작했다. 반면에 내가 과거의 안개 속에서 조금씩 파내고 있는 것들이 나의 현재가 되어 가고 있는 듯했다.

아말리아는 다락에 올라가려면 왼쪽 옆채에 나 있는 층층대를 이용해야 한다고 일러 주었다. 나는 나선형 나무 계단을 상상했다. 하지만 편리하고 실용적인 돌계단이 나 있었다. 나중에 깨달은 것이지만, 그런 계단이 없었다면 다락에 쟁여 놓은 그 많은 물건을 다 어떻게 옮겼을까 싶기는 했다.

내가 아는 한, 나는 다락을 구경한 적이 없었다. 지하실에 대해서도 사정은 마찬가지다. 하지만 지하실 하면 누구나 쉽게 떠올리는 것들이 있다. 어둡고 축축하고 사시사철 서늘하다든가, 촛불이나 횃불을 들고 돌아다녀야 한다는 것 말이다. 고딕 소설에는 지하실이 많이 나온다. 수도사 암브로시오[3]도 음울한 모습으로 지하실을 배회한다. 톰 소여의 동굴과 같은 천연의 지하 통로도 있다. 어느 경우든 지하실을 생각하면 어둠의 신비가 느껴진다. 웬만한 단독 주택에는 지하실이 딸려 있다. 그러나 모든 집에 다락이 있는 것은 아니다. 특히 도시의 건물을 놓고 보면 옥탑 방은 있어도 다락은 없다. 그렇다고 해서 다락에 관한 문학 작품이 없다고 할 수 있을까? 『다락에서 보낸 일주일』이라는 작품이 있지 않은가? 하지만 내 머릿속에 떠오른 제목은 오직 그것뿐이었다.

솔라라 집의 다락은 본채와 두 옆채에 넓게 걸쳐 있다. 전체를 한 번에 죽 둘러보지 않더라도 그 점을 알아차릴 수 있다. 다락에 들어서면 건물 정면에서 뒤쪽으로 이어지는 공간이 펼쳐진다. 이 공간은 더 좁다란 통로들로 이어지고, 여기저기에 칸막이들 — 구획을 짓기 위해 세운 나무 칸막이들 —, 금속제 선반이나 낡은 서랍장이 그리는 경계선들, 끝없는 미로의 교차점들이 나타난다. 나는 왼쪽 통로로 들어갔다가 한두 번 더 방향을 틀고 나서 출입문 앞으로 다시 나왔다.

---

3 영국 소설가 매튜 루이스(1775~1818)의 고딕 소설 『수도사』의 주인공. 스페인의 수도사로 사랑하는 제자 마틸다를 육체적으로 소유하기 위해 사탄에게 영혼을 판다.

즉각적으로 오감을 자극하는 것이 몇 가지 있었다. 가장 먼저 느껴진 것은 후끈한 기운이었다. 지붕 바로 밑이니 그럴 수밖에 없었다. 다음은 빛이었다. 일련의 지붕창들을 통해서 얼마간의 빛이 들어오고 있었다. 이 지붕창들은 건물 정면에서 올려다보아도 보이는 것들인데, 안쪽에서 보면 대개가 잔뜩 쌓인 잡동사니에 막혀 있다. 그래서 어쩌다 가까스로 새어든 햇빛은 노란 칼날의 모습을 띤다. 이 빛 속에서 무수한 입자들이 움직이는 것을 보고 있노라면, 주위의 어둠침침한 곳에서도 숱한 먼지와 홀씨, 브라운 운동을 하는 원자, 허공에서 우글거리는 원소 — 이걸 누가 말했더라? 루크레티우스인가? — 따위가 춤추고 있음을 짐작하게 된다. 때로는 비스듬하게 새어 든 햇살이 망가진 찬장의 유리나 거울에 반사되기도 한다. 그러면 다른 각도에서는 그저 벽에 기대어 놓은 어떤 물건의 불투명한 표면처럼 보이던 유리나 거울이 돌연 반짝반짝 빛난다.

끝으로는 색깔이었다. 다락의 주된 색깔은 서까래며 여기저기 쌓여 있는 나무 상자, 커다란 골판지 상자, 망가진 서랍장의 잔해 따위가 빚어내는 목공의 빛깔이다. 이 빛깔은 갈색의 다양한 색조로 이루어져 있다. 니스를 칠하지 않은 목재의 노르스름한 갈색과 단풍나무의 따뜻한 갈색이 있는가 하면, 니스 칠이 벗겨진 서랍장의 더 어두운 색조와 상자들 밖으로 비어져 나온 종이들의 상앗빛도 있다.

지하실이 지옥을 예고한다면, 다락은 천국이나 낙원을 약속한다. 다락은 죽은 물체들이 먼지투성이의 빛 속에서 모습을 드러내는 약간 시들어 버린 천국이다. 다락은 식물성 낙원이다. 초록색이 없는 이 낙원에 들어가면, 바싹 말라 버린

열대의 숲이나 미지근한 사우나를 즐길 수 있는 인공 갈대숲에 와 있는 기분이 든다.

나는 지하실이 양수의 습기가 있는 어머니 자궁 속을 상징한다고 생각하고 있었는데, 다락에 올라가 보니 이 공중의 자궁은 효험이 좋을 법한 열기로 그 습기를 대신하고 있었다. 게다가 기와 두 장만 떼어 내면 하늘을 볼 수 있는 이 미광의 미궁에는 공모의 분위기가 느껴지는 곰팡내, 정적과 평온의 냄새가 감돌고 있었다.

얼마쯤 시간이 지나자 더위도 더 이상 느껴지지 않았다. 그럴 만큼 나는 모든 것을 찾아내려는 열의에 사로잡혀 있었다. 내가 찾는 클라라벨라의 보물은 분명 다락에 있었다. 다만 그 보물을 파내는 데는 오랜 시간이 걸릴 듯했고, 나는 어디에서부터 시작해야 할지를 모르고 있었다.

나는 수많은 거미줄을 걷어 내야 했다. 아말리아 말대로 쥐들은 고양이들이 맡아서 쫓아 주고 있었지만, 거미들에 대해서는 아말리아가 전혀 신경을 쓰지 않은 듯했다. 그래도 거미들이 모든 것을 침범하지 않은 것은 자연선택의 결과였다. 한 세대의 거미들이 죽어 거미줄이 산산조각 나면 다음 세대가 다시 거미줄을 치는 식으로 세월을 이어 온 것이다.

여러 선반에 통들이 잔뜩 쌓여 있었다. 나는 그 더미들을 무너뜨릴 위험을 무릅쓰고 뒤지기 시작했다. 보아하니 할아버지는 통들, 특히 여러 색깔의 금속제 통들도 수집한 모양이다. 인물 장식이 들어간 우유 통, 사랑을 상징하는 천사 같은 아이들이 그네를 타는 모습을 담은 〈바마르〉 비스킷 통, 〈아르날디〉 알약 통, 가장자리에 금박을 입히고 식물무늬로 장식한 〈콜디나바〉 포마드 통, 〈페리〉 펜촉 통, 깎지 않은 〈프레스비테로〉 연필들이 학자의 탄띠처럼 아직 가지런하게 들어 있는 호화롭고 반들반들한 필통. 그리고 마지막으로 〈탈모네〉 카카오 통. 이 카카오 통에는 〈두 노인〉이라는 말과 함께 할아버지와 할머니 그림이 나와 있었다. 빙그레 웃고 있는 할아버지 — 아직 *culottes*(짧은 반지)를 입고 있는 것으로 보아 *ancien régime*(프랑스 혁명 이전의 구체제)에 속하는 노인 — 에게 할머니가 소화를 돕는 음료를 다정하게 건네는 그림이다. 문득 내 할아버지와 할머니도 그림 속의 두 노인과 비슷했으리라는 생각이 들었다. 그분들에 관해서 아는 게 거의 없다는 것이 분명한데도 말이다.

〈탈모네〉 카카오 통

〈브리오스키〉 탄산수 분말 통

이어서 나는 19세기 말 스타일의 통 하나를 집어 들었다. 〈브리오스키〉 탄산수 분말 봉지들을 담았던 통이었다. 통의 그림 속에서는 신사들이 우아한 접대원이 따라 주는 물을 마시며 흐뭇해하고 있다. 먼저 내 손의 기억이 되살아났다. 첫 번째 봉지를 집어 그 안에 든 흰색의 고운 가루를 수돗물이 가득 담긴 병에 천천히 붓는다. 가루가 잘 녹아들고 병목에 달라붙어 있지 않도록 병을 조금 흔들어 준다. 그런 다음 두 번째 봉지를 집는다. 이 봉지에는 매우 자잘한 알갱이로 된 가루가 들어 있다. 이것 역시 병에 붓되, 즉시 물이 보글거리기 시작하기 때문에 재빨리 붓고 병마개로 얼른 막아야 한다. 그리고 나서 이 원초적인 거품 속에서 화학적인 기적이 일어나기를 기다린다. 병 속의 액체는 계속 보글거리면서 병마개의 고무 패킹 틈새로 빠져나오려고 한다. 이윽고 폭풍이 가라앉고 그대로 마실 수 있는 탄산수가 만들어진다. 이는 식사하면서 마시는 물이자 아이들의 술이고 집에서 만드는 광천수이다. 나는 〈비시 광천수〉[4] 하고 혼잣말을 했다.

그런데 손의 기억이 되살아난 것으로 그치지 않고, 뭔가 다른 일이 벌어졌다. 『클라라벨라의 보물』이라는 만화를 마주했던 날과 거의 비슷했다. 나는 또 다른 통을 찾고 있었다. 그건 틀림없이 후대에 만들어진 통이었고 우리 가족이 식탁에 앉기 전에 내가 숱하게 열어 보았던 통이었다. 그림도 조금 다르지 않나 싶었다. 신사들이 기다란 샴페인 잔으로 경이로운 물을 마시는 것은 똑같은데, 탁자에 놓인 통 하나가 분명하게 눈에 띈다는 점에서 차이가 있었다. 그림 속의 통은 손에 들고 있는 실제의 통과 생김새가 똑같다. 신사들이 탁자 앞에서 물을 마시는 광경이 똑같이 그려져 있는 것이다. 그림 속의 통에 그려진 탁자에도 또 하나의 통이 놓여 있

---

4 프랑스 중부 오베르뉴 지방의 비시에서 나는 발포성 광천수.

고, 다시 이 통에도 물을 마시는 신사들이 그려져 있다. 이런 식으로 그림 속의 그림이 계속 나타난다. 성능 좋은 돋보기나 현미경이 있다면 통들에 그려진 다른 통들을 볼 수 있다. 중국 상자나 러시아 인형 마트료시카처럼 큰 것 속에 작은 것이 차례로 들어 있는 이른바 *en abîme*(액자 구조)인 것이다. 이는 제논의 역설을 아직 배우지 않은 아이의 눈에 비친 무한의 모습이고, 도달할 수 없는 목표에 다다르기 위한 경주이다. 거북이도 아킬레우스도 끝내 마지막 신사들과 마지막 접대원이 그려진 마지막 통에 도달하지 못할 것이다. 우리는 아이 적에 무한과 미적분의 형이상학을 배운다. 다만 우리가 직관으로 깨달은 것을 의식하지 못할 뿐이다. 나는 그 통에서 무한한 후퇴의 이미지를 보았을 것이다. 아니면 그와 반대로 영겁 회귀의 무시무시한 약속을 직감했을 수도 있다. 시대들이 서로의 꼬리를 문 채 돌고 돈다는 것을 배웠을 수도 있는 것이다. 설령 그림 속의 마지막 통이 존재했다 하더라도, 그 소용돌이의 밑바닥에서 내가 발견한 것은 아마도 최초의 통을 손에 들고 있는 나 자신이 아니었을까? 나는 왜 고서적상이 되었을까? 그저 고정된 어떤 시점, 즉 구텐베르크가 마인츠에서 최초의 활판 인쇄 성서를 찍어 냈던 날로 거슬러 올라가기 위한 것이 아니었을까? 그 전에는 필사본이나 목판본 같은 책이 있었을 뿐, 활판 인쇄는 존재하지 않았다는 것을 나는 알고 있다. 거슬러 올라가다 보면 그 시점에서 멈출 수 있다는 것을 알고 있는 것이다. 그렇게 멈출 수가 없다면, 나는 책을 파는 사람이 아니라 필사본을 해독하는 사람이 되었으리라. 어떤 사람이 5세기 반만 거슬러 올라가면 끝을 볼 수 있는 직업을 선택하는 데에는 다 이유가 있다.

어린 시절에 탄산수 분말 통을 보면서 무한에 관한 몽상에 빠졌기 때문인 것이다.

다락에 쌓여 있는 것들이 할아버지의 서재나 집 안의 다른 곳에 다 들어갈 리는 없었다. 그러니까 서재에 책이 가득했던 시절에도 다락에 이미 많은 것이 있었다는 얘기가 된다. 나는 바로 여기에서 어린 시절의 숱한 탐색을 벌인 게 분명하다. 다락에는 나의 폼페이가 있었다. 나는 종종 여기에 올라와서 내가 태어나기 전에 생겨난 낯선 물건들을 발굴하고, 과거의 냄새를 맡았을 것이다. 말하자면 이제 나는 옛날에 거행하던 의식을 되풀이하고 있는 셈이었다.

탄산수 분말이 담겨 있던 생철 통 옆에는 담뱃갑으로 가득 찬 골판지 상자 두 개가 놓여 있었다. 할아버지는 담뱃갑도 모으신 모양이다. 어디에서 어떻게 구했는지는 알 수 없지만, 여행자들을 상대로 그것들을 수집하기가 쉽지 않았으리라는 것은 분명하다. 그 시절에는 담뱃갑처럼 사소한 것들을 모으는 일이 오늘날처럼 널리 행해지지 않았으니 말이다. 할아버지의 수집품 중에는 듣도 보도 못한 상표가 적지 않았다. 〈므진 시가레트〉, 〈마체도니아〉, 〈터키시 아티카〉, 〈타이드맨스 버즈 아이〉, 〈칼립소〉, 〈키레네〉, 〈케프 오리엔탈스케 시가레테르〉, 〈알라딘〉, 〈아르미로 야콥슈타트〉, 〈골든 웨스트 버지니아〉, 〈엘 칼리프 알렉산드리아〉, 〈스탐불〉, 〈사샤 마일드 러시안 블렌드〉. 모두 화려한 담뱃갑들이었고, 터키의 문무 고관이나 이집트 총독, 하렘의 여자들(〈시가리요스 엑셀시오르 델 라 아분단시아〉의 경우), 또는 흰색과 파란색의 옷을 아주 멋들어지게 차려입고 조지 왕(아마도 조지 5세)의 수염을 기른 영국 뱃사람들의 모습이 담겨 있었다. 상앗빛의

〈에바〉나 〈세랄리오〉처럼 어디선가 부인들이 손에 들고 있는 것을 본 적이 있는 듯한 담뱃갑들도 눈에 띄었다. 그런가 하면 얇은 종이로 된 납작하게 구겨진 담뱃갑들도 있었다. 〈아프리카〉나 〈밀리트〉 같은 민중의 담배들이었다. 아무도 보관하려고 하지 않았던 그런 것들을 누군가가 미래의 기억을 위해 쓰레기통에서 주워 놓았으니 참으로 다행스러운 일이다.

납작하게 눌려 산산조각이 나버린 두꺼비 모양의 로고 아래에 〈No. 10, 시가레테 마체도니아, 3리라〉라고 적힌 담뱃갑이 유독 내 마음을 끌었다. 나는 그것을 물끄러미 바라보면서 줄잡아 10분을 뭉그대다가 중얼거렸다. 「두일리오, 〈마체도니아〉 때문에 당신 손끝이 노래져요……」 나는 아버지에 관해서 아직 아무것도 모르고 있었다. 하지만 이제 이것 하나만은 분명하다는 생각이 들었다. 아버지는 〈마체도니아〉(아마도 그것과 똑같은 담뱃갑의 〈마체도니아〉)를 피우셨고, 어머니는 니코틴 때문에 아버지의 손끝이 〈키니네 정제처럼 노랗다〉고 잔소리를 하셨다. 노리끼리한 색조를 통해 아버지의 모습을 짐작한다는 것은 대단한 일이 아니었다. 하지만 그것만으로도 솔라라에 온 보람이 있었다.

그 옆에 있는 상자에서 풍겨 나는 싸한 싸구려 향수 냄새가 내 마음을 사로잡았다. 나는 그 상자에 담긴 놀라운 물건들도 이내 알아보았다. 이제는 값이 아주 비싸긴 하지만, 여전히 구할 수 있는 물건들이었다. 몇 주일 전에도 코르두시오 시장의 진열대에서 본 적이 있었다. 바로 이발사들이 연말에 선물로 주는 지갑 크기의 달력들이었다. 이것들의 첫 번째 특징은 향수가 아주 지독하게 뿌려져 있다는 점이다. 오죽하면 50년 넘게 묵어도 냄새가 아직 남아 있겠는가. 두

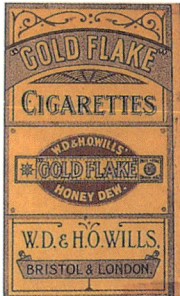

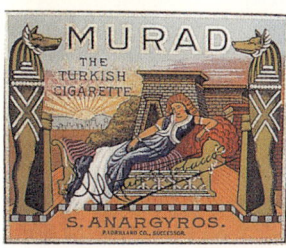

담뱃갑들

이발사 달력 1

번째 특징은 창녀, 페티코트를 입었지만 드레스가 흐트러져 있는 부인, 그네를 타는 미녀, 넋을 잃은 연인, 이국의 무희, 이집트의 여왕 등이 한데 어우러진 교향곡이라는 점이다. 달력들의 제목은 다양했다. 시대별 여성 헤어스타일, 행운을 가져다주는 여자들, 마리아 데니스와 비토리오 데시카를 비롯한 이탈리아의 스타들, 여인 천하, 살로메, 자유 부인과 함께하는 나폴레옹 시대풍의 향수 달력, 위대한 비누 〈퀸퀴네〉(원문을 그대로 인용하자면, 이 비누는 용도가 아주 다양하다. 미용과 살균에 쓰이는 것은 물론이고 더운 기후에서 아주 유용하며 괴혈병과 말라리아와 습진에도 효험이 있다. 이 비누에는 나폴레옹의 모노그램이 찍혀 있다. 까닭은 알 수 없지만, 이 달력의 첫 번째 그림에는 나폴레옹이 나온다. 그가 한 터키인에게서 위대한 비누가 발명되었다는 소식을 듣고 치하하는 장면이다). 시인 단눈치오가 나오는 달력도 있

이발사 달력 2

었다 — 정말이지 염치를 모르는 이발사들이었다.

나는 금단의 왕국에 몰래 숨어든 사람처럼 조심스럽게 냄새를 맡았다. 이발사 달력들은 아이의 상상력을 건전하지 않은 쪽으로 자극할 소지가 있었다. 아마도 이것들은 나에게 금지되어 있었을 것이다. 어쩌면 나는 다락에서 무언가를 배움으로써 성에 관한 의식을 키웠는지도 모를 일이다.

어느새 햇살이 지붕창에 수직으로 내리쬐고 있었다. 나는 성이 차지 않았다. 숱한 것을 보았지만, 진실로 그리고 전적으로 내 것이라고 할 만한 것은 하나도 없었다. 나는 발길 닿는 대로 돌아다녔다. 문득 닫혀 있는 궤 하나가 눈길을 끌었다. 나는 그것을 열어 보았다. 장난감들이 그득했다.

이전의 몇 주일 동안 나는 손자들의 장난감을 보았다. 모두 알록달록한 플라스틱 제품이었고, 대개는 전자 장난감이었다. 내가 산드로에게 신형 모터보트를 선물했을 때, 녀석의 첫마디는 상자를 버리지 말라는 것이었다. 상자 밑바닥에 건전지가 있다는 것이 그 이유였다. 옛날의 내 장난감들은 나무와 생철로 되어 있었다. 군도, 딱총, 에티오피아를 정복하던 시절에 나온 작은 식민지 헬멧, 온전하게 한 부대를 이루고 있는 납 병정들, 찰흙으로 만든 더 커다란 다른 병정들(색칠한 찰흙이 떨어져 나가서 머리나 팔 대신 철사 뼈대만 드러나 있는 병정들). 나는 맹렬한 전의를 불태우며 이 총들이며 부상당한 영웅들과 함께 하루하루를 보내지 않았을까? 그 시절의 아이들이 전쟁 숭배에 길드는 것은 어쩔 수 없는 일이었다.

그것들 아래에는 내 누이의 인형들이 있었다. 어머니가 할머니에게서 물려받은 것을 다시 물려준 게 아닌가 싶었다(그 시절에는 장난감을 물려주는 일이 흔했을 것이다). 인형들은 살결이 말갛고 작은 입과 볼이 발그레했으며, 오건디 드레스를 입고 있었고, 아직도 눈을 나른하게 움직이고 있었다. 한 인형을 흔들자 아직도 〈엄마〉 하는 소리를 냈다.

장난감 총들 사이를 뒤지다가 나는 이상한 병정들을 찾아냈다. 나무를 깎아 만든 납작한 인형들이었는데, 빨간 군모를 쓰고 파란 상의와 노란 줄이 들어간 빨간 바지를 입은 차림으로 작은 바퀴에 올려져 있었다. 코가 감자처럼 생긴 그들의 모습은 늠름하다기보다 괴기스러웠다. 문득 생각나는 이름이 있었다. 그들 가운데 하나는 〈감자 대위〉였고, 그들이 소속된 부대의 이름은 분명 〈별천지 용사들〉이었다.

끝으로 나는 생철로 된 개구리를 찾아냈다. 그것의 배를 누르자 들릴 듯 말 듯 하게 개골개골 하는 소리가 났다. 그 애가 오시모 박사의 밀크캐러멜은 원하지 않아도, 개구리는 보고 싶어 할걸요, 하는 말이 저절로 떠올랐다. 오시모 박사와 개구리 사이에 무슨 관련이 있는 것일까? 나는 누구에게 개구리를 보여 주고 싶어 한 거지? 칠흑 같은 어둠뿐이었다. 곰곰이 생각해 볼 필요가 있었다.

개구리를 요모조모 살피면서 만지작거리고 있노라니, 나도 모르게 〈곰돌이 안젤로가 죽겠어〉 하는 말이 튀어나왔다. 곰돌이 안젤로가 누굴까? 그와 생철 개구리 사이에 무슨 관계가 있는 거지? 내 안에서 무언가가 진동하는 느낌이 들었다. 나는 개구리와 곰돌이 안젤로를 매개로 내가 어떤 사람과 연결되어 있다고 확신했다. 그러나 그저 말들만이 어지럽게 얽혀 있는 내 척박한 기억 속에는 도움이 될 만한 다른 실마리가 없었다. 〈가서 행진을 시작하게, 감자 대위〉 하는 말이 떠오르기는 했지만, 그 뒤로는 아무것도 생각나지 않았다. 나는 다시 현재 속으로, 다락의 연갈색 정적 속으로 돌아와 있었다.

둘째 날에는 마투가 나를 찾아왔다. 녀석은 냉큼 내 무릎에 올라앉았다. 마침 내가 점심을 먹던 중이라, 치즈 껍질은 녀석의 차지가 되었다. 이제 나의 정량이 되어 버린 포도주 한 병을 비우고 나서, 나는 발길 닿는 대로 돌아다녔다. 그러다가 지붕창 앞에 불안정하게 서 있는 커다란 장롱 두 개를 보았다. 엉성한 굄목 같은 것을 밑에 대어 놓은 덕분에 그럭저럭 수직으로 서 있는 장롱들이었다. 첫 번째 것을 열어 보려고 했더니, 금방이라도 내 쪽으로 쓰러질 것만 같아서 열기가 쉽지 않았다. 그러다가 마침내 문이 열리자, 내 발치로 책들이 와르르 쏟아져 내렸다. 책 사태를 막을 수가 없었다. 마치 몇 세기 전부터 갇혀 있던 부엉이나 박쥐나 가면올빼미, 또는 병 속의 요정들이 오로지 저희에게 자유를 줄 경솔한 사람을 기다리다가 마침내 복수심을 불태우며 쏟아져 나오는 것 같았다.

내 발치에 쌓인 책들과 내가 가까스로 붙잡아서 굴러 떨어지지 않은 책들을 번갈아 보면서 나는 서재 하나를 통째로 찾아냈다고 생각했다. 아니, 서재라기보다 내 삼촌 내외가 처분한 할아버지 가게의 재고 도서를 찾아낸 게 아닌가 싶었다.

내가 그 책들을 다 보았을 리는 없지만, 불꽃이 잠깐 너울거리다가 스러진 것처럼 그것들을 알아본 느낌이 들어서 벌써부터 머리가 어질어질했다. 그 책들은 언어도 다양하고 출간 시기도 다양했다. 어떤 책들은 나에게 아무 불꽃도 불러

일으키지 않았다. 러시아 소설의 수많은 고본들처럼 이미 널리 알려진 것의 목록에 속하는 것들이기 때문이었다. 다만 어떤 러시아 소설의 이탈리아어 판을 잠깐 들춰 보다가 놀라움을 느꼈다. 이 책은 속표지에 나와 있듯이 이중의 성을 가진 여자들이 번역한 것이었는데, 그녀들이 프랑스어 판을 중역한 것이 분명했다. 인물들의 이름이 미슈킨이나 로고진처럼 모두 *ine*로 끝난다는 점이 그걸 말해 주고 있었다.

그 책들 가운데 다수는 책장을 만지기만 해도 바스러졌다. 수십 년 동안 무덤 속 같은 어둠에 갇혀 있던 종이가 햇빛을 견디지 못하는 것과 비슷했다. 정말이지 종이가 손가락이 닿는 것을 견디지 못하고 있었다. 몇 해 동안 거기에 갇혀서 가장자리와 귀퉁이가 잘게 바스러지기를 기다려 온 종이였다.

잭 런던의 『마틴 이든』이 내 눈길을 끌었다. 나는 무의식적으로 마지막 문장을 찾아 책장을 넘겼다. 마치 내 손가락들이 그 문장의 위치를 알고 있는 것만 같았다. 마틴 이든은 영광의 절정에서 자살한다. 증기선 선실의 현창을 통해 바다 속으로 빠져 들어간 것이다. 그는 허파에 바닷물이 천천히 차오르는 것을 느낀다. 그러다가 또렷한 정신이 마지막으로 빛나는 순간에 무언가를 깨닫는다. 어쩌면 삶의 의미를 알게 되었을지도 모른다. 하지만 〈그는 알게 된 바로 그 순간에, 앎을 끝냈다〉.[5]

마지막 깨달음을 얻자마자 어둠 속으로 빠져 든다면, 그것을 진정으로 바랄 필요가 있을까? 그 문장을 다시 대하자 내가 하고 있는 일에 어두운 그늘 같은 것이 서렸다. 운명이 이

---

5 미국 작가 잭 런던(1876~1916)의 반(半)자전적 소설 『마틴 이든』의 마지막 문장.

  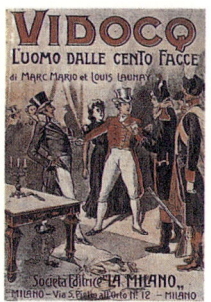

왼쪽 상단부터 『미국 명탐정 닉 카터』, 『마음』, 『쿠르티 보와 금빛 아기 호랑이』, 『약혼자』, 『주간 닉 카터』, 『기암성』, 『죽음의 열차』, 『4인 위원회』, 『비도크, 백의 얼굴을 가진 남자』

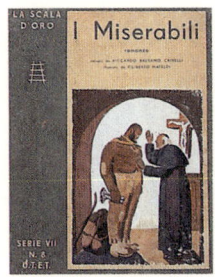

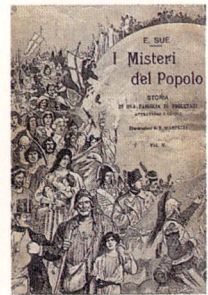

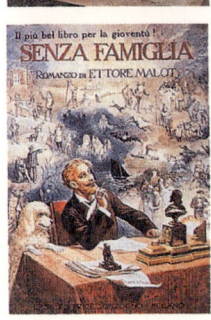

왼쪽 상단부터 『레미제라블』, 『버뮤다의 해적』, 『사튀르냉 파랑둘의 아주 특별한 여행』,
『그랜트 선장의 아이들』, 『민중의 신비』, 『벤슨 살인 사건』, 『혈혈단신』, 『협곡의 남작』,
『룰타비유의 살인』

미 나에게 망각을 주었으니, 나는 거기에서 그만두어야 했을지도 모른다. 하지만 내친걸음이라 계속 갈 수밖에 없었다.

나는 이 책 저 책을 대충 훑어보면서 낮 시간을 보냈다. 내가 성인이 되어 공적인 기억에 편입시켰다고 생각했던 위대한 걸작들을 〈황금 계단〉 총서의 어린이용 축약판으로 처음 접했다는 느낌이 이따금 들었다. 안졸로 실비오 노바로의 동시집 『바구니』의 시들이 친숙하게 다가왔다. 〈3월의 는개가 무어라고 하나요?/지붕의 낡은 기와들과 뜨락의 마른 가시랭이들을 은빛으로 적시며 무슨 말을 하는지 들어 봐요〉라든가 〈봄이 덩실거리며 오고 있어/봄이 덩실거리며 너희 집 문으로 오고 있어/봄이 너에게 무얼 가져오는지 아니?/나비들의 예쁜 춤과 메꽃의 작은 종들을 가져와〉 같은 시들 말이다. 그렇다면 나는 는개나 가시랭이나 메꽃이 무엇인지 알고 있었을까? 곧이어 내 눈길을 사로잡은 것은 『런던의 교수당한 자』, 『빨간 말벌』, 『대마 넥타이』 등의 이야기가 담긴 팡토마스[6] 시리즈의 표지들이었다. 파리의 하수도를 누비며 펼쳐지는 추격전, 무덤에서 빠져나오는 젊은 여자들, 목이 잘린 채 갈가리 찢긴 시체, 연미복 차림으로 비웃음을 흘리고 다니며 밤의 파리를 지배하고 죽었다가 살아나기를 되풀이하는 범죄의 황제 팡토마스 등이 나오는 파란만장한 이야기들.

6 프랑스 작가 피에르 수베스트르(1874~1914)와 마르셀 알랭(1885~1969)이 쓴 통속 모험 소설의 주인공. 연미복과 실크해트에 가면을 쓴 차림으로 밤의 파리를 공포에 떨게 하는 〈범죄의 황제〉. 팡토마스 시리즈는 1911년에서 1913년 사이에 두 작가가 공동 집필한 32권에다 피에르 수베스트르가 사망한 뒤에 마르셀 알랭이 혼자서 쓴 12권을 합쳐 모두 44권에 달한다.

「팡토마스」

그와 더불어 범죄 세계의 또 다른 지배자인 로캉볼[7]의 이야기들도 보였다. 그 시리즈 가운데 『런던의 불행』의 골라 한 페이지를 펴보니, 이런 묘사가 나와 있었다.

웰클로스 광장의 남서쪽 모퉁이로 너비가 3미터밖에 되지 않는 골목길이 나 있다. 이 길의 중간쯤에 다다르면 극장이 하나 나오는데, 가장 좋은 자리의 관람료는 1실링이고 1층 뒷좌석의 관람료는 1페니이다. 주연을 맡은 남자 배우는 흑인이다. 관객들은 공연 중에 담배를 피우고 술을 마신다. 2층 칸막이 좌석의 창녀들은 맨발이고, 1층 뒷좌석에는 도둑들이 우글거린다.

나는 악의 매력에 저항하지 못하고, 그날 낮의 나머지 시간을 팡토마스와 로캉볼에게 바쳤다. 그 이야기들을 눈길 가는 대로 홀린 듯이 읽어 나가다가, 다른 두 괴도의 이야기를 뒤적거리기도 했다. 괴도이면서 신사인 아르센 루팡과, 훨씬 더 신사적이고 기품이 넘치는 배런의 이야기였다. 변장의 귀재인 귀족적인 보석 도둑 배런은 지나치게 앵글로색슨적인

---

7 19세기 후반 프랑스 신문 연재 소설의 달인 가운데 하나였던 통속 소설가 퐁송 뒤 테라유(1829~1871)가 1857년 「라 파트리」지에 연재를 시작하면서 선풍적인 인기를 끌었던 환상 모험 소설의 주인공. 〈남자들뿐만 아니라 여자들까지 자기의 노예로 만들어 버리는〉 신비로운 카리스마와 〈언제나 강자에 맞서 약자 편에 서는 천성〉을 지닌 인물. 여러 신문에 연재된 30편의 로캉볼 모험담은 나중에 〈파리의 드라마〉라는 제목으로 한데 묶여서 출간되었다. 틀에 박힌 문체로 너무나 빠르게 쓴 소설들이라서 오늘날에는 거의 읽히지 않지만, 로캉볼의 모험담은 팡토마스 시리즈를 비롯한 이후의 통속 소설에 깊은 영향을 미쳤다(〈파란만장하고 기상천외하다〉는 뜻의 프랑스어 로캉볼레스크는 바로 로캉볼에서 나온 것이다).

「로캉볼」　　　　　　　　　　　　　「일명 배런」

모습으로 그려져 있었다. 영국을 좋아하는 이탈리아 삽화가가 그린 것이리라.

　나는 『피노키오』의 미본 한 권을 앞에 놓고 전율했다. 무시노가 삽화를 그린 1911년 판이었는데, 귀가 떨어져 나간 페이지들도 있고 카페라테가 묻어서 얼룩이 진 페이지들도 있었다. 피노키오 이야기는 누구나 알고 있다. 나는 피노키오에 대해서 명랑하고 환상적인 이미지를 간직하고 있었다. 그리고 기억은 나지 않지만, 그 이야기로 여러 번 손자들을 즐겁게 해주었을 수도 있다. 사정이 그러함에도 나는 그 책의 무시무시한 삽화들을 보면서 전율을 느꼈다. 노랑과 검정, 또는 초록과 검정의 두 가지 색으로만 되어 있고, 대개는 아르누보풍의 소용돌이무늬로 장식된 삽화들이었다. 검은 잉크가 바닥으로 줄줄 흘러내리는 것처럼 보이는 만자푸오코[8]의 기다란 수염, 음산한 느낌을 주는 파란 머리의 요정, 어둠 속에서 어렴풋하게 보이는 살인자들의 모습, 초록색 어부의 비웃음 등을 보자 두려움이 엄습해 왔다. 아마도 나는 천둥 치는 밤에 이 『피노키오』의 삽화들을 보고 나서, 이불 속에 잔뜩 웅크리고 있지 않았을까? 몇 주일 전, 나는 파올라에게 폭력과 살생이 난무하는 그 모든 텔레비전 영화들이 아이들에게 해를 끼치지 않겠느냐고 물어보았다. 그녀는 어떤 심리학자에게서 들은 얘기를 전해 주었다. 그 심리학자는 자신의 전체 임상 경력에서 영화 때문에 신경증이 생긴 아이를 딱 한 번 만났다고 한다. 그 아이는 치유할 수 없을 만큼 깊은 상처를 받았다. 그런데 아이에게 그토록 심각한 충격을 준 영화는 놀랍게도 월트 디즈니의 「백설 공주」였다.

한편 나는 내 별명도 그런 무시무시한 광경과 무관하지 않다는 사실을 알아차렸다. 얌보[9]라는 사람이 쓴 『추페티노의 모험』을 비롯한 모험 소설들 덕분이었다. 이 책들에도 아르누보풍의 데생과 어두운 장면들이 들어 있었다. 심야의 어둠을 배경으로 깎아지른 언덕에 우뚝 솟아 있는 대저택, 늑대들이 인광을 번득이고 있는 환상적인 숲, 쥘 베른을 이탈리아식으로 되살린 해저 풍경, 그리고 기다란 앞머리가 모자 차양처럼 기상천외하게 뻗친 귀여운 꼬마 추페티노. 〈아주 기다랗게 뻗친 앞머리 때문에 아이는 기이해 보였다. 마치 깃털 비 같은 모

---

[8] 피노키오가 책을 팔아서 마련한 돈으로 인형극을 보러 간 극장의 주인. 우리말 번역본에는 대개 〈허풍선이〉로 되어 있다. 〈불을 먹는 사람〉이라는 뜻의 만자푸오코는 입 안에 휘발유 같은 것을 물고 있다가 횃불에 뿜어서 불꽃을 크게 일으키는 거리의 연예인을 가리키는 말이다.

[9] 이탈리아 언론인이자 아동 문학가 엔리코 데 콘티 노벨리 다 베르티노로(1876~1945)의 필명.

「피노키오」

『추페티노의 모험』

습이었다. 아이는 정말이지 그 곧추선 앞머리를 무척이나 좋아했다.〉 바로 여기에서 얌보가 태어난 것이다. 지금의 나인 얌보, 내가 되고 싶어 했던 얌보가 말이다. 하기야, 자신을 피노키오와 동일시하는 것보다는 그편이 낫다.

이런 것이 내 어린 시절이었을까? 어쩌면 이보다 더 고약하지 않았을까? 장롱 속을 더 뒤지다 보니 파란 종이에 싸서 고무줄을 둘러 놓은 신문 뭉치가 나왔다. 주간지인 『육지와 바다의 여행과 모험에 관한 화보 신문』을 여러 해에 걸쳐 모아 놓은 것이었다. 할아버지의 이 컬렉션에는 20세기 초엽에 나온 호들뿐만 아니라 프랑스어 오리지널 판인 『Journal des Voyages (여행 신문)』도 몇 부 포함되어 있었다.

여러 표지에 프랑스의 용감한 주아브 보병들을 사살하는 난폭한 프로이센군의 모습이 그려져 있었다. 하지만 대부분의 표지는 더 멀리 떨어진 나라들에서 벌어진 매우 잔인한 모험들과 연관되어 있었다. 말뚝으로 찌르는 형벌을 당한 중국의 쿨리, 음산한 표정을 짓고 있는 10인 평의회 앞에 반쯤 벌거숭이가 된 채 무릎을 꿇고 있는 처녀, 뾰족한 꼬챙이에 꽂힌 채 어떤 모스크의 버팀벽 정면에 나란히 걸려 있는 효수된 머리들, 언월도로 무장한 투아레그족 약탈자들에게 학살당한 아이들, 거대한 호랑이들에게 갈기갈기 찢긴 노예들의 시신. 마치 『최신 멜치 백과사전』에 나오는 고문과 형벌에 관한 도판을 보고 자극을 받은 삽화가들이 더 잔인한 것을 그리겠다는 기이한 열정에 사로잡히기라도 했던 것처럼, 그야말로 온갖 형태의 잔혹 행위가 망라된 악의 축제였다.

볼거리가 참 많다는 생각이 들자, 나는 그 주간지들을 사과가 저장되어 있는 1층의 커다란 방으로 가져갔다. 다락에 죽치고 있으니 몸이 뻣뻣하기도 하고, 그즈음에는 더위가 견딜 수 없을 만큼 심해지기도 했던 터였다. 나는 커다란 탁자에 늘어놓은 사과들에서 곰팡내가 물씬 풍겨 난다고 느꼈다. 그러다가 그 냄새가 바로 내가 보고 있는 주간지에서 난다는 것을 알아차렸다. 다락의 건조한 공기 속에서 50년을 묵었는데 어떻게 습기의 냄새를 풍기는 것일까? 아마도 춥고 비가 많이 내리는 계절에는 지붕에서 물기가 스며들기 때문에 다락이 그다지 건조하지 않은 모양이었다. 그게 아니라면, 그 주간지들은 여기에 오기 전에, 벽으로 물이 줄줄 흐르는 어떤 지하실에 수십 년 동안 보관되어 있다가 할아버지에게 발견되었을 수도 있다(할아버지 역시 내가 하는 것처럼 〈미망인들〉을 구워삶지 않았을까?). 지하실에서 너무 썩은 탓에 다락에서 양피지처럼 쭈글쭈글해지도록 열을 받았는데도 냄새가 가시지 않은 것인지도 모를 일이다. 그래도 잔인한 사건들과 가차 없는 복수극을 열중해서 읽다 보니, 곰팡내가 잔인한 느낌을 불러일으키기보다는 오히려 동방 박사와 아기 예수를 생각나게 했다. 그 이유는 무엇이었을까? 언제 나는 동방 박사 이야기를 접하게 되었을까? 동방 박사와 사르가소 해의 대학살 사이에는 도대체 무슨 관계가 있는 것일까?

하지만 그 순간의 내 관심은 다른 문제에 가 있었다. 만약 내가 그 모든 이야기를 읽었다면, 만약 내가 그 모든 표지를 보았다면, 어떻게 봄이 덩실거리며 온다고 노래하는 동시를 받아들일 수 있었을까? 나는 착하고 정겨운 감정들이 지배하는 세계와 그 모험담들을 본능적으로 떼어 놓고 생각할 줄

「육지와 바다의 여행과 모험에 관한 화보 신문」

알았던 것일까? 그랑 기뇰 극장[10]의 잔혹극을 방불케 하는 그 잔인한 세계, 능지처참과 살가죽 벗기기와 화형 장작더미와 교수대가 있는 그 세계는 내가 살고 있는 세계와 다르다고 생각했던 것일까?

비록 모든 것을 일일이 살펴보지는 못했지만, 나는 첫 번째 장롱을 완전히 비워 냈다. 셋째 날에는 책들이 더 적게 들어찬 두 번째 장롱을 뒤지기 시작했다. 이 장롱에는 책들이 잘 정돈되어 있었다. 치워 버리고 싶은 고물들을 한데 쌓아 두기 일쑤였던 삼촌 내외가 여기에 책들을 마구잡이로 처박아 넣기 훨씬 전에, 할아버지가 정돈하신 게 아닌가 싶었다. 아니면 내가 정돈한 것일 수도 있었다. 그 책들은 모두 어린이에게 더 어울리는 것들이었다. 어쩌면 나의 개인 장서에 속하는 책들이었을지도 모른다.

나는 살라니 출판사[11]에서 나온 〈내 아이들의 문고〉라는 총서를 통째로 꺼냈다. 표지들이 눈에 설지 않았고, 낱권을 빼보기도 전에 제목들이 생각났다. 나는 다른 서적상들의 카탈로그나 최근에 만난 미망인의 서재에서 뮌스터의 『*Cosmographia*(우주 형성지)』나 캄파넬라의 『*De Sensu Rerum et Magia* (사물과 마법의 의미에 관하여)』같은 아주 유명한 책들을 알아볼 때처럼 확신에 차 있었다. 『바다에서 온 소년』, 『집시의 유산』, 『태양 꽃의 모험』, 『산토끼 부족』,

---

10 1897년 파리의 샤프탈 거리에서 문을 열었던 잔혹극 전용 극장. 살인, 폭력, 복수 등을 주제로 삼아 끔찍한 장면이 많이 나오는 공연을 했으며, 정육점의 고기 찌꺼기 따위를 특수 효과에 이용했다. 1963년 영화의 위력에 밀려 문을 닫았다.
11 오늘날 이 출판사는 이탈리아 판 〈해리 포터〉 시리즈를 출간하고 있다.

『사악한 유령』,『카사벨라에 갇힌 여자들』,『채색 마차』,『북쪽 탑』,『인도의 팔찌』,『철인의 비밀』,『바를레타 곡마단』…….

너무 많았다. 다락에서 이것들을 계속 읽다가는 노트르담의 꼽추처럼 쪼그라들고 말 것이었다. 나는 책들을 한 아름 안고 내려갔다. 서재로 갈 수도 있고 정원에 가서 앉을 수도 있었다. 그런데 까닭은 분명치 않았지만, 나는 다른 것을 원하고 있었다.

나는 오른쪽 뒤꼍으로 갔다. 첫날 돼지가 꿀꿀거리고 암탉이 꼬꼬댁거리는 소리를 들었던 곳이다. 거기에는 아말리아가 사는 옆채 뒤로 예전에 닭들이 긁어 대며 놀았을 법한 마당이 있었고 그 옆에는 토끼장과 돼지우리가 있었다.

옆채의 1층에는 갈퀴, 쇠스랑, 삽, 석회 양동이, 낡은 생철통 같은 농기구가 가득 들어찬 커다란 방이 있었다.

마당을 지나 오솔길을 따라가자 수목이 울창하고 아주 시원한 과수원이 나왔다. 내가 처음에 느꼈던 충동은 나무에 올라가서 말을 타듯이 나뭇가지에 걸터앉은 채 책을 읽는 것이었다. 아마도 그건 내가 어린 시절에 해본 일이리라. 하지만 예순 살 나이에는 매사에 조심하고 또 조심해도 나쁠 게 없는 법이다. 게다가 내 발길은 벌써 다른 곳을 향하고 있었다. 나는 녹음 한복판에 난 좁다란 돌계단으로 내려갔다. 송악으로 덮인 나직한 담으로 동그랗게 둘러싸인 공간이 나왔다. 계단 바로 맞은편의 담 아래에는 물이 졸졸거리는 샘이 있었다. 산들바람이 불고 사위가 아주 고요했다. 나는 거기에서 책을 읽기로 하고, 샘과 담 사이에 불거져 있는 돌덩이에 앉았다. 무언가가 나를 거기로 이끈 것이었다. 어쩌면 나

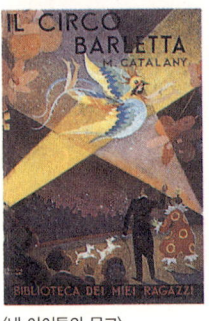

〈내 아이들의 문고〉

는 옛날에도 바로 그 책들을 들고 거기에 갔을지도 모른다. 나는 동물적인 육감의 그런 선택을 받아들이고, 그 작은 책들 속으로 빠져 들었다. 그저 삽화 하나를 본 것만으로도 이야기 전체가 기억에 되살아나기가 일쑤였다.

『신비한 케이블카』나 『순수 혈통 밀라노 사람 번개 소년』 같은 일부 책들은 1940년대풍의 삽화나 저자들의 이름으로 보아 원래 이탈리아어로 쓰인 것들임을 분명히 알 수 있었다. 주로 애국적이고 국가주의적인 정서의 영향을 받은 책들이었다. 하지만 나머지 책들은 대부분 프랑스어에서 번역된 것들이었다. 저자는 B. 베르나주, M. 구다로, E. 드 시스, J. 로메르, 발도르, P. 베브르, C. 페로네, A. 브뤼예르, M. 카탈라니 같은 일군의 뛰어난 무명 작가들 — 이탈리아 출판업자는 십중팔구 그들의 세례명조차 몰랐을 만큼 알려지지 않은 작가들 — 이었다. 할아버지는 〈쉬제트 문고〉로 출간된 프랑스어 판도 모아 놓으셨다. 이탈리아어 판들은 원전보다 10년 이상 늦게 출간되었지만, 삽화는 1920년대쯤으로 되돌아가 있었다. 어린 독자였던 나는 그 삽화를 보면서 고풍스런 정취를 맛보지 않았을까 싶다. 게다가 모든 이야기가 과거의 세계를 배경으로 삼고 있고, 이야기를 들려주는 아저씨들이 양가의 규수들을 위해 글을 쓰는 귀부인들처럼 굴고 있어서 그런 정취가 더욱 물씬하게 풍겨 났을 것이다.

이것저것 한참 훑어보고 나니, 모든 책이 똑같은 이야기를 하고 있는 듯했다. 주인공은 대개 귀족 가문의 아이들 서너 명이다. 그들의 부모는 무슨 까닭인지 언제나 여행 중이다. 그들은 어떤 삼촌이 살고 있는 오래된 성이나 이상한 시골

농장에 머물게 되면서, 지하실과 망루를 오가며 흥미진진하고 신비로운 모험에 빠져 들고 급기야는 어떤 보물이나 어떤 불충실한 집사의 음모, 또는 어떤 사악한 친척이 횡령해 간 재산을 되찾게 해줄 문서를 발견한다. 아이들의 모험은 행복하게 마무리되고, 그들의 용기에 대한 칭찬, 그리고 뜻은 가상하나 그런 무모한 행동은 위험하다는 식의 삼촌이나 종조부 같은 집안 어른들의 점잖은 훈계가 대미를 장식한다.

농부들의 일옷과 나막신을 보면 그 이야기들의 무대가 프랑스인 것을 알 수 있었다. 하지만 번역자들은 등장인물들의 이름을 이탈리아 식으로 바꾸고, 풍경과 건축이 프랑스의 브르타뉴나 오베르뉴 지방의 것들임에도 불구하고 사건들이 이탈리아에서 벌어지는 것처럼 보이게 함으로써 기적과도 같은 균형을 이루어 냈다.

나는 분명 똑같은 책(저자는 M. 부르세)을 번역한 것으로 보이는 두 가지 이탈리아어 판을 발견했다. 1932년 판은 제목이 〈페를라크의 상속녀〉로 되어 있었고, 인물들의 이름도 프랑스 식이었다. 그런데 1941년 판에서는 제목이 〈페랄바의 상속녀〉로 바뀌고, 인물들도 이탈리아 식으로 달라져 있었다. 두 출간 연도 사이에 상부의 어떤 조치나 자발적인 수정 방침에 따라 이야기들의 이탈리아화가 이루어진 게 분명했다.

나는 다락에 들어설 때 내 머릿속을 스쳤던 말이 어디에서 연유한 것인지도 마침내 알게 되었다. 비밀은 바로 그 총서 가운데 하나인 『다락에서 보낸 일주일』이라는 책에 있었다 (나는 〈*Huit jours dans un grenier*〉라는 제목이 붙은 프랑스어 원서도 찾아냈다). 이 책은 니콜레타라는 가출 소녀를 자기네 빌라의 다락방에 묵게 하는 아이들의 유쾌한 모험담을

「다락에서 보낸 일주일」

담고 있다. 내가 다락을 좋아하는 것이 이 책의 영향인지, 아니면 그냥 다락에서 돌아다니다가 이 책을 찾아낸 것인지는 알 수가 없었다. 내가 딸의 이름을 니콜레타라고 지은 까닭은 또 무엇일까?

니콜레타는 다락방에서 앙고라 고양이의 일종인 털빛이 아주 검고 자태가 도도한 〈마투〉와 함께 지낸다. 내가 아말리아의 고양이 가운데 가장 마음에 드는 녀석에게 마투라는 이름을 지어 주겠다고 생각한 까닭이 바로 거기에 있는 것이다. 삽화에는 옷을 잘 입은 꼬마들이 나와 있었다. 때로 레이스 달린 옷을 입기도 하는 세련된 용모의 금발 머리 아이들이었다. 어머니들도 그에 못지않게 우아했다. 사내아이들처럼 깎은 깔끔한 단발, 허리가 낮은 윗옷에 무릎까지 내려오는 3중 주름 장식 치마, 거의 불거져 나오지 않은 귀족적인 젖가슴.

햇빛이 설핏해지면 책의 그림밖에 보이지 않는 샘가에서

이틀을 보내는 동안 생각해 보니, 나는 바로 그 〈내 아이들의 문고〉를 읽으면서 환상적인 것을 좋아하게 된 것이 분명했다. 한편으로 내가 살았던 나라는 저자가 프랑스 사람이어도 주인공들의 이름은 릴리아나나 마우리치오가 되어야 하는 나라였다는 생각도 들었다.

주인공의 이름을 이탈리아 식으로 바꾸는 것은 국가주의 교육의 일환이었을까? 나는 나와 같은 시대를 사는 용감한 애국 소년들로 소개된 그 아이들이 사실은 내가 태어나기 수십 년 전에 외국 땅에서 살았던 아이들이라는 것을 알아차렸을까?

샘가에서 휴식의 시간을 보내고 다시 다락으로 돌아왔을 때, 나는 끈으로 묶인 꾸러미 하나를 찾아냈다. 버펄로 빌[12]의 모험담을 담은 30권쯤 되는 분책들(각 권 60첸테시미)의 꾸러미였다. 이것들은 출간 순서대로 정리되어 있지 않았다. 첫 번째 표지를 대하자마자 내 안에서 신비한 불꽃이 일었다. 〈다이아몬드 메달〉이라는 이야기의 표지였는데, 버펄로 빌이 두 주먹을 뒤로 뻗고 눈을 부릅뜬 채 권총으로 자기를 위협하고 있는 불그죽죽한 셔츠 차림의 무법자에게 덤벼들려고 하는 장면이 담겨 있었다.

11호로 나온 그 분책을 보고 있으니 다른 호들의 제목이 생각났다. 〈어린 심부름꾼〉, 〈숲 속 대모험〉, 〈야만인 보브〉, 〈노예 상인 돈 라미로〉, 〈저주받은 에스탄시아〉······. 그런데 놀라운 사실이 한 가지 있었다. 표지들에는 〈버펄로 빌, 대초

---

12 미국 서부 개척 시대에 군인, 들소(버펄로) 사냥꾼, 카우보이, 쇼 흥행사 등으로 빛나는 활약을 보였던 윌리엄 프레데릭 코디(1846~1917)의 별명.

「버펄로 빌」

원의 영웅〉이라는 제목이 나와 있는데, 첫 페이지의 첫머리에 있는 제목은 〈버펄로 빌, 대초원의 이탈리아 영웅〉이라고 되어 있었다. 사정은 뻔했다. 다른 사람들은 몰라도 고서적상이 보기엔 그랬다. 1942년에 나온 새 시리즈의 첫 호를 살펴보는 것만으로 그 사정을 충분히 짐작할 수 있었다. 거기에는 볼드체로 눈에 잘 띄게 적힌 일러두기가 나와 있었다. 그 설명에 따르면, 버펄로 빌의 진짜 이름은 윌리엄 코디가 아니라 도메니코 톰비니이고, 그는 로마냐 출신이었다(무솔리니의 동향인이라는 얘기다. 비록 일러두기는 이 놀라운 우연의 일치를 점잖게 넘겨 버리기는 했지만 말이다). 내가 알기로, 1942년은 이탈리아가 이미 미국과 전쟁을 벌이고 있던 때다. 이것으로 모든 사정이 설명된다. 이 책들의 출판사(피렌체의 네르비니)는 윌리엄 코디가 그냥 미국인이어도 괜찮

239

았던 시기에 표지들을 인쇄해 놓았다. 그런데 나중에 주인공들은 언제나 오로지 이탈리아인이어야 한다는 조치가 내려졌다. 경제적인 사정을 고려할 때, 대응책은 하나뿐이었다. 예전의 칼라 표지는 그대로 쓰고, 첫 페이지만 다시 짜는 것이 바로 그 방법이었다.

버펄로 빌의 마지막 모험담을 펴든 채로 잠에 빠져 들면서 생각해 보니, 프랑스와 미국에서 왔지만 이탈리아 식으로 바뀐 모험담들을 읽으면서 자랐다는 사실이 묘하게 느껴졌다. 어린이들이 독재 체제 아래에서 받은 교육치고는 꽤나 온건한 것이 아니었나 싶었다.

하지만 아니었다. 우리가 받은 교육은 온건하지 않았다. 이튿날 내가 처음으로 집어든 책은 피나 발라리오가 쓴 『세계 속의 이탈리아 소년들』이었다. 이 책에는 검정과 빨강을 주조로 한 힘찬 삽화들이 들어 있었다.

며칠 전 내 침실이었던 방에서 베른과 뒤마의 책들을 보았을 때, 그것들을 발코니에 웅크리고 앉은 채 읽은 적이 있다는 느낌이 문득 들었다. 그때 나는 그 느낌을 대수롭게 여기지 않았다. 그건 찰나적인 느낌, 단순한 기시감일 뿐이었다. 그런데 본채의 한복판에 정말 발코니가 나 있다는 사실에 뒤늦게 생각이 미쳤다. 내가 바로 거기에서 그 모험담들을 탐독했으리라는 생각이 들었다.

나는 발코니의 경험을 되살리기 위해 거기에서 『세계 속의 이탈리아 소년들』을 읽기로 했다. 이왕이면 난간 틈새에 두 다리를 끼우고 건들건들 흔들면서 해볼 작정이었다. 하지만 내 다리는 이제 너무 굵어져서 그 좁은 틈새로 빠져나갈 수

『세계 속의 이탈리아 소년들』

없었다. 나는 해가 집의 반대쪽으로 돌아가 발코니가 선선해질 때까지 몇 시간 동안 햇볕에 그을렸다. 그럼으로써 안달루시아의 태양을 몸으로 느낄 수 있었다. 비록 그 책의 이야기가 펼쳐지는 곳은 카탈루냐 지방의 바르셀로나였지만, 당시에 나는 안달루시아쯤으로 이해했을 것이다. 이야기에 등장하는 인물들은 가족을 따라 스페인으로 이민 간 일군의 이탈리아 소년들이다. 그들은 공화정에 반대하는 총사령관 프랑코의 반란(이 책에서는 반란자들이 프랑코의 우익 군부가 아니라 좌익 민병대이며, 이 민병대원들은 술주정뱅이일 뿐만 아니라 피에 굶주린 자들이기도 하다)에 휩쓸린다. 이탈리아 소년들은 파시스트의 긍지를 되찾고, 소요에 휩싸인 바르셀로나 거리를 검은 셔츠 차림으로 용감무쌍하게 누비고 다닌다. 그들은 공화주의자들이 폐쇄해 버린 파시스트 본부 건물에서 깃발을 되찾아 낸다. 용감한 주인공 소년은 사회주의자이자 술주정뱅이인 아버지를 〈두체〉의 가르침을 따르는 사람으로 전향시키기까지 한다. 내 마음에 파시스트의 긍지가 불타오르게 했을 법한 이야기였다. 나는 나 자신을 이런 이탈리아 소년들과 동일시했을까? 아니면 프랑스 작가들의 모험담에 나오는 파리 소년들, 혹은 아직 톰비니가 아니라 코디라고 불리던 대초원의 사나이와 동일시했을까? 내 어린 시절의 꿈속에는 누가 들어앉아 있었을까? 세계 속의 이탈리아 소년들, 아니면 다락방의 소녀?

그날 다락에 돌아와서 나는 짜릿한 기분을 두 차례 더 느꼈다. 첫 번째는 『보물섬』 때문이었다. 이건 고전이므로 내가 그 제목을 알아본 것은 당연하다. 하지만 줄거리가 생각나지 않았다. 이 책이 내 삶의 일부가 되었다는 증거였다. 그런데 두 시간에 걸쳐 단숨에 훑어보노라니, 한 장을 읽을 때마다 다음 장의 이야기가 생각났다. 나는 다시 과수원으로 갔다. 과수원 끝자락 쪽에서 야생 개암나무 숲을 언뜻 본 적이 있었다. 나는 거기로 들어가 땅바닥에 앉은 채로 책을 읽어 가면서 개암을 까먹었다. 돌멩이로 개암 서너 개를 한 번에 깨뜨린 다음, 껍데기 부스러기를 입으로 후후 불어 내고 속살을 한입에 털어 넣었다. 짐이 키다리 존 실버의 밀담을 엿듣기 위해 숨어들었던 사과 드럼통은 없었지만, 정말이지 나는 그 책을 그렇게, 마치 배에 탄 사람들처럼 마른 먹을거리를 우적거리면서 읽지 않았을까 싶었다.

그것은 나 자신의 이야기였다. 나 역시 빈약한 문서 하나만 믿고 플린트 선장의 보물을 찾아 나섰으니 말이다. 이야기가 끝나 갈 즈음에, 나는 아말리아의 찬장에서 보아 둔 그

『보물섬』

라파[13] 한 병을 가지러 갔다. 그런 다음 간간이 술을 들이켜면서 해적들의 이야기를 마저 읽었다. 데드 맨스 체스트 섬에 열다섯 사람, 어기영차, 럼주 한 병.[14]

『보물섬』에 이어서, 나는 줄리오 자넬리의 『늙은이로 태어나서 아기로 죽은 피피노 이야기』를 찾아냈다. 책의 줄거리

13 포도 찌꺼기를 증류해서 만드는 이탈리아 브랜디.
14 소설 『보물섬』에서 해적들이 부르는 노래. 데드 맨스 체스트(죽은 자의 궤)는 카리브 해의 영국령 버진 군도에 속해 있는 작은 섬이다. 이 지역의 역사와 민간 전승에 따르면, 〈검은 수염〉이라는 별명으로 알려진 해적 선장 에드워드 티치는 일부 선원들이 반란을 일으키자, 높다란 해안 절벽으로 둘러싸인 이 섬에 반란자들을 버려두고 갔다. 이 선원들은 저마다 단검 한 자루와 럼주 한 병씩을 받았을 뿐 아무것도 가진 게 없었다. 티치는 이 해적들이 서로 싸우다가 모두 죽게 되리라고 생각했다. 하지만 한 달 후에 돌아와 보니 그들 모두가 살아 있었다. 이 노래에는 바로 이런 사연이 담겨 있다.

는 며칠 전에 기억에 떠올랐던 것과 비슷했다. 다만 책에는 어떤 담배 파이프에 관한 이야기가 있었다. 어떤 노인의 찰흙 조각상 옆에 놓인 탁자에 아직 불기가 남아 있는 파이프가 버려져 있다. 파이프는 그 죽어 있는 조각상에 열기를 불어넣어 생명을 주기로 결심한다. 그리하여 작은 노인이 태어난다. 아주 오래전부터 문학 작품에 등장해 온 이른바 *Puer senex*(노인의 지혜를 지닌 아이)가 태어난 것이다. 결국 피피노는 요람에 누운 채 아기로 죽는다. 그런 다음 요정들의 힘으로 하늘나라에 올라간다. 내가 기억해 낸 것은 피피노가 양배추 속에서 태어나 다른 양배추 속에서 죽는 것이었지만, 이보다는 원래의 줄거리가 나아 보였다. 어쨌거나 어린 시절을 향한 피피노의 여행은 바로 나 자신의 여행이었다. 나 또한 피피노처럼 출생의 순간으로 되돌아가서, 허무(또는 모든 것) 속으로 녹아들게 되지 않을까?

그날 저녁 파올라가 전화를 걸어 왔다. 내가 연락을 안 해서 불안했던 모양이다. 〈계속 책을 보고 있어요. 혈압은 걱정하지 말아요, 모든 게 정상이니까〉 하고 나는 말했다.

이튿날 다시 장롱을 뒤지다가 에밀리오 살가리[15]의 모든

---

15 이탈리아의 쥘 베른이라 불리는 모험 소설의 거장(1862~1911). 이국적인 공간을 배경으로 매우 다양한 문화권의 인물들이 펼치는 모험담을 200편 이상 썼다(산도칸이 나오는 말레이시아 해적 시리즈와 〈검은 해적〉이 나오는 앤틸리스 제도 해적 시리즈가 특히 유명하다). 이탈리아, 포르투갈, 스페인, 남미에서는 대단한 인기를 누렸음에 반해서, 여타 지역에서는 잘 알려져 있지 않은 편이다. 이탈리아의 작가들과 예술가들 중에는 어린 시절에 살가리를 탐독했다고 고백한 사람들이 많다. 작곡가 마스카니와 푸치니, 영화감독 페데리코 펠리

소설을 찾아냈다. 대개 소용돌이무늬 장식이 들어간 화려한 표지들에는 머리가 까마귀처럼 검고 우수 어린 얼굴에 입이 빨간색으로 섬세하게 그려져 있는 무자비한 〈검은 해적〉, 고양이처럼 날렵한 몸에 말레이 왕자다운 강렬한 용모를 지닌 산도칸(『두 마리 호랑이』의 표지), 관능적인 수라마, 말레이시아 쾌속 범선 프라후(『말레이시아의 해적』의 표지) 등이 나와 있었다. 할아버지는 스페인어와 프랑스어와 독일어 번역판들도 구해 놓으셨다.

내가 옛날에 읽었던 책들을 재발견하고 있는 것인지, 아니면 그저 나의 종이 기억을 되살리고 있는 것인지 분간할 수가 없었다. 사실 살가리에 관한 이야기는 오늘날에도 여전히 나오고 있으며, 전문적인 평론가들이 노스탤지어가 묻어나는 장문의 기사를 신문에 싣기도 한다. 내 손자 녀석들도 몇 주 전에 〈산도칸 산도칸〉 하는 노래를 부르고 있었다. 텔레비전에서 살가리의 소설을 각색한 영화를 본 모양이다. 만약 나보고 어린이 백과사전에 들어갈 살가리에 관한 항목을 쓰라고 한다면, 굳이 솔라라에 오지 않고도 쓸 수 있었을 것이다.

나는 분명 어린 시절에 이 소설들을 탐독했을 것이다. 하지만 설령 되살릴 만한 개인적인 기억이 있다 해도, 그것이 일반적인 기억과 구분될 수는 없다. 어린 시절에 어떤 책들

니와 세르조 레오네 등이 그들이다. 에코는 『대중의 슈퍼맨』, 『푸코의 진자』 등 여러 책에서 살가리를 언급하고 있다. 살가리는 특히 남미에서 인기가 많았다. 이사벨 아옌데, 가브리엘 가르시아 마르케스, 파블로 네루다, 루이스 세풀베다, 옥타비오 파스, 체 게바라가 어린 시절에 살가리의 열렬한 팬이었던 것으로 알려져 있다. 특히 체 게바라는 그의 전기 작가 파코 이냐시오 타이보 2세가 〈체 게바라의 반제국주의는 살가리에게서 배운 것이다〉라고 말할 정도로 살가리의 소설을 많이 읽었다고 한다.

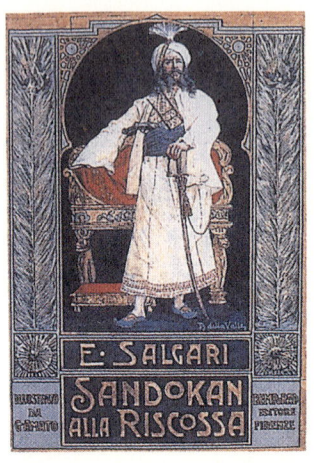

시계 방향으로, 『반격에 나선 산도칸』, 『검은 정글의 신비』, 『검은 해적』, 『몸프라쳄의 호랑이』

을 읽고 깊은 감명을 받았다면, 어른이 되어서 그것들을 자연스럽게 공적인 기억으로 편입시켰을 가능성이 많다.

나는 또다시 본능에 이끌려, 살가리의 대부분을 포도밭에서 읽었다(몇 권은 침실로 가져가 며칠 밤에 걸쳐 읽었지만 말이다). 포도 나무들 사이에 있어도 아주 덥기는 매한가지였다. 하지만 태양의 열기 덕분에 나는 사막이나 초원, 불타는 숲, 해삼을 잡는 어부들이 부지런히 오고가는 열대의 바다와 같은 소설의 무대에 잘 적응할 수 있었다. 그리고 이따금 고개를 들어 땀을 닦고 있노라면, 포도 덩굴들과 언덕 가장자리에 솟은 나무들 사이로 바오바브나무, 지로바톨의 오두막을 에워싸고 있는 것들만큼이나 거대한 폼보스나무, 맹그로브, 속살에 녹말이 많고 아몬드 맛이 나는 캐비지 야자의 새싹, 검은 정글의 신성한 벵골 보리수가 어른거렸고, 어디선가 람싱가를 연주하는 소리가 들려오는 듯했다. 튼실한 바비루사 한 마리가 포도 나무들의 줄 사이로 튀어나올 것 같은 기분이 들기도 했다. 갈래가 진 나뭇가지 두 개를 땅에 박고 그 사이에 꼬챙이를 걸어 바비큐를 해먹기에 딱 좋은 말레이시아 멧돼지 말이다. 나는 아말리아가 저녁으로 말레이 사람들이 좋아하는 블라찬을 해줬으면 좋겠다고 생각했다. 새우와 다진 생선을 뒤섞어 햇볕 아래에서 썩게 한 다음 소금을 치는 이 소스는 살가리조차도 고약하다고 했을 만큼 퀴퀴한 냄새가 난다.

블라찬은 참 맛있는 음식이다. 파올라 말로는 내가 중국 요리, 특히 상어 지느러미와 제비집(제비들의 구아노 속에서 채취한 것), 썩는 냄새가 강할수록 더 감칠맛이 나는 전복 요리를 좋아했다고 한다. 그런 취향 역시 살가리 소설과 관계가 있는 것이 아닐까?

하지만 블라찬은 그렇다 치고, 파시스트들이 지배하던 시대에 〈세계 속의 이탈리아 소년〉은 살가리를 읽으면서 무슨 생각을 했을까? 살가리의 주인공들은 대개 유색인이고 백인들은 대개 악당으로 나온다. 말레이시아를 식민지로 만든 영국인들은 당연히 가증스럽다. 스페인 사람들도 밉살스럽기는 마찬가지다(내가 몬텔리마르 후작을 얼마나 증오했겠는가?). 하지만 〈앤틸리스 제도 해적〉 시리즈에 나오는 세 주인공 〈검은 해적〉, 〈빨간 해적〉, 〈녹색 해적〉은 이탈리아인이고 벤티밀리아의 백작들이기도 하다. 그들과 함께하는 카르모는 바스크 사람이고 반 스틸러는 함부르크 사람이며, 〈말레이시아 해적〉 시리즈에서 산도칸을 충실하게 따르는 야네스 드 고메라는 포르투갈 사람이다. 그 시절의 나에게 포르투갈 사람들은 틀림없이 우리 편으로 보였을 것이다. 포르투갈 사람들이 약간 파쇼적이었기 때문일까? 그런 식으로 말하자면 스페인 사람들 역시 파시스트가 아니었는가? 아마도 나는 용맹한 삼빌리옹이 쇠못 포를 쏘아 대는 장면에서 가슴을 두근거렸겠지만, 그의 출신지라는 순다 열도가 어떤 섬인가에 대해서는 신경을 쓰지 않았을 것이다. 그런가 하면 캄마무리는 착하고 수요다나는 나쁘다고 볼 수 있지만, 두 사람은 모두 인도인이다. 이렇듯 살가리는 문화 인류학에 눈뜨던 나를 무척이나 혼란스럽게 만들었을 것이다.

그다음에 나는 장롱 밑바닥에서 영어로 된 잡지와 책들을 꺼냈다. 여러 호의 월간 『스트랜드 매거진』과 셜록 홈스의 모든 모험담이었다. 그 시절에 나는 영어를 몰랐던 게 분명하지만(파올라는 내가 성인이 되어서야 영어를 배웠다고 했

「콜리어스」

다), 다행히 원서뿐만 아니라 번역본도 여러 종 있었다. 다만 대부분의 이탈리아어 판에는 삽화가 들어 있지 않았다. 그래서 아마도 나는 이탈리아어로 읽은 다음에 그와 관련된 이미지들을 『스트랜드 매거진』에서 찾아보았을 것이다.

나는 셜록 홈스의 모험담들을 모두 할아버지 서재로 가져갔다. 점잖은 신사들이 베이커가에 있는 하숙집의 난로 곁에 앉아서 한담을 나누는 세계 — 프랑스 연재 소설의 인물들이 숨어드는 하수도나 축축한 지하실과는 사뭇 다른 세계 — 를 되살리는 데에는 서재의 고상한 분위기가 한결 잘 어울릴 듯했다.

삽화에 나오는 셜록 홈스는 어쩌다 범인에게 권총을 겨누고 있는 드문 경우를 빼면, 신사는 마땅히 그래야 한다는 듯 언제나 조각상에 가까운 자세로 팔다리를 곧게 뻗은 채 침착

「스트랜드 매거진」

한 모습을 보이고 있었다. 놀라운 것은 홈스가 왓슨이나 다른 인물들과 함께 앉아 있거나 서 있는 이미지들이 집요하다 싶을 만큼 자꾸자꾸 나온다는 사실이었다. 그들은 열차의 칸막이 객실이나 브루엄 마차, 난로 앞, 흰색 천에 덮인 팔걸이 의자, 흔들의자, 푸르스름한 빛을 내지 않을까 싶은 램프가 놓인 작은 탁자의 옆, 막 열어 놓은 궤 앞에 앉아 있기도 했고, 일어선 채로 편지를 읽거나 암호 메시지를 해독하고 있기도 했다. 그 이미지들은 나를 향해 이렇게 말하고 있었다. *De te fabula narratur*(이건 바로 네 이야기야).[16] 바로 그 순간에 셜록 홈스는 나였다. 나는 집에 틀어박혀서, 심지어는 다락에 죽치고 앉아 온갖 책들을 섭렵하면서, 사전 지식이 전혀 없는 먼 옛날의 사건들을 추적하고 재구성하는 데 열중해 있었다. 홈스 역시 은둔자처럼 가만히 틀어박혀 순수한 기호들을 해독하고 있었다. 그는 매번 속에 감춰진 것을 표면으로 다시 올라오게 하는 데 성공했다. 나도 그럴 수 있을까? 어쨌거나 나에겐 본보기가 하나 있는 셈이었다.

홈스가 그랬듯이, 나는 안개와 싸워야 했다. 「주홍색 연구」나 「네 사람의 서명」을 그냥 손길 닿는 대로 펼치기만 해도 안개를 만날 수 있었다.

9월 어느 날 저녁이었다. 아직 일곱시도 되지 않았는데 날이 어두웠고, 보슬거리는 짙은 안개가 온 도시에 낮게 깔려 있었다. 진흙투성이 거리들 위로는 진흙 빛깔 구름이

---

16 호라티우스의 『풍자 시집』에 나오는 구절. ⟨*Quid rides? Mutato nomine de te fabula narratur*(왜 웃는가? 이름만 바꾸면 이 이야기는 너에 관해서 말하고 있는 것을)⟩의 일부.

드리워져 있었다. 스트랜드 거리를 따라서 늘어선 가로등들은 진창이 된 포도 위로 희미하고 둥그스름한 빛을 던지는 산광(散光)의 뿌연 얼룩일 뿐이었다. 진열창들에서 새어 나온 노란 불빛이 수증기 자욱한 공기 속으로 흘러들면서, 혼잡한 도로를 가로지르며 음울한 빛이 어른거렸다. 내가 느끼기에, 그 좁다란 빛의 띠들을 가르며 빠르게 지나가는 얼굴들 — 슬픈 얼굴들과 기쁜 얼굴들, 초췌한 얼굴들과 명랑한 얼굴들 — 의 끝없는 행렬 속에는 무언가 사위스럽고 유령 같은 것이 있었다.

안개가 자욱하고 하늘이 찌뿌듯한 아침이었다. 지붕들 위로 암갈색 베일이 드리워져 있었다. 마치 아래에서 거리의 진흙 빛깔이 반사되기라도 한 듯했다. 내 친구는 최상의 기분에 젖은 채, 크레모나 바이올린에 관해서, 그리고 스트라디바리우스와 아마티의 차이에 관해서 수다를 떨어 댔다. 반면에 나는 입을 다물고 있었다. 우중충한 날씨와 우리가 관여한 우울한 사건이 내 영혼을 짓누르고 있기 때문이었다.

반면에 그날 밤에는 침대에 누워 살가리의 『몸프라쳄의 호랑이들』을 펼쳤다.

1849년 12월 20일 밤, 무시무시한 해적들의 소굴로 악명 높은 원시의 섬 몸프라쳄, 보르네오 서해안에서 수백 킬로미터 떨어진 말레이 해의 이 섬에 사나운 폭풍우가 몰아치고 있었다. 거역할 수 없는 바람에 휩쓸린 시커먼 증기 덩어리들이 고삐 풀린 말들처럼 하늘을 가로질러 내달리고 끊임없이 서로 뒤섞이면서, 이따금 섬의 거뭇한 요새에 억수 같은 소나기를 퍼부어 댔다……. 한데 이런 폭풍우가 몰아치는 그 시각에, 피에 굶주린 해적들의 섬에서 밤새움을 하고 있는 자가 있었으니, 그는 도대체 누구인가? 그 거처의 방 하나에 불이 켜져 있다. 벽들은 붉은색의 무거운 천으로 덮여 있다. 벨벳과 수단 같은 값비싼 것들이지만 여기저기 주름이 잡히고 찢어지고 얼룩이 묻어 있다. 바닥은 황금빛으로 번쩍거리는 두꺼운 페르시아 융단에 가려 보이지 않는다……. 방 한복판에는 자개를 박고 가장자리를 은으로 장식한 흑단 탁자가 있고, 가장 순도 높은 크리스털로 만든 병들과 잔들이 놓여 있다. 구석에는 선반으로 된 커다란 가구들이 솟아 있다. 상당 부분이 훼손된 이 가구들을 가득 채우고 있는 단지들에는 갖가지 금은보화가 넘쳐 난다. 금팔찌, 귀걸이, 반지, 메달, 이제는 뒤틀리고 납작해져 버린 성물들, 실론 섬의 진주조개 채취장에서 왔을 법한 진주들, 에메랄드, 루비, 천장에 매달린 금박 램프의 불빛을 받아 수많은 별처럼 반짝이는 다이아몬드……. 이토록 기이하게 꾸며진 방 안에 한 남자가 기우뚱거리는 팔걸이의자에 앉아 있다. 키가 크고 늘씬하며 억센 근육질인 데다가, 활기차고 늠름하고 자신만만한 이목구비에 묘한 아름다움까지 지닌 사나이다.

누가 나의 영웅이었을까? 7퍼센트 코카인 수용액 때문에 약간 흥분된 상태로 벽난로 앞에서 편지를 읽던 홈스였을까? 아니면 사랑하는 마리안나의 이름을 부르며 미친 듯이 자기

가슴을 쥐어뜯던 산도칸이었을까?

그러고 나서 나는 그 책들의 다른 판들을 한데 모았다. 질이 나쁜 종이에 인쇄된 페이퍼백 판들이었다. 나는 이런 판으로 그 책들을 끝까지 읽었던 듯싶다. 읽고 또 읽는 동안 책장을 구기기도 하고, 수많은 페이지의 여백에 내 이름을 써 넣기도 하면서 말이다. 어떤 책들은 철한 것이 완전히 풀어진 채 기적적으로 책장들이 한데 붙어 있었다. 그런가 하면 어떤 책들은 어설프게 수선이 되어 있기도 했다. 파란 설탕 포장지와 아교로 책등을 다시 대어 놓은 품새가 십중팔구는 내 솜씨였다.

하지만 나는 책들의 내용은커녕 제목조차도 더 이상 볼 수가 없었다. 다락에 처음 올라온 지 일주일이 되어 가고 있었다. 모든 것을 꼼꼼하게 읽었어야 하는 게 아닌가 하는 생각이 들었다. 하지만 그러자면 시간이 얼마나 많이 걸리겠는가? 내가 다섯 살을 넘길 무렵에 읽기를 배우고 이 책들 속에서 고교 시절까지 살았다고 치면, 일주일이 아니라 적어도 10년은 걸리지 않겠는가! 내가 아직 글을 읽지 못하던 때에 부모님이나 할아버지께서 읽어 주셨던 숱한 책들, 특히 그림책들을 고려하지 않아도 그러한 것이다.

만약 내가 그 책더미 속에서 나 자신을 온전히 재구성하려고 했다면, 나는 *Funes el Memorios*(기억의 천재 푸네스)[17]

---

17 호르헤 루이스 보르헤스의 단편집 『픽션들』에 실린 「기억의 천재 푸네스」의 주인공. 19세 때 말에서 떨어지는 사고를 당한 뒤로 지각력과 기억력이 완벽해져서 〈혼자서 가지고 있는 기억이 세계가 생긴 이래 모든 인간이 가졌을 법한 기억보다 많고〉, 〈기억력이 마치 쓰레기 하치장처럼 되어 버린〉 인물.

처럼 되고 말았을 것이고, 내 어린 시절의 모든 세월을 한 순간 한 순간 다시 겪었을지도 모른다. 밤중에 들었던 나뭇잎 살랑대는 소리며 아침마다 맡았던 카페라테 냄새까지 모두 다 말이다. 하지만 내가 다시 경험해야 할 것들은 너무나 많았다. 게다가 그것들이 끝내 언어로만 되살아난다면 어쩌겠는가? 어떤 스위치 같은 것을 작동시켜서 아주 깊숙하게 감춰진 가장 진정한 기억들에게 길을 열어 주는 것이 아니라, 오히려 나의 병든 뉴런들을 더욱 혼란스럽게 만들면 어쩌란 말인가? 무엇을 할 것인가? 레닌이 전실(前室)의 하얀 천에 덮인 팔걸이의자에 앉아서 그렇게 묻고 있었다.[18] 내가 완전히 잘못 생각한 게 아닌가 싶었다. 파올라 역시 잘못 생각한 것이다. 솔라라에 돌아오지 않았다면 그냥 기억이 증발된 채로 살아갔을 텐데, 솔라라에 돌아옴으로써 나는 미치광이로 삶을 끝낼지도 모를 일이었다.

나는 모든 책을 두 채의 장롱에 도로 넣고 다락을 포기하기로 결심했다. 그런데 돌아 나오던 길에 커다란 골판지 상자들이 눈에 띄었다. 하나의 세트를 이루고 있는 이 상자들에는 고딕체에 가까운 멋진 글씨체로 쓴 〈파시즘〉, 〈1940년대〉, 〈전쟁〉 같은 라벨이 붙어 있었다. 분명 할아버지가 한데 모아 두신 상자들이었다. 다른 상자들은 더 근래에 꾸려진 것들이었다. 삼촌 내외가 다락에서 발견한 빈 상자들 — 베르사노 형제의 포도주 회사, 보르살리노, 코르디알 캄파리, 텔레풍켄(솔라라 집에 라디오가 있었나?) 등의 상표가 찍힌

---

18 『무엇을 할 것인가』는 레닌이 1902년에 발표한 공산당 조직론의 고전.

상자들 — 을 닥치는 대로 사용한 게 분명했다.

나는 그 상자들을 열어 볼 엄두가 나지 않았다. 다락에서 빠져나가 언덕으로 산책을 나가야 했다. 다락에는 나중에 다시 돌아갈 생각이었다. 나는 기력이 바닥나 있었다. 신열도 있는 듯했다.

해거름이 다가오고, 아말리아는 벌써 큰 소리로 나를 부르고 있었다. 감칠맛 나는 피난치에라[19] 수프가 거의 다 되었다는 것이었다. 다락의 가장 후미진 구석으로 어슴푸레한 그림자들이 밀려들기 시작했다. 팡토마스가 거기에 숨어서 내가 쓰러지기를 기다리고 있을 것 같은 느낌이 들었다. 내가 쓰러지면 그자는 내게 덤벼들어 밧줄로 꽁꽁 묶고 바닥이 없는 우물의 심연 속에 나를 매달아 둘 것이었다. 그러나 내가 어린 시절로 돌아가고자 했던 것은 사실이지만, 나는 이제 아이가 아니었다. 나는 다른 누구에게가 아니라 나 자신에게 그 점을 입증해 보이기 위해 대담하게 늑장을 부리면서 가장 어두운 구석을 살폈다. 그러다가 해묵은 곰팡내가 다시 엄습해 오는 것을 느꼈다.

나는 뚜껑을 포장지로 고이 가려 놓은 커다란 궤 하나를 해거름의 설핏한 잔광이 아직 새어 드는 지붕창 가까이로 끌어냈다. 먼지에 덮인 뚜껑을 열자, 두 켜를 이룬 이끼가 손에 잡혔다. 바싹 마르긴 했지만 진짜 이끼였다 — 그렇게 많은 양의 페니실린이 있었다면, 『마의 산』의 요양소에 있던 사람들을 일주일 만에 모두 집으로 돌려보낼 수 있었을 것이고, 나프타와 세템브리니의 멋진 대화도 끝나고 말았으리라. 이

---

[19] 송아지 뇌와 가슴샘, 닭의 내장과 볏 등으로 만드는 수프. 피에몬테 지방의 토속 음식.

끼는 마치 흙이 붙어 있는 상태로 뿌리째 떠낸 풀의 덩어리들 같았다. 이것들을 서로 나란히 놓으면 할아버지 책상만큼이나 넓은 풀밭이 만들어질 법했다. 무슨 조화인지 모르지만, 이끼는 코를 찌르는 싸한 냄새를 아직 조금 풍기고 있었다 — 아마도 비나 눈이나 우박이 다락의 지붕에 내릴 때마다 종이의 보호 아래 더러 습기가 차는 곳이 생겨났던 모양이다.

이끼 밑에는 무언가 대팻밥에 싸인 것이 있었다. 내용물이 훼손되지 않도록 살살 헤쳐 보니, 나무 또는 판지로 만들고 채색 석고를 바른 작은 오두막이 나왔다. 지붕은 납작하게 누른 밀짚으로 되어 있었고, 밀짚과 나무로 만든 물레방아는 아직도 바퀴가 빡빡하게나마 돌아가고 있었다. 그리고 오두막 뒤쪽의 언덕에는 원근법에 따라 배경을 나타낸 듯, 채색 판지로 된 작은 집들과 성관들이 많이 모여 있었다. 끝으로 나는 대팻밥 속에서 조각상들을 찾아냈다. 어린 양을 어깨에 태우고 있는 목동들, 칼갈이, 새끼 당나귀 두 마리를 거느리고 있는 목수, 과일 바구니를 머리에 인 시골 아낙, 두 명의 백파이프 연주자, 낙타 두 마리를 모는 아랍인, 유향이나 몰약 냄새보다 곰팡내를 더 많이 풍기는 동방 박사들 — 그제야 이 모든 것의 정체를 알 수 있었다 — , 그리고 마지막으로 당나귀, 소, 요셉, 마리아, 요람, 아기 예수, 적어도 한 세기 전부터 지속되어 온 후광에 싸인 채 뻣뻣한 자세로 팔을 벌리고 있는 두 천사. 그 밖에도 황금빛 살별, 파란색 바탕에 별들이 총총하게 박혀 있는 쪽이 안으로 가도록 둘둘 말아 놓은 천, 자그마한 강의 바닥처럼 보이도록 시멘트를 발라 놓고 물이 드나드는 구멍을 두 개 뚫어 놓은 금속 대야가 나왔다. 유리 원통에서 기다란 고무 대롱들이 빠져나와 있는 이상한 기계도 있었다. 나는 그 기계를 앞에 놓고 생각에 빠져 있다가 저녁 식사를 30분이나 늦추고 말았다.

그것은 온전한 성탄 구유 장식이었다. 할아버지와 부모님이 신자였는지는 알 수 없지만(어머니는 침대 머리맡 탁자에 『필로테아』를 두고 계셨던 것으로 보아 아마도 신자였을 것이다), 분명히 성탄절이 다가오면 누군가가 이 궤를 꺼내서 아래층의 어느 방에 구유 장식을 설치했을 것이었다. 그 성스러운 마구간 앞에서 나는 무언가 찡한 것을 느꼈다. 하지만 그건 누구나 흔히 경험하는 반응이 아닌가 싶었다. 그렇다 해도 그 작은 조각상들은 나에게 어떤 이름이 아니라 하나의 이미지를 상기시켰다. 그것은 예전에 내가 다락에서 보았던 이미지가 아니었다. 어딘가에서 보았던 이미지가 마치 눈앞에 보고 있는 것처럼 생생하게 되살아났다.

성탄 구유 장식은 나에게 무엇을 의미하는 것이었을까? 예수와 팡토마스, 로캉볼과 동시집 『바구니』, 동방 박사들의 인형에 핀 곰팡이와 『여행과 모험에 관한 화보 신문』에서 본 말뚝에 꿰인 시신들의 곰팡이 중에서 나는 어느 편에 있었을까?

나는 다락에서 보낸 그 나날이 잘못 사용되었다는 것을 깨달았다. 나는 여섯 살, 열두 살, 또는 열다섯 때에 처음 넘겼던 페이지들을 이러저러한 이야기에 여러 차례 감동을 받으면서 다시 읽었다. 이런 식으로는 기억이 복원되지 않는다. 기억이라는 것이 여러 가지 요소를 뒤섞고 수정하고 변화시키는 것은 사실이지만, 시간상으로 멀고 가까운 것을 혼동하

「코리에레 데이 피콜리」

는 것은 드문 일이다. 사람이 자기가 겪은 어떤 일을 기억한다 할 때는 그것이 여섯 살 때 일어난 것인지 열 살 때 일어난 것인지를 알게 마련이다. 현재의 나를 놓고 보더라도, 병원에서 깨어나던 날과 솔라라로 떠나던 날을 구별할 수 있었다. 나는 그사이에 생각이 달라지고 경험들이 비교되는 일종의 숙성이 진행되었다는 것을 알고 있었다. 반면에 다락에서 일주일을 보내는 동안 나는 마치 내가 어렸을 때 한꺼번에 모든 것을 꿀꺽 삼키기라도 했던 것처럼 그 모든 것을 빨아들였다 — 그러니 이것저것이 섞인 술에 취한 것처럼 얼떨떨한 기분을 느낄 수밖에 없었다.

사정이 이러하니 나는 그 오래된 책들의 *grande bouffe*(폭식)를 포기해야만 했다. 그것들을 제자리로 돌려놓고 오랜 시간에 걸쳐 조금씩 음미해야 할 일이었다. 여덟 살 때와 열세 살 때를 비교하면서 내가 무엇을 읽고 보았는지 말해 줄 수 있는 사람이 누가 있을까? 나는 그 질문을 놓고 조금 생각하다가 깨달았다. 그 모든 종이 상자나 궤나 장롱 속의 어딘가에 내가 사용했던 교과서와 공책이 있을 것이었다. 그것들이 바로 내가 찾아내야 할 문서들이었다. 그것들이 나를 이끌어 가도록 손을 내맡기고, 그것들의 가르침을 따르기만 하면 되는 일이었다.

저녁을 먹으면서 나는 아말리아에게 성탄 구유 장식에 관해 물어보았다. 그녀의 대답에 따르면, 할아버지는 그것에 애착을 가지고 있었다. 할아버지가 독실한 신자였던 것은 아니지만, 성탄 구유 장식은 임금 파스타와 같은 것이어서, 그것이 없는 성탄절은 성탄절이 아니었다. 만약 손자 손녀가 없었다면, 할아버지는 당신 자신을 위해서라도 그것을 만들었을 것이었다. 할아버지는 12월 초만 되면 그것을 설치하기 위한 작업을 시작했다. 다락 안을 두루 살펴보면, 하늘 배경막을 붙이는 틀이며 무대 전면에서 별들이 반짝이는 것처럼 보이게 하는 다수의 작은 전구들을 찾아낼 수 있을 것이었다.「할아버님이 꾸며 놓으신 구유는 정말 멋졌어요. 나는 해마다 그걸 보고 눈물을 흘렸지요. 강에는 정말로 물이 흘렀고, 한번은 물이 넘쳐서 그해에 새로 구해 온 이끼가 젖었는데, 그 이끼에서 자그마한 파란 꽃들이 숱하게 피어났어요. 그야말로 아기 예수의 기적이었죠. 본당 신부님까지 와서 보시고는 너무 놀라서 당신 눈을 의심할 정도였다니까요.」

「그런데 할아버지는 어떻게 물이 흐르게 하신 거죠?」

아말리아는 낯을 붉히며 무어라고 웅얼거리더니, 마음을 굳히고 대답했다.「해마다 성탄절을 보내고 주현절도 지나고 나면, 나는 할아버님을 도와 성탄 구유 장식을 모두 궤짝에 담았어요. 그래서 알게 된 건데, 궤 속을 잘 뒤져보면 틀림없이 무언가가 있을 거예요. 목이 없는 커다란 유리병 같은 것인데, 봤어요? 어쨌거나 요즘에는 아마도 그런 것을 사용하는 사람이 없을 테지만, 그건 하나의 기계 장치예요. 입에 올리기가 좀 거북하긴 하지만, 관장(灌腸)을 하는 데 쓰는 기계죠. 관장이 뭔 줄 알죠? 다행히 내가 굳이 설명하지 않아도 되겠네요. 설명하자면 쑥스러웠을 텐데. 그러니까 할아버님은 관장 기계를 구유 장식 아래에 놓고 대롱들을 알맞은 자리에 연결해서 물이 나왔다가 다시 아래로 돌아가게 만드신 거예요. 정말 기막힌 생각을 하신 거죠. 활동사진은 저리 가라 할 정도로 멋진 볼거리였다고요.」

8. 라디오

 그렇게 다락에서 일주일을 보낸 뒤에 나는 마을에 내려가서 약사를 만나 혈압을 재보기로 했다. 170, 너무 높았다. 그라타롤로 박사는 130대에서 혈압을 유지하겠다는 약속을 받고 나를 퇴원시켰고, 솔라라로 떠나올 때만 해도 130이었다. 약사는 내가 마을에 오느라고 언덕을 걸어 내려온 뒤라 혈압이 올라간 것이라고 말했다. 만약 아침에 잠자리에서 일어났을 때 쟀다면 더 낮았으리라는 것이었다. 그건 괜한 소리였다. 나는 이유가 무엇인지 알고 있었다. 나는 무엇에 씐 사람처럼 나날을 보낸 터였다.

 나는 그라타롤로 박사에게 전화를 걸었다. 그는 무언가 해서는 안 될 일을 했느냐고 물었다. 나는 궤짝들을 옮기고 끼니때마다 적어도 포도주 한 병씩을 마셨으며 매일 지탄을 스무 개비씩 피웠다고 실토하지 않을 수 없었다. 경증의 심계항진이 여러 차례 일어났다는 사실도 인정했다. 그는 회복기 환자가 왜 그러느냐며 나를 나무랐다. 혈압이 계속 높아지면 사고가 또 일어날 수도 있고, 그랬다가는 처음처럼 운 좋게 깨어나는 것이 불가능할 수도 있다는 것이었다. 나는 조심하겠노라고 약속했다. 그는 알약의 복용량을 늘리고, 오줌을 통해 소금이 빠져나가게 하는 다른 약을 추가로 처방해 주었다.

나는 아말리아에게 음식에 소금을 더 적게 넣으라고 부탁했다. 그러자 아말리아는 전쟁 중에 소금 1킬로그램을 얻으려면 갖은 애를 다 써야 했고 토끼 두세 마리를 포기해야 했다면서, 소금은 하느님의 은총이고 소금기가 없으면 음식을 무슨 맛으로 먹느냐고 말했다. 의사가 짠 음식을 먹지 못하게 했다고 말해도 그녀는 막무가내였다. 의사들이 공부는 많이 했는지 모르지만, 알고 보면 다른 사람들보다 멍청하기 때문에 그들의 말을 곧이곧대로 들으면 안 된다는 것이었다. 그러면서 아말리아는 자기를 보라고 했다. 평생 진찰 한 번 받아 본 적이 없지만, 일흔이 넘은 나이에도 허리가 뻐근하도록 온갖 일을 하면서 축복받은 나날을 보내고 있고, 그 흔한 좌골 신경통도 모르고 살지 않느냐는 것이었다. 하는 수 없는 일이었다. 오줌을 자주 누어서 아말리아의 소금을 걸러 내는 수밖에 없었다.

그보다 중요한 것은 다락에 올라가기를 그만두고 운동을 좀 하거나 다른 소일거리를 찾는 것이었다. 나는 잔니에게 전화를 걸었다. 근자에 내가 읽은 모든 것이 그에게도 무언가 의미 있는 것으로 다가오는지 알고 싶었다. 우리의 독서 체험은 서로 다른 듯하다. 그에게는 유행이 지난 물건들을 수집하는 할아버지가 없었으니 그럴 만도 하다. 하지만 둘이서 공통으로 읽은 책들도 적지 않았다. 거기에는 우리가 서로 책을 빌려 보았다는 또 다른 이유가 있었다. 우리는 살가리를 놓고 반 시간 동안 마치 텔레비전의 어떤 프로그램에 나오는 것처럼 잡학 퀴즈 게임을 벌였다. 인도 아삼 주 라자의 사악한 조언자였던 그리스인의 이름은 뭐지? 테오토크리스. 원수의 딸이라서 〈검은 해적〉이 사랑할 수 없었던 아름다운 오노라타의 성(姓)은? 반 굴트. 트레말나이크의 딸 다르마와 결혼한 사람은? 수요다나의 아들 모어랜드 경.

나는 『추페티노』를 가지고도 시험해 보았다. 하지만 이것은 잔니에게 아무 반응도 일으키지 않았다. 그는 그런 책보다 만화를 더 많이 보았다고 하더니, 돌연 기세를 올리며 마치 기총 소사를 하듯이 만화의 제목들을 읊어 댔다. 나 역시 그 만화책들을 읽었을 것이다. 잔니가 말한 제목들 가운데 몇몇은 귀에 익은 느낌이 들기도 했다. 〈공중 패거리〉, 〈풀미네 대(對) 플라타비온〉, 〈토폴리노와 검은 유령〉, 그리고 무엇보다 〈치노와 프랑코〉……. 하지만 나는 그것들을 다락에서 보지 못했다. 할아버지는 팡토마스와 로캉볼을 좋아하셨으면서도, 만화는 아이들에게 해로운 하찮은 것이라고 생각하셨던 것일까? 그렇다면 로캉볼은 아이들에게 해롭지 않다고 말할 수 있을까?

나는 만화책을 읽지 않고 자란 것일까? 나의 탐색을 오래도록 중단하면서 억지로 휴식을 취하는 것은 쓸모없는 짓이었다. 탐색에 대한 열정이 내 안에서 되살아나고 있었다.

때마침 파올라가 나를 구해 주었다. 바로 그날 정오쯤에 카를라와 니콜레타와 세 아이를 데리고 느닷없이 들이닥친 것이었다. 그냥 당신 한 번 안아 주려고 소풍 삼아 온 거라서, 저녁 먹기 전에 다시 떠날 거예요, 하고 파올라는 말했다. 하지만 나를 요모조모 살피고 몸무게를 가늠해 보는 기색이 역력했다.

〈당신 살쪘어요〉 하고 그녀가 말했다. 다행히도 발코니와 포도밭에서 햇볕을 쬐었기 때문에 안색이 창백하지는 않았지만, 몸에 살이 조금 붙은 모양이었다. 나는 아말리아가 차려 주는 조촐하고도 감칠맛 나는 저녁 식사 때문이라고 둘러댔다. 파올라는 아말리아가 알아듣도록 다시 얘기를 하겠다고 했다. 나는 며칠 전부터 몇 시간 동안 꼼짝 않고 책만 보았다는 사실을 숨겼다.

멋진 산책, 당신에겐 바로 그게 필요해요. 그녀의 말에 따라 온 가족이 〈콘벤티노〉 쪽으로 갔다. 그곳은 이름과 달리 작은 수도원이 아니라, 몇 킬로미터 떨어진 언덕에 솟아 있는 예배당일 뿐이었다. 오르막이 완만하게 이어지고 있어서 거의 느껴지지 않더니, 목적지를 몇 십 미터 앞에 두고 갑자기 가팔라졌다. 나는 숨을 돌리면서 손자들에게 장미꽃과 제비꽃을 한 다발[1] 꺾으라고 권했다. 파올라는 시인의 말을 인용할 것이 아니라 꽃들의 향기를 맡아 보라고 퉁을 놓았다. 그러면서 레오파르디도 다른 시인들과 마찬가지로 거짓말을 하고 있다고 했다. 장미꽃은 제비꽃이 지고 나서야 피기 시작하기 때문에, 어떤 경우에도 장미꽃과 제비꽃을 한 다발로 묶을 수는 없으니, 어디 한번 보라는 것이었다.

나는 그저 백과사전에 나오는 지식들만 기억하고 있는 게 아니라는 것을 보여 주기 위해, 지난 며칠 동안 읽은 이야기들 가운데 몇 가지를 떠벌렸다. 그러자 손자 녀석들은 눈을 동그랗게 뜨고 내 주위에서 깡충거렸다. 한 번도 들어 본 적이 없는 이야기들인 모양이었다.

[1] 앞서 한 차례 인용한 바 있는 자코모 레오파르디의 시 「마을의 토요일」에 나오는 구절.

맏손자 산드로에게 들려준 이야기는 〈보물섬〉이었다. 나는 마치 나 자신의 모험담을 들려주듯이, 〈벤보 제독〉 여관에서 벌어진 일을 시작으로 내가 어떻게 트렐로니 경이며 리브시 박사, 스몰렛 선장들과 함께 〈히스파뇰라〉 호에 승선하게 되었는지 이야기했다. 그런데 산드로가 가장 마음에 들어 하는 두 인물은 키다리 존 실버 — 다리 하나를 잃고 목발을 짚고 있기 때문에 — 와 섬에 버려졌던 불운한 해적 벤 건인 듯했다. 녀석은 관목 숲에서 매복하고 있는 해적들을 눈앞에 그리고 있기라도 한 것처럼, 상기된 얼굴로 눈을 휘둥그렇게 뜨고 이야기를 재촉하더니, 플린트 선장의 보물을 획득하는 대단원에 이르자 그만 해도 된다고 말했다. 우리는 해적들의 노래를 부르고 또 부르면서 아쉬움을 달랬다. 데드 맨스 체스트 섬에, 열다섯 사람, 어기영차, 럼주 한 병······.

잔조와 루카를 위해서는 『잔 부라스카의 일기』[2]에 나오는 잔니노 스토파니의 짓궂은 장난들을 실감나게 재연해 보이기 위해 최선을 다했다. 내가 베티나 아주머니의 백선(白鮮) 화분 밑바닥에 뚫린 배수 구멍으로 막대기를 쑤셔 넣거나, 베난치오 아저씨의 하나밖에 남지 않은 이를 낚시로 뽑아내는 시늉을 하자, 녀석들은 세 살배기들 나름대로 무언가를 이해했는지 웃음을 그치지 않았다. 그 이야기를 가장 좋아한 사람은 아마도 카를라와 니콜레타였을 것이다. 개구쟁이 잔 부라스카에 관한 얘기를 아무에게서도 들은 적이 없음을 보

---

[2] 이탈리아 작가 잔 밤바(본명: 루이지 베르텔리)가 1907년에 써서 1920년에 출간한 소설. 잔 부라스카(돌풍 소년 잔)라는 별명을 가진 악동 잔니노 스토파니의 일기 형식으로 되어 있다.

「잔 부라스카의 일기」

「로캉볼」

여 주는 우리 시대의 슬픈 징후였다.

하지만 내가 보기에 아이들의 마음을 더욱 사로잡았던 것은 로캉볼 이야기였다. 나는 스스로 로캉볼의 역할을 맡아, 나에게 범죄의 기술을 가르쳐 준 윌리엄 경을 어떻게 제거했는지 이야기해 주었다. 그는 맹인이 되었지만 내 과거를 폭로할 수 있는 성가신 증인이었기에 그를 바닥에 쓰러뜨리고 기다란 핀을 목덜미에 찔러 넣은 다음, 누가 보기에도 뇌일혈로 죽은 것처럼 보이도록 머리털 사이에 묻은 작은 핏자국을 없애 버렸노라고 말이다.

파올라는 그런 이야기를 아이들에게 들려주면 안 된다고 소리를 질렀다. 요즈음에는 커다란 핀들이 집 안에 나돌지 않기에 망정이지, 그것들이 아이들 손에 들어가면 고양이를 상대로 시험을 하게 되리라는 것이었다. 하지만 파올라가 무엇보다 우려했던 것은 내가 그 모든 사건들을 마치 직접 겪은 것처럼 이야기했다는 사실이었다.

「만약 아이들을 즐겁게 해주기 위해서 그런 거라면 괜찮아요. 그게 아니라 당신이 읽는 것에 너무 심하게 동화되는 거라면, 그건 다른 사람들의 기억을 빌리는 거예요. 당신과 그 이야기들 사이에 분명한 거리가 있는 거 맞죠?」

「이거 왜 이러시나, 내가 기억을 잃은 건 맞지만 미치광이가 된 건 아니오. 아이들을 위해서 일부러 그런 거란 말이오!」

「그렇다면 다행이고요. 하지만 당신이 솔라라에 온 것은 당신 자신을 되찾기 위해서예요. 호메로스, 만초니, 플로베르 등으로 이루어진 백과사전에 짓눌리고 있다고 느꼈기 때문에 온 거라고요. 그런데 당신은 이제 유사(類似) 문학의 백과사전 속으로 들어갔어요. 아직 진전이 없다는 얘기죠.」

나는 반박에 나섰다.「그건 한 걸음 나아간 거요. 우선 스티븐슨은 유사 문학이 아니기 때문이고, 둘째는 내가 되찾고자 하는 사람이 어린 시절에 유사 문학을 탐독했다면 그건 내 잘못이 아니기 때문이며, 끝으로는 클라라벨라의 보물 이야기를 하면서 나를 여기에 보낸 사람은 바로 당신이기 때문이오.」

「그건 그래요, 미안해요. 당신에게 도움이 된다 싶으면, 계속해 봐요. 하지만 조심해야 해요. 당신이 읽는 것에 도취하면 안 돼요.」 파올라는 화제를 돌려 내 혈압에 관해서 물었다. 나는 거짓말을 했다. 조금 전에 혈압을 쟀는데 130이 나오더라고 말한 것이었다. 파올라는 그 말을 듣고 기뻐했다. 오, 가엾은 내 아내.

우리가 산책에서 돌아올 때에 맞춰서 아말리아는 모두를

위해 맛있는 간식과 물과 싱싱한 레몬을 준비해 놓았다. 파올라와 아이들은 간식을 먹고 나서 다시 떠났다.

그날 저녁, 나는 착한 아이로 돌아가 암탉들처럼 아주 일찍 잠자리에 들었다.

이튿날 오전에 나는 다시 본채에 가서 방방으로 돌아다녔다. 이미 둘러본 방들이지만, 사실 그때는 쓱쓱 지나가면서 대충 보았던 터였다. 경외감에 사로잡힌 나머지 보는 둥 마는 둥 했던 할아버지 침실에도 다시 들어가 보았다. 옛날의 모든 침실에 그랬듯이, 이 방에도 서랍장과 커다란 옷장이 있었다.

나는 옷장을 열어보고 깜짝 놀랐다. 해묵은 나프탈렌 냄새를 아직 간직하고 있는 옷들이 걸려 있고 그 옷들에 가려진 바닥에 두 가지 물건이 놓여 있었다. 손으로 태엽을 감아 주는 나팔 달린 축음기와 라디오였다. 둘 다 어떤 잡지에서 떨어져 나온 책장들에 덮여 있었다. 나는 책장들을 한데 모았다. 그건 1940년대 나온 라디오 프로그램 전문 주간지 『라디오 통신』의 한 호였다.

축음기의 회전판에는 먼지가 더께로 앉은 78회전 음반 하나가 아직 놓여 있었다. 나는 손수건에 침을 뱉어 가면서, 반 시간을 들여 음반을 닦았다. 노래 제목은 「아마폴라」였다. 나는 축음기를 서랍장 위에 올려놓고 음반을 걸었다. 그러자 나팔을 통해 어렴풋한 소리가 흘러나왔다. 멜로디를 거의 알아들을 수가 없었다. 노인성 치매에 걸린 고물 축음기라서 어찌해 볼 도리가 없었다. 하긴, 내가 소년이었을 때 이미 박물관으로 보냈어야 할 물건이었다. 그 시대의 음악을 듣고자 한다면, 서재에서 본 레코드플레이어를 사용해야 했다. 그런데 음반들은 어디에 있는 것일까? 아말리아에게 물어봐야 할 듯했다.

라디오는 잘 보관되어 있었지만, 50년 세월을 지나오는 동안 손가락으로 글씨를 쓸 수 있을 정도로 먼지가 쌓여 있어서, 먼저 꼼꼼하게 청소를 해야 했다. 그건 마호가니 빛깔의 멋진 〈텔레풍켄〉이었다(그래서 다락에 이 제품의 포장 상자가 남아 있었던 것이다). 스피커는 굵은 실로 짠 천으로 덮여 있었다(아마도 소리가 더 잘 울리도록 해주는 장치인 모양이었다).

스피커 옆에는 숫자와 글자가 뭉개진 거뭇한 눈금판이 있었고 그 아래에는 회전식 손잡이가 세 개 있었다. 물론 진공관식 라디오였다. 나는 그것을 흔들어 보았다. 속에서 무언가 달가닥거리는 소리가 들렸다. 아직 코드와 플러그가 달려 있었다.

나는 라디오를 서재로 가져가서 조심스럽게 책상에 올려놓고 콘센트에 플러그를 꽂았다. 기적에 가까운 일이 벌어졌다. 그 시절에는 물건들을 견고하게 만들었다는 증거였다. 주파수 눈금판의 작은 램프에 희미하게나마 불이 들어왔다. 하지만 다른 것들은 작동되지 않았다. 진공관이 망가진 게 분명했다. 밀라노 어딘가에 가면 이런 라디오를 다시 작동시킬 수 있는 고물 애호가들을 찾아낼 수 있지 않을까 싶었다. 그들에게는 오래된 부속품들을 모아 둔 창고가 있다. 폐차장에 보내는 고물 차에서 상태가 좋은 부품들을 찾아내 옛날 자동차들을 다시 가게 만드는 정비공들처럼 말이다. 그런 생각을 하고 나자, 민중적인 상식으로 충만한 늙은 전기공이 나에게 무슨 말을 할지 짐작이 갔다. 「나는 손님의 돈을 훔치고 싶지 않아요. 한번 생각해 보세요. 제가 이것이 다시 작동되도록 수리를 해드린다 해도 옛날 방송을 들으실 수 없어요. 라디오는 옛날 것이라도 방송은 오늘날 것을 듣게 된다는 것이죠. 그러니 새 라디오를 하나 사시는 게 나을 거예요. 그게 수리비보다 덜 먹히죠.」 이렇게 영리한 사람을 설득한다는 것은 애당초부터 승산이 없는 일이다. 라디오는 고서가 아니다. 고서를 펴면 5백 년 전에 사람들이 생각하고 말하고 인쇄한 것을 만날 수 있다. 하지만 이 고물 라디오는 찌지직거리는 소리를 내면서 끔찍한 록 음악 또는 오늘날 사람들이 록 음악이라고 부르고 싶어 하는 것을 들려줄 것이었다. 그런 것을 듣는 것은 슈퍼마켓에서 사 온 〈산펠레그리노〉 생수를 마시면서, 비시 광천수가 혀의 맛봉오리를 짜릿하게 자극하는 것을 다시 느꼈노라고 주장하는 것이나 진배없다. 그 고장난 라디오를 수리한들 영원히 잃어버린 소리를 다시 들을 수는 없었다. 팡타그뤼엘의 얼어붙은 말들[3]처럼 그 소리들을 다시 살려 낼 수 있다면 얼마나 좋을까……. 하지만 언젠가 내 뇌의 기억이 돌아온다 하더라도 그 헤르츠파의 자취는 되찾을 수 없었다. 솔라라는 소리라는 측면에서 보면 나에게 아무런 도움도 되지 않았다. 그저 귀를 먹먹하게 하는 침묵의 소리를 들려줄 뿐이었다.

[3] 프랑수아 라블레의 『제4서』 56장의 환상적인 장면. 팡타그뤼엘 일행은 아무도 보이지 않는 바다 한복판에서 이상한 말소리를 듣게 된다. 알고 보니 빙해의 경계에 있는 그곳에서 지난 초겨울에 대규모 전투가 벌어졌고, 전투 당시의 말소리와 온갖 소음이 공중에 얼어붙어 있다가 엄동이 지나고 따뜻한 봄이 오자 눈처럼 녹아서 귀에 들려오는 것이었다.

그래도 불이 켜진 눈금판과 거기에 적힌 방송국들의 이름이 남아 있었다. 주파수 범위에 따라서 색깔 — 중파는 노란색, 단파는 빨간색, 장파는 초록색 — 을 달리하고 있는 그 이름들 때문에 나는 오래도록 골머리를 앓았을 것이다. 그러면서 다이얼을 이리저리 돌려 슈투트가르트, 힐베르쉼, 리가, 탈린 같은 마술적인 도시들에서 전해 오는 귀에 선 소리들을 들으려고 애썼을 것이다. 어쩌면 나는 이전에 한 번도 들어 본 적이 없는 그 이름들을 마케도니아, 터키 아티카, 버지니아, 엘 칼리프, 스탐불 등과 연결시켰을지도 모른다. 나는 지도책을 볼 때보다 이 방송국 이름들을 보고 그것들의 속삭임을 들으면서 더 많은 꿈을 꾸지 않았을까? 그런데 그 이름들 중에는 밀라노나 볼차노 같은 이탈리아 것들도 있었다. 나는 이런 노래를 흥얼거리기 시작했다.

　라디오에서 토리노 방송이 나오면
　내가 오늘 저녁에 발렌티노 공원에서 널 기다린다는 뜻이야.
　하지만 그러다 갑자기 방송이 바뀌면
　엄마가 집에 있으니 조심하라는 뜻이야.
　볼로냐 방송은 내가 너에 관한 꿈을 꾸고 있다는 뜻이고,
　밀라노 방송은 네가 아주 멀리 있다고 느낀다는 것이며,
　산레모 방송은 아마도 오늘 저녁에 우리가 만나리라는 뜻이야……

또다시 말들이 다른 말들을 생각나게 하고 있었다. 이번에는 도시들의 이름이 그 역할을 맡은 것이었다.

보아하니 그 라디오는 1930년대 제품이었다. 그 시절에는 라디오가 비쌌을 것이므로, 이 제품은 분명 어떤 시점이 되어서야 사회적 지위의 상징으로 우리 집에 들어왔을 것이다.

나는 1930년대와 1940년대에 사람들이 라디오를 어떻게 사용했는지 알고 싶었다. 그래서 잔니에게 전화를 걸었다.

그가 가장 먼저 한 말은 자기에게 품삯을 주어야 한다는 것이었다. 물에 잠긴 보물단지를 건져 올리는 잠수부처럼 자기를 부려먹고 있으니 돈을 내야 한다는 얘기였다. 그러더니 그는 감동이 서린 목소리로 덧붙였다. 「그러니까 라디오는 말이야⋯⋯ 우리 집에 그게 생긴 건 1938년이 되어서야. 그 시절에는 라디오가 비쌌어. 우리 아버지는 회사원이었는데, 자네 아버님과는 달리 쪼그만 회사에서 일하셨고 봉급도 많지 않으셨지. 자네 가족이 여름에 휴가 여행을 떠날 때, 우리는 그냥 도시에 머물면서 저녁마다 공원에 가서 바람을 쐬고 일주일에 한 번씩 아이스크림을 사 먹었어. 우리 아버지는 말수가 적은 분이셨어. 그날도 아버지는 퇴근하고 집에 돌아오셔서 조용히 저녁을 드셨어. 그러더니 식사가 끝나자 케이크 상자를 꺼내 놓으시더군. 아니, 일요일도 아닌데 이게 웬 거야? 어머니의 물음에 아버지는 그냥 그러고 싶었어, 하고 대답하셨지. 우리는 케이크를 먹었어. 그러고 나자 아버지는 머리를 긁적이면서 말씀하셨어. 마라, 지난 몇 달 동안 회사 일이 잘 돌아간 모양이야. 오늘 사장님이 천 리라를 주셨어. 어머니는 갑자기 발작이라도 일어난 것처럼 두 손을 입으로 가져가더니 이렇게 소리를 치시는 거야. 오, 프란체스코, 그럼 우리 라디오 사자! 그렇게 된 거야. 그해에는 「한 달에 천 리라를 벌 수 있다면」이라는 노래가 유행했어. 천 리라의 월급을 받아서 젊고 예쁜 아내에게 많은 것을 사주고 싶어 하는 소박한 회사원의 꿈을 담은 노래였지. 그러니까 천 리라는 쏠쏠한 월급의 동의어였던가 봐. 아마 우리 아버지는 그보다 적게 버셨을 거야. 어쨌거나 그날 아버지가 가져오신 돈은 아무도 기대하지 않았던 보너스였던 셈이야. 덕분에 우리도 라디오를 갖게 되었지. 잠깐만, 상표가 뭐였더라……. 그래, 〈포놀라〉였어. 일주일에 한 번씩 〈마르티니와 로시〉사(社)가 후원하는 오페라 콘서트가 중계되었고, 어떤 요일에는 연극이 중계되었어. 으음, 탈린과 리가 같은 도시에서 보내오는 방송도 괜찮았어. 오늘날에도 그 방송들을 들을 수 있으면 좋을 텐데, 지금 내가 가지고 있는 라디오의 눈금판에는 숫자밖에 나와 있지 않아……. 그 뒤에 전쟁이 터졌고, 불기가 있는 방은 주방뿐이라서 라디오도 그리로 옮겨 갔지. 우리는 밤마다 〈라디오 런던〉[4]에 귀를 기울였어. 자칫하면 감옥에 갈 수도 있었기 때문에 볼륨을 가장 낮게 줄여 놓고 말이야. 등화관제 때문에 유리창들은 모두 파란 설탕 포장지로 가려 놓고 집 안에 틀어박혀 있었지. 그다음에 생각나는 건 노래들이야! 자네가 원한다면 내가 그 노래들을 다 불러 주겠어. 돌아와서 얘기만 해. 파시스트 찬가들도 다시 불러 줄 수 있어. 자네도 알다시피 나는 과거를 그리워하는 사람이 아냐. 하지만 어쩌다 파시스트 찬가들을 듣고 싶을 때가 있어. 라디오 옆에 앉아서 저녁 시간

---

4 2차 세계 대전 기간에 유럽의 나치 점령 지역에서는 BBC 월드 서비스를 흔히 〈라디오 런던〉이라고 불렀다. BBC 월드 서비스의 첫 외국어 방송은 아랍어 방송으로서 1938년 1월에 시작되었고, 독일어 방송과 이탈리아어 방송은 각각 같은 해 3월과 9월에 시작되었다.

을 보냈던 그때의 기분을 다시 느껴 보기 위해서 말이야……. 어떤 광고에서 라디오를 두고 했던 말이 있는데, 그게 뭐였더라? 라디오, 모두의 마음을 사로잡는 목소리……」

나는 잔니에게 그만 하라고 말했다. 정작 내가 부탁해 놓고 그만 하라는 것은 미안한 일이지만, 바야흐로 그는 자기의 추억으로 나의 타불라 라사(백지 상태)를 오염시키고 있었다. 그 시절의 저녁 시간을 다시 경험하는 일은 나 혼자서 해야 할 일이었다. 분명히 우리의 경험은 서로 달랐을 것이다. 잔니네 집에는 〈포놀라〉가 있었고 우리 집에는 〈텔레풍켄〉이 있었다. 그리고 그는 리가에서 날아오는 방송을 듣고 있었다면, 나는 탈린에서 보내는 방송을 들었을 수도 있다. 그런데 우리는 정말로 탈린에서 보내는 방송을 들을 수 있었을까? 그렇다면 우리가 에스토니아 말을 알아들었다는 얘긴가?

나는 식사를 하러 내려가서, 그라타롤로 박사의 경고를 무시하고 술을 마셨다. 그건 그저 잊기 위함이었다. 바로 나 자신을 잊기 위한 것이었다. 지난주의 흥분을 가라앉히고 오후에 그늘에서 낮잠을 자고 싶은 생각이 들게 만들어야 했다. 『몸프라쳄의 호랑이들』을 들고 침대에 누우면 잠이 올 것이었다. 옛날에는 아마도 이 책을 읽느라고 밤이 이슥하도록 깨어 있었을 테지만, 지난 이틀 밤의 경험에 비추어 보면 이 책은 효험 좋은 수면제였다.

그런데 음식을 포크로 한 번 찍어서 내 입에 넣고 부스러기를 하나 골라서 마투에게 주고 하는 사이에, 간단하면서도 아주 슬기로운 생각이 떠올랐다. 라디오는 지금 전파를 타고 날아오는 것을 우리에게 들려준다. 하지만 축음기는 음반에 담긴 옛날의 소리를 들을 수 있게 해준다. 그야말로 팡타그뤼엘의 얼어붙은 말인 것이다. 50년 전의 라디오를 듣고 있는 듯한 기분을 느끼자면 음반들이 필요했다.

〈음반요?〉 하면서 아말리아는 볼멘소리를 늘어놓았다. 「그딴 것에 신경 쓰지 말고, 음식을 생각해요. 이 맛난 것들이 잘못 내려가서 탈이 나면 의사한테 가야 되잖아요! 음반이라, 음반, 음반…… 아이고 머리야, 다락에 있을 리는 없어요! 서방님 삼촌 내외가 모든 것을 들어낼 때, 나도 일손을 거들었는데…… 잠깐, 잠깐만요…… 내 생각에 그 음반들은 서재에 있었어요. 만약 내가 그것들을 모두 다락으로 옮기기로 했다면, 계단을 올라가다가 그것들을 놓쳐서 깨뜨리고 말았기가 십상이에요. 그래서 그것들을 어디에다 쌓아 놓았는데…… 그게 어디더라…… 미안해요. 내 기억력이 신통치 않게 되어서 이러는 건 아니에요. 내 나이에 비하면 그래도 나는 기억이 말짱한 편이거든요. 하지만 그 뒤로 50년 세월이 지났고 내가 여기 앉아서 50년 동안 그 음반들을 생각하고 있었던 게 아니잖아요. 잠깐, 아 그래, 내 머리가 정말 말짱하네요! 나는 분명 그것들을 할아버님 서재 앞에 있는 의자 겸용 궤짝에 넣어 두었어요.」

나는 후식으로 나온 과일을 마다하고 본채의 2층으로 올라가서 아말리아가 말한 의자 겸용 궤짝을 찾아냈다. 처음에 둘러볼 때는 별로 주의를 기울이지 않았던 가구였다. 나는 그것을 열었다. 안에 음반들이 차곡차곡 쌓여 있었다. 모두가 오래된 78회전 음반들이었고 저마다 재킷 안에 잘 보관되어 있었다. 아말리아가 그것들을 아무렇게나 쌓아 놓아서, 온갖 종류의 음반들이 뒤섞여 있었다. 나는 반 시간을 들여

피오린 피오렐로의 음반 재킷

그것들을 서재 책상 위로 옮겼다. 그런 다음 일정한 순서에 따라 책꽂이에 꽂기 시작했다. 할아버지는 훌륭한 음악을 좋아하셨던 모양이다. 모차르트와 베토벤이 있는가 하면, 오페라의 아리아들(카루소가 부른 것을 포함해서)과 다수의 쇼팽이 있었고, 그 시절의 대중가요들도 적지 않았다.

나는 할아버지 침실의 장롱에서 찾아낸 『라디오 통신』을 보았다. 잔니 말마따나 오페라 콘서트와 연극 중계방송이 매주 편성되어 있었고, 교향악 콘서트도 이따금 방송된 모양이었다. 그것들과 라디오 뉴스를 빼면, 나머지 프로그램은 주로 경음악이나 그 시절에 흔히 하던 말대로 멜로디 음악에 할애되어 있었다.

내가 다시 들어 봐야 할 것은 바로 그 노래들이었다. 나는 그것들이 배경 음악으로 흐르는 환경에서 자랐을 공산이 컸다. 어쩌면 할아버지가 서재에서 바그너를 듣고 있는 동안, 나머지 식구들은 라디오로 대중가요를 들었으리라.

나는 인노첸치와 소프라니의 「한 달에 천 리라를 벌 수 있다면」이라는 노래가 담긴 음반을 이내 찾아냈다. 할아버지는 많은 재킷에 날짜를 적어 두셨다. 그게 노래가 나온 날짜인지 음반을 구입한 날짜인지는 알 수 없지만, 덕분에 그 노래가 라디오를 통해 널리 알려졌던 해를 대략 짐작할 수 있었다. 이 노래의 경우에는 그해가 1938년이었다. 잔니가 제대로 기억하고 있는 셈이었다. 그의 가족이 〈포놀라〉를 구입할 즈음에 이 노래는 이미 나와 있었다.

나는 레코드플레이어를 작동시켜 보았다. 아직 돌아가고 있었다. 스피커는 신통치 않았지만, 옛날에 라디오를 듣던 때의 기분을 되살리자면 찌지직거리는 소리가 나는 게 적당하다 싶었다. 나는 마치 방송이 나오기라도 하는 것처럼 라디오의 채널 눈금판에 불을 켜놓고, 레코드플레이어로 노래를 들었다. 그럼으로써 1938년 여름의 어떤 라디오 방송을 듣고 있었던 셈이다.

> 한 달에 천 리라를 벌 수 있다면,
> 난 정말이지 자신할 수 있어.
> 온전한 행복을 찾을 거라고!
> 난 그저 평범한 회사원이라서 많은 걸 바라지 않아.
> 그저 열심히 일해서 마침내
> 온전한 평화를 찾고 싶어!
> 교외에 있는 자그마한 집에서
> 바로 너처럼 젊고 예쁜 아내랑 살고 싶어.

한 달에 천 리라를 벌 수 있다면,
난 쇼핑을 많이 할 거야.
네가 원하는 게 있으면 가장 좋은 것들을
많이많이 사줄 거야!

앞서 나는 며칠에 걸쳐서 한 소년의 분열된 자아를 상상해 보려고 애썼다. 소년은 조국과 민족의 무궁한 영광을 추구하는 메시지들에 노출되어 있었으면서도 한편으로는 런던의 안개를 머릿속에 그리며 몽상에 잠겼다. 소년의 몽상 속에서는 팡토마스가 산도칸과 싸웠고, 그들 주위로 쇠못 포탄이 우박처럼 쏟아졌으며, 영국인들은 셜록 홈스의 동포들답게 그 포탄 세례에 가슴에 구멍이 나고 팔다리가 잘려 나가면서도 품위를 잃지 않았다. 그런데 이제 그 노래를 들으면서 나는 또 다른 사실을 알게 되었다. 같은 시기에 라디오는 도시 변두리의 평온한 삶만을 열망하는 소박한 회사원을 인생의 모델로 제시하고 있었다는 사실이다. 하지만 어쩌면 이 노래는 예외적인 것이었을 수도 있다.

모든 음반을 날짜순으로 다시 정돈할 필요가 있었다. 내가 들었던 소리들을 통해서 내 의식의 형성 과정을 한 해 한 해 되짚어 보아야 하는 것이었다.

다소 흥분된 상태에서 음반들을 다시 정돈하던 중에, 일련의 사랑 타령들 — 내 사랑 내 사랑 나에게 천 송이 장미를 가져다주오, 아뇨 그대는 이제 나의 아가가 아니오, 사랑에 빠진 아가, 꽃들 속에 감춰진 사랑의 전당이 있어요, 돌아오라 그리운 이여, 나만을 위한 음악을 들려 다오 집시의 바이올린이여, 그대는 신성한 음악, 그저 한 시간만이라도 그대와 함께하고 싶어, 초원의 작은 꽃, 치리비리빈 치리비리빈 — 사이에서, 그리고 치니코 안젤리니, 피포 바르치차, 알베르토 셈프리니, 고르니 크라메르의 관현악 연주가 담긴 음반들 — 〈포니트〉, 〈카리슈〉 혹은 축음기 나팔에서 나오는 소리에 귀를 기울이며 주둥이를 내밀고 있는 작은 개가 그려진 〈주인의 목소리〉의 상표가 붙은 음반들 — 사이에서, 나는 파시스트 찬가가 담긴 음반들과 마주쳤다. 할아버지는 이 음반들을 끈으로 한데 묶어 놓으셨다. 잘 간수하기 위한 것이거나 격리하기 위한 것인 듯했다. 할아버지는 파시스트였을까 반(反)파시스트였을까? 아니면 그도 저도 아니었을까?

나는 귀에 설지 않은 노래들을 들으며 그날 밤을 보냈다. 어떤 노래들은 가사만 입술에서 되살아났고, 어떤 노래들은 멜로디만 기억났다. 「청춘」 같은 유명한 노래는 나라고 해서 모를 리가 없었다. 내가 알기로 이건 파시스트들의 모든 집회에서 불리던 공식적인 찬가였다. 하지만 내 라디오는 이런 노래와 더불어 「사랑에 빠진 펭귄」 같은 노래를 짧은 간격으로 내보냈으리라는 것도 쉽게 짐작할 수 있었다. 「사랑에 빠진 펭귄」은 음반 재킷에 나온 대로 레스카노 트리오[5]가 부른 노래이다.

나는 그 여자들의 목소리를 오래전부터 알고 있었던 듯한 느낌을 받았다. 세 목소리가 3도와 6도 간격으로 노래를 하는데, 불협화음을 내는 듯하면서도 들어 보면 기분이 좋았다. 그러니까 『세계 속의 이탈리아 소년들』이 이탈리아인이

---

[5] 1930년대에서 1940년대 사이에 이탈리아 대중의 사랑을 받았던 여성 3중창단. 네덜란드 출신의 세 자매 알레산드라(1910~1987), 주디타(1913~2007), 카테리네타(1919~1965)로 이루어져 있었다.

라는 것이야말로 특권 중의 특권이라고 나에게 가르치는 동안, 레스카노 자매는 나에게 네덜란드의 튤립에 관해서 이야기했던 셈이다.

나는 파시스트 찬가들과 대중가요들을 번갈아 가며 듣기로 했다(옛날에 라디오로 들을 때도 십중팔구는 그런 식으로 내게 들려왔을 것이다). 나는 네덜란드의 튤립에서 발릴라 소년단[6]의 단가(團歌)로 넘어갔다. 음반을 걸자마자 암송이라도 하듯이 내 입에서 노래가 흘러나왔다. 이것은 발릴라로 알려져 있는 조반 바티스타 페라소라는 용감한 젊은이를 찬양하는 노래였다. 파시즘의 선구자(백과사전에 나와 있는 바대로 그는 18세기에 살았으므로)라 할 수 있는 그는 오스트리아 군대에 돌팔매를 던짐으로써 제노바 폭동을 촉발시켰다.[7]

[6] 베니토 무솔리니의 파쇼 체제 아래에서 1926년에 조직된 청소년 단체 〈발릴라 국가 사업단〉의 하위 조직. 1922년 로마 행군을 계기로 집권한 무솔리니는 파시스트 사회를 만들기 위해서는 가장 어린 세대부터 교육을 시켜야 한다고 생각하고, 당시 교육부 차관이었던 레나토 리치에게 〈정신적이고 신체적인 관점에서 젊은이들을 재조직하라〉고 지시했다. 이에 따라 학교 교육과 상보 관계를 유지하면서 청소년들의 정신, 문화, 종교 교육과 군사, 체육, 직업 교육을 맡게 될 〈발릴라 국가 사업단〉이 발족되었다. 이 단체는 다섯 개의 하부 조직으로 이루어져 있었다. 즉, 6세부터 8세까지의 어린이들은 〈암늑대의 아들들〉, 8세부터 14세까지의 소년들은 〈발릴라 소년단〉, 8세부터 14세까지의 소녀들은 〈이탈리아 소녀단〉, 14세부터 18세까지의 남학생들은 〈전위 청년단〉, 14세부터 18세까지의 여학생들은 〈이탈리아 처녀단〉에 가입하게 되어 있었다. 독일의 히틀러유겐트에 비견되는 이 단체는 1937년에 〈리토리오 이탈리아 청년단〉으로 대체되었다. 발릴라는 이름은 바로 뒤에 나오는 제노바의 전설적인 영웅이자 이탈리아 독립과 통일의 상징인 조반 바티스타 페라소의 별명에서 나온 것이다.

[7] 1746년 12월 5일 이탈리아의 제노바 시민들은 이 도시를 점령하고 있던 오스트리아 군대에 맞서 폭동을 일으켰고, 닷새 뒤에 오스트리아 군대의 압제에서 벗어났다. 전설에 따르면, 이 폭동은 한 소년의 돌팔매에서 촉발되었다. 조반 바티스타 페라소(일명 발릴라)라는 이 소년은 제노바의 포르토리아 광장

파시스트들은 테러 행위를 마다하지 않았던 게 분명하다. 내가 들은 「청춘」의 버전에는 이런 가사가 들어 있었다. 〈보아라, 나에겐 오르시니 폭탄도 있고, 서슬 푸른 단검도 있다.〉 내가 알기로 오르시니[8]는 나폴레옹 3세의 암살을 기도했던 인물이다.

그런데 노래들을 듣고 있는 동안 어둠이 깊어 가고, 채소밭이나 언덕이나 정원에서 라벤더와 내가 알지 못하는 다른 식물들의 진한 향기가 날아들었다(백리향인가? 바질인가? 예전에 나는 식물학에 조예가 깊지 않았던 모양이다. 하긴, 장미를 사러 갔다가 개 불알을 사 들고 집에 돌아온 사람이 아닌가. 아마 나는 네덜란드 튤립의 냄새를 맡고 있었다 해도 그 사실을 몰랐으리라). 아말리아의 도움으로 다시 알아보게 된 달리아나 백일홍 같은 다른 꽃들이 향기를 발하고 있었던 것일까?

그때 마투가 나타나더니, 가르랑거리는 소리를 내면서 내 바지에 제 몸을 비벼 대기 시작했다. 나는 재킷에 고양이 한

(현재 발릴라의 동상이 서 있는 곳) 근처에서, 제노바 방언으로 〈Che l'inse(내가 시작할까요)?〉라고 외친 다음 오스트리아 군대를 향해 돌을 던졌고, 시민들이 합세함으로써 온 제노바의 폭동으로 번졌다고 한다. 이것은 하나의 전설일 뿐 아직까지 역사적인 문헌이나 증거를 통해 사실로 확인되지는 않았다. 하지만 제노바의 이 어린 영웅은 이탈리아 통일 운동 시기를 거치는 동안 애국주의의 화신으로 발전했고, 급기야는 파시스트 청소년 조직의 상징이 되었다.

8 펠리체 오르시니(1819~1858)는 이탈리아 혁명 운동을 실패로 돌아가게 한 프랑스의 나폴레옹 3세를 암살하기 위해, 1858년 1월 공모자들과 함께 황제의 마차를 향해 사제 폭탄을 던졌다. 이 테러로 수많은 사람이 죽거나 다쳤지만, 황제는 무사했다. 그 뒤 그들이 던진 사제 폭탄(폭발성 수은이 폭약으로 들어가고 살상력을 높이기 위해 못과 쇳조각을 채워 넣은 것)은 〈오르시니 폭탄〉이라는 이름을 얻었고, 무정부주의자들의 테러에서 가장 많이 사용되는 무기 가운데 하나가 되었다.

마리가 그려져 있는 음반을 보았던 터라, 발릴라 소년단의 찬가 대신 그것을 레코드플레이어에 걸었다. 그러고는 〈마라마오, 너는 왜 죽었니?〉라고 노래하는 고양이의 애도가에 빠져 들었다.

그런데 발릴라 소년단원들은 〈마라마오〉를 불렀을까? 아마도 파시스트 찬가로 돌아가야 하지 않을까 싶었다. 마투는 노래가 바뀌는 것에 별로 아랑곳하지 않는 게 분명했다. 나는 편안하게 앉아서 고양이를 무릎에 올려놓고 오른쪽 귀를 긁어 주면서, 담배에 불을 붙이고 발릴라의 세계 속으로 흠씬 빠져 들었다.

한 시간쯤 듣고 나자, 내 머릿속은 영웅적인 문장들, 공격과 죽음의 선동, 궁극적으로 자기희생까지 각오하면서 〈두체〉에게 복종하겠다는 맹세 따위로 뒤범벅이 되었다. 베스타 여신의 신전에서 솟구치는 불처럼 우리 청년들은 날개를 활짝 펴고 불꽃이 되어 나아간다/로마인의 기상을 지닌 청년 남아들은 투쟁할 것이다/감옥이 두려우랴 슬픈 운명이 두려우랴 우리의 고난은 지금 죽는다 해도 상관하지 않는 강한 사람들을 만들어 줄 뿐/세상이 다 알듯 우리가 검은 셔츠를 입는 것은 싸우고 죽기 위함이다 〈두체〉를 위해서 제국을 위해서 에야 에야 알랄라/오 국왕이시여 황제이시여 새로운 법이시여 만세 〈두체〉께서는 세계와 로마에 새로운 제국을 선사하신다/이제 작별하자 난 아비시니아[9]로 떠난다 내 사랑 비르지니아 하지만 난 돌아올 것이고 아프리카로부터 너에게 적도의 태양 아래에서 피는 아름다운 꽃을 보내 줄 거야/니스 사부아 우리 영토가 될 수밖에 없

---

9 이탈리아의 식민지였던 에티오피아의 옛 이름.

청춘

전투 시간 되었다고
참호에서 신호 울리면
언제나 검은 불꽃 선봉에 나가
무시무시한 기세로 돌진하고,
그도 나아간다, 멀리멀리
손에는 폭탄 들고,
가슴엔 신념 품고,
오 명예와 용기로 충만한 전사.

젊은이여, 젊은이여,
아름다운 청춘이여,
인생의 고난을 뚫고
그대의 노래가 울려 퍼진다.

보아라, 나에겐 오르시니 폭탄도 있고
서슬 푸른 단검도 있다.
포탄이 천둥처럼 으르렁거려도
내 가슴속 심장은 떨리지 않는다.
나는 찬란한 깃발을
명예롭게 지켜 냈다.
이 깃발은 검은 불꽃이다
모두의 심장을 활활 타오르게 하는 불꽃.

젊은이여, 젊은이여,
아름다운 청춘이여,
인생을 고난을 뚫고
그대의 노래가 울려 퍼진다.

베니토 무솔리니를 위해
에야 에야 알랄라.

튤립

5월의 밤하늘에 달이 뜨네요.
네덜란드 치즈처럼 둥근 달
둥실둥실 떠오르며
휘영청 밝은 빛을 우리에게 보내요…….
사랑은 우리 앞에 있다고
튤리 튤리 튤리 튤립은 말하죠.
한목소리로 소곤소곤
튤리 튤리 튤리 튤립은 속삭이죠……
우수 어린 달빛의 마력에 빠져
감미로운 노래를 들어 봐요.
사랑은 우리 앞에 있다고
튤리 튤리 튤리 튤립은 말하죠.
사랑이 얼마나 감미로운지
튤리 튤리 튤리 튤립은 알고 있죠.
이 경이로운 꽃들의 얘기를 들어 봐요.
내 마음을 당신에게 전해 줄 거예요.
튤리 튤리 튤리 튤리 튤립!

돌팔매가 쌩쌩

돌팔매가 쌩쌩,
포르토리아 소년의 명성이 뜨르르,
그 대담무쌍한 발릴라를 일컬어
역사는 거인이라 한다.
진창길에 빠져 있던 대포는
청동으로 만들어졌지만,
소년은 강철로 만들어졌기에
조국을 해방시켰다.

눈빛은 형형하고 걸음은 날렵했으며
용감한 외침은 카랑카랑했다.
원수들에게는 돌팔매로 당당히 맞섰고,
벗들에게는 참된 사랑을 베풀었다.

우리는 씨앗이며
용기의 불꽃이다.
샘물은 우리를 위해 노래하고,
5월은 우리를 위해 행복하게 빛난다.
하지만 어느 날 우리 영웅들 앞에
싸움터가 펼쳐지면,
우리는 거룩한 자유를 수호하는
총탄이 될 것이다.

마라마오, 너는 왜 죽었니?

만상이 잠들고
하늘 높이 달이 뜨면,
더없이 다정한 야옹 소리로
나는 마라마오를 부른다.
지붕 위를 거니는
내 모든 친구들이 보인다.
하지만 네가 없으니까
그들 역시 나처럼 슬프다.

마라마오, 너는 왜 죽었니?
너한테는 빵과 포도주가 부족하지 않았고,
샐러드는 정원에 얼마든지 있었어.
게다가 너는 집도 한 채 가지고 있었어.
너를 사랑한 새끼 고양이들은
아직도 너를 찾으며 가르랑거리고 있어.
하지만 네 집의 문은 언제나 닫혀 있고,
너는 이제 아무런 대답도 하지 않아.

마라마오…… 마라마오……
친구들이 한목소리로 부르고 있어.
마라마오…… 마라마오……
마오, 마오, 마오, 마오, 마오…….

는 코르시카 로마 문명의 보루인 몰타 우리 땅 튀니지 등 곳곳의 해안과 산과 바다에 자유의 종이 울려 퍼진다.

나는 니스가 이탈리아 땅이 되기를 바라는 아이였을까? 아니면 천 리라의 가치도 모르면서 한 달에 천 리라를 벌고 싶어 하는 아이였을까? 장난감 병정과 소총을 가지고 노는 소년이라면 우리 영토가 될 수밖에 없는 코르시카를 해방시키고 싶어 하지 쩨쩨하게 튤립과 사랑에 빠진 펭귄들 사이에서 놀았을 것 같지는 않다. 하지만 누가 알겠는가? 나는 발릴라 소년단의 노래를 제쳐 놓고, 「사랑에 빠진 펭귄」을 들으면서 『사탄 선장』을 읽고 북국의 빙해에 있는 펭귄들을 상상하지 않았을까? 또한 『80일간의 세계 일주』를 읽으면서 필리어스 포그가 튤립 들판을 가로질러 여행하는 장면을 머릿속에 그리지 않았을까? 나는 어떻게 로캉볼의 기다란 핀과 조반 바티스타 페라소의 돌팔매를 내 안에서 화해시켰을까? 「튤립」은 전쟁이 시작된 뒤인 1940년에 나온 노래다. 그 시기에 나는 분명 「청춘」도 불렀을 것이다. 하지만 누가 알겠는가? 나는 1945년에 전쟁이 끝나고 파시스트 노래들의 자취가 모두 사라진 뒤에야 『사탄 선장』과 로캉볼의 모험담들을 읽었을지도 모른다.

정말이지 어떻게 해서든 내 교과서들을 찾아낼 필요가 있었다. 내가 진정 처음으로 읽었던 것들을 눈으로 확인하고, 노래들의 연도를 비교하여 어떤 책을 읽으면서 어떤 노래를 들었는지 알아내야 했다. 그러면 아마도 「감옥이 두려우랴 슬픈 운명이 두려우랴」와 대학살 장면을 담은 삽화로 나를 유혹했던 『여행과 모험에 관한 화보 신문』 사이에 어떤 관계가 있었는지 밝혀질 것이었다.

굳이 며칠 동안 손을 놓고 있을 필요가 없었다. 이튿날 아침에 다시 다락에 올라가야겠다는 생각이 들었다. 할아버지가 꼼꼼한 분이셨다면, 내 교과서들은 아동 도서의 상자들에서 멀지 않은 곳에 있을 것이었다. 삼촌 내외가 모든 것을 뒤죽박죽으로 만들어 놓지만 않았다면 말이다.

영광의 길로 나아가자는 외침을 너무 많이 들었더니 피곤이 몰려왔다. 나는 창가에서 서서 밖을 내다보았다. 달 없는 밤하늘을 수놓은 별들이 총총했고, 그 하늘을 배경으로 언덕들의 윤곽이 뚜렷하게 보였다. 〈밤하늘을 수놓은 별들〉이라니. 왜 그런 낡아 빠진 표현이 머릿속에 떠오른 것일까? 그건 분명 어떤 노래의 한 구절이었다. 나는 옛날에 어떤 가수가 노래한 것과 같은 하늘을 보고 있었다.

나는 음반들을 뒤적거리며 밤이나 별과 연관된 제목이 붙은 것들을 모조리 골라냈다. 할아버지의 레코드플레이어는 여러 장의 음반을 포개어 대기시켜 놓으면 하나가 다 돌아가자마자 다른 것이 턴테이블에 떨어지게 되어 있었다. 그래서 마치 내가 다이얼을 돌리지 않아도 라디오가 저 혼자 나를 위해 노래를 하는 듯한 기분이 들었다. 나는 첫 번째 음반이 돌아가게 해놓고 창가에 기댄 채 별이 총총한 하늘을 올려다보면서, 음악 소리에 맞춰 몸을 가만가만 흔들었다. 그 멋들어진 싸구려 음악들이 내 안에 있는 무언가를 일깨우고 있는 게 분명했다.

오늘밤 별들은 무수히 빛나고…… 어느 날 밤 별들과 함께 너와 함께…… 별하늘 아래에서 말해 줘, 내게 말해 줘,

사랑의 부드러운 마법에 걸린 가장 아름다운 말들을 속삭여 줘…… 거기 별들이 반짝이는 앤틸리스 제도의 하늘 아래로 사랑의 향기가 무수히 퍼져 나가고…… 마일루, 황금빛 별들이 꿈결에 보이듯 반짝이던 싱가포르의 하늘 아래에서 우리 사랑이 싹텄어……. 별들이 소곤대는 하늘 아래에서, 별들이 우리를 내려다보는 하늘 아래에서 그대에게 키스하고 싶어……. 함께 있을 때나 따로 있을 때나 별과 달을 보며 노래하자, 나에게 행운이 찾아올지도 모르잖아……. 항구의 달아 너는 가르쳐 줘도 모르겠지만 사랑은 아름다운 거야, 베네치아야 이 어둠 속에는 너와 달밖에 없어, 우리 함께 노래를 흥얼거리자……. 헝가리의 하늘, 향수가 가득 서린 한숨, 난 한없는 사랑을 품고 널 생각해……. 나는 하늘이 언제나 파란 곳에서, 참새들이 나뭇가지 위에서 날개를 치거나 공중에서 지저귀는 소리를 들으며 이리저리 거닐고 있어…….

마지막 음반은 내 실수로 섞여 든 것이라서 하늘과 아무 상관이 없었다. 달뜬 색소폰처럼 관능적인 목소리가 이렇게 노래하고 있었다.

거기, 카포카바나,[10] 카포카바나에서는 여자가 왕이고

---

[10] 1944년에 나온 이탈리아 대중가요 「카포카바나에서」의 첫머리. 브라질의 그 유명한 코파카바나가 아니라 분명 카포카바나이다. 작사자의 이 작은 실수는 노래가 선풍적인 인기를 얻음에 따라 이탈리아 대중 사이에서 무수히 재생산되었다. 오늘날에도 코파카바나를 카포카바나로 알고 있는 사람들이 있을 정도이다. 하기야, 이국의 해변이라는 점에서 보면, 코파카바나든 카포코파나든 무엇이 다르겠는가.

시계 방향으로 「귀환의 탱고」, 「닫힌 창문」, 「마리아 라 오」, 「바람의 노래」

여자가 최고라네…….

멀리서 들려오는 엔진 소리가 나를 불안하게 했다. 자동차 한 대가 골짜기를 지나가는 모양이었다. 나는 심계 항진의 기미를 느끼며 혼잣말을 했다.「피페토다!」마치 누군가가 예정된 순간에 정확하게 나타나기라도 한 듯했다. 하지만 그 누군가의 도착은 나에게 불안감을 주고 있었다. 피페토가 누구지? 나는 〈피페토다!〉하고 말했지만, 이번에도 그저 내 입술로만 그 이름을 기억해 낸 것이었다. 말하자면 이것 역시 *flatus vocis*(공허한 말)일 뿐이었다. 피페토가 누구인지 도통 짚이는 바가 없었다. 아니, 내 안에 있는 어떤 존재는 그를 알고 있었다. 다만 그 존재는 내 뇌의 손상된 부위에서 음흉하게 도사리고 있을 뿐이었다.

피페토의 비밀. 〈내 어린 시절의 문고〉를 통해 탐색해 볼 만한 훌륭한 주제였다. 혹시 〈랑트나크의 비밀〉과 같은 제목의 소설을 이탈리아 식으로 개작한 〈피페토의 비밀〉이 있는 것은 아닐까?

9. 피포는 그걸 모르지

 그 뒤로 다시 며칠(5일, 7일, 10일?)이 흐르는 동안, 내가 보고 읽고 들은 것들이 기억 속에서 뒤섞였다. 어쩌면 그렇게 뒤섞이는 것이 잘된 일인지도 모른다. 이를테면 몽타주의 정수라고 할 만한 것이 나에게 남았으니 말이다. 나는 종류가 다른 증거들을 한데 모아, 때로는 생각과 감정의 자연스런 흐름에 따라서, 때로는 대조를 통해서 잘라 내기도 하고 결합하기도 했다. 그 결과로 남은 것은 내가 그 며칠 동안 보거나 느낀 것도 아니고, 어린 시절에 내가 보거나 들었을 법한 것도 아니었다. 내게 남은 것은 일종의 허구였고, 열 살 때 내가 무슨 생각을 했을까를 놓고 예순 살에 만들어 낸 가정이었다. 이것만 가지고 〈모든 일이 이런 식으로 벌어졌다는 것을 나는 알고 있다〉라고 말할 수는 없었다. 하지만 내가 그 시절에 느꼈으리라고 추정되는 것을 파피루스 문서와 같은 형태로 되살릴 수는 있었다.
 나는 다시 다락에 올라갔다가, 나의 학창 시절과 관련된 물건들은 모두 사라진 게 아닐까 하는 걱정이 들던 차에, 점착테이프로 봉해 놓은 커다란 골판지 상자 하나를 발견했다.

〈얌보 초중등학교〉라는 말이 적혀 있는 상자였다. 그 옆에는 〈아다 초중등학교〉라는 말이 적혀 있는 상자도 있었다. 하지만 내 누이의 기억까지 들춰낼 필요는 없었다. 내 기억을 되살리는 것만도 벅찬 일이었다.

나는 다락에서 또 한 주일을 보내다가 혈압이 높아지는 사태를 피하고 싶었다. 그래서 아말리아를 불러 커다란 골판지 상자를 할아버지 서재로 옮길 테니 도와 달라고 했다. 그러고 나자, 내가 초등학교와 중학교를 다니던 시절은 1937년에서 1945년 사이에 해당한다는 데 생각이 미쳤다. 그래서 〈전쟁〉, 〈1940년대〉, 〈파시즘〉이라는 말이 적혀 있는 다른 상자들도 가지고 내려갔다.

서재에서 나는 상자들의 내용물을 모두 꺼내어 여러 책꽂이에 정돈했다. 초등학교 교과서, 중학교 때 배운 역사나 지리 교재, 내 이름이며 학년이며 반이 적혀 있는 여러 권의 공책뿐만 아니라, 신문도 많이 있었다. 할아버지는 중요한 기사가 실린 신문들, 예를 들면 에티오피아 제국의 정복에 관한 〈두체〉의 역사적인 연설, 1940년 6월 10일의 선전 포고, 히로시마 원폭 투하, 종전 등과 관련된 신문들을 보관해 두신 모양이었다. 그런가 하면, 우편엽서와 포스터, 소책자, 약간의 잡지 등도 있었다.

나는 역사학자들처럼 증거들을 서로 비교해서 검토하는 방식으로 일을 진행하기로 했다. 말하자면, 초등학교 4학년 때의 책과 공책을 읽으면서 그 시기에 해당하는 1940~1941년의 신문들을 훑어보고, 가능하다면 동일한 연도에 나온 노래들을 레코드플레이어로 들어 보자는 것이었다.

어떤 시기에 나온 책들이 체제에 순응하는 것이었다면, 신문들 역시 그러했으리라는 것이 내 생각이었다. 예를 들어, 스탈린 시대의 「프라브다」가 선량한 소련 인민들에게 공정한 뉴스를 전해 주지 않았다는 것은 주지의 사실이다. 하지만 나는 다시 생각하지 않을 수 없었다. 이탈리아의 신문들은 억지스럽고 과장된 선동을 일삼고 있기는 했지만, 그것들을 읽은 시민들은 전시에도 무슨 일이 벌어지고 있는지 알 수 있을 법했다. 할아버지는 시간을 초월하여 나에게 큰 교훈을 주고 계신 셈이다. 시민 정신과 역사 기술이라는 문제와 관계된 그 교훈은 바로 행간을 읽을 줄 알아야 한다는 것이다. 할아버지는 행간을 읽으시면서, 큰 활자로 된 머리기사보다는 단신이나 단평이나 처음 읽을 때는 간과할 수 있는 소식들에 주안점을 두셨다. 1941년 1월 6~7일 자 「코리에레 델라 세라」[1]는 머리기사에서 이렇게 알리고 있었다. 〈바르디아 전선에서 전투가 매우 가열하게 계속되었다.〉 그런가 하면 가운데 칸의 전황 공보(매일 격추된 적기의 수까지 관료적으로 열거하는 공보)에서는 〈몇몇 다른 거점이 함락되기는 했지만, 아군은 용맹하게 저항했고 적군에게 상당한 손실을 입혔다〉라고 담담하게 말하고 있었다. 몇몇 다른 거점은 함락되었다고? 문맥으로 보건대, 북아프리카에 있는 바르디아가 영국군의 수중에 떨어졌다는 것을 짐작할 수 있었다. 어쨌거

---

1 1876년 밀라노에서 창간된 이탈리아 최대 일간지(2005년 발행 부수 약 62만 부). 루이지 알베르티니가 이끌던 1900년에서 1925년 사이에 고급 정론지의 위상을 확립했으나, 1925년 파쇼 정부의 강요에 따라 알베르티니가 사임하면서 종전 때까지 파시즘의 요구에 순응하는 모습을 보였다. 이 때문에 해방 이후 정간과 제호 변경의 우여곡절을 겪은 끝에 중도 성향의 최대 일간지로 거듭났다.

나, 할아버지는 다른 날짜의 신문들에서와 마찬가지로 빨간 잉크로 〈RL, 바르디아 함락, 4만 잡힘〉이라고 적어 놓으셨다. RL이란 분명 〈라디오 런던〉이라는 뜻이었다. 할아버지는 공식적인 보도를 〈라디오 런던〉의 뉴스와 비교하신 것이었다. 이탈리아군은 바르디아를 잃었을 뿐만 아니라 4만 명의 병사가 적군에 투항한 게 분명했다. 보다시피, 「코리에레 델라 세라」는 거짓말을 하는 것이 아니라, 어떤 사실을 전하되 그 내용을 자세하게 말하지 않았을 뿐이다. 같은 신문의 2월 6일자에는 〈동아프리카 북부 전선에서 아군 반격〉이라는 제목의 머리기사가 실려 있었다. 동아프리카의 북부 전선이란 어디를 말하는 것일까? 전년의 신문에서는 여러 차례에 걸쳐 이탈리아군이 영국령 소말리아와 케냐에 진입했다는 소식을 전하면서 그 장쾌한 승리의 전선이 어디인가를 보여 주기 위해 상세한 지도를 함께 실었다. 그에 반해서 북부 전선에 관한 이 보도에는 지도가 나와 있지 않았다. 그래서 지도책을 따로 보아야만 영국군이 에티오피아 북부 에리트레아에 진입했다는 사실을 알 수 있었다.

1944년 6월 7일자 「코리에레 델라 세라」는 아홉 칸에 걸쳐서 〈독일 수비군 대규모 화력으로 노르망디 해안에서 연합군 격파〉라는 제목의 기사를 의기양양하게 싣고 있었다. 독일군과 연합군이 왜 노르망디 해안에서 맞붙었을까? 연합군 쪽 공략의 시작인 노르망디 상륙 작전의 디데이는 6월 6일이었다. 따라서 이날 「코리에레 델라 세라」는 그 사건에 관해서 아무 얘기도 할 수 없었다. 하지만 다음 날 이 신문은 마치 그 사건에 관해 이미 암묵적인 이해가 이루어지기라도 한 것처럼 보도하고 있었다. 다만 독일군의 폰 룬드슈테트 원수가 가만히 앉아서 기습을 당하지 않았고 노르망디 해변이 적군의 시체로 넘쳐 났다는 점을 말하고 있기는 했다. 그게 사실이 아니라고 단언할 수는 없었다.

나는 체계적으로 작업을 진행할 수 있었고, 파시스트 신문들을 읽음으로써 잇따른 실제 사건들을 재구성할 수 있었다. 나는 그 시절에 모두가 그랬을 법한 방식으로 신문들을 읽었다. 라디오의 채널 눈금판에 불을 켜 놓고, 레코드플레이어를 작동시키면서 옛날을 다시 경험했다. 당연한 얘기지만, 다른 어떤 사람의 삶을 다시 사는 것 같은 기분이 들었다.

첫 번째 공책을 보니, 그 시절에 학교에서 우리에게 가장 먼저 가르친 것은 선 긋기였다. 우리는 아주 곧은 선들을 줄이 딱딱 맞게 한 페이지 가득 그린 다음에야 알파벳 글자들로 넘어갈 수 있었다. 그건 손과 손목의 훈련 과정이었다. 타자기를 사무실에서나 찾아볼 수 있던 그 시절에는 손으로 글씨를 쓰는 것이 중요한 일이었다. 나는 초등학교 1학년 교과서로 넘어갔다. 편찬자는 마리아 차네티 양, 삽화가는 엔리코 피노키였고, XVI년[2]에 국립 출판사에서 간행한 책이었다.

기본적인 이중 모음들을 가르치는 페이지를 보니 요, 야, 아야 다음에 〈에야! 에야!〉와 함께 파시스트의 상징인 〈파쇼 리토리오〉[3]가 나와 있었다. 우리는 파시스트 당가의 후렴에

---

[2] 파시스트 기원 16년. 즉 1937년 10월 29일에서 1938년 10월 28일 사이에 해당한다. 무솔리니는 1922년 10월 28일 로마 행군을 벌이고 이튿날 권력을 장악한 것을 기념하기 위해 〈파시스트 기원〉이라는 새로운 연호 체계를 만들었다. 그는 자기가 권력을 장악한 1922년 10월 29일을 원년의 첫날로 삼았다.

[3] 독일 나치주의자들에게 스와스티카라는 표장이 있다면, 이탈리아의 파시스트들에게는 파쇼 리토리오가 있다. 이 표장은 원래 에트루리아에서 유래하여

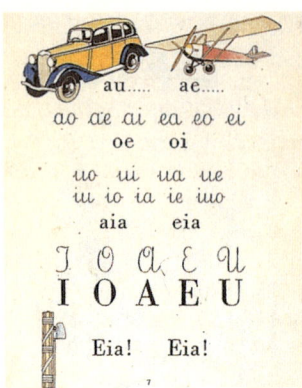

Ba... ba... Baciami, piccina,
sulla bo... bo... bocca piccolina;
dammi tan tan tanti baci in quantità.
Tarataratarataratà.

Bi... bi... bimba birichina,
tu sei be... be... bella e sbarazzina.
Quale ten ten tentazione sei per me!
Teretereteretereteretè.

BI, A: BA, BI, E: BE.
Cara sillaba con me.
Bi, O: BO, BI, U: BU.
Sono assai deliziose
queste sillabe d'amore.

초등학교 1학년 교과서 본문 3면(위), 「바차미 피치나」(아래)

나오는 〈에야 에야 알랄라!〉 — 내가 알기로는 단눈치오가 만든 구호[4] — 소리에 맞춰 알파벳을 배운 셈이었다. B자를

고대 로마 시대에 사용되던 것이다. 고대 로마에는 릭토르라 불리는 관리가 있었다. 최고 행정관의 부관 격이었던 이들은 회초리 다발과 도끼를 가죽 띠로 함께 묶어 놓은 *fasces*를 들고 다녔다. 권력과 단결력을 상징하는 이 표장은 로마 제국 말기부터 많은 정권의 휘장으로 사용되었고, 20세기에 와서는 이탈리아 파시스트들의 상징이 되기에 이르렀다.

4 이탈리아 데카당주의를 대표하는 시인이자 소설가 가브리엘레 단눈치오는 제1차 세계 대전이 발발하자 열렬한 애국주의자이자 모험가의 면모를 보이

가르치는 대목에는 〈베니토〉 같은 단어들이 있었고, 한 페이지가 발릴라에 할애되어 있었다. 바로 그 순간에 〈내 라디오〉는 바, 바, 바차미 피치나(뽀, 뽀, 나에게 뽀뽀해 줘, 꼬마야) 하면서 또 다른 음절 연습용 노래를 들려주고 있었다. 내 손자 잔조 녀석은 아직도 B와 V를 구별하지 못하고 *verme*를 *berme*[5]라고 말하는데, 나는 어떻게 B를 익혔을까?

어떤 페이지에서는 발릴라 소년단원과 암늑대의 아들이 되라고 가르치고 있었다. 삽화에는 제복 차림의 소년이 나와 있었다. 가슴 한복판에 M자가 찍힌 검은 셔츠를 입고 하얀 탄띠 같은 것을 두르고 있는 소년이었다. 그 옆에는 다음과 같은 글이 실려 있었다.

> 마리오는 남자입니다. 암늑대의 아들이지요. 오늘은 5월 24일입니다. 굴리엘모는 멋진 새 제복을 입었습니다. 암늑대의 아들들이 입는 제복입니다. 「아빠, 저도 〈두체〉의 어린 용사죠? 저는 발릴라 소년단원이 될 것이고, 깃발을 들고 단총을 가지게 될 거예요. 그다음에는 전위 청년 단원이 되겠어요. 저도 진짜 군인들처럼 훈련을 받았으면 좋겠어요. 가장 용감한 군인이 되어 훈장을 많이 타고 싶어요……」

며, 이탈리아 비행대에 자진 입대했다. 〈에야 에야 알랄라〉는 1918년 8월에 그가 공군 비행사들의 작은 삼색 깃발에 써 넣었던 구호이다. 그가 파리 평화 회의의 결정에 반대하여 피우메(크로아티아의 리예카)를 무단 점령한 뒤로, 이 구호는 제1차 세계 대전 참전 용사들 사이로 퍼져 나갔고, 결국에는 파시스트의 구호들 가운데 하나가 되었다.

5 *verme*는 벌레, *berme*는 강둑 아랫자락에 둑이 무너지는 것을 막기 위해 또는 길을 내기 위해 돋워 놓은 곳을 가리키는 *berma*의 복수형.

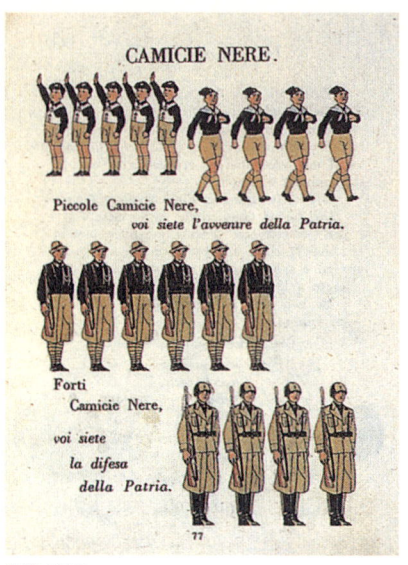

「검은 셔츠들」

바로 다음 페이지에는 에피날 판화들이 모여 있었다. 하지만 판화 속의 병사들이 입고 있는 제복은 프랑스의 알제리 보병대 것도 아니고 프랑스 기갑 부대 것도 아니었다. 그것은 다양한 파시스트 청소년 단체들의 제복이었다.

이 교과서는 gl 소리를 가르치기 위해 *gagliardetto*(깃발), *battaglia*(전투), *mitraglia*(산탄) 같은 단어들을 보기로 들고 있었다. 여섯 살짜리 아이들에게, 〈봄이 노래를 부르며 온다〉고 노래하는 아이들에게 말이다. 그래도 음절 연습의 중간쯤에서는 수호천사에 관한 것을 가르치고 있었다.

한 소년이 길을 따라 걷고 있어요.

혼자예요, 어디로 가는지도 모르죠.
소년은 자그마하고 들판은 넓디넓어요.
하지만 천사가 함께 가면서 지켜보죠.

천사가 나를 데려가기로 했던 곳은 어디일까? 총탄이 핑핑 날며 노래를 부르는 곳이었을까? 내가 알기로, 그 시기는 가톨릭교회와 파시즘 사이에 바티칸 시국의 주권을 확립하고 가톨릭을 이탈리아 국교로 인정하는 라테라노 협정이 체결된 지 몇 해가 지났을 때였다. 따라서 우리가 발릴라 소년 단원이 되어서도 천사들을 잊지 않도록 교육받은 것은 당연한 일이었다.

나 역시 제복 차림으로 도시의 거리를 행진했을까? 나도 로마에 가서 영웅이 되고 싶어 했을까? 때마침 라디오에서는 영웅적인 찬가가 흘러나오고 있었다. 검은 셔츠를 입은 젊은 이들이 행진하는 광경을 상기시키는 노래였다. 그러더니 다음 노래가 나오면서 갑자기 파노라마가 바뀌었다. 이제 거리에는 피포라는 사람이 지나가고 있었다. 그는 우리의 어머니이신 자연의 혜택을 입지 못해 좀 모자라는 데다, 재봉사를 잘못 만나기라도 했는지 조끼 위에 셔츠를 입은 이상한 옷차림을 하고 있었다. 나는 아말리아의 개를 떠올리며 그 행인의 모습을 머릿속에 그렸다. 풀이 죽은 얼굴, 물기 어린 두 눈 위로 처진 눈꺼풀, 이 빠진 자리를 헤벌쭉 드러내는 바보 같은 미소, 흐느적거리는 두 다리와 평발. 하지만 내가 상상한 건 다른 피포였다. 그 이름 때문에 〈클라라벨라의 보물〉과 관련된 무언가를 연상한 듯하지만, 그게 무엇인지는 기억해 낼 수가 없었다. 그런데 피포와 피페토 사이에는 무슨 관계가 있는 것일까?

노래 속의 피포는 조끼 위에 셔츠를 입은 차림이었다. 하지만 라디오의 목소리는 〈카미차(셔츠)〉를 〈카미차아〉— 〈외투 위에 재킷을 걸치고, 조끼 위에 카미차아를 입고 다녀〉 하면서 — 로 발음하고 있었다. 그건 음악에 가사를 맞추기 위함일 것이었다. 나 역시 예전에 그렇게 노래한 듯한 느낌이 들었다. 하지만 그건 다른 노래를 부를 때의 일이었다. 나는 전날 밤에 들었던 「청춘」을 다시 불러 보았다. 하지만 이번에는 마지막 소절을 〈베니토와 무솔리니를 위해, 에야 에야 알랄라〉라고 노래했다. 우리는 〈베니토 무솔리니를 위해〉라고 노래하지 않고, 언제나 〈베니토**와** 무솔리니를 위해〉라고 노래했다. 이 〈와〉는 분명 음조를 좋게 해주고 〈무솔리니〉를 아주 힘차게 외칠 수 있도록 도와주고 있었다. 베니토와 무솔리니를 위해, 조끼 위에 카미차아를 입고 다녀.

그런데 그런 옷차림으로 거리를 지나갔다는 피포가 혹시 발릴라 소년단원들을 가리키는 것은 아니었을까? 사람들은 피포라는 인물을 내세워 발릴라 소년단원들을 조롱했던 것이 아닐까? 파시스트들은 피포의 이야기 속에 미묘한 암시가 있다는 것을 알아차리지 않았을까? 어쩌면 거의 유치하다 싶은 이 노래는 민중의 지혜에서 나온 것이 아닐까? 우리는 영웅주의로 가득 찬 수사법을 끊임없이 참고 견뎌야 하는 상황에서 이런 노래를 통해 위안을 얻지 않았을까?

생각들이 꼬리를 물면서 거의 엉뚱한 쪽으로 가던 차에, 나는 안개에 관한 페이지와 마주쳤다.

삽화에는 알베르토라는 소년과 그 아버지의 검은 그림자

청년 파시스트 찬가

베스타 여신의 신전에서 솟구치는 불처럼
우리 청년들은 날개를 활짝 펴고
불꽃이 되어 나아간다.
제단 위에서 무덤 위에서
활활 타오르는 횃불,
우리는 새 시대의 희망이다.

두체, 두체,
죽는 법을 모를 자 누가 있겠습니까?
맹세를 저버릴 자 누가 있겠습니까?
칼을 뽑으십시오!
두체께서 원하실 때
저희는 깃발을 휘날리며
모두 달려가겠습니다.
오 두체여,
고대 영웅들의 무기와 깃발이
이탈리아를 위해
햇빛에 반짝이게 하소서.

보라, 삶은 우리 편이 되어
우리를 이끌어 가고
우리에게 미래를 약속한다.

로마인의 기상을 지닌
청년 남아들은 투쟁할 것이다.

오리라, 그날은 오리라
영웅들의 위대한 어머니가
우리를 부르실 그날.
오 조국이여, 〈두체〉를 위하여,
국왕을 위하여, 우리가 갑니다!
우리는 당신에게 드리겠습니다.
영광과 해외의 제국을!

피포는 그걸 몰라

하지만 피포, 피포는 그걸 몰라.
그가 지나갈 때면 온 도시 사람들이 웃고,
재봉사 아가씨들은 가게 진열창에서
짐짓 아양을 떨며 그를 놀리지.

하지만 그는 아주 진지한 표정으로
모두에게 꾸벅 인사를 하고
가던 길을 계속 가지.
그는 자기가 아폴론처럼
멋있는 줄 알고,
수탉처럼 으스대지.
외투 위에 재킷을 걸치고,
조끼 위에 카미차를 입고 다녀.
구두 위에 양말을 신고,
단추도 없는 바지엔
끈을 둘러매고 있어.

하지만 피포, 피포는 그걸 몰라.
언제나 자못 진지하게 시내로 가지.
그는 자기가 아폴론처럼
멋있는 줄 알고,
수탉처럼 으스대지.

가 다른 그림자들과 선명한 대비를 이루고 있었다. 잿빛 하늘을 배경으로 군중의 윤곽이 드러나 있는 모습이었다. 그 배경에는 도시 건물들의 실루엣이 조금 더 어두운 잿빛으로 솟아 있었다. 본문에는 안개 속에서 사람들이 그림자처럼 보인다는 말이 나와 있었다. 이 안개는 어떤 안개이기에 사람들을 그림자처럼 보이게 하는 것일까?

하늘에 그렇게 뿌연 안개가 끼었다면 사람들의 그림자조차도 아니스 술을 탄 물이나 우유 같은 것에 덮여 버리지 않았을까? 내가 모아 놓은 안개에 관한 인용문들에 비추어 보면, 그림자들은 안개와 대비되어 뚜렷하게 드러나는 것이 아니라, 안개 속에서 생겨나 안개와 혼동된다 — 안개는 아무것도 없는 곳에서조차 그림자들을 어른거리게 하고, 조금 전까지 그림자가 어른거리던 바로 그곳을 아무것도 없는 곳으로 만들기도 한다. 그렇다면 1학년 교과서는 안개를 놓고도 나에게 거짓말을 했던 것일까? 사실 이 글은 안개를 걸어 가는 밝은 햇살에 관한 이야기로 끝나고 있었다. 안개가 끼는 것은 어쩔 수 없는 일이지만, 안개는 달갑지 않다는 것이 이 글의 요지였다. 그들은 왜 안개가 나쁘다고 가르쳤을까? 나에겐 왜 안개에 대한 어렴풋한 그리움이 남아 있는 것일까?

어렴풋함, 어둠, 등화관제. 말들이 꼬리를 물고 떠올랐다. 잔니가 말하기를, 전시에는 적의 공습에 대비한 등화관제 때문에 도시가 어둠에 잠겨 있었고, 건물 창문으로 한 줄기 빛도 새어 나가게 해서는 안 되었다고 했다. 사정이 그러했다면, 안개가 끼는 것은 오히려 감사해야 할 일이었다. 안개가 우리를 휘감아 보호해 주었을 테니 말이다. 안개는 좋은 것이었다.

물론 나의 1학년 교과서에는 등화관제에 관한 이야기가 나올 리 없었다. 전쟁이 시작되기 전인 1937년에 출간되었으니 말이다. 이 책은 그저 나무들이 뾰족뾰족 솟아 있는 언덕 위로 기어오르는 것과 같은 음산한 안개에 대해서만 말하고 있었다. 나는 다음 학년의 책들을 훑어보았다. 하지만 전쟁에 관한 암시는 찾아볼 수 없었다. 전쟁이 발발하고 1년이 지난 뒤인 1941년에 해당하는 5학년 때의 교과서에도 전쟁에 관한 언급이 없었다. 책들은 모두 구판이었고, 그저 스페인 전쟁과 에티오피아 정복의 영웅들에 관해서만 이야기하고 있었다. 교과서에서 전시의 고난을 운위하는 것은 바람직한 일이 아니었다. 그래서 현재를 외면하고 과거의 영웅들을 기리고 있는 것이었다.

4학년은 1940~1941년에 해당한다. 그 학년도 가을에 우리는 전쟁의 첫해를 보내고 있었다. 이때의 교과서에는 제1차 세계 대전 동안의 영광스러운 행위들에 관한 이야기만 나와 있었다. 몇몇 삽화는 카르스트 지방에 있는 우리 보병들을 보여 주고 있었다. 웃통을 벗고 있는 데다 근육이 울퉁불퉁해서 로마 시대의 검투사를 방불케 하는 병사들이었다.

하지만 다른 페이지들에는 발릴라 소년단원과 천사를 조화시키기 위해서, 온정과 선의로 가득 찬 성탄절 이야기들도 끼워 놓았다. 이탈리아가 동아프리카의 식민지를 모두 잃은 것은 1941년 말의 일이므로, 이 책이 학교에서 읽히고 있던 때에는 우리의 자랑스러운 군대가 아직 거기에 진을 치고 있었다. 이런 사정이 반영되어 어떤 페이지에는 소말리아의 이탈리아 식민 부대에 소속된 원주민 병사 하나가 나와 있었

초등학교 4학년 교과서 삽화

다. 원주민들의 전통적인 복식을 적용한 그들만의 멋진 제복을 입은 병사였다. 벌거벗은 웃통에는 그저 탄띠와 연결된 하얀 띠를 두르고 있을 뿐이었다. 삽화의 설명은 한 편의 시였다. 전설적인 독수리가 세계 위로 날아오른다/그 날갯짓은 오로지 하느님만이 그치게 하시리라. 하지만 소말리아는 이미 그해 2월에 영국군에게 점령되었다. 아마도 그 무렵에 나는 이 페이지를 처음으로 읽었을 것이다. 그것을 읽을 때 나는 그 사실을 알고 있었을까?

어쨌거나 그 무렵에 나는 똑같은 교과서를 통해 평화를 노래한 동시도 읽고 있었다. 폭풍의 기승은 이제 그만!/요란한 천둥소리도 이제 그만!/먹장구름은 줄행랑을 치고/하늘은 맑게 개어 있다……/세상은 안도하며 잠잠해지고/괴로움을 겪은 만물에는/고즈넉하고 포근한 평화가/발삼 향기처럼 내려앉는다.

그렇다면 한창 진행되고 있던 전쟁은 교과서에 어떤 식으로 반영되었을까? 5학년 교과서에는 인종의 차이에 관한 고찰이 실려 있었다. 한 소단원에서는 유대인을 두고, 〈아리아인들의 세계에 약삭빠르게 침투하여…… 상흔이 넘치고 잇속에 밝은 새로운 사고방식을 북방 민족들에게 전파했다〉면서 이 〈신의 없는 종족〉에 대한 주의를 당부하고 있었다. 앞서 나는 골판지 상자들 속에서 1938년에 창간된 『인종 수호』라는 잡지도 여러 권 찾아낸 터였다(할아버지가 그것들이 내 손에 들어오도록 허용하셨는지는 알 수 없지만, 내가 어느 무렵부터 모든 책을 뒤적거렸으리라는 것은 쉽게 짐작할 수 있다). 이 잡지에는 원주민들을 원숭이와 비교한 사진들, 중국 여자와 유럽 남자의 결합이 빚어낸 흉측한 결과를 보여 주는 사진들(〈하지만 이런 퇴화 현상들은 오로지 프랑스에서만 생긴 듯하다〉라는 설명과 함께)이 실려 있었다. 그런가 하면, 독일, 이탈리아와 함께 삼국 동맹을 맺은 일본의 종족에 관한 평가는 좋았다. 영국의 종족에 대해서는 여자들의 겹턱과 얼굴이 불콰한 남자들의 술독 오른 딸기코를 중요한 신체적 특징으로 꼽았다. 한 풍자만화는 영국 철모를 쓴 여자를 보여 주고 있었다. 정숙하지 못하게 겨우 「타임스」지 몇 장을 발레용 스커트처럼 붙여 놓은 것만으로 몸을 가리고 있는 여자였다. 그녀가 들여다보고 있는 거울에는 TIMES가 SEMIT로 뒤집혀 있었다. 그렇게 거울에만 나타나는 셈족이 아니라 진짜 유대인에 대해서는 한두 마디로 요약할 수 없을 만큼 많은 특징이 나열되어 있었다. 갈고리처럼 굽은 코와 텁수룩한 수염, 돼지 주둥이처럼 앞으로 내민 육감적인 입과 뻐드러진 앞니, 단두(短頭) 형태의 머리통, 툭 불거진 광대

뼈, 유다를 닮은 슬픈 눈, 연미복을 입고 조끼 주머니로부터 금 시곗줄을 늘어뜨리고 있는 고리대금업자의 똥배와 프롤레타리아 대중의 재산을 노리는 탐욕스런 손.

그 페이지들 사이에 할아버지가 끼워 놓으셨을 것으로 생각되는 정치 선전용 그림엽서 한 장이 들어 있었다. 혐오스럽게 생긴 유대인 하나가 자유의 여신상을 배경에 두고 불끈 쥔 두 주먹을 앞으로 내밀고 있는 모습이 담긴 엽서였다. 그런 엽서에는 유대인만 나오는 것이 아니었다. 또 다른 엽서는 카우보이모자를 쓴 술 취한 검둥이가 갈퀴진 커다란 손으로 〈밀로의 비너스〉의 하얀 배를 움켜쥐고 있는 모습을 보여 주고 있었다. 이 그림을 그린 사람은 우리가 그리스를 상대로 전쟁을 선포했다는 사실을 잊은 모양이었다. 그 야수 같은 사내가 그리스 여자를 더듬든 말든 그게 우리와 무슨 상

정치 선전용 그림엽서

관이 있었을까? 그 여자의 남편은 킬트를 입고 구두에 방울 술을 단 차림으로 돌아다니고 있었을 텐데 말이다.

한편 이 잡지는 이탈리아 종족의 순수하고 강건한 모습들도 보여 주고 있었다. 단테와 몇몇 지도자들의 코가 작거나 콧대가 밋밋하지 않았던 것은 사실이지만, 이 잡지는 이들을 두고 숫제 〈매부리코 종족〉이라 말하고 있었다. 만약 이탈리아인들의 아리안적 순수성을 지켜 나가자는 이 잡지의 호소가 나에게 별로 다가오지 않았다면, 그건 내 교과서 때문이었을 것이다. 교과서에는 〈두체〉에 관한 인상적인 시 한 편(턱이 네모나시고 가슴은 더욱 네모나시며/발찌는 기둥이 걸어다니는 것과 같으시고/목소리는 치솟는 샘물처럼 카랑카랑하시네), 그리고 율리우스 카이사르와 무솔리니의 남성적인 면모를 비교하는 글(카이사르가 자기 병사들과 잠자리를 했다는 사실을 내가 알게 된 것은 훗날 백과사전을 통해서였으리라)이 실려 있었다.

이탈리아인들은 모두 아름다웠다. 화보 주간지 『템포』의 표지에 실린 무솔리니 역시 멋있었다. 말에 올라탄 채, 우리가 전쟁에 돌입한 것을 축하하는 뜻으로 칼을 높이 치켜들고 있는 모습이었다(이건 화가가 실제와 비슷하게 만들어 낸 장면이 아니라, 진짜 사진이었다. 그렇다면 무솔리니는 칼을 차고 다녔던 말인가?). 〈적을 증오하라〉라든가 〈우리는 이기리라!〉 같은 말들을 외치는 검은 셔츠의 병사도 멋졌다. 어디 그뿐이랴. 그레이트브리튼의 대략적인 지도를 겨누고 있는 로마의 칼들, 불타는 런던을 향해 엄지손가락을 아래쪽으로 기울여 보이는 투박한 손, 영국군에게 함락된 에티오피아 암

「템포」

바 알라기의 폐허를 배경으로 뚜렷한 윤곽을 보이며 〈우리는 돌아올 것이다!〉라고 장담하는 오기에 찬 이탈리아 병사 등도 모두 아름다웠다.

어디에나 낙관주의가 팽배해 있었다. 라디오는 계속 노래를 들려주고 있었다. 그는 키가 요만하고 이렇게 뚱뚱해서/다들 〈봄볼로(땅딸보)〉라고 불렀어/그는 춤을 추려다 말고 비틀거리기 시작했어/그러더니 앞으로 고꾸라져서 마치 공처럼 이리 구르고 저리 튀었어/어찌할 수 없이 수로에 떨어졌다가 다시 수면으로 떠올랐지.

하지만 그 숱한 잡지와 숱한 광고 포스터에서 무엇보다 아름다웠던 것은 순수한 혈통의 이탈리아 처녀들이었다. 젖가슴이 풍만하고 몸의 곡선이 부드러우며 아기를 쑥쑥 잘 낳게 생긴 곱디고운 그녀들은 거식증에 걸린 앙상한 영국의 미스들이나 금권이 횡행하던 시절의 〈위태위태한 여자들〉과는 대조적이었다. 〈5천 리라짜리 미소〉 경연에 열심히 참여하고 있는 아가씨들도 아름다웠고, 〈피아트〉 자동차의 포스터에서 엉덩이 윤곽이 그대로 드러나는 야한 치마를 입고 활보하는 도발적인 여인도 아름다웠다. 내가 그녀들을 보고 있는 사이에, 라디오는 이렇게 단언하고 있었다. 검은 눈이 아름다울 수도 있고, 파란 눈이 아름다울 수도 있겠지만, 난 뭐니 뭐니 해도 그녀들의 다리가 좋아.

노래 속의 아가씨들은 매우 아름다웠다. 〈풍만한 시골 여자〉 같은 옛 이탈리아풍의 시골 미인이든, 얼굴에 분을 살짝 바르고 사람들이 가장 붐비는 대로를 돌아다니는 밀라노의 〈어여쁜 피치니나(견습 재봉사 아가씨)〉와 같은 도회지 미인이든, 각선미가 좋은 늘씬하고 미끈한 다리로 자전거를 타고 다님으로써 대담하고 되바라진 여성성의 상징인 된 미인이든 모두가 더없이 아름다웠다.

당연한 얘기지만, 우리의 적들은 모두 추했다. 리토리오 이탈리아 청년단[6]의 어린이 주간지 『발릴라』는 몇 호에 걸쳐서 데 세타의 삽화와 함께 적들을 언제나 동물처럼 희화화하는 이야기들을 싣고 있었다. 영국의 〈조르제토〉 왕은 / 전쟁이 두려운 나머지 / 〈추르칠로네〉 수상에게 / 도움과 보호를 요청하고, 곧이어 다른 두 악당 〈루스벨타초〉와 크렘린의 빨간 식인귀 〈스탈리노〉가 개입한다 하는 식의 이야기들이었다.

이 이야기들에 따르면 영국인들이 나쁜 이유는 한두 가지

[6] 1937년에 창설된 파시스트 청년 단체. 앞서 말한 〈발릴라 국가 사업단〉의 후신이다.

피치니나

얼굴에 분을 살짝 바르고
더없이 예쁘고 발랄하게 미소 지으며
그대는 새 옷이 담긴 커다란 상자를 들고
사람들이 가장 붐비는 대로를 돌아다니네요.
오, 어여쁜 피치니나,
아침마다 쾌활하게
사람들 사이로 종종걸음을 치고
언제나 노래를 흥얼거리는 그대.
오, 어여쁜 피치니나,
그대는 새침데기,
어쩌다 누가 그대에게
다정한 말을 건네거나
곁눈질을 보내거나
지나가면서 인사를 하면
그대는 새빨갛게 낯을 붉히죠.

자전거를 타고 다니는 미녀들

어여쁜 그대, 자전거 페달을 열심히 밟으며
어딜 그리 급하게 가시나요?
날씬하게 잘 빠진 그 아름다운 다리가
내 마음속에 벌써
열렬한 사랑을 심어 놓았다오.
바람에 머리를 휘날리며 그대 어디를 가나요?
기분이 좋은가 봐요,
미소가 내 마음을 흘리네요……
그대가 원한다면, 머잖아 우리는
사랑의 결승선에 도달하게 될 거예요.

뭐니 뭐니 해도 그녀들의 다리

한 아가씨가 지나가는 걸 보면
우리는 어떻게 하지?
그녀를 뒤따라가면서
그녀가 어떻게 생겼는지
반지빠른 눈으로
머리부터 발끝까지 훑어봐.
검은 눈이 아름다울 수도 있고
파란 눈이 아름다울 수도 있겠지만,
난 뭐니 뭐니 해도
그녀들의 다리가 좋아.
하늘색 눈이 예쁠 수도 있고
끝이 조금 들린 코가 예쁠 수도 있겠지만,
난 뭐니 뭐니 해도
그녀들의 다리가 좋아.

어여쁜 시골 여자

먼동이 트고 해가 솟아
아브루초 지방을 황금빛으로 물들이면,
풍만한 시골 여자들은
꽃이 만발한 골짜기로 내려간다.
오 어여쁜 시골 여자여,
그대의 눈에는 태양이 있고,
꽃이 만발한 골짜기의
제비꽃 빛깔이 있다.
그대가 노래를 부르면,
그대 목소리는
평화의 화음으로 퍼져나가면서 말한다.
〈행복하게 살고 싶다면
여기에 와서 살아야 한다〉고…….

가 아니었다. 그들이 3인칭의 형태로 대화의 상대방을 공손하게 지칭하는 2인칭 단수 대명사 *Lei*에 해당하는 것을 사용하고 있다는 것도 그 이유의 하나로 제시되었다. 선량한 이탈리아인들은 공적인 관계에서든 사사로운 관계에서든 지극히 이탈리아적인 *Voi*만을 사용하도록 되어 있기 때문에,[7] *Lei*에 해당하는 것을 사용하는 영국인들은 나쁘다는 얘기였다. 외국어에 대한 우리의 기초 상식에 따르면, 영국인들이나 프랑스인들이야말로 *Voi*처럼 2인칭 단수로도 쓰이고 복수로도 쓰이는 대명사(*You, Vous*)를 사용한다. 정작 이탈리아적인 것은 *Lei*다. 물론 이 대명사의 용법이 스페인어식 어법의 잔재라고 볼 수도 있다. 하지만 그 시절에 프랑코 치하의 스페인인들은 우리와 한통속이었다. 게다가 우리 동맹국의 언어인 독일어의 *Sie*는 어떤가? 이것은 *Lei*, 또는 복수형 *Loro*에 해당하는 것이지 *Voi*에 해당하는 것이 아니다. 어쨌거나 권력 상층부에서 그런 터무니없는 결정을 내린 것은 아마도 외국에 대한 지식이 빈약했기 때문이었을 것이다. 할아버지는 이 문제와 아주 분명하게 연관된 기사들을 꼼꼼하게 스크랩해서 간직해 두셨다. 뿐만 아니라 『*Lei*』라는 여성 잡지의 마지막 호를 보관하는 기지까지 발휘하셨다. 이 마지막 호에는 다음 호부터 제목이 『안나벨라』로 바뀔 것이라는 공고가 나

---

[7] 이탈리아어에서는 대화의 상대방(너, 당신)을 지칭하는 경우, 친한 사이에서는 *tu*, 친하지 않거나 공손하게 예의를 갖춰야 하는 사이에서는 *Lei*를 쓴다. *Lei*는 원래 3인칭 여성 단수 대명사이지만 일찍이 르네상스 시대에 스페인어의 영향으로 이 용법이 확립되었다. 그런데 갈수록 전체주의의 성격을 노골화하던 무솔리니 정권은 1938년 4월 *Lei*의 사용을 폐지하고 그 대신 더 오래된 형태인 *Voi*를 사용하라는 행정 명령을 내렸다. 해괴하고 우스꽝스러운 파시스트 〈문화혁명〉의 일환으로 내린 조치였다.

와 있었다. 『Lei』는 여성지였으므로, 누가 보기에도 이 제호는 자기네 이상적인 독자를 향한 〈당신〉이라는 뜻의 부름말이 아니었다. Lei를 〈그lui〉와 반대되는 〈그녀〉의 뜻으로 사용함으로서 여성 대중을 위한 잡지임을 분명히 밝힌 것일 터였다. 하지만 Lei라는 말은 존칭을 나타내는 기능이 아닌 다른 문법적인 기능을 가지고 있음에도 이미 금기가 되어 버린 것이었다. 나는 이 에피소드가 당시의 여성 독자들에게 웃음거리가 되지 않았을까 하고 생각했다. 어쨌거나 그런 우스꽝스러운 일이 벌어졌고, 모두가 그것을 참아 낸 셈이었다.

적국의 여자들이 모두 추했던 것에 비하면, 식민지에는 그래도 미인이 있었다. 흑인종의 사내들은 원숭이와 비슷하게 그려지고, 아비시니아 사람들은 갖가지 질병에 시달리는 것처럼 묘사되고 있었지만, 아비시니아의 미녀들은 예외적인 대접을 받은 듯했다. 라디오는 이렇게 노래하고 있었다. 까만 얼굴의 귀염둥이, 아비시니아의 예쁜이여, 때가 다 되어 가니 희망을 갖고 기다려라. 우리가 네 곁에 가서, 너에게 새로운 법률과 새로운 임금을 주리라.

그 아비시니아의 예쁜이에게 무슨 일이 닥쳤는가에 관해서는 처칠 수상을 풍자하기 위해 〈추르칠로네〉를 만들어 낸 데 세타의 컬러 만평이 잘 말해 주고 있었다. 이 만평에는 노예 시장에서 반나체의 흑인 여자를 산 이탈리아 병사가 여자를 소포처럼 본국으로 발송하는 장면이 담겨 있다.

하지만 아비시니아 여자들의 아름다움은 사막의 대상(隊商)들이 불렀음 직한 이런 슬픈 노래가 말해 주듯, 식민지 원정 초기부터 이탈리아 남자들이 동경해 온 것이었다. 티그라이의 대상들이 길을 떠나네/어떤 별을 향해 가는 거라네/이

〈우체국: 동아프리카의 이 기념물을 친구에게 보내려고 하는데요……〉

제 곧 사랑 때문에 더욱 찬란하게 빛날 별을 향해서.

그런데 나는 이 낙관주의의 소용돌이 속에서 무슨 생각을 했을까? 그 대답은 초등학교 시절의 공책들에 담겨 있었다. 그 표지들만 봐도 대답이 짐작되었다. 속을 들춰 보기도 전에 그것들이 벌써 대담한 행동과 승리에 대한 생각을 부추기고 있었던 것이다. 예외적으로 몇몇 공책의 표지에는 두껍고 하얀 종이(틀림없이 더 비싼 공책들이었을 것이다)에 어떤 위인의 초상이 들어 있었다(나는 빙그레 웃고 있는 셰익스피어라는 신사의 수수께끼 같은 얼굴과 이름을 놓고 이러저러한 상상을 했을 것이고, 십중팔구는 그 이름을 철자 그대로 〈샤케스페아레〉라고 읽었을 것이다. 글자들을 꼼꼼히 살피거나 외우기 위해서인 듯 펜으로 그대로 겹쳐 썼다는 사실이 그 점을 짐작케 했다). 하지만 나머지 공책들의 표지에 실린 것은 말에 올라탄 〈두체〉, 적을 향해 수류탄을 던지는 검은 셔츠 차림의 영웅적인 전사들, 적군의 거대한 장갑함을 침몰시키는 날렵한 어뢰정, 고귀한 희생정신으로 수류탄 파편 때문에 두 손이 으깨어진 것을 아랑곳하지 않고 명령문을 입에 문 채 적의 기총 소사를 뚫고 계속 달려가는 연락병들의 모습이었다.

우리 담임 선생님(남자였는지 여자였는지 모르지만, 〈시뇨르 마에스트로〉라는 말이 저절로 나온 것으로 보아 남자가 아니었나 싶다)은 〈두체〉가 1940년 6월 10일의 선전 포고 때에 행한 역사적인 연설의 주요한 대목들을 가지고 우리에게 받아쓰기를 시켰다. 선생님은 연설문을 읽어 주면서 로마의 베네치아 광장에 운집해서 그 연설을 들었던 군중의 반응을 신문 기사에 나온 대로 사이사이에 삽입하기까지 했다.

육지와 바다와 하늘의 전사들이여! 혁명 전선과 군대의 검은 셔츠들이여! 이탈리아와 에티오피아 제국과 알바니아 왕국의 남녀들이여! 들어 보라! 운명이 점지한 시간을 알리는 종소리가 우리 조국의 하늘에 울려 퍼진다. 돌이킬 수 없는 결정의 순간이 도래한 것이다. 영국과 프랑스의 대사들에게 이미 선전 포고가 전달되었다(박수갈채, 〈전쟁! 전쟁!〉 하는 요란한 외침). 우리는 싸움터로 나아가고자 한다. 줄곧 이탈리아 국민의 진로를 방해하면서 생존마저도 종종 위협했던 서구의 금권적이고 반동적인 민주주의 체제들에 맞서 싸울 것이다……

모름지기 친구가 있을 때는 그와 끝까지 함께 가야 하는 것이다. 그것이 바로 파시스트 도덕률이다(〈두체! 두체! 두체!〉 하는 연호). 우리는 독일과 그 국민, 그 놀라운 군대와 더불어 그렇게 해왔고, 앞으로도 그렇게 할 것이다. 이 세기적인 중요성을 지닌 사건의 전야에 우리 국왕 전하이자 황제 폐하이신 분을 우리 다같이 생각하자(사보이 왕실을 향한 여러 차례의 우렁찬 박수갈채). 그분은 언제나 그러셨듯이 조국의 정신을 이해하셨다. 그리고 위대한 동맹국 독일의 지도자이신 〈퓌러(총통)〉께도 인사를 보내자(군중은 히틀러를 향한 긴 박수갈채를 보낸다). 프롤레타리아와 파시스트의 이탈리아는 세 번째로 일어선다. 우리는 다른 어느 때보다 강하고 자신만만하고 똘똘 뭉쳐 있다(〈옳소!〉 하고 한목소리로 터져 나오는 여러 차례의 외침). 우리의 구호는 〈이기자!〉라는 단 한 마디다. 이 무조건적인 구호가 우리 모두를 하나로 묶어 줄 것이다. 벌써 이 구호는 알프스 산맥에서 인도양까지 퍼져 나가 전사들의 심장에 불을 붙이고 있다. 이기자! 우리는 이길 것이다(군중의 우레와 같은 박수갈채가 터져 나온다).

그즈음의 몇 달 동안 라디오에서는 총통의 교시에 부응하여 「이기자」라는 노래를 내보냈을 것이었다.

> 무수한 수난을 거치며 단련된
> 이탈리아의 목소리가 울려 퍼졌다!
> 「1백 인 부대여, 6백 인 부대여, 군단이여,
> 모두 일어나라, 때가 왔도다!」
> 청년들이여, 전진하라!

온갖 질곡, 온갖 장애
넘어서서 나아가자!
노예의 사슬을 끊어 버리자.
바다 때문에 갇혀 사는
노예로 남지 말자.
이기자! 이기자! 이기자!
우리는 하늘에서 땅에서 바다에서 이길 것이다!
이야말로 가장 고결한 의지를 담은
우리의 구호다.
이기자! 이기자! 이기자!
어떤 대가를 치르더라도 이기자!
그 무엇도 우리를 막지 못하리라!
우리 심장은 환희로 고동치고,
복종의 의지로 충만해 있다!
우리 입술은 맹세한다.
승리가 아니면 죽음이다!

 나는 전쟁의 시작을 어떤 식으로 받아들였을까? 독일 전우와 나란히 어떤 멋진 모험을 시작하는 것쯤으로 여기지 않았을까? 그 독일 전우의 이름은 리카르드였다. 내가 그 이름을 알게 된 것은 1941년에 〈전우 리카르드, 환영하네……〉하는 노래가 라디오 방송을 탔기 때문이다. 나는 그 영광의 시기에 전우 리카르드(노래의 리듬 때문에 우리는 그 이름을 독일인들이 리하르트라고 할 때처럼 〈리〉에 강세를 두지 않고 프랑스인들이 리샤르라고 할 때처럼 〈카〉에 강세를 두어 발음했을 것이 분명하다)를 어떻게 생각했을까? 그림엽서

⟨두 민족 하나의 승리⟩

한 장이 그 대답을 말해 주고 있었다. 리카르드가 이탈리아 전우와 나란히 행진하는 모습이 담긴 그림엽서였다. 옆모습을 보이고 있는 두 병사는 늠름하고 결연한 자세로 승리의 전선을 응시하고 있었다.

하지만 ⟨내 라디오⟩에서는 「리카르드 전우」에 이어 벌써 다른 노래가 흘러나오는 중이었다(그 순간에 나는 그것이 생방송이라고 확신했다). 이번엔 독일어로 된 노래였는데, 장송 행진곡에 가까울 만큼 슬프고 장중했다. 그 리듬이 내 오장육부의 미세한 떨림과 맞아떨어지는 듯했다. 노래를 부르는 여가수의 목소리는 그윽하면서도 거칠었고, 애처로우면서도 죄악에 물든 듯한 느낌을 주었다. *Vor der Kaserne/Vor dem großen Tor/Stand eine Laterne/Und steht sie noch davor*(병영 앞에/커다란 정문 앞에/가로등 하나가 서 있었네/그 앞에 그녀가 아직도 서 있다면)……[8]

할아버지에게 이 음반이 있었지만, 당시에 나는 독일어로 된 이 노래를 이해하지 못했을지도 모를 일이다.

아닌 게 아니라 그 노래의 이탈리아어 음반도 있었으므로, 나는 곧이어 그것을 들었다. 이탈리아어 가사는 번역이라기보다 길게 풀어서 말하기 또는 번안이었다.

> 매일 저녁
> 병영 근처의
> 가로등 불빛 아래에서
> 나는 널 기다리며 서 있었어.
> 오늘 저녁에도 기다릴 거야,
> 온 세상을 잊은 채로,
> 너와 함께 릴리 마를렌,
> 너와 함께 릴리 마를렌.

---

[8] 「가로등 아래의 아가씨」(일명 〈릴리 마를렌〉)라는 노래의 첫머리. 제1차 세계 대전 때의 독일군 병사 한스 라이프(1893~1983)가 러시아 전선에서 보초를 서며 지은 시에 노르베르트 슐체(1911~2002)가 1938년에 곡을 붙인 독일 대중가요. 이 노래를 처음으로 취입한 가수는 랄레 안데르센이다. 이 음반은 거의 팔리지 않고 있다가, 독일군 라디오 방송을 통해 병사들에게 전해지면서 엄청난 인기를 누리게 되었다. 나치 당국의 반대에도 불구하고, 이 애상적인 노래는 독일군 병사들 사이로 계속 퍼져 나갔고, 급기야는 연합군 병사들에게까지 전해져, 결국 양 진영의 비공식적인 군가가 되었다.

진창 속에서
행군해야 할 때면
내 전리품의 무게 때문에
휘청거리는 느낌이 들어.
나는 도대체 어떻게 될까?
그러다가도 나는 미소 지으며 널 생각해
릴리 마를렌 너를,
릴리 마를렌 너를.

이탈리아어 번역에는 나와 있지 않지만, 독일어 가사를 보니 ⟨*Wenn sich die späten Nebel drehn*(때늦은 안개가 소용돌이칠 때)⟩ 하는 식으로 가로등이 안개 속에서 나타나는 것으로 되어 있었다. 하지만 어쨌거나 당시에 나는 그저 등화관제 동안에 어떻게 가로등을 켤 수 있었는지 궁금하게 여겼을 뿐, 안개 속에서 그 불빛을 받고 있는 슬픈 목소리의 주인공이 ⟨제 스스로 장사를 하는 여자⟩인 그 알쏭달쏭한 ⟨피타나⟩라는 것을 알아차리지 못했을 것이다. 내가 훗날 코라치니의 이런 시구에 주목했던 것은 아마도 이 노래 때문이 아니었을까? 어슴푸레하고 스산하여라/사창가 정문 바로 앞/쓸쓸한 길/향로에서 나던 좋은 향내가 사그라진다/안개가 공기를 뿌옇게 만든 탓일까.[9]

「릴리 마를렌」은 아직 흥분이 고조되어 있던 「리카르드 전우」가 나온 지 얼마 지나지 않아서 나타났다. 독일인들이 우리보다 비관적이었기 때문인지, 아니면 그사이에 무슨 일이

---

9 이탈리아 시인 세르조 코라치니(1886~1907)의 시 「초롱」의 첫 4행.

일어났기 때문인지, 우리 전우는 슬픔에 젖어 있었고, 진창 길에서 걷는 것에 지쳐 그 가로등 아래로 돌아가기만을 꿈꾸고 있었다. 어쩌면 나는 선전 가요들의 이런 변화를 통해서 우리가 승리를 꿈꾸던 처지에서 고객들만큼이나 절망에 빠진 창녀의 사근사근한 품을 그리워하는 처지로 전락했다는 것을 알게 되지 않았을까?

초기의 열광을 거치고 나서, 우리는 등화관제에 길들었고, 짐작건대 공습뿐만 아니라 배고픔에도 익숙해졌던 듯하다. 그게 아니라면 왜 1941년에 발릴라 소년단의 꼬마들에게 저마다 자기 집 발코니에 작은 채소밭을 가꾸는 일이 권장되었겠는가? 그건 손바닥만 한 공간조차 놀리지 않고 채소를 생산해 낼 수 있어야 한다는 얘기가 아니었을까? 또한 「사랑하는 아빠」라는 노래에 나오는 소년은 왜 전선에 나가 있는 아버지로부터 더 이상 소식을 받지 못하게 되었겠는가?

> 사랑하는 아빠, 편지를 쓰려는데 제 손이
> 왜 자꾸 떨리려 하는지 아빠는 아시겠죠.
> 아빠가 멀리 가신 지 그토록 많은 날이 지났는데
> 어디에 계신지 이젠 아무 말도 안 해 주시네요.
> 제 얼굴을 적시는 이 눈물은
> 자부심의 눈물이에요, 정말이에요.
> 아빠가 환하게 미소 짓는 모습이 눈에 선해요.
> 아빠의 발릴라 소년을 품에 꼭 안아 주시는 모습도요.
> 저 역시 아빠처럼 싸우고, 이 전쟁에서 제 몫을 다하고 있어요.
> 신념을 가지고, 명예와 규율을 존중하면서 말이에요.

저는 제가 가꾸는 땅에서 좋은 결실이 있기를 바라며,
아침마다 작은 채소밭을 돌보고 있어요.
바로 전시 채소밭이죠!
그리고 저는 하느님께 기도를 드려요.
사랑하는 아빠를 보살펴 주십사 하고요.

그야말로 승리를 위해 당근이 필요했던 시기였다. 한편 내가 읽은 어떤 공책의 한 페이지에는 선생님이 우리에게 가르친 내용이 적혀 있었는데, 그 가르침에 따르면 우리의 적인 영국인들은 식사를 하루에 다섯 번이나 하는 국민이었다. 나는 나 역시 하루에 다섯 끼 식사를 한다고 생각했을 것이었다. 아침에 카페라테를 마시며 빵에 잼을 발라 먹고, 오전 열 시에 학교에서 간식을, 그리고 점심과 오후 간식과 저녁을 먹었을 테니 말이다. 하지만 아이들이 모두 나와 같은 행운을 누리지는 못했을 것이고, 하루에 다섯 끼 식사를 하는 사람들은 발코니에서 토마토를 재배해야만 하는 사람들의 분노를 샀을 게 분명하다.

그런데 하루에 다섯 번이나 식사를 한다는 영국인들은 왜 그렇게 야위었을까? 할아버지가 수집해 놓으신 그림엽서 가운데 하나에는 왜 〈쉿!〉이라는 말과 함께 군사 정보를 염탐하려고 하는 교활한 영국인이 나와 있었던 것일까? 부주의한 이탈리아 전우가 술집 같은 곳에서 정보를 흘리기라도 했단 말인가? 하지만 온 국민이 하나가 되어 전쟁에 임하고 있는 마당에 어떻게 그런 일이 가능했을까? 교과서에 나온 설명대로라면 체제 전복 활동 분자들은 〈두체〉의 로마 행군 이후로 괴멸되지 않았던가?

이제 곧 화창한 날이 오리라

눈이 녹고,
안개와 성에도 스러지는데,
비열한 영국인들은
병나발을 불고
드롭스를 빨며
지하실에서 밤을 보내다가,
날씨가 언제 바뀌느냐고
쥐들에게 묻는다.
4월이 온다고 해서
비둘기들이 날지 않는다.
하늘에선 그저 폭탄이
빗발처럼 쏟아지고
백발백중 어리가 날아갈 것이다.
이게 바로 우리에게 영광을 안겨 주는
이탈리아의 4월이다.
못된 영국아
패배는 네 몫이다.
네 머리를 누르고 앉은
우리의 승리가 자랑스럽다.

이제 곧 화창한 날이 오리라.
이제 곧 화창한 날이 오리라.
영국인들아, 북쪽에 있는
어부들의 작은 섬으로 돌아가라.
이제 곧 화창한 날이 오리라.
이제 곧 화창한 날이 오리라.
영국아, 영국아,
네 종말은 이미 기정사실이다.

자라부브의 축제

종려나무 숲 위에 붙박여 있는 달이
숨을 멈춘 채 지켜보고 있고,
오래된 회교 사원 첨탑이
모래 언덕을 타고 솟아 있다.
나팔소리, 병기, 깃발,
폭발, 피, 말해 다오, 낙타 부리는 친구여,
이게 다 무슨 일인가?
이건 자라부브의 축제라오!

대령님, 저는 빵을 원치 않습니다.
빵 대신 총알을 주십시오.
이 모래주머니들이 막아 주고 있으니
다른 것은 필요치 않습니다.
대령님, 저는 물을 원치 않습니다.
물 대신 적을 쓸어 버릴 화기를 주십시오.
이 심장의 피가 있기에
제 목마름은 가실 것입니다.
대령님, 저는 교대를 원치 않습니다.
여기 어느 누구도 후방으로 돌아가지
않습니다.
죽음이 찾아오지 않는 한
저희는 한 발짝도 물러나지 않습니다.

대령님, 저는 칭찬을 원치 않습니다.
저는 제 땅을 지키기 위해 죽습니다.
하지만 이 자라부브에서
영국의 종말이 시작됩니다.

내 공책들의 여러 페이지에 바야흐로 승리가 임박했다는 말이 적혀 있었다. 그런데 그것을 읽는 동안 턴테이블에 걸린 음반에서 아주 아름다운 노래가 흘러나왔다. 리비아 사막에 있는 이탈리아군의 거점 가운데 하나인 자라부브에서의 마지막 저항을 이야기하고 있는 노래였는데, 포위당한 전사들이 굶주리고 탄약이 바닥나서 결국 굴복하고 마는 이야기가 서사시 차원에 도달해 있었다. 나는 몇 주 전 밀라노에 있을 때 텔레비전에서 본 영화를 떠올렸다. 알라모 요새에서 벌인 데이비 크로켓과 짐 보위의 저항을 다룬 컬러 영화였다. 포위된 요새라는 주제만큼 우리를 흥분시키는 것도 없다. 상상컨대 나는 오늘날 서부 영화를 보는 아이처럼 감동을 느끼며 그 슬픈 노래를 부르지 않았을까 싶다.

나는 영국의 종말이 자라부브에서 시작된다고 노래했지만, 이 노래는 나에게 「마라마오, 너는 왜 죽었니?」를 생각나게 했을 것이다. 패배를 예찬하는 노래이기 때문이다 — 할아버지가 모아 놓으신 신문들에 따르면, 키레나이카 지방에 있는 이 자라부브 오아시스는 치열한 저항 끝에 정확히 1941년 3월에 함락되었다. 패배를 이용해서 국민을 흥분시키는 것은 절망에서 나온 극단적인 조치가 아니었을까?

그렇다면 같은 해에 나온 또 다른 노래 〈이제 곧 화창한 날이 오리라〉 하면서 승리를 약속한 것은 어찌된 일일까? 화창한 날은 4월에 오리라고 했지만, 그달에 우리는 아디스아바바를 잃었다. 따지고 보면, 〈이제 곧 화창한 날이 오리라〉 하는 말은 날씨가 나쁠 때나 사정이 달라지기를 바랄 때 하는 말이다. 4월에 화창한 날이 오리라고 노래했다는 것은 이 노래가 처음 불렸던 그해 겨울에 우리가 행운이 돌아오기를 희망했다는 뜻이리라.

우리에게 퍼부어진 온갖 영웅주의적 선전은 어떤 좌절을 암시하고 있었다. 〈우리 돌아오리라〉라는 후렴구는 무슨 뜻이었겠는가? 바로 우리가 패배하여 물러난 곳을 수복하리라는 희망과 다짐이 아니었겠는가?

그럼 〈M 대대〉 찬가는 언제 나왔을까?

〈두체〉의 대대들,
생명을 위해 창설된 죽음의 대대들,
봄이면 한판 승부를 겨루게 되리라.
대륙들이 불꽃과 꽃을 피우리라.
승리하기 위해 우리에게 필요한 건
용기로 무장한 무솔리니의 사자들.

죽는 것이 곧 사는 것,
죽음의 대대는 곧 생명의 대대,
싸움판이 다시 벌어지리라.
증오 없는 사랑이란 없다.
운명과도 같은 붉은 〈M〉자를 붙이고,
파시스트 행동대의 검은 장식 술을 단 우리,
우리는 죽음에 맞섰다.
수류탄 두 개를 지니고, 입에는 꽃을 문 채.

할아버지가 적어 놓으신 날짜에 따르면, 이 찬가는 1943년에 나왔다. 자라부브가 함락된 지 2년이 지나서 또다시 봄을 노래하고 있었던 것이다(휴전 협정이 조인된 것은 1943년

9월의 일이다). 수류탄 두 개를 지니고 입에는 꽃을 문 채 맞이하는 죽음의 이미지는 나에게 깊은 인상을 주었을 게 분명하다. 그 이미지는 차치하고, 봄에 또다시 한판 승부를 겨루게 되리라는 전망은 왜 나왔을까? 왜 싸움판이 다시 벌어지리라고 했을까? 이 말은 앞서 싸움이 중단되었음을 암시하는 것이 아닌가? 사정이 그러한데도 파시스트들은 최종적인 승리에 대한 불굴의 신념을 마음에 품고 우리에게 그 찬가를 부르게 한 것이다.

이 무렵에 라디오가 내게 들려준 찬가 가운데 유일하게 낙관적인 것은 「잠수함 해병들의 노래」였다. 〈가자 넓디넓은 바다로, 죽음과 운명을 마주하고 웃음을 터뜨리며……〉 그런데 그런 가사를 들으니 다른 노래의 가사가 생각났다. 나는 「아가씨들, 해군 병사들을 바라보지 마세요」라는 노래를 찾으러 갔다.

내가 그런 노래를 학교에서 배웠을 리는 없고, 당연히 라디오에서 나오는 것을 들었을 것이다. 당시에 라디오는, 비록 방송 시간대는 달랐을지라도, 잠수함 해병들의 노래와 아가씨들에 대한 경고를 모두 내보내고 있었다. 두 세계를 넘나들었던 셈이다.

다른 노래들을 들어 봐도 삶이 서로 다른 두 길로 달려가고 있다는 느낌이 들기는 마찬가지였다. 한쪽에는 전황 보고가 있었고, 다른 쪽에는 우리 악단들이 흐드러지게 쏟아 내는 낙관주의와 명랑성의 교훈이 있었다. 스페인에서 전쟁이 벌어지고 이탈리아인들이 여기저기에서 죽어 가는데, 총통은 우리에게 열렬한 메시지를 보내어 더 크고 더 처절한 전

잠수함 해병의 노래

짙은 어둠 속에서
검은 물결을 헤치며 나아간다.
사령탑에서는 날카로운 시선으로
한시도 경계를 늦추지 않는다.
조용히 눈에 띄지 않게
잠수함들이 나아간다.
용기와 병기로 무장하고
광대한 공간을 누비며
공격에 나선다!

가자
넓디넓은 바다로
죽음과 운명을 마주하고 웃음을 터뜨리며.
쳐부수고
침몰시키자
가는 길에 만나는
모든 적을 깡그리!
해병은 이렇게 산다.
소리가 잘 울리는
바다 속 깊은 곳에서!
해병은 적을 무찌르고
역경을 이겨 낸다.
누가 승리할지
아는 것이다.

아가씨들, 해군 병사들을 바라보지 마세요

어찌된 일인지 요즘
아가씨들
해군 병사들이라면 사족을 못 써요…….
그들을 조심해야 한다는 걸 모르나 봐요.
그들의 말과 행동 사이에는
바다가 가로놓여 있는데 말이죠…….

아가씨들, 해군 병사들을 바라보지 마세요
왜일까요, 왜일까요.
그들이 해를 끼칠 수도 있으니까요.
왜일까요, 왜일까요…….

그들은 〈사랑하다〉라는 동사를 입에 올리면서
아가씨들에게 수영을 가르쳐 주다가
나중엔 물에 빠져 죽어도 나 몰라라 하죠.

아가씨들, 해군 병사들을 바라보지 마세요.
왜일까요, 왜일까요…….

쟁을 준비하게 하지 않았는가? 루차나 돌리베르는 아주 감미로운 열정을 담아 〈내 말을 잊지 마, 소녀야/넌 사랑이 뭔지 몰라〉 하고 노래했으며, 바르치차 〈관현악단은 〈사랑에 빠진 소녀야/간밤에 네 꿈을 꾸었어/너는 곤히 잠든 채/내게 미소를 지었지〉 하는 노래를 연주했고, 사람들은 너나 할 것 없이 〈귀하디귀한 작은 꽃이여, 그대 곁에 있으면 사랑이 아름다워요〉를 따라 부르고 있었다. 그런가 하면, 파쇼 체제는 어여쁜 시골 여자들과 다산하는 어머니들을 예찬하면서 독신자들에게 세금을 물렸다. 라디오에서는 〈질투란 유행에 뒤떨어진 것, 더 이상 통용되지 않는 광기〉라고 알려 주는 노래도 흘러나왔다.

전쟁이 터지면서, 우리는 창문을 어둡게 하고 라디오 앞에 달라붙어 있어야 했을 텐데, 가수 알베르토 라발리아티는 라디오 볼륨을 낮추고 자기의 심장 박동에 귀를 기울이라고 속삭였다. 우리가 〈그리스의 허리를 부러뜨리겠다〉며 나섰던 원정은 시작부터 좋지 않았고, 우리 군대는 진흙탕 속에서 죽어 가기 시작했을 텐데, 라디오는 〈걱정 마, 빗속에서 누가 섹스를 하겠어〉 하는 식의 노래를 들려주고 있었다.

민중은 〈피포는 그걸 몰라〉 하고 노래했지만, 정말 피포가 몰랐을까? 파쇼 체제는 얼마나 많은 영혼을 자기편에 두고 있었을까? 아프리카의 태양 아래에서 엘 알라메인 전투가 맹렬하게 벌어지고 있던 때에, 라디오는 〈난 그렇게 살고 싶어, 얼굴 가득 햇살을 받고 즐겁게 노래를 부르며 지복을 누리고 싶어〉 하고 읊어 댔다. 우리가 미국을 상대로 전쟁에 돌입하고, 우리 신문들이 일본의 진주만 폭격을 찬양하고 있던 때에는, 〈하와이 하늘 아래에서 그대는 달이 뜨는 것을 보며 낙원을 꿈

내 말을 잊지 마

내 말을 잊지 마
소녀야, 넌 사랑이 뭔지 몰라
사랑은 태양처럼 아름답고
태양보다 뜨거운 거야.
혈관 속에 천천히 흘러든 다음
가만가만 심장에 다다르지.
그리하여 찬란한 꿈이 시작되고
고통도 처음으로 생겨나지.

하지만 사랑은 그런 게 아냐

하지만 사랑은 그런 게 아냐
내 사랑은 바람결에
장미 꽃잎들처럼
흩어져 버릴 리가 없어
내 사랑은 아주 강해서
굴복하거나 시들해지지 않아.
난 내 사랑을 보살피고,
잘 지켜낼 거야.
내 가여운 사랑에서
심장을 앗아 가려는
독을 품은 온갖 유혹에 맞설 거야.

사랑에 빠진 소녀

사랑에 빠진 소녀야
간밤에 네 꿈을 꾸었어.
너는 곤히 잠든 채
내게 미소를 지었지.
사랑에 빠진 소녀야
나는 네 입에 키스했고
그 키스는 너를 깨웠어.
그 일을 기억에 간직해 줘.

귀하디귀한 작은 꽃

귀하디귀한 작은 꽃이여,
그대 곁에 있으면 사랑이 아름다워요!
사랑은 꿈을 꾸게 하고
나를 떨리게 하죠.
이유는 아무도 몰라요.
데이지 꽃이여,
만약 우리 심장을 팔딱이게 하는
사랑이 없다면
인생이란 대체 무엇일까요?
마편초 꽃이여,
사랑은 때로
우리에게 고통을 주기도 해요.
한순간 덧없이 왔다가
가버리는 바람 같기도 하죠!
하지만 그대와 함께 있으면
난 더없이 행복해요.
귀하디귀한 작은 꽃이여,
그대 곁에 있으면
사랑이 아름다워요.

질투란 유행에 뒤떨어진 것

질투란 유행에 뒤떨어진 것,
더 이상 통용되지 않는 광기.
20세기에 걸맞게
기쁜 마음으로
젊음을 즐겨야 해.
울적하다 싶을 땐
위스키소다를 마시고,
사랑 따위는 잊어버려.
세상을 발랄하게 보고
언제나 미소 지으며
행복하게 사는 거야.

꾸리라(아마도 라디오를 듣던 대중은 진주만이 하와이에 있다는 것도 하와이가 미국 영토라는 것도 모르고 있었을 것이다)〉 하는 노래가 전파를 타고 있었다. 독일 제6군을 이끌던 폰 파울루스 원수가 양 진영의 시체가 산더미처럼 쌓인 스탈린그라드에서 항복했을 때, 우리는 〈내 구두 속에 조약돌 하나가 들어 있어, 아야, 그것 때문에 너무너무 아파〉 하는 노래를 듣고 있었다.

연합군의 시칠리아 상륙이 시작될 즈음에 라디오는 알리다 발리의 목소리로 우리에게 이렇게 상기시키고 있었다. 사랑은 그런 게 아냐, 머리털의 금빛이 바래듯 그렇게 희미해질 리가 없어. 로마에 첫 공습이 가해질 무렵에, 요네 칼찰리는 밤낮으로 이렇게 노래했다. 우리 단둘이, 손에 손을 잡고, 이튿날 새벽까지.

연합군이 로마 턱밑의 안치오에 상륙했을 때, 라디오에서는 〈*Besame, besame mucho*(나에게 키스해 줘요, 키스 많이 해줘요)〉[10]가 맹위를 떨쳤다. 포세 아르데아티네[11]의 대학살이 벌어지고 있을 때, 라디오는 「대머리」와 「차차는 어디에 있을까?」라는 노래로 우리에게 즐거움을 주었다. 밀라노가 공습에 시달리고 있을 때, 〈라디오 밀라노〉는 「비피 스칼라

10 1940년 당시 10대 소녀였던 멕시코의 콘수엘로 벨라스케스가 작곡하여, 전 세계인의 애창곡이 되었던 「베사메 무초」의 첫 소절. 우리말로 번안된 가사를 보면, 〈베사메 무초〉가 여자 이름처럼 느껴진다(베사메 무초야 리라꽃 같이 귀여운 아가씨야……).

11 1944년 3월 24일 로마를 점령하고 있던 나치 독일 부대가 전날 이탈리아 유격대의 공격으로 독일 병사 33명이 살해된 것에 대한 보복으로 이탈리아 양민과 전쟁 포로 등 335명을 학살한 사건. 이 학살은 당시에 한적한 로마 변두리였던 아르데아티나 거리 근처의 응회암 폐광(포세 아르데아티네)에서 자행되었다.

레스토랑의 멋쟁이 아가씨」를 방송하고 있었다.

그러면 나는 어떠했을까? 나는 정신 분열증에 걸린 당시의 이탈리아를 어떻게 경험했을까? 나 역시 승리를 믿고 〈두체〉를 사랑하고 그를 위해 죽기를 바랐을까? 선생님이 우리에게 받아 적게 한 총통의 역사적인 연설에 나오는 말들(밭고랑을 타는 것은 쟁기이지만, 그것을 수호하는 것은 칼이다. 우리는 목표를 향해 곧장 나아갈 것이다. 내가 전진하면 나를 따르고, 내가 후퇴하면 나를 죽여라)을 믿었을까?

나는 파쇼 기원 XX년 즉, 1942년에 해당하는 5학년 때의 한 노트에서 수업 시간에 써낸 작문 하나를 찾아냈다.

주제: 「오 아이들아, 너희는 이탈리아가 창조하고 있는 영웅적인 신문명을 평생에 걸쳐서 지켜 나가야 한다.」(무솔리니)
전개: 여기 먼지가 풀풀거리는 길로 소년들이 줄을 지어 나아간다.
바로 발릴라 소년단원들이 초봄의 포근한 햇살을 받으며 당당하고 씩씩하게 걸어가고 있는 것이다. 이들은 규율을 잘 지키고 지휘관들이 내린 엄격한 명령에 복종한다. 이 소년들은 스무 살이 되면 음흉한 적들로부터 이탈리아를 지키기 위해 펜을 놓고 소총을 잡을 것이다. 토요일이면 이 발릴라 소년단원들이 거리에서 행진하는 것을 볼 수 있고, 다른 요일에는 학교 책상 앞에 앉아서 공부하는 모습을 볼 수 있다. 이들은 적당한 나이가 되면 이탈리아와

그 문명의 충실하고 한결같은 수호자가 될 것이다.

〈청년 대행진〉에 참가한 부대들의 행군을 지켜본 사람들은 알겠지만, 수염도 나지 않은 그 젊은이들 가운데 다수는 당시에 아직 전국 발릴라단의 전위 대원들이었다. 하지만 그들이 이미 북아프리카 마르마리카 지방의 뜨거운 모래를 자신들의 피로 붉게 물들인 적이 있다는 것을 누가 알았겠는가? 또한 명랑하고 장난치기를 좋아하는 지금의 이 소년들을 보면서, 이들 역시 몇 해 지나지 않아 싸움터에서 이탈리아를 부르며 죽어 갈 수도 있으리라고 누가 상상하겠는가?

내 머릿속에서는 언제나 이런 생각이 떠나지 않는다. 나는 커서 병사가 될 것이다. 라디오를 통해 우리의 늠름한 병사들이 용기와 영웅적인 기상과 자기희생 정신을 가지고 무수한 전과를 올리고 있다는 얘기를 듣고 나니, 그런 욕구가 내 마음속에 더 깊이 자리 잡았다. 인간의 어떤 힘도 그것을 내 마음에서 앗아 갈 수 없을 것이다.

그렇다! 나는 병사가 되어 싸울 것이고, 이탈리아가 원한다면 새롭고 영웅적이고 신성한 문명을 위해 죽을 것이다. 세계에 행복을 가져다주고, 하느님께서 이탈리아가 실현해 주기를 바라시는 문명을 위해서 말이다.

그렇다! 쾌활하고 장난치기를 좋아하는 발릴라 소년단원들은 자라서 사자들이 될 것이다. 만약 어떤 적이 감히 우리의 신성한 문명을 모독한다면, 그들은 성난 야수처럼 투쟁할 것이고, 쓰러져도 다시 일어나 또 싸우고 적을 물리침으로써 이탈리아, 불멸의 이탈리아에 다시 한 번 승리를 안겨 줄 것이다.

과거의 영광을 되살아나게 하는 추억과 현재의 영광을 확신케 하는 결과, 그리고 오늘날엔 소년이지만 내일엔 전사가 될 발릴라들이 가져다줄 미래의 영광에 대한 희망이 있기에, 이탈리아는 날개 돋친 승리의 여신을 향한 영광스러운 길로 계속 나아간다.

나는 정말 그렇게 생각했을까? 아니면 그저 판에 박은 문구들을 되뇐 것일까? 내가 아주 높은 점수를 받은 그런 글들을 집에 가져왔을 때, 부모님은 어떻게 생각하셨을까? 어쩌면 그분들 역시 그렇게 믿었을지도 모른다. 그분들은 파시즘이 대두하기 전에도 그와 비슷한 문장들을 많이 접했을 테니까 말이다. 주지하다시피, 그분들은 제1차 세계 대전을 정화를 위한 의식으로 예찬하던 민족주의적 분위기 속에서 태어나고 자라지 않았는가? 그분들의 시대에 미래파 시인과 예술가들은 전쟁이 〈세계의 유일한 건강법〉[12]이라고 말하지 않았던가? 다락에 보관된 책들 중에서 데아미치스의 소설 『마음』[13]의 고본 한 권을 찾아낸 적이 있었다. 이 책을 훑어보다

---

12 미래파는 전통적인 미학을 거부하고 현대 세계, 특히 도시 문명과 기계와 속도를 찬양한 20세기 초의 문학 예술 운동이다. 1909년 이탈리아 시인 필리포 톰마소 마리네티가 작성하여 프랑스의 「르 피가로」에 발표한 「미래파 선언」의 제9항은 이렇게 되어 있다. 〈우리는 세계의 유일한 건강법인 전쟁을 찬양하고, 군사주의와 애국주의, 무정부주의자들의 파괴 행위, 우리가 목숨을 바쳐도 좋을 아름다운 이념, 여성에 대한 경멸을 기리고자 한다.〉

13 이탈리아 통일 운동 시기를 배경으로 몇 가지 애국적인 주제를 담고 있는 이 아동 소설은 1886년에 출간되자마자 큰 성공을 거두었다. 중국에서는 일찍이 20세기 초에 〈사랑의 교육〉이라는 이름으로 출간되었고, 일본에서는 〈사랑의 학교: 쿠오레 이야기〉, 우리나라에서는 〈사랑의 학교〉라는 제목으로 번역되었다.

가, 나는 파도바의 어린 애국자가 보여 주는 영웅적인 행위와 가로네의 관대한 행동 사이에서 이런 대목을 읽었다. 엔리코의 아버지가 아들에게 편지를 쓰면서 왕의 군대를 칭찬하는 대목이다.

활력과 희망으로 가득 찬 그 모든 젊은이들은 언제라도 우리나라를 수호하라고 부름을 받을 수 있고, 총알과 산탄에 맞아 몇 시간 만에 전멸할 수도 있어. 군인들이 행진을 벌이는 축하 행사에서 〈국군 만세, 이탈리아 만세〉 하고 외치는 소리를 들을 때마다, 네 앞으로 지나가는 군인들만 보지 말고 전쟁터를 상상해 봐. 시체로 덮이고 피에 흠뻑 젖은 들판을 말이야. 그러면 만세 소리가 네 마음속의 더 깊은 곳에서 솟구칠 것이고, 이탈리아가 더욱 엄숙하고 위대한 모습으로 나타날 거야.

그러니까 나뿐만 아니라 앞선 세대들 역시 애국이란 피를 바치는 행위라고 생각하도록, 그리고 피에 젖은 싸움터 앞에서 겁을 먹기보다는 흥분을 느끼도록 교육받은 셈이다. 하기야 이미 백 년 전에 더없이 온화한 시인조차도 이렇게 노래하지 않았던가? 오 복되고 소중하고 거룩하지 않은가?/백성들이 죽음을 무릅쓰고/조국을 위해 무리 지어 내달리던 그 옛날.[14]

나는 『여행과 모험에 관한 화보 신문』에 실린 학살에 관한 기사들도 나에겐 전혀 이국적으로 느껴지지 않았으리라는 것을 깨달았다. 나는 공포를 숭배하는 분위기에서 자랐다.

---

14 자코모 레오파르디의 140행 장시 「이탈리아에 부쳐」 61~63행.

그리고 그런 숭배는 이탈리아에만 한정된 것이 아니었다. 나는 바로 그 〈화보 신문〉의 기사들 속에서 영웅적인 프랑스 병사들이 전쟁을 찬양하고 살육을 통한 설욕을 주장하는 것을 읽었다. 그들은 마치 우리가 자라부브의 패배를 가지고 그랬던 것처럼, 스당 전투[15]의 치욕을 가지고 분노와 복수의 신화를 만들고 있었다. 패자의 가슴에 맺힌 원한만큼 대학살을 부추기는 것은 아무것도 없는 법이다. 결국 아버지 세대와 우리 세대는 죽음이 얼마나 아름다운가를 이야기하면서 사는 법을 배운 셈이다.

하지만 실제로 나는 얼마만큼이나 죽기를 원했을까? 그리고 나는 죽음에 관해서 무얼 알고 있었을까? 나는 5학년 때 배운 교과서에서 「로마 발렌테」라는 이야기를 읽었다. 이 이야기가 실린 페이지들은 책의 다른 부분에 비해 많이 구겨져 있었다. 제목에는 연필로 십자가 표시가 되어 있었고, 밑줄이 그어진 대목도 적지 않았다. 내용은 스페인 전쟁 때의 영웅적인 일화였다. 이야기인즉슨 이러하다. 〈검은 화살〉 대대가 어떤 언덕(스페인 말로 *loma*) 앞에 진을 치고 있다. 언덕은 바위가 많고 가팔라서 공격로를 열기가 쉽지 않다. 그런데 스물네 살의 갈색 머리 운동선수 발렌테가 한 소대를 지휘하고 있다. 그는 이탈리아에서 문학을 공부하고 시를 썼을 뿐만 아니라, 대학 체전의 복싱 경기에서 우승한 적도 있는 젊은이다. 그가 의용대에 자원한 것은 스페인이 〈복서로서나

---

15 프로이센-프랑스 전쟁 때인 1870년 9월 초 나폴레옹 3세가 이끄는 프랑스군이 프랑스 북동부 독일 접경 지역에 있는 도시 스당에서 프로이센군에 포위된 채 격렬하게 저항하다가 결국 항복했다. 프랑스의 이 패배는 제2 제정의 즉각적인 붕괴를 가져왔다.

시인으로서나 뭔가 투쟁할 만한 가치가 있는 곳〉이기 때문이다. 그는 위험을 각오하고 공격을 명령한다(이야기에는 이 영웅적인 기도의 여러 국면이 묘사되어 있다). 빨갱이들(「영벌을 받을 놈들, 대체 어디에 있는 거야? 왜 모습을 드러내지 않는 거지?」)은 자기들이 가진 무기를 총동원하여 총알과 포탄을 소나기처럼 퍼부어 댄다. 〈마치 가까이 번져 오는 불길을 향해 물을 뿌려 대는 것만 같다.〉 몇 발짝만 더 가면 정상을 정복할 수 있는 상황에서, 발렌테는 느닷없이 이마에 총알을 맞고, 어마어마한 소음 때문에 귓속이 멍해진다.

곧이어 어둠. 발렌테는 풀숲에 얼굴을 묻는다. 어둠이 차츰 옅어지더니 붉은빛을 띤다. 땅바닥에서 더 가까운 한쪽 눈에 풀잎 두세 개가 보인다. 영웅의 눈에는 그것들이 말뚝처럼 크게 보인다.

한 병사가 몸을 숙여, 고지를 점령했노라고 발렌테에게 속삭인다. 이 대목에서 글쓴이는 발렌테를 대신하여 말한다. 〈죽음이란 무엇인가? 대개 이 말은 공포를 느끼게 한다. 이제 그는 죽어 가고 있으며 그 사실을 알고 있다. 그는 더위도 추위도 고통도 느끼지 않는다.〉 하지만 그는 알고 있다. 자기가 의무를 다했다는 것을, 그리고 자기가 정복한 언덕에 자기 이름이 붙으리라는 것을.

나는 이 이야기를 다시 읽으면서 전율을 느꼈다. 그 점으로 미루어 볼 때, 이 몇 페이지짜리 글이 처음으로 나에게 진짜 죽음에 관한 이야기를 들려준 게 아닌가 하는 생각이 들었다. 말뚝처럼 크게 보이는 풀잎의 이미지는 아주 오래전부터 내 마음속에 들어앉은 듯했다. 글을 읽는 도중에 그런 풀잎들이 눈앞에 보이다시피 했으니까 말이다. 뿐만 아니라, 어린 시절에 마치 신성한 의식을 거행하듯이 채소밭에 내려가서 땅바닥에 배를 깔고 엎드린 채 어떤 향초에 얼굴을 바싹 들이대고 정말 풀잎이 말뚝처럼 보이는지를 확인한 적이 있었다는 느낌도 들었다. 이 글을 읽음으로써 나는 다마스쿠스로 가던 바울로처럼 큰 충격을 받았고, 그 충격은 내 마음에 두고두고 지워지지 않을 자국을 남긴 게 아닌가 싶었다. 그런데 내가 조국을 위해 목숨을 바치겠다는 글을 지은 것은 바로 이 이야기를 읽던 무렵이었다. 나는 한편으로는 죽음을 원하고 다른 한편으로는 죽음을 두려워했던 것일까? 아니면 그 글을 쓴 뒤에 발렌테의 이야기를 읽었고, 그 순간부터 모든 게 달라진 것은 아닐까?

나의 초등학교 시절은 그렇게 발렌테의 죽음과 함께 마무리되었다. 중학교 교과서들은 흥미가 덜했다. 파시스트냐 아니냐에 상관없이, 로마의 일곱 왕이나 다항식에 관한 얘기가 나오면 누구나 재미없다고 할 것이다. 하지만 나의 중학교 시절 자료들 중에는 〈생활 수기〉라는 제목이 붙은 공책들이 있었다. 교육 과정에 약간의 변화가 생겨서, 정해진 주제를 놓고 작문을 하는 것은 없어지고 살아가면서 겪은 일화들을 기록하는 것이 권장된 모양이었다. 작문을 담당하는 선생님도 초등학교 때의 담임 선생님과는 달랐다. 선생님은 우리의 생활 수기를 꼼꼼하게 읽었고, 빨간 펜으로 점수를 매기는 대신 문체나 창의성에 관한 평을 적어 주셨다. 〈글에 활기가 넘치네요. 깊은 인상을 받았어요〉 하는 식의 말투로 보아, 선생님이 여자였음을 짐작할 수 있었다. 분명 우리를 진지하고도 창의적인 사람들로 만들기 위해 애쓰셨던 똑똑한 여선생님이었다(아마도 우리는 그분을 무척 좋아했을 것이다. 빨간 글씨로 적인 그 메시지들을 읽으면서, 나는 그녀가 젊고 아름다웠으리라고 느꼈다. 까닭은 알 수 없었지만 그녀가 은방울꽃을 좋아했으리라는 느낌도 들었다).

칭찬을 가장 많이 받은 내 생활 수기 가운데 이런 것이 있었다. 열한 살 때인 1942년 12월, 그러니까 앞서 말한 글을 쓴 뒤로 9개월밖에 지나지 않은 시점에서 나온 글이었다.

생활 수기: 깨지지 않는 유리잔

어머니가 깨지지 않는 유리잔 한 개를 사 오신 적이 있었다. 그런데 나는 그것이 여느 유리나 다름없는 진짜 유리로 되어 있는 것을 보고 무척 놀랐다. 당시에 나는 몇 살밖에 되지 않았고 정신적인 능력이 아직 잘 발달되어 있지 않았다. 그래서 그것이 바닥에 떨어뜨리면 쨍그랑 하며 부서지는(그럼으로써 호되게 따귀를 맞게 만드는) 유리잔들과 비슷하게 생겼지만, 정말 깨지지 않는 것일 수도 있다고 생각했다.

깨지지 않는 유리잔! 나에겐 그것이 마법처럼 신기하게 느껴졌다. 나는 시험 삼아 그것을 떨어뜨려 보았다. 한 번으로 그치지 않고, 두 번, 세 번 해봐도 결과는 마찬가지였다. 유리잔은 매번 요란한 소리를 내며 튀어 올랐고 말짱하게 그대로 있었다.

어느 날 저녁 우리 집에 친지들이 놀러 왔을 때의 일이다. 우리는 그들에게 초콜릿을 대접한다(당시에는 아직 그런 과자들이 존재했다는 점, 그것도 아주 풍부했다는 점을 고려할 것). 나는 입에 초콜릿(그 상표가 〈잔두이아〉였는지, 〈스트렐리오〉나 〈카파렐 프로셰〉였는지 더 이상 기억나지 않는다)을 가득 문 채, 주방으로 가서 예의 그 유리잔을 손에 들고 돌아온다.

〈신사 숙녀 여러분〉 하고 나는 소리친다. 공연을 보러 오라고 행인들을 불러 세우는 서커스 흥행사의 목소리다. 〈여러분에게 특별한 마법의 유리잔을 소개합니다. 깨지지 않는 유리잔입니다. 제가 이제 이 유리잔을 바닥에 던지겠습니다. 그러면 여러분은 이것이 깨지지 않는다는 것을 확인하시게 될 겁니다〉 하면서 나는 진중하고 엄숙한 태도로 덧붙인다. 「이 유리잔은 흠집 하나 없이 온전할 것입니다.」

나는 그것을 던진다. 그다음 일은…… 말하지 않아도 알 것이다. 유리잔은 산산조각이 나고 만다.

나는 얼굴이 벌겋게 달아오르는 것을 느끼며, 샹들리에 불빛을 받아 진주처럼 반짝거리는 유리 조각들을 멍하니 바라보다가…… 그만 울음을 터뜨리고 만다.

내 이야기는 그렇게 끝나고 있었다. 나는 그것이 고전적인 텍스트라도 되는 양 꼼꼼하게 분석하려고 애썼다. 내 이야기는 깨지지 않는 유리잔이 희귀해서 시험 삼아 달랑 한 개만 사는 선(先)테크놀로지 사회를 배경으로 하고 있었다. 그런 유리잔을 깨뜨리는 것은 수치스러운 일일 뿐만 아니라, 가족의 재정에 손해를 끼치는 것이기도 했다. 따라서 그것은 어느 모로 보나 하나의 실패담이었다.

내 이야기는 1942년의 시점에서 전쟁 전의 시기를 행복한 시대로 회상하고 있었다. 초콜릿을, 그것도 외국 상표의 초콜릿을 먹는 것이 아직 가능했고, 샹들리에를 밝힌 응접실이나 식당에서 손님들을 접대하던 시대였던 것이다. 내가 청중을 상대로 했던 말은 로마 베네치아 궁의 발코니에서 행한 〈두체〉의 역사적인 연설을 모방한 것이 아니라, 시장에서 들었을 법한 호객꾼들의 우스꽝스러운 말투를 흉내 낸 것이었다. 나는 하나의 도박, 놀라운 것을 보여 주려는 의기양양한 시도, 일말의 의심도 없는 자신감을 묘사하다가, 멋진 점강법으로 상황을 역전시키고 내가 졌다는 것을 받아들이고 있었다.

이건 교과서의 판에 박은 글들을 모방한 것도 아니고 어떤 모험 소설을 재탕한 것도 아니며, 내가 스스로 겪은 일들을 가지고 처음으로 쓴 진정한 내 이야기들 가운데 하나였다. 이를테면 이것은 부도난 약속 어음의 드라마였다. 나는 샹들리에 불빛을 받아 가당치 않게도 진주처럼 반짝이던 유리 조각들을 보면서, 열한 살의 나이에 내 나름대로 *vanitas vanitatum*(허무 중의 허무)[16]을 기념하고, 우주적인 비관주의를 고백한 것이었다.

나는 실패를 이야기하는 사람이 되었고, 실패로 인하여 무언가가 산산이 부서질 수 있음을 객관적으로 기술하고 있었다. 나는 비록 조롱기를 담고 있긴 했지만 실존적으로 신랄

---

16 구약 성서 「전도서(또는 코헬렛)」 1장 2절. 이 구절의 우리말 번역은 역본에 따라 조금씩 다르다. 가톨릭 새 공용성서(2005): 허무로다, 허무! 코헬렛이 말한다. 허무로다! 모든 것이 허무로다. 공동번역 성서: 헛되고 헛되다, 설교자는 말한다. 헛되고 헛되다 세상만사 헛되다. 개신교 개역 한글판: 전도자가 가로되 헛되고 헛되며 헛되고 헛되니 모든 것이 헛되도다.

하고, 철저하게 회의적이며, 어떤 환상에도 이끌리지 않는 사람으로 변한 듯했다.

 어떻게 아홉 달 사이에 그토록 많이 변할 수 있었을까? 물론 그냥 자연스럽게 성장한 것으로 생각할 수도 있다. 누구나 나이를 먹으면 더 똑똑해지게 마련이니까 말이다. 하지만 그것 말고 다른 이유들이 있었다. 영광의 약속이 지켜지지 않은 것에 기인한 환멸(아마도 아직 도시에 살고 있던 때에는 나 역시 할아버지가 밑줄을 쳐놓은 신문들을 읽었을 것이다), 발렌테의 죽음과 대면한 일, 썩어 버린 그 무시무시한 초록색 말뚝들(죽어야 할 운명을 지닌 모든 인간이 가게 되어 있는 지하 세계와 나를 갈라 놓고 있던 마지막 울타리)의 이미지 속으로 스러진 영웅적인 행위.

 아홉 달 사이에 나는 냉소적이고 환멸적인 지혜를 지닌 현자로 변해 있었다.

 그렇다면 여타의 것들 즉, 노래들, 〈두체〉의 연설, 사랑에 빠진 여자들, 두 개의 수류탄을 들고 입에 꽃 한 송이를 문 채 맞이하는 죽음 따위는 다 어떻게 되었을까? 내 공책들의 표지에 적혀 있는 정보들로 미루어 보건대, 나는 그 생활 수기를 썼던 때인 중학교 1학년까지는 도시에서 살았고, 그다음의 두 학년은 솔라라에서 보냈다. 이건 초기의 공습이 마침내 우리 도시에까지 미치게 되면서 우리 가족이 아예 시골로 피난을 가기로 결정했다는 것을 뜻한다. 나는 솔라라의 주민이 되었고, 깨진 유리잔의 추억을 계속 좇았다. 2학년 때와 3학년 때 쓴 다른 생활 수기들은 지나간 호시절(사이렌 소리를 들으면 그것이 공장에서 들려오는 소리임을 알고 〈정오다, 아빠가 점심 드시러 집에 오시겠다〉 하고 말하던 시절)의 추억이거나 평화로운 도시로 돌아가면 얼마나 좋을까 하는 식의 이야기들, 혹은 옛날의 성탄절에 관한 몽상들뿐이었다. 나는 발릴라 소년단의 제복을 벗고, 벌써부터 잃어버린 시간을 찾는 일에 골몰해 있던 어린 퇴폐 분자로 변해 있었다.

그렇다면 나는 1943년부터 전쟁이 끝날 때까지의 시기를 어떻게 보냈을까? 이 시기는 빨치산들의 투쟁이 벌어지고 독일 사람들이 더 이상 우리의 전우가 아니었던 가장 어두운 시기였다. 내 공책들에서는 아무것도 알아낼 수가 없었다. 마치 참담한 현실에 관해서 이야기하는 것이 금기가 되어서 선생님들이 우리에게 다른 이야기를 쓰도록 권하기라도 한 듯했다.

내 인생의 궤적에 빠진 고리가 또 하나 있는 셈이다. 어쩌면 하나가 아니라 여러 개의 고리가 빠졌는지도 모를 일이다. 내 인생의 어느 순간에 내가 딴사람으로 변한 것은 분명한데, 나는 그 이유를 모르고 있었다.

10. 연금술사의 탑

내 기분은 솔라라에 오던 날보다 더욱 혼란스러웠다. 전에는 그저 아무것도 기억하지 못하는 완전한 제로 상태에 있었다. 하지만 이제는 아무것도 기억하지 못하기는 매한가지이면서도 너무나 많은 것을 알게 된 상태였다. 나는 도대체 어떤 사람이었을까? 파시스트 제도와 정치 선전용 그림엽서, 벽보, 노래 따위를 통해 이루어진 공공 교육과 학교에 의해 형성된 얌보였을까? 아니면 살가리와 쥘 베른의 얌보, 사탄 선장의 얌보, 『여행과 모험에 관한 화보 신문』에 실린 잔혹한 장면에 길들여진 얌보, 로캉볼의 범죄 행각과 팡토마스의 신비로운 파리와 셜록 홈스의 안개에 열광하던 얌보, 혹은 추페티노의 얌보, 깨지지 않는 유리잔의 얌보였을까? 아니면 그 모든 것을 한데 아우른 얌보였을까?

나는 파올라에게 전화를 걸어 나의 당혹감을 설명했다. 파올라는 웃으면서 말했다.

「얌보, 나에게는 그 시절의 기억들이 그저 어렴풋할 뿐이에요. 그래도 방공 대피소에서 며칠 밤을 보냈던 일은 선명한 이미지로 남아 있어요. 누군가가 갑자기 나를 깨워서 지하실로 데려갔던 일도요. 미안하지만, 심리학자 티를 좀 내야겠네요. 아이들은 서로 다른 여러 세계 속에서 살 수 있어요. 우리 손자들을 보세요. 녀석들은 텔레비전 켜는 법을 배우고 뉴스를 봐요. 그런가 하면 옛날이야기를 들려 달라고 조르기도 하고, 눈매가 착한 초록색 괴물들이며 말하는 늑대들이 나오는 그림책을 보기도 하죠. 산드로 녀석은 시도 때도 없이 공룡 얘기를 해요. 어떤 만화 영화에서 공룡을 본 모양이에요. 하지만 그렇게 공룡에 푹 빠져 있다고 해서, 그 애가 길모퉁이에서 공룡과 마주치는 것을 기대하는 건 아니에요. 나는 녀석에게 신데렐라 얘기를 해주는데, 녀석은 밤 열시에 침대를 빠져나와 제 부모 모르게 문을 빠끔 열어 놓고 텔레비전을 봐요. 미국 해병대가 동남아시아 사람 열 명을 한 차례의 기총 소사로 살해하는 장면을 본다는 거죠. 아이들은 우리 어른들보다 훨씬 균형이 잘 잡혀 있어요. 아이들은 동화와 현실을 완벽하게 구별해요. 한쪽 발은 이쪽에 두고 다른 발은 저쪽에 두고 있지만, 허구와 현실을 혼동하지는 않아요. 다만 슈퍼맨이 날아다니는 것을 보고, 어깨에 수건을 매단 채 창문 밖으로 뛰어내리는 약간 병적인 아이들이 있긴 하죠. 하지만 그런 아이들은 임상적인 케이스예요. 십중팔구는 부모들의 잘못에 기인한 환자들이죠. 당신은 임상적인 케이스가 아니었고, 살가리의 소설과 학교 교과서 사이를 아주 잘 헤쳐 나왔어요.」

「그래요, 하지만 나는 어느 쪽을 가상의 세계로 생각했을까요? 살가리의 세계일까요? 아니면 〈두체〉가 〈암늑대의 아들들〉을 쓰다듬어 주는 세계였을까요? 내가 내 작문에 관한 얘기 하지 않았나요? 내가 열 살 때에 정말로 성난 야수처럼 싸우고 싶어 했을까요? 불멸의 이탈리아를 위해 죽기를 바랐을까요? 열 살이라는 나이에 말이오. 그때는 틀림없이 검열이 있었겠지만, 이미 우리에게 공습이 가해지던 상황이었고, 1942년에는 우리 군인들이 러시아에서 파리 떼처럼 죽어 가고 있었어요.」

「하지만 얌보, 우리 딸아이들이 어렸을 때, 당신은 아이들이란 약삭빠른 아첨꾼이라고 말했어요. 얼마 전에 우리 손자들을 놓고도 그런 소리를 했죠. 그건 기억이 날 거예요. 옛날의 일이 아니라 불과 몇 주 전에 있었던 일이니까요. 우리 집에 손자들이 와 있을 때, 잔니가 들렀어요. 산드로 녀석이 그에게 〈잔니 할아버지가 우리 집에 오시면 아주 신이 나요〉 하고 말했죠. 그러자 잔니가 〈이 녀석이 나를 얼마나 좋아하는지 자네도 알겠지?〉 하니까, 당신은 이렇게 대꾸했어요. 〈잔니, 아이들이란 약삭빠른 아첨꾼이야. 산드로 녀석은 자네가 언제나 껌을 가져다준다는 걸 알고 있어. 모든 게 그것 때문이지.〉 당신 말대로 아이들이란 아첨꾼이에요. 당신도 옛날에 그랬던 거예요. 그저 좋은 점수를 받고 싶어서, 선생님이 좋아하는 글을 쓴 거라고요. 당신이 늘 인생의 스승으로 여겼던 토토의 말투를 빌려 볼까요? 아첨꾼은 되는 것이 아니라 태어나는 것이다.[1] 자랑은 아니지만 나 역시 따리꾼으로 태어났다. 그렇게 생각해 봐요.」

「그건 지나치게 단순한 생각이에요. 잔니 할아버지에게 아첨하는 것이랑 불멸의 이탈리아를 상대로 아첨하는 것은 별개예요. 게다가 당신 말대로라면, 내가 왜 1년도 채 지나지

---

1 이탈리아의 영화배우 토토(본명: 안토니오 데 쿠르티스)가 주연을 맡은 영화 「우리는 인간인가 고참병인가?」에 나오는 대사 〈고참병은 태어나는 것이지 되는 것이 아니다〉를 패러디한 것.

않아서 회의주의의 달인이 되고, 그 깨지지 않는 유리잔 이 야기를 썼겠어요? 이건 내 느낌이지만, 나는 그 이야기를 목적 없는 세계의 알레고리로 생각하고 썼을 거예요.」

「당신이 그런 이야기를 쓴 이유는 간단해요. 선생님이 바뀌었기 때문이죠. 초등학교 때 선생님은 당신이 창의력을 발휘하도록 허락하지 않았지만, 새 선생님은 창조적인 정신을 해방시킬 줄 알았던 거예요. 게다가 오뉴월 병아리 하룻볕 쬐기가 무섭다고 그 나이에는 아홉 달이 한 세기만큼이나 길죠.」

그 아홉 달 사이에 분명 무슨 일이 있었다. 나는 다시 할아버지 서재에 갔다가 그 점을 깨달았다. 커피를 마시면서 손길 닿는 대로 이것저것 뒤적이다가, 나는 잡지 더미에서 1930년대 말의 유머 주간지인 『베르톨도[2]』를 한 권 빼냈다. 그 호의 발행 연도는 1937년이었지만, 나는 분명 그것을 뒤늦게 읽었을 것이다. 발행 당시에는 내가 그 선이 가느다란 그림들과 험하게 비틀어진 유머의 가치를 제대로 알아볼 수 없었을 테니까 말이다. 제1면 왼쪽의 자그마한 첫머리 칼럼에 매주 실리던 문답 형식의 글을 읽다 보니, 아홉 달 동안에 바로 이런 것이 나에게 충격을 줌으로써 근본적인 변화를 야기하지 않았을까 하는 생각이 들었다.

베르톨도는 트롬보네 대공을 수행하는 귀족들 사이로 지나가 즉시 대공 곁에 앉았다. 대공은 천성이 친절하고 재담을 좋아하는 사람답게 즐거운 기분으로 그에게 묻기

---

[2] 이탈리아의 음유 시인이자 희극 작가인 줄리오 체사레 크로체(1550~1609)의 이야기에 나오는, 촌스럽지만 꾀바른 남자의 이름.

시작했다.

    대공 잘 지냈는가, 베르톨도, 십자군은 어떠하던가?
    베르톨도 고결했습니다.
    대공 그 성과는 어땠지?
    베르톨도 위대했습니다.
    대공 그 기세는?
    베르톨도 대단했습니다.
    대공 단결심의 고양은?
    베르톨도 감동적이었습니다.
    대공 솔선수범의 기풍은?
    베르톨도 찬란했습니다.
    대공 발의는?
    베르톨도 과감했습니다.
    대공 제안은?
    베르톨도 자발적이었습니다.
    대공 그럼 행동은 어떠했지?
    베르톨도 아주 아름다웠습니다.

대공은 껄껄 웃으며, 궁정의 귀족들을 모두 자기 주위로 불러 모으더니, 촘피의 반란(1378)[3]을 명령했다. 이 사건이 벌어진 뒤에 궁정의 신료들은 모두 제자리로 돌아가고, 대공과 농부는 대화를 이어 나갔다.

3 촘피는 르네상스 시대 피렌체의 모직 공장에서 일하던 최하층 노동자들이다. 1378년, 자기들의 이익을 지켜 줄 길드를 가지고 있지 않던 이들의 주동으로 피렌체의 상층 계급에 대한 하층 계급의 반란이 일어났다.

대공 일꾼들은 어떠한가?

베르톨도 질박합니다.

대공 그들의 음식은?

베르톨도 소박하지만 몸에는 좋습니다.

대공 그 고장은 어떤 곳이지?

베르톨도 기름지고 볕바른 곳입니다.

대공 주민들은?

베르톨도 인심이 아주 후합니다.

대공 풍광은?

베르톨도 수려합니다.

대공 그럼 주변은?

베르톨도 황홀합니다.

대공 집은 어때?

베르톨도 고래 등 같습니다.

대공은 껄껄 웃으며, 궁정의 신료들을 모두 자기 주위로 불러 모으더니, 바스티유 감옥 습격(1789)과 몬타페르티 전투(1266)[4]를 명령했다. 그 사건들이 벌어지고 나자, 궁정의 신료들은 모두 제자리로 돌아가고, 대공과 농부는 대화를 이어 나갔다……

---

4 정치적, 경제적으로 경쟁 관계에 있던 두 도시 피렌체와 시에나 사이에 벌어진 전투. 1260년 피렌체를 지배하고 있던 궬피당(교황파)과 시에나를 다스리고 있던 기벨리니당(황제파)이 시에나 지방의 아르비아 강가에 있는 몬타페르티 마을에서 격전을 벌여 1만 명 이상이 목숨을 잃었다. 단테는 『신곡』의 「지옥」편 제10곡 85행에서 〈아르비아 강물을 붉게 물들인 학살과 대참사〉라는 말로 이 전투를 묘사하고 있다.

이 대화는 시인들의 언어와 신문들의 언어와 공식적인 수사학의 언어를 동시에 조롱하고 있었다. 만약 내가 영리한 아이였다면, 이 대화를 읽고 난 다음에도 1942년 3월의 작문과 같은 것을 쓰지는 못했을 것이었다. 〈깨지지 않는 유리잔〉을 쓸 준비가 되어 있었을 테니 말이다.

이것은 한낱 가정일 뿐이었다. 영웅주의적인 작문과 환멸이 담긴 생활 수기 사이에 다른 일들이 얼마나 많이 벌어졌는지 어찌 알겠는가? 나는 탐색과 독서를 다시 중단하기로 결심하고, 마을에 내려갔다. 밀라노를 떠나올 때 가져온 지탄을 다 피웠으므로, 이제부턴 말보로 라이트에 적응해야만 했다. 그나마 다행인 것은 내가 말보로 라이트를 좋아하지 않기 때문에 담배를 덜 피우게 되리라는 것이었다. 나는 혈압을 재기 위해 약국에 다시 들렀다. 파올라와 대화를 나눈 덕에 긴장이 조금 풀렸는지, 혈압이 140 전후로 내려와 있었다. 좋아지고 있는 것이었다.

집에 돌아오니, 사과가 먹고 싶었다. 그래서 나는 본채의 아래층으로 들어갔다. 과일과 채소들 사이로 돌아다니다가, 나는 그 1층에 있는 커다란 방 몇 개가 창고로도 사용되고 있음을 알아차렸다. 안쪽에 있는 방에는 기다란 접의자들이 쌓여 있었다. 나는 접의자 하나를 정원으로 옮겨다 놓았다. 그러고는 앞쪽에 펼쳐진 파노라마를 마주하고 앉아, 마을에서 사온 신문들을 대충 훑어보았다. 보아하니 나는 현실에 별로 관심이 없었다. 나는 의자를 돌려놓고 건물의 정면과 그 뒤쪽의 산을 바라보기 시작했다. 문득 나는 무엇을 찾고 있는가, 나는 무엇을 원하는가 하는 생각이 들었다. 어떤 소설에 나오는 대로, 여기에 앉아서 저토록 아름다운 산을 바라보는 것으로 족하지 않은가? 그런데 그 소설 제목이 뭐였더라?[5] 초막 세 채를 지어 하나는 주님께, 하나는 모세께, 하나는 엘리야께 드리고,[6] 과거도 미래도 없이 무위의 삶을 사는 것. 어쩌면 그런 게 바로 낙원일지도 모른다.

하지만 종이의 악마적인 힘이 나를 이겼다. 나는 얼마 지나지 않아서 집에 관한 몽상을 하기 시작했고, 〈내 아이들의 문고〉에 나오는 어떤 주인공처럼 잊힌 양피지 문서가 있을 법한 지하실이나 다락을 찾아 페를라크 성이나 페랄바 성 같은 곳에 당도한 나 자신의 모습을 상상했다. 방패 꼴 문장에 새겨진 장미꽃의 한복판을 누르자, 벽이 열리고 나선형 계단이 나타난다…….

나는 지붕에 낸 천창들을 바라보다가 본채 2층의 창문들 쪽으로 눈길을 낮췄다. 그 창문들은 이제 내가 2층에서 배회할 때 빛을 비춰 주기 위해 모두 활짝 열려 있었다. 나는 무심코 그것들의 개수를 헤아렸다. 한복판에는 전실(前室)에 딸린 발코니가 있다. 그 왼쪽으로 세 개의 창문이 나 있는데, 각각 식당과 조부모님 침실과 부모님 침실의 창문이다. 오른쪽으로는 주방과 욕실과 아다의 침실 창문이 나 있다. 전실의 발코니를 중심으로 대칭을 이루고 있는 것이다. 왼쪽에 있는 할아버지 서재와 내 방의 창문은 보이지 않는다. 그 방들은 본채의 정면이 왼쪽 곁채와 각을 이루고 있는 곳을 지나 복도 끄트머

---

[5] 『푸코의 진자』의 마지막 두 문장(그러니 여기에서 기다리면서, 산을 바라보는 것도 좋겠지. 산이 참 아름답다 — 이윤기 역)을 염두에 두고 하는 말이다.
[6] 「마르코의 복음서」 9장 5절.

리에 있고, 창문들은 본채의 측면으로 나 있기 때문이다.

나는 문득 석연치 않은 기분에 사로잡혔다. 무언가 내 대칭 감각과 맞아 떨어지지 않는 거북스러운 것이 있었다. 왼쪽 복도의 끄트머리에는 할아버지 서재와 내 방이 있다. 그런데 오른쪽 복도는 아다의 침실 바로 다음에서 끝나 버린다. 그렇다면 오른쪽 복도가 왼쪽 복도보다 짧은 것이다.

마침 아말리아가 지나가기에, 나는 그녀가 살고 있는 곁채의 창문들이 어떻게 나 있느냐고 물었다. 「간단해요. 1층에 보이는 저 창문은 아시다시피 우리가 식사를 하는 방에 나 있는 것이고, 작은 것은 화장실 창문이에요. 할아버님이 저희 식구들을 위해 일부러 공사를 벌여 화장실을 내주셨죠. 우리가 다른 농부들처럼 볼일을 보러 두엄간으로 가는 것을 원치 않으셨던 거예요. 참으로 고마우신 분이었죠. 나머지는 저기 보이는 두 창문인데, 거기는 농구들을 넣어 둔 곳간이에요. 뒤로 해서 들어갈 수도 있죠. 2층에는 내 방의 창문이 있고, 다른 두 창문은 돌아가신 내 부모님이 쓰시던 침실과 식당에 난 거예요. 그 방들은 그분들이 쓰시던 그대로 놓아두었어요. 절대로 문을 열어 보지 않죠. 공경하는 뜻으로요.」

「그러니까 마지막 창문은 그분들의 식당에 나 있는 것이고, 그 방은 곁채와 본채가 만나는 자리에서 끝나는 거로군요.」

「그렇다마다요. 그다음 방들은 본채에 딸린 거죠.」

모든 게 너무나 당연해 보여서 나는 더 묻지 않았다. 대신 뒷마당과 닭장이 있는 오른쪽 곁채 뒤로 가서 건물을 죽 둘러보았다. 아말리아네 부엌의 뒤쪽 창문이 금방 눈에 들어오고, 돌쩌귀가 떨어진 커다란 문이 보였다. 며칠 전에 내가 지나가 본 이 문은 농구들을 넣어 두는 곳간으로 통하고 있었다. 거기는 내가 이미 둘러본 방이었다. 그런데 나는 이 곳간이 너무 길다는 것을 비로소 알아차렸다. 곳간은 본채와 오른쪽 곁채가 각을 이루고 있는 자리에서 끝나지 않고 그 너머로 이어져 있다. 다시 말하면, 본채 2층의 끄트머리 부분 아래로 이어지다가 마침내 포도밭에 면한 벽에 다다르는 것이다. 그 벽에 난 작은 창문으로 언덕 기슭이 보이는 것으로 그 점을 확인할 수 있다.

이것 자체는 전혀 대수로울 게 없어, 하고 나는 생각했다. 하지만 이 연장된 공간의 위층에는 뭐가 있는 거지? 아말리아네 곁채의 2층에 있는 방들은 본채와 만나는 자리에서 끝난다. 그렇다면 그 너머의 본채 2층에는 무엇이 있는 것일까? 다시 말해서, 본채 2층의 왼쪽 끝 부분에는 할아버지 서재와 내 침실이 있는데, 그 공간과 대칭이 되는 오른쪽 부분에는 무엇이 있는 것일까?

나는 뒷마당으로 나가서 본채 2층의 그 부분을 올려다보았다. 반대쪽에 세 개의 창문(할아버지 서재에 두 개, 내 방에 하나)이 있듯이, 거기에도 창문 세 개가 나 있었다. 하지만 겉창이 모두 닫혀 있었다. 그 위쪽으로는 한결같은 모양새로 나 있는 다락의 천창들이 보였다. 내가 이미 알고 있는 바대로, 천창들은 지붕 전체를 돌며 규칙적으로 나 있었다.

나는 정원에서 무언가를 하고 있던 아말리아를 불러서, 그 세 창문 뒤에 무엇이 있느냐고 물었다. 아무것도 없어요, 하고 아말리아는 대답했다. 그 태도가 더없이 천연덕스러웠다. 어떻게 아무것도 없을 수 있단 말인가? 창문이 있으면 무엇이든 있게 마련이다. 그리고 거기는 아다의 방이 아니다. 그 방의 창문은 앞마당 쪽으로 나 있으니까 말이다. 아말리아는 대충 넘어가려고 했다. 「그건 할아버님 일이라 나는 아무것도 몰라요.」

「아말리아, 나를 바보 취급하지 말아요. 저기에 어떻게 올라가죠?」

「올라가지 말아요. 이젠 아무것도 없어요. 마녀들이 다 가져갔어요.」

「날 바보 취급하지 말라고 했죠? 아말리아네 곁채의 1층을 통해서 올라가는 방법이 있지 않을까 싶은데요. 아니면 어떤 저주받을 다른 통로가 있겠죠!」

「불경한 말을 하면 못써요. 저주받을 자가 있다면 그건 악마뿐이에요. 도대체 나보고 무슨 말을 하라는 거예요? 할아버님이 그 일에 대해서는 아무 말도 하지 말라고 하셨고, 나는 그러겠다고 맹세했단 말이에요. 나는 맹세를 어기지 않을 거예요. 맹세를 어기면 정말로 악마가 날 데려갈걸요.」

「아니, 언제 무엇을 맹세했다는 거예요?」

「그날 저녁에 맹세했어요. 그러고 나서 밤에 그들이 왔죠. 검은 여단[7]의 사내들 말이에요. 그들이 오기 전에 할아버님은 나와 엄마에게 말씀하셨어요. 〈그 사람들이 묻거든, 너희는 맹세코 아무것도 모르고 아무것도 보지 못했다고 말해야 해. 하기야 너희는 실제로 아무것도 보지 못하게 될 거야. 이 일은 나하고 마술루 ─ 기억하실지 모르지만, 이분이 내 아

---

7 제2차 세계 대전 말기에 독일이 점령하고 있던 북부 이탈리아에서 활동했던 파시스트들의 준(準)군사 조직. 1943년 7월에 권좌에서 쫓겨난 무솔리니는 같은 해 9월 오토 스코르체니가 이끄는 독일 특전 부대에 의해 구출되어 북부 이탈리아의 나치스 괴뢰 정권인 이탈리아 사회 공화국의 대통령이 된다. 그는 기존의 〈국가 보위 의용군〉을 재편하여 〈공화국 수비군〉을 창설하는 한편으로, 파시스트당의 당원들을 결집하여 〈검은 여단〉을 만들었다.

빠예요 — 만 알고 있어야 해. 나중에 검은 여단 사람들이 와서 너희의 발바닥을 지져 대면, 너희는 버티지 못하고 무슨 말이든 하게 될 거야. 그러니 너희는 아무것도 모르는 편이 나아. 그들은 난폭한 사람들이야. 누구도 그자들이 시키는 대로 말을 하지 않고는 배길 수가 없어. 사람의 혀를 잘라 낸 뒤에도 말을 하게 할 수 있는 자들이라니까〉 하고 말이에요.」

「아말리아, 검은 여단이 돌아다닐 때였다면, 그건 40년도 더 지난 일이에요. 우리 할아버지와 마술루는 세상을 떠나셨고, 검은 여단 사람들 역시 모두 죽었을 거예요. 이제는 맹세를 지킬 필요가 없어요.」

「서방님 할아버님과 가엾은 내 아빠가 세상을 떠난 건 맞아요. 사실, 언제나 착한 사람들이 먼저 떠나는 법이죠. 하지만 검은 여단 사람들은 아니에요. 까닭은 모르지만, 그들은 결코 죽지 않아요. 딱한 종족이죠.」

「아말리아, 이제 검은 여단은 없어요. 전쟁은 아주 오래전에 끝났고요. 이젠 아무도 발바닥을 지져 대지 않아요.」

「그렇다면 다행이네요. 나한테는 복음서의 말씀만큼이나 기쁜 소식이에요. 하지만 검은 여단에 있었던 파우타소라는 남자를 나는 똑똑히 기억하고 있어요. 그때는 스무 살도 안 된 젊은이였죠. 그 남자는 아직 살아 있어요. 코르셀리오에 살고 있는데, 한 달에 한 번씩 자기 사업 때문에 솔라라에 와요. 코르셀리오에 벽돌 공장을 세워서 돈깨나 벌었다더군요. 솔라라에는 그 작자가 한 짓을 잊지 않고 있는 사람이 있어요. 그 사람은 파우타소가 오는 것을 보면, 다른 길로 가 버리죠. 파우타소가 이제 사람의 발을 불로 지지지 않는다는 말은 아마 사실일 거예요. 그렇다 해도 맹세는 맹세예요. 신부님이 용서해 주신다고 해도 나는 맹세를 저버릴 수 없어요.」

「나한테 이러면 안 돼요. 나는 아직 병자이고, 내 아내는 아말리아 덕분에 내가 좋아지고 있다고 생각해요. 아말리아가 그것을 말해 주지 않으면, 내 병이 도질지도 몰라요.」

「만에 하나라도 내가 서방님에게 해를 끼치려고 이러는 거라면, 당장 천벌을 받아도 좋아요. 하지만 맹세는 맹세예요, 안 그래요?」

「아말리아, 내가 누구의 손자죠?」

「그야 당연히 서방님 할아버님의 손자죠.」

「게다가 나는 내 할아버지의 포괄적 상속자예요. 여기 보이는 이 모든 것의 주인이라는 거죠. 알겠어요? 만약 아말리아가 저기에 어떻게 올라가는지를 말해 주지 않는다면, 그건 마치 내 재산의 일부를 훔치는 것과 같은 거예요.」

「만에 하나 내가 서방님의 재산을 훔치고 싶어 하는 거라면, 주님이 당장에 나를 삼켜 버리셔도 좋아요. 정말이지 그런 터무니없는 소리는 듣던 중 처음이네요. 나는 태어나서 이날 이때까지 이 집을 위해 죽을 고생을 다 했어요. 이 집을 보석처럼 가꾸려고 말이에요!」

「뿐만 아니라, 나는 할아버지의 상속자로서 할아버지가 돌아가시기 전에 미처 다 하시지 못한 말을 대신 할 수도 있어요. 그래서 내가 엄숙하게 한마디 하겠는데, 아말리아는 이제 맹세에서 풀려났어요. 알겠죠?」

나는 아주 그럴싸한 논거 세 가지를 들이댄 셈이었다. 나의 건강과 소유권에다가 직계 후손의 특권까지 모조리 동원하자, 아말리아는 더 버티지 못하고 무릎을 꿇었다. 얌보 서방님이 신부님이나 검은 여단보다 낫네요, 안 그래요? 하면서.

아말리아는 나를 본채 2층으로 데리고 갔다. 아다의 방을 지나 장뇌 냄새가 나는 가구에서 끝나는 오른쪽 복도 끝에 다다르자, 그녀는 가구를 조금이라도 옮겨야 하니 자기를 도와 달라고 했다. 가구가 벽에서 조금 떨어지자 그녀는 그 뒤를 가리켰다. 거기에는 벽을 쌓아 막아 버린 문[8]이 있었다. 그녀의 말에 따르면, 옛날에는 그것이 〈예배당〉으로 들어가는 문이었다. 할아버지에게 그 집을 물려주신 종조부가 아직 살아 계실 때는 집에 딸린 예배당이 실제로 운용되고 있었다. 공간이 별로 크지는 않았지만, 일요일마다 마을에서 올라오신 신부님을 모시고 가족이 모여서 예배를 드리기에는 충분했다. 그러다가 할아버지가 집을 물려받으신 뒤로 사정이 달라졌다. 성탄 구유 장식을 무척 좋아하셨으면서도 교회에 충실한 신자는 아니었던 할아버지는 〈예배당〉을 그냥 버려두셨다. 거기에 있던 긴 의자들은 아래층의 커다란 방들 여기저기로 옮겨졌다. 아무도 그곳을 사용하지 않게 되자, 나는 할아버지에게 부탁을 드려, 내 물건들을 놓아둘 책꽂이 몇 개를 다락에서 옮겨 놓고 종종 거기로 숨어들었다. 내가 거기에서 무엇을 했는지는 하느님만이 아신다. 그런 사정을 알게 된 솔라라의 본당 신부는 신성 모독을 막아야 한다면서, 축성된 돌 제단만이라도 자기가 가져가겠노라고 했다. 할아버지는 신부가 제단뿐만 아니라 성모상과 미사용 포도주 병들, 성반, 성궤까지 가져가도록 내버려두었다.

---

8 『푸코의 진자』 64장에 나오는 벨보의 글 「꿈」을 생각나게 하는 대목. 〈시골집에 가는 꿈도 꾼다. 집이 크다. 내가 알기로 그 집에는 분명히 옆채가 있다. 그런데도 어떻게 해야 옆채에 이르는지 그걸 잊고 말았다. 흡사 길이 벽 속으로 말려 들어가 버린 것 같다.〉(이윤기 역, 열린책들, p. 660)

어느 날 늦은 오후의 일이었다. 이미 솔라라 주위에서 반파쇼 빨치산들이 활동하고 있었고, 그들과 검은 여단이 번갈아 가며 마을을 장악하던 시절이었다. 겨울이 깊어 가던 그 달에는 검은 여단이 마을을 차지했고, 빨치산들은 랑게 구릉지에 진을 치고 있는 것으로 알려져 있었다. 어떤 사람이 할아버지를 찾아왔다. 그는 파시스트들에게 쫓기는 네 젊은이를 숨겨 달라고 했다. 내가 이해한 것이 맞는다면, 그 젊은이들은 아직 빨치산이 아니었고, 솔라라를 거쳐 산속의 유격대에 합류하려는 탈영병들이었다.

나와 내 누이와 우리 부모는 집에 없었다. 몬타르솔로에 피난 와 있던 우리 외삼촌을 만나기 위해 이틀 동안 집을 떠나 있었던 것이다. 그래서 집에는 할아버지와 마술루 내외와 아말리아만 있었다. 할아버지는 두 여자를 불러 놓고, 우리 집에서 있었던 일을 절대로 발설하지 않겠다는 다짐을 받아냈다. 뿐만 아니라 곧바로 들어가서 자라고 두 여자를 침실로 보냈다. 하지만 아말리아는 자러 가는 척하다가 어딘가에 숨어 집 안의 동정을 엿보았다. 그 젊은이들은 여덟시쯤에 도착했다. 할아버지와 마술루는 그들을 〈예배당〉 안으로 들여보내고 그들에게 먹을 것을 주었다. 그런 다음 벽돌과 모르타르가 담긴 통들을 문 앞으로 날랐다. 두 사람 다 미장이가 아니었지만, 그들은 손수 벽돌을 쌓아 문을 막았다. 그러고 나서 다른 곳에 있던 가구를 옮겨다가 거기에 기대어 놓았다. 그들이 일을 끝내기가 무섭게 검은 여단의 사내들이 들이닥쳤다.

「그 사람들 상판이 얼마나 험악했는지 말도 못해요. 그래도 지휘하는 사람이 점잖아서 다행이었죠. 그 남자는 장갑까지 끼고 있었고, 할아버님 앞에서 신사처럼 굴었어요. 그 이유는 뻔해요. 할아버님이 땅을 가지고 있다는 얘기를 들었을 거예요. 서로 한통속이니까 으르렁대지 말자는 거겠죠. 그들은 여기저기를 뒤지고 다락까지 올라갔어요. 하지만 내가 느끼기에 그들은 서두르고 있었고, 그냥 여기에 다녀갔다는 얘기를 하기 위해서 뒤지는 시늉만 하는 것 같았어요. 십중팔구는 뒤져 보아야 할 농가들이 아직 많이 남아 있었기 때문일 거예요. 농민의 자식들을 숨겨 줄 사람은 농민이기가 쉽다는 게 그들의 생각이었겠죠. 그들은 아무것도 찾아내지 못했어요. 장갑 낀 남자는 폐를 끼쳤다면서 사과를 하고는, 〈두체 만세〉를 외치더군요. 할아버님과 내 아빠는 꾀가 많은 분들이라서 〈두체 만세〉를 따라 외치고, 아멘을 덧붙였죠.」

그 도망자들은 얼마나 오랫동안 거기에 머물렀을까? 아말리아도 그것은 모르고 있었다. 자기는 벙어리에다 귀머거리 행세를 하며 지냈다고 했다. 그녀가 알고 있는 것은 그저 며칠 동안 자기 어머니와 함께 빵과 살라미 소시지와 포도주가 담긴 식사 바구니를 마련해 주다가 어느 날부터는 더 이상 하지 않게 되었다는 것뿐이었다. 우리가 외삼촌을 만나고 돌아왔을 때, 할아버지는 그냥 〈예배당〉 바닥이 주저앉아서 임시로 보강재를 대놓았고, 아이들이 기웃거리다가 다칠까 싶어서 미장이들이 입구를 막아 버렸다고 둘러대셨다.

「좋아요, 수수께끼 하나는 풀렸어요. 하지만 도망자들은 거기에 들어갔다가 틀림없이 다시 나왔을 거예요. 그리고 할아버지와 마술루는 며칠 동안 그들에게 먹을 것을 가져다주었어요. 그렇다면 벽돌을 쌓아 문을 막아 버린 뒤에도 어딘가에 아체소(통로)가 남아 있었던 게 분명해요.」

「맹세코 나는 그들이 정말 거기를 드나들었는지, 그리고 어떤 구멍으로 드나들었는지 관심조차 가져 본 적이 없어요. 나는 할아버님이 무슨 일을 하시든 다 그럴 만한 이유가 있다고 생각했어요. 그분이 문을 막아 버리셨으면, 그것으로 된 거예요. 나는 그 뒤로 〈예배당〉이 없다고 생각했어요. 지금도 없는 거나 마찬가지예요. 만약 서방님이 말을 시키지 않았다면, 나는 까맣게 잊고 살았을 거예요. 그런데 체소(똥간) 얘기는 왜 한 거죠?」

「체소가 아니라 아체소라고 했어요. 드나드는 통로 말이에요.」

「하지만 먹을 것은 아마 창문을 통해서 날랐을 거예요. 안에 숨어 있는 사람들이 밧줄로 바구니를 끌어올리지 않았을까 싶어요. 나중에 야밤을 틈타 거기에서 빠져 나올 때도 창문을 이용했을 거예요. 안 그래요?」

「아니에요, 아말리아. 만약 그들이 그런 식으로 빠져나왔다면, 창문 하나는 잠겨 있지 않아야 할 거예요. 하지만 모든 창문이 안에서 잠겨 있는 게 분명해요.」

「내가 옛날에 입버릇처럼 말한 대로예요. 서방님은 세상에서 제일 똑똑해요. 세상에, 나는 왜 그 생각을 못 했을까요? 그렇다면 할아버님과 내 아빠는 도대체 어디로 드나드신 걸까요?」

「내 말이 그 말이에요. *That is the question*(그것이 문제로다).」

「뭐라고요?」

비록 45년이나 늦기는 했지만, 아말리아는 무엇이 문제인지를 비로소 정확하게 깨달은 셈이었다. 하지만 이건 나 혼자 해결해야 할 문제였다. 나는 작은 문이나 구멍이나 창살문 같은 것을 찾아보려고 집 주위를 한 바퀴 돌았고, 본채의 1층과 2층을 이리저리 돌아다니며 방들이며 복도들을 다시 살펴보았다. 또 아말리아네 곁채로 가서 검은 여단의 병사처럼 1층과 2층을 수색하기도 했다. 아무것도 없었다.

그렇다면 가능한 대답은 하나뿐이었다. 그건 굳이 셜록 홈스가 되지 않아도 도달할 수 있는 결론이었다. 〈예배당〉으로 들어가는 방법 중에는 아래에서 올라가 문이나 창문으로 들어가는 길 말고 다락에서 내려오는 길도 있다는 것이 바로 그 결론이었다. 〈예배당〉 안에는 다락으로 통하는 작은 계단이 있을 터였다. 다만 다락으로 나 있는 그 출구는 검은 여단의 사내들이 찾아내지 못했을 만큼 꼭꼭 숨겨져 있지 않을까 싶었다. 하지만 얌보는 그 출구를 알고 있었을 것이다. 내가 부모님과 함께 여행에서 돌아왔을 때를 상상해 보자. 할아버지가 〈예배당〉은 이제 없다고 말씀하셨을 때 나는 무척 좋아하지 않았을까? 내가 아끼는 물건들을 거기에 가져다 놓았으니 더욱 만족하지 않았을까? 나는 다락의 탐험가였으므로, 틀림없이 그 통로를 알고 있었을 것이고, 전과 다름없이 〈예배당〉에 들어가서 놀았으리라. 그곳이 내 은신처가 되고 거기에 들어가면 아무도 나를 찾아내지 못했을 테니, 예전보다 더 많은 기쁨을 누렸을 게 분명하다.

그렇다면 남은 일은 다락에 다시 올라가서 오른쪽 구역을 탐색하는 것뿐이었다. 때마침 천둥이 치고 돌풍이 불기 시작했다. 덕분에 다락 안은 별로 덥지 않았고, 나는 덜 힘들게 일을 할 수 있었다. 물론 일이 만만하지는 않았다. 벽 쪽에 쌓여 있는 모든 것을 치워야 하는 일이었으니 말이다. 농가의 헛간 같은 이 오른쪽 구역에는 수집가의 물품들이 아니라 잡다한 고물들이 쌓여 있었다. 낡은 문짝, 집을 수리할 때 거두어 둔 들보, 둥글게 말아 놓은 녹슨 철조망, 깨진 거울, 방수포에 싸서 겨우 끈 하나로 한데 묶어 놓은 헌 담요 더미, 몇 세기 전부터 벌레가 먹은 터라 도저히 사용할 수 없게 되어 버린 채로 포개져 있는 반죽 통과 의자 겸용 궤짝. 나는 떨어지는 널빤지에 맞고 녹슨 못에 긁혀 가며 그 고물들을 옮겼다. 하지만 비밀 통로는 보이지 않았다.

그리고 나자 비로소 내가 찾아야 할 것은 문이 아니라는 생각이 들었다. 다락의 벽들은 긴 쪽이든 짧은 쪽이든 모두 바깥에 면한 사면을 둘러싸고 있는 벽들이었다. 따라서 이런 벽들에 문이 나 있을 리가 없었다. 그렇다면 내가 찾아야 할 것은 문이 아니라, 바닥에 난 뚜껑 문이었다. 멍청하게도 수족을 한참 고생시키고 나서야 그것을 깨달은 것이다. 그건 〈내 아이들의 문고〉에 들어 있는 모험 소설들에서도 종종 벌어지는 일이었다. 내가 조사해야 할 곳은 벽들이 아니라 바닥이었다.

하지만 말하기가 쉽지, 바닥은 벽보다 더 고약했다. 나는 온갖 물건들을 넘어 다니거나 밟고 다녀야만 했다. 여기저기에 나뒹구는 널빤지, 침대나 야전 침대의 망가진 밑판, 건축용 쇠막대기 다발, 아주 오래된 멍에, 말안장. 그것들 사이에는 죽은 파리들이 무더기를 이루고 있었다. 지난해에 첫 추위를 피해 이곳으로 도망쳐 왔다가 살아남지 못한 파리들이었다. 마치 귀신 나오는 폐가의 화려한 옛날식 장식 천처럼 한 벽에서 다른 벽까지 이어져 있는 거미줄에 대해서는 더 무슨 말을 하겠는가?

아주 가까이에서 번쩍이는 번갯불이 이따금 천창으로 비쳐 들었다. 비는 끝내 내리지 않았고, 폭풍도 지나갔지만, 다락 안은 어둑어둑했다. 〈내 아이들의 문고〉에 속한 모험 소설들의 제목이 머릿속을 빠르게 스쳐 지나갔다. 〈연금술사의 탑〉, 〈성관의 수수께끼〉, 〈카사벨라에 갇힌 여자들〉, 〈모란데의 수수께끼〉, 〈북쪽 탑〉, 〈철인의 비밀〉, 〈오래된 물방앗간〉, 〈부식 동판의 수수께끼〉……. 세상에, 그야말로 폭풍의 한가운데에 있는 기분이었다. 지붕이 벼락을 맞아 내 머리 위로 무너져 내릴지도 모른다는 생각이 들었다. 나는 늘 옛날 책을 다루며 사는 고서적상으로서 그 모든 것을 경험하고 있었다. 문득 〈고서적상의 다락방〉이라는 제목이 떠올랐다. 베르나주나 카탈라니의 이름으로 새로운 이야기를 쓸 수도 있겠다 싶었다.

나는 어떤 지점에서 무언가에 발이 걸려 비틀거렸다. 그건 행운이었다. 바로 거기, 너저분하게 깔려 있는 잡동사니들 밑에 발판 같은 것이 있었던 것이다. 나는 손에 생채기가 나는 것을 아랑곳하지 않고 그 부분의 바닥이 온전히 드러나도록 물건들을 깨끗이 치웠다. 마침내 용감한 소년에게 주어지는 상(賞), 뚜껑 문이 모습을 드러냈다. 바로 이것이 할아버지와 마술루와 도망자들이 이용했던 비밀 통로였다. 누가 알겠는가마는 나 역시 여기로 숱하게 드나들면서, 이미 많은 책을 읽으며 상상했던 모험들을 생생하게 되살렸으리라. 이 얼마나 경이로운 어린 시절인가!

뚜껑 문은 크지 않았고, 당겨 올리기도 어렵지 않았다. 다만 그 과정에서 먼지 구름이 한바탕 일기는 했다. 틈새에 거의 50년에 걸쳐 먼지가 쌓였을 테니 그럴 만도 하다. 뚜껑 문 아래에는 무엇이 있을까? 작은 사닥다리가 있다. 이건 기본일세, 친애하는 왓슨. 그 사닥다리는 내려가기가 별로 어렵지 않았다. 물건들을 끌어당기느라고 두 시간 동안 굽혔다 펴기를 한 끝에 거의 마비가 되어 버린 내 팔다리로도 힘겹지 않게 내려갈 수 있었다. 옛날 그 시절에는 틀림없이 한 번에 펄쩍 뛰어서 내려갔을 테지만, 환갑이 다 되어 가는 나이를 생각해서 나는 마치 제 발톱을 아직 깨물 수 있는 아이처럼 행동했다(맹세코 전에는 이런 생각을 해본 적이 없지만, 어둠 속에서 침대에 앉아, 그냥 내가 할 수 있는지 알아보기 위해 엄지발가락을 깨물어 보는 것은 이상한 일로 여겨지지 않는다).

요컨대, 나는 내려갔다. 거의 아무것도 보이지 않을 만큼 캄캄했다. 이제 아귀가 맞지 않게 되어 버린 겉창들의 틈새로 실낱같은 빛줄기들이 새어 들어 가까스로 줄무늬를 이루고 있을 뿐이었다. 어둠 속이라서 그런지, 공간이 거대해 보였다. 나는 얼른 달려가서 창문들을 열었다. 짐작했던 대로, 〈예배당〉의 넓이는 할아버지 서재와 내 방을 합쳐 놓은 것과 같았다. 금박을 입힌 나무 제단이 너덜너덜해진 채로 남아 있었고, 거기에 매트리스 네 개가 아직 기대어져 있었다. 그 매트리스들이 분명 도망자들의 잠자리였을 것이다. 하지만 그들의 다른 흔적은 어디에도 남아 있지 않았다. 그들이 떠나고 난 뒤에도 〈예배당〉에 사람이 드나들었다는 증거였다. 다른 사람들은 오지 않았을지라도, 내가 자주 다녀간 것은 분명했다.

창문들 맞은편의 벽을 따라서, 니스 칠을 하지 않은 책꽂이들이 늘어서 있는 게 보였다. 책꽂이들에는 신문이나 잡지 같은 인쇄물이 가득 쌓여 있었다. 그 더미들의 높이는 일정치 않았다. 서로 다른 종류의 수집품들을 따로따로 쌓아 놓은 게 아닌가 싶었다. 방 한복판에는 기다란 탁자와 의자 두 개가 놓여 있었다. 예전에 출입문이 있었던 자리는 금방 눈에 띄었다. 할아버지와 마술루가 서툰 솜씨로 한 시간 만에 뚝딱 해치운 미장 작업의 결과가 그 자리를 가리키고 있었다 (벽돌 사이로 모르타르가 흘러넘친 자리가 바로 거기였다 ─ 복도 쪽에서는 흙손을 사용해서 표면을 반반하게 다듬을 수 있었지만, 안쪽에서는 그럴 수가 없었던 것이다). 그 옆에 전기 스위치가 하나 있었다. 나는 헛된 기대를 품지 않고 그것을 켜보았다. 아니나 다를까, 하얀 갓을 씌운 전구 몇 개가 천장에 일정한 간격으로 매달려 있었지만, 어느 것에도 불이 들어오지 않았다. 어쩌면 쥐들이 50년 동안 전선을 쏠았을지도 모를 일이다. 그렇다면 그 쥐들 역시 뚜껑 문을 통해서 들어왔을까? 하기야 쥐들이 어디인들 못 들어가랴……. 쥐들이 그런 게 아니라면, 할아버지와 마술루가 문을 막아 버리면서 모든 것을 훼손시켰을 수도 있다.

어쨌거나 주광이 비쳐 들고 있어서 그것은 아무 문제도 되지 않았다. 나는 투탕카멘의 무덤 속에 발을 들여놓은 카나번 경이 된 듯한 기분을 느꼈다. 신성 갑충이 거기 어딘가에 숨어서 수천 년 동안 기다려 왔을지도 모르니, 물리지 않도록 조심해야 했다. 그 내부의 모습은 모든 점에서 내가 마지막으로 다녀갔을 때와 똑같을 것이었다. 그래서 나는 모든 것이 잠들어 있는 고즈넉한 분위기를 깨지 않기 위해, 창문들을 그저 눈앞이 보일 정도로만 열어 놓았다.

아직은 책꽂이에 쌓여 있는 것들을 들여다볼 엄두가 나지 않았다. 거기에 있는 것들은 무엇이든 내 것이었고, 오로지

나만의 것이었다. 그렇지 않다면, 그것들은 할아버지의 서재에 남아 있다가 삼촌 내외가 집 안을 정리할 때 모두 다락으로 밀려났을 것이다. 이제 무엇을 얻자고 기억을 되찾으려 애쓴단 말인가? 인간에게 기억은 임시방편의 해결책일 뿐이다. 인생은 물처럼 흐르고, 한 번 지나간 것은 다시 오지 않는다. 나는 기억이 없는 대신, 인생 초년의 경이를 처음부터 즐기고 있었다. 내가 옛날에 하던 일들을 다시 하는 것이고, 피피노처럼 노년에서 벗어나 소년 시절로 가고 있었다. 이제부터는 앞으로 내게 일어날 일을 기억에 간직하기만 하면 되는 것이었고, 결국 그것은 옛날에 내게 일어났던 일과 동일할 것이었다.

〈예배당〉 안에서는 시간이 정지해 있었다. 아니 그보다는 시곗바늘을 전날로 돌려놓은 것처럼 시간이 뒤로 흘렀다고 말하는 편이 나을 것이다. 시곗바늘은 오늘과 다름없이 네시를 가리키고 있지만 그건 중요하지 않다. 그저 시각이 어제 네시, 또는 백 년 전의 네시라는 것을 알기만 하면 된다. 투탕카멘의 무덤에 들어갔던 카나번 경도 틀림없이 그렇게 느꼈으리라.

바야흐로 검은 여단이 여기에 와서 나를 찾아내리라는 생각이 들었다. 만약 그런 일이 벌어진다면 나는 1991년 여름이 아니라 1944년 여름이라는 시점에 있게 되는 셈이다. 이곳은 시간의 성전이다. 누구든 여기에 들어올 때는 모자를 벗고 경의를 표해야 하리라. 장갑을 낀 그 검은 여단 장교도 예외가 아니다.

〈하권에 계속〉

인용 및 도판 출처

(* 표시한 것들은 작가의 개인 소장품.)

p. 45 에코가 직접 그린 나폴레옹 그림.

p. 112 알리기에리, 단테, 『신곡』, 「지옥」편 31곡.

p. 114 파스콜리, 조반니, 「죽은 사람의 입맞춤」, 『미리카에』, 리보르노: 라 파엘로 주스티, 1891년.
파스콜리, 조반니, 「안개」, 『카스텔베키오의 노래』, 볼로냐: 차니켈리, 1903년.

p. 115 파스콜리, 조반니, 「신비한 목소리」, 『시선집』, 볼로냐: 차니켈리, 1928년.
세레니, 비토리오, 「알리바이와 이익」, 『인간 도구들』, 토리노: 에이나우디, 1965년.

p. 124 테스토니, 잔카를로, 「너를 찾아서」, 메트론, 1945년.

p. 130 디즈니, 월트, 『클라라벨라의 보물』, 밀라노, 몬다도리, 1936년(ⓒ Walt Disney).

p. 163 파스콜리, 조반니, 「안개 속에서」, 『초기 시선집』, 볼로냐: 차니켈리, 1905년.

p. 166 「인생의 사다리」, 19세기 카탈루냐 판화.*

p. 169 「옷의 역사에 관하여」, 뮌헨: 브라운 운트 슈나이더, 1961년.*

p. 172 『라 필로테아』, 베르가모: 이탈리아 그래픽아트 협회, 1886년.*

p. 177 「척탄병과 기동 타격대」, 에피날 판화, 펠랭.*

p. 180 「난 날고 싶어」의 악보 표지, 밀라노: 카리스크.*

p. 184 (왼쪽 위부터 시계 방향으로)
포체루리스키, 알렉스, 「춤춘 후에」, 『라 가제트 뒤 봉통』, 1915년경(프란츠 케리, 『아르 데코 그래픽』, 밀라노: 파브리, 1986).
어피언, 재닌, 『당대 패션의 정수』, 1920년(프란츠 케리, 『아르 데코 그래픽』, 밀라노: 파브리, 1986).

잉겔하드, 줄리어스, 「무도회 패션」, 포스터, 1928년(프란츠 케리, 『아르 데코 그래픽』, 밀라노: 파브리, 1986).

작자 미상, 「캔디」, 광고지 및 포스터, 1929년(프란츠 케리, 『아르 데코 그래픽』, 밀라노: 파브리, 1986).

p. 185 (왼쪽 위부터 시계 방향으로)

바르비에, 조르주, 「셰에라자드」, 『오늘날의 유행과 매너』, 1914년(프란츠 케리, 『아르 데코 그래픽』, 밀라노: 파브리, 1986).

마르탱, 샤를, 「사과에서 입술까지」, 『라 가제트 뒤 봉통』, 1915년경(프란츠 케리, 『아르 데코 그래픽』, 밀라노: 파브리, 1986).

바르비에, 조르주, 「주문」, 『옷 장식과 장신구들』, 1923년(프란츠 케리, 『아르 데코 그래픽』, 밀라노: 파브리, 1986).

르파드, 조르주, 『보그』 1927년 3월 15일자 표지(프란츠 케리, 『아르 데코 그래픽』, 밀라노: 파브리, 1986).

p. 186 비비앵, 르네, 「사랑하는 여인에게」, 『시집 I』, 파리: 르메르, 1923년.

p. 189 〈고문과 형벌〉의 도판, 『최신 멜치 백과사전』, 밀라노: 발라르디, 1905년.*

p. 197 베른, 쥘, 『해저 2만리』, 파리: 에첼, 1869년.

p. 198 뒤마, 알렉상드르, 『몬테크리스토 백작』, 밀라노: 손초뇨, 1927년(ⓒ RCS).*

p. 199 타콜리오, 루이스, 『바다의 약탈자들』, 샤를 클레리스 그림, 파리: 리브레리 일뤼스트레, 1894~1895년.*

p. 208 〈탈모네〉 카카오 통(왼쪽)과 〈브리오스키〉 탄산수 분말 통(오른쪽).*

p. 213 담뱃갑들, M. 티보도, J. 마틴, 『스모크 겟츠 인 유어 아이스』, 뉴욕: 애버빌 프레스, 2000년.

p. 214 「섬광과 불꽃」, 이발사 달력, 1929년.*

p. 215 이발사 달력, 에르마노 데티, 『값싼 종이들』, 피렌체: 라 누오바 이탈리아, 1989년.

p. 220 (왼쪽에서 오른쪽, 위에서 아래로)

『미국 명탐정 닉 카터』, 밀라노: 카사 에디트리체 아메리카나, 1908년.

데아미치스, E., 『마음』, 밀라노: 트레베스, 1878년.

데 안젤리스, A., 『쿠르티 보와 금빛 아기 호랑이』, 밀라노: 손초뇨, 1943년(ⓒ RCS).

만초니, 알레산드로, 『약혼자』, 피렌체: 네르비니.

『주간 닉 카터』의 이탈리아 판, 밀라노: 카사 에디트리체 아메리카나.

르블랑, M., 『기암성』, 파리: 에디시옹 피에르 라피트, 1909년.
인베르니초, 카롤리나, 『죽음의 열차』, 토리노: 1905년.*
월러스, 애드거, 『4인 위원회』, 밀라노: 몬다도리, 1933년.*
마리오, M., 라우네, L., 『비도크: 백의 얼굴을 가진 남자』, 밀라노: 라 밀라노, 1911년.

p. 221 (왼쪽에서 오른쪽, 위에서 아래로)
위고, 빅토르, 『레 미제라블』, 필리베르토 마텔디 그림, 토리노: 우테트, 라 스칼라 도로, 1945년.*
살가리, 에밀리오, 『버뮤다의 해적』, 제나로 아마토 그림, 밀라노: 손초뇨 1938년(ⓒRCS).*
로비다, 알베르트, 『사튀르냉 파랑둘의 아주 특별한 여행』, 밀라노: 손초뇨 (ⓒRCS).*
베른, 쥘, 『그랜트 선장의 아이들』, 도메니코 나톨리 그림, 밀라노: SACSE, 1936년.*
쉬, 외젠, 『민중의 신비』, 탄크레디 스카르펠리 그림, 피렌체: 네르비니, 1909년.*
반 다인, S. S., 『벤슨 살인 사건』, 밀라노: 몬다도리, 1929년.
말로, 엑토르, 『혈혈단신』, 밀라노: 손초뇨(ⓒRCS).
모턴, 앤서니, 『협곡의 남작』, 밀라노: 일 로만초 멘실레, 1938년(ⓒRCS).*
르루, 가스통, 『룰타비유의 살인』, 밀라노: 손초뇨, 1930년(ⓒRCS).*

p. 223 알랭, 마르셀, 피에르, 수베스트르, 『팡토마스』, 피렌체: 살라니, 1912년.

p. 225 왼쪽: 뒤 테라유, 퐁송 뒤, 『로캉볼』, 파리: 루프.
오른쪽: 머튼, 앤서니, 『일명 배런』, 조르조 타베 그림, 밀라노: 로만초 멘시레, 1939년(ⓒRCS).*

p. 227 콜로디, 카를로, 『피노키오』, 아틸리오 무시노 그림, 피렌체: 벰포라드, 1911년.

p. 228 얌보, 『추페티노의 모험』, 피렌체: 발레키, 1922년.*

p. 231 『육지와 바다의 여행과 모험에 관한 화보 신문』, 밀라노: 손초뇨, 1917~1920년(ⓒRCS).*

p. 234 〈내 아이들의 문고〉 9권의 표지, 피렌체: 살라니.*

p. 237 『다락에서 보낸 일주일』의 삽화, 피렌체: 살라니.*

p. 239 『버펄로 빌』의 표지, 탄크레디 스카르펠리 그림, 피렌체: 네르비니.*

p. 241 발라리오, 피나, 『세계 속의 이탈리아 소년들』, 밀라노: 라 프로라, 1938년.*

p. 243 스티븐슨, 로버트 루이스, 『보물섬』, N. C. 웨이스 그림, 런던: 스크리

브너스 선스, 1911년.

p. 246 (왼쪽 위부터 시계 방향으로)
살가리, 에밀리오, 『산도칸의 반격』, 제나로 아마토 그림, 피렌체: 벰포라드, 1907년.
살가리, 에밀리오, 『검은 정글의 신비』, 알베르토 델라 발레 그림, 제노바: 도나트, 1903년.
살가리, 에밀리오, 『검은 해적』, 알베르토 델라 발레 그림, 제노바: 도나트, 1908년.
살가리, 에밀리오, 『몸프라쳄의 호랑이들』, 알베르토 델라 발레 그림, 제노바: 도나트, 1906년.

p. 249 스틸, 프레더릭 D., 『콜리어스』 31권 26호, 1903년 9월 26일자.

p. 250 셜록 홈스 시리즈의 삽화, 『스트랜드 매거진』, 시드니 퍼제트 그림, 1901~1905년.

p. 251~252 도일, 아서 코넌, 「주홍색 연구」, 『비튼스 크리스마스 애뉴얼』, 1887년.
도일, 아서 코넌, 「네 사람의 서명」, 『리핀코츠 매거진』, 1890년 2월.

p. 253 에밀리오 살가리, 『몸프라쳄의 호랑이들』, 제노바: 도나트, 1906년.

p. 259 『코리에레 데이 피콜리』, 브루노 안골레타 그림, 1936년 12월 27일자 (ⓒ RCS).*

p. 267 왼쪽: 『잔 부라스카의 일기』, 밤바 그림, 피렌체: 벰포라드-마르초코, 1920년.*
오른쪽: 뒤 테라유, 퐁송, 『로캉볼』, 밀라노: 비에티.*

p. 272 프라토와 모르벨리, 「콴도 라 라디오」, 누오바 포니트체트라.

p. 277 피오린 피오렐로의 음반 재킷, 오데온, 1939년(ⓒ EMI).

p. 278~279 인노첸치와 소프라니, 「한 달에 천 리라를 벌 수 있다면」, 로마: 마를레타, 1938년.

p. 284 왼쪽: 〈투쟁 파쇼 동맹〉 포스터와 「청춘」의 가사.
오른쪽: 「튤립」의 악보 표지와 가사.

p. 285 왼쪽: 〈피아트〉 광고 포스터와 「돌팔매가 쌩쌩」의 가사.
오른쪽: 「마라마오, 너는 왜 죽었니?」의 악보 표지와 가사.

p. 289 (왼쪽 위부터 시계 방향으로)
「귀환의 탱고」, 「닫힌 창문」, 「마리아 라 오」, 「바람의 노래」의 악보 표지.

p. 296 위: 1학년 교과서 본문 3면의 삽화, 엔리코 피노키 그림, 로마: 리브레리아 델로 스타토.*
아래: 아스토레와 모르벨리, 「바차미 피치나」, 밀라노: 포노 에니크.

p. 298~299 「초등학교 4학년 교과서 삽화, 마리아 카네티 그림, 로마: 리브레리아 델로 스타토.*

p. 301 왼쪽: 초등학교 1학년 교과서 삽화, 마리아 카네티 그림, 로마: 리브레리아 델로 스타토.*
「청년 파시스트 찬가」의 가사.
오른쪽:「피포는 그걸 몰라」의 악보 표지와 가사.

p. 304 초등학교 4학년 교과서 삽화, 마리아 카네티 그림, 로마: 리브레리아 델로 스타토.*

p. 306 정치 선전용 그림엽서 두 장, 지노 보카실레 그림, 1943~1944년경.

p. 308 『템포』, 1940년 6월 12일자, 밀라노: 아노니마 페리오디치 이탈리아니.

p. 310 왼쪽:「피치니나」의 악보 표지와 가사.
「자전거를 타고 다니는 미녀들」의 가사.
오른쪽: 〈피아트〉 광고 포스터.
「뭐니 뭐니 해도 그녀들의 다리」의 가사,「어여쁜 시골 여자」의 가사.

p. 313 정치 선전용 그림엽서, 엔리코 데 세타 그림, 로마: 에디치오니 다르테 보에리, 1936년.

p. 315~316 잠브렐리, M.,「이기자」, 1940년.

p. 317 정치 선전용 그림엽서, 지노 보카실레 그림.

p. 318~319 라이프, 한스,「릴리 마를렌」, 수비니 제르보니, 1915년.

p. 320~321 「사랑하는 아빠」, 필리피니와 만리오, 밀라노: 아코르도, 1941년.

p. 322 왼쪽: 〈쉿! 적이 듣고 있다〉, 정치 선전용 그림엽서, 지노 보카실레 그림, 1943년.
「이제 곧 화창한 날이 오리라」의 가사.
오른쪽: 〈우리 돌아오리라!〉, 정치 선전용 그림엽서, 지노 보카실레 그림, 1943년.
「자라부브의 축제」의 가사.

p. 324 달바, 아우로,「M. 대대 찬가」.

p. 326 왼쪽: 아킬레 벨트라메,「일요 통신」표지, 1943년(ⓒ RCS).
「잠수함 해병의 노래」가사.
오른쪽:「아가씨들, 해군 병사들을 바라보지 마세요」의 악보 표지와 가사.

p. 328 왼쪽: 알베르토 라발리아티의 사진.
「내 말을 잊지 마」,「하지만 사랑은 그런 게 아냐」,「사랑에 빠진 소녀」의 가사.
오른쪽: 피포 바르치차의 사진.
「귀하디귀한 작은 꽃」,「질투란 유행에 뒤떨어진 것」의 가사.

옮긴이 **이세욱** 1962년에 태어나 서울대학교 불어교육과를 졸업하였으며, 현재 전문 번역가로 활동하고 있다. 옮긴 책으로 베르나르 베르베르의 『인간』, 『나무』, 『상대적이며 절대적인 지식의 백과사전』, 『뇌』(전2권), 『타나토노트』(전2권), 『개미』(전5권), 『아버지들의 아버지』(전2권), 『천사들의 제국』(전2권), 『쥐의 똥구멍을 꿰맨 여공』, 『여행의 책』, 움베르토 에코의 『세상의 바보들에게 웃으면서 화내는 방법』, 『무엇을 믿을 것인가』(카를로 마리아 마르티니 공저), 장클로드 카리에르의 『바야돌리드 논쟁』, 미셸 우엘벡의 『소립자』, 미셸 투르니에의 『황금구슬』, 카롤린 봉그랑의 『밑줄 긋는 남자』, 브램 스토커의 『드라큘라』, 파트릭 모디아노의 『발레 소녀 카트린』, 장 자끄 상뻬의 『속 깊은 이성 친구』 등이 있다.

로아나 여왕의 신비한 불꽃(상)

발행일	2008년 7월 1일 초판 1쇄
	2008년 8월 30일 초판 7쇄
지은이	움베르토 에코
옮긴이	이세욱
발행인	홍지웅
발행처	주식회사 열린책들

경기도 파주시 교하읍 문발리 521-2 파주출판도시
전화 031-955-4000 팩스 031-955-4004
www.openbooks.co.kr

Copyright (C) 주식회사 열린책들, 2008, *Printed in Korea.*
ISBN 978-89-329-0836-6 04880
ISBN 978-89-329-0835-9 (세트)

이 도서의 국립중앙도서관 출판시도서목록(CIP)은 e-CIP 홈페이지(http://www.nl.go.kr/cip.php)에서 이용하실 수 있습니다. (CIP제어번호 : CIP2008001815)